W0338148

Né en Russie en 19… France à l'âge de quatorze ans, Romain Gary a fa… etudes secondaires à Nice et son droit à Paris.

Engagé dans l'aviation en 1938, il est instructeur de tir à l'École de l'Air de Salon. En juin 1940, il rejoint la France libre. Capitaine à l'escadrille Lorraine, il prend part à la bataille d'Angleterre et aux campagnes d'Afrique, d'Abyssinie, de Libye et de Normandie de 1940 à 1944. Il sera fait commandeur de la Légion d'honneur et compagnon de la Libération. Il entre au ministère des Affaires étrangères en 1945 comme secrétaire et conseiller d'ambassade à Sofia, à Berne, puis à la direction d'Europe au quai d'Orsay. Porte-parole à l'O.N.U. de 1952 à 1956, il est ensuite nommé chargé d'affaires en Bolivie et consul général à Los Angeles. Quittant la carrière diplomatique en 1961, il parcourt le monde pendant dix ans pour les publications américaines et tourne comme auteur-réalisateur deux films, *Les oiseaux vont mourir au Pérou* (1968) et *Kill* (1972). Il a été marié à la comédienne Jean Seberg de 1962 à 1970.

Dès l'adolescence, la littérature va toujours tenir la première place dans la vie de Romain Gary. Pendant la guerre, entre deux missions, il écrivait *Éducation européenne* qui fut traduit en vingt-sept langues et obtint le prix des Critiques en 1945. *Les racines du ciel* reçoit le prix Goncourt en 1956.

Son œuvre compte une trentaine de romans, essais et souvenirs.

Romain Gary s'est donné la mort le 2 décembre 1980. Quelques mois plus tard, on a révélé que Gary était aussi l'auteur des quatre romans signés Émile Ajar.

NOTE
POUR L'ÉDITION AMÉRICAINE D'*EUROPA*

De la part d'un auteur, je le sais, faire précéder son roman d'une préface explicative est un aveu d'échec. Mais voilà : j'ai toujours préféré échouer plutôt que de ne rien tenter. J'en suis même arrivé à cette conclusion que les civilisations elles-mêmes sont les fruits lentement accumulés dans le sillage des échecs.

L'estime polie avec laquelle Europa *a été accueillie lors de sa publication en France est allée de pair avec l'évitement non moins courtois de la moindre allusion, ou presque, à sa signification centrale. En général, l'on a jugé que ce roman était une louable contribution à la mode actuelle du baroque en littérature.*

Ce fut là une expérience ahurissante. D'autant que l'éloge ne saurait se substituer valablement à la compréhension. Il est vrai que dire que l'Europe n'existe pas et n'a jamais existé en tant qu'entité vivante, spirituelle et éthique, cela équivaut, sur le plan intellectuel, à un blasphème. Mais justement, mon blasphème à moi ne visait qu'à dépasser ce constat afin d'exprimer dans une œuvre de fiction ce qu'il en est du clivage schizophrénique existant entre la culture et la réalité.

En effet, s'il veut dire vraiment quelque chose, le mot « culture » signifie — ou devrait signifier — un mode de comportement individuel et collectif, une force éthique agissante, à même de pénétrer l'ensemble des rapports humains et des manières de voir. Or l'histoire de l'Europe prouve que rien de ce genre ne s'est jamais produit, ni n'est susceptible de se produire dans un avenir prévisible. À cet égard, notre héritage spirituel a systématiquement échoué, et souvent de manière monstrueuse. Pour le seul XX*e siècle : les holocaustes de la Première et de la Deuxième Guerre mondiale ; l'Allemagne hitlérienne ; la France de Vichy qui, en 1942, aura pourvu en Juifs les camps d'extermination nazis ; les millions de victimes des « purges » staliniennes ; Prague plongée dans les ténèbres ; l'impitoyable indifférence des dirigeants soviétiques à l'égard des droits de l'homme ; ou bien encore — à titre de souvenir personnel — les crânes rasés des femmes qui avaient « collaboré sexuellement » avec les soldats allemands et qu'on aura fait défiler toutes nues dans les rues de France après la Libération... Au fond il n'est pas un seul bulletin d'information qui ne montre que la culture ne parvient pas à atteindre notre fibre psychologique et sociale, ni à devenir un système éthique vivant, une métamorphose de l'être humain. Nos chefs-d'œuvre restent en dehors et au-dessus, dans leur ghetto doré, incapables de « redescendre » et d'investir notre psyché collective.*

Ce n'est pas une grande découverte. D'innombrables études et colloques ont été consacrés à ce problème après la Deuxième Guerre mondiale, particulièrement quand ce problème concernait l'Allemagne — de Goethe et Bach à Auschwitz. Mais en un sens, tous les romans jamais écrits, fût-ce le plus médiocre des polars, ont pour sujet, dans une certaine mesure, l'échec de la culture. Alors, s'il y a une chose qui diffère de tout cela — du moins je l'espère —, ce pourrait être ma tentative de traiter délibérément, obsessionnellement, et presque exclusivement, de ce conflit dans une œuvre de fiction.

Jean Danthès, l'ambassadeur de France en Italie dans mon roman, est un « homme d'une immense culture » — hommage typique que l'on rend en Europe aux personnalités de marque. C'est à cette dichotomie, à ce fossé infranchissable entre l'esthétique et l'éthique qui a fini par scinder son propre esprit en deux, qu'il doit son acuité de conscience. Tout dévoré d'abstractions, et ce alors même qu'il a affaire à des êtres humains réels, l'ambassadeur se met à considérer ceux-ci comme incarnant les deux aspects de son Europe chérie, d'un côté la cynique sorcière et putain Malwina von Leyden, de l'autre la fille de cette dernière, la belle et pure Erika. La vérité de toute cette affaire, c'est bien sûr que la sorcière-putain et la charmante beauté ne font qu'une seule et même entité, Europa *— à supposer, bien sûr, que l'une ou l'autre existe vraiment, qu'elles ne soient pas le fantasme d'un « homme de grande culture », une projection mythologique de la culpabilité et des aspirations de l'ambassadeur, une création de son esprit tourmenté et éminemment raffiné. C'est dans ce contexte que Danthès se soustrait de la réalité tout entière, un peu comme Hölderlin.*

« Dédoublement de la personnalité » : telle est bien la clé de chaque personnage ou aspect de cette œuvre de fiction — comme elle l'est de l'Europe elle-même, cet autre conte de fées.

Quelques mots à présent au sujet du Baron. Ce person-

nage apparaît dans plusieurs de mes romans. J'ai bien essayé de l'assassiner dans un livre, mais ce ne fut que pour le voir réapparaître dans le suivant. Je suis incapable de me débarrasser de lui. Sans doute est-ce aussi parce qu'il est si profondément enchâssé dans mon subconscient, que je n'arrive pas tout à fait à me rendre compte de ce qu'il représente. Il s'agit peut-être d'un idéaliste rompu à l'autodérision et s'efforçant éternellement d'atteindre un but inaccessible, soit un esprit vraiment noble — ce qui expliquerait alors le regard amer et sarcastique que je porte sur lui... et sur moi-même. Non seulement sa poursuite désespérée de la dignité humaine semble l'avoir réduit à un état de stupeur alcoolique, mais sa quête d'une distinction impeccable de l'âme et de l'esprit ne se satisfait plus que d'une élégance purement vestimentaire — de quoi ouvrir quelques musées de plus... En tout cas, tout ce que je sais, c'est que je hais le Baron de toute la force de mon amour. Qui plus est, dans ce livre, il m'est plus proche qu'il ne l'a jamais été, parce qu'il s'y révèle l'unique maître du jeu — autrement dit l'auteur. Il m'est souvent arrivé de le démasquer — et de me démasquer moi-même par la même occasion — comme un illusionniste incapable de transformer le monde par ses actes et ses promesses. En fait ce n'est qu'un charlatan. En tant que créateur, ses « pouvoirs suprêmes » sont de simples tours de passe-passe, qui s'achèvent le plus souvent à l'endroit même où ils ont commencé : dans la littérature. La guerre et la paix *de Tolstoï n'aura-t-il pas fait incomparablement plus pour la littérature que contre la guerre ? J'ai déjà traité de ce thème de l'écrivain en tant qu'illusionniste incapable de modifier la réalité des choses, dans mon roman* Les enchanteurs.

Par rapport à Danthès, dont l'être se trouve conduit à la désagrégation par l'amour qu'il voue à sa superbe chimère, le Baron est infiniment plus stoïque ou plus cynique — si ce n'est les deux à la fois. C'est qu'il se souvient peut-être que lorsque les escadrons de la mort nazis se préparaient à mitrailler leurs victimes, les mères qui tenaient leurs bébés dans les bras étaient dispensées, pour cette raison, de creuser leur propre tombe : une telle délicatesse devait certainement relever de la Kultur.

De même, quand l'armée française, au cours de la guerre d'Algérie, s'était mise à appliquer la gégène aux organes génitaux des rebelles qu'elle avait capturés, le général alors en charge avait soumis ses propres testicules à ce traitement avant de le faire appliquer aux autres — ce qui, à n'en point douter, participait également de la culture.

En février 1977, un membre éminent du Quai d'Orsay qui avait été mon plus jeune collègue lors d'une de mes missions diplomatiques — celle de porte-parole à la Délégation française aux Nations Unies —, et qui atteignit plus tard le rang d'ambassadeur au Vatican, tua sa femme et ses deux enfants sous le coup d'une dépression nerveuse. Si je fais allusion à cette tragédie, c'est uniquement pour indiquer que l'ambassadeur entièrement fictif de mon roman n'est pas au-delà de toute crédibilité, comme un critique aura voulu me le faire remarquer en affirmant qu'il est « hautement invraisemblable que la France puisse désigner un homme si fragile à un tel poste de responsabilité ».

Romain Gary

(Traduit de l'anglais par Paul Audi)

à François Bondy

I

Danthès fouillait la route du regard depuis l'aube. Il n'avait pas dormi. Ses nuits étaient devenues des états de demi-conscience où se mêlaient dans un au-delà confus et crépusculaire des bribes de pensées à la dérive, le sourire d'Erika, le visage de sa mère et celui si énigmatique du Baron, ainsi que des échos intérieurs que les mots à peine formés éveillaient aussitôt dans leur chute aux résonances multipliées de chambre sonore. Lents glissements des nuages sur la lune, vagues contours des meubles, craquements du parquet qui ponctuaient d'invisibles mouvances... Le Temps s'éternisait, laissait ses divisions au repos dans leurs bivouacs, ménageait les apparences de durée et faisait semblant de croire aux œuvres de longue haleine. Danthès, qui cherchait à apprivoiser son angoisse en lui prêtant figure humaine, brassant ces heures nocturnes comme un matériau de l'imaginaire, se représentait le Temps assis au bord du chemin, jaquette et haut-de-forme, montre au gousset, comptant d'un œil attentif ses bataillons de fourmis, siècles, secondes, millénaires, avant de les relancer dans de nouveaux assauts grignotants. Par sa raideur et sa mine sévère, mais juste, il ressemblait un peu à Abraham Lincoln sur les photos sépia de Brady. Les insomnies sont, plus encore que les songes, propices aux évasions, mais Danthès s'étonnait parfois de l'aisance avec laquelle, durant ces heures interminables, il se dérobait à toutes les confrontations avec lui-même, toujours si déplaisantes pour les natures moralement bien habillées. L'ambassadeur de France à Rome avait entendu murmurer que « son âme portait monocle », et bien qu'il fût assez irrité par cette accusation d'élitisme, il reconnaissait volontiers qu'il attachait plus d'importance à la beauté qu'à la laideur, ce qui pouvait en effet passer pour un manque de fraternité. Il se méfiait à cet égard de sa profession. Le métier de diplomate, par le privilège d'immunité qu'il confère, fait vivre en marge, sous une cloche de verre, et permet d'observer sans être touché. Le devoir d'analyser froidement pousse à voir les situations humaines sous un aspect théorique de « problème » et guère sous celui de la souffrance. La règle du jeu était la distanciation : le Quai d'Orsay était sans tendresse envers les ambassadeurs qui s'identifiaient par trop avec les heurs et malheurs du pays où ils étaient accrédités. Après tout, ils ne représentaient que la France... Danthès s'efforçait de ne pas succomber à cette déformation professionnelle et se refusait à contrôler ses élans généreux, comme un quelconque agent de la circulation chargé d'éviter les embouteillages dans la région du cœur. Il aimait croire. Il aimait les saltimbanques, les diseuses de bonne aventure, les magiciens de foire porteurs de philtres magiques et de pierres philosophales, tous les Saint-Germain et les Cagliostro. Cheminaient ainsi à travers les âges des troupes de romanichels aux mines de mystère, charlatans qui lisaient dans vos yeux l'avenir et ne se trompaient jamais lorsqu'ils parlaient de l'amour et de la mort. Il y avait aussi un certain Arlequin, dont au cours de ces nuits mi-noires mi-blanches il pouvait saisir les pirouettes inspirées et les clins d'œil complices, lorsque son regard aiguisé par la fatigue nerveuse élargissait dans le ciel un certain interstice dit « de Chirico », que connaissent bien tous les amateurs de la divine Commedia dell'arte. Il suffisait alors d'écarter un peu le vieux rideau parsemé de toutes les étoiles de Nostradamus et de fouiller dans ce poussiéreux magasin d'accessoires où, pour ses représentations, un Piccolo Teatro bien antérieur à celui de Milan, va chercher chaque soir ses corps célestes et ses infinis, ainsi que quelques-uns de ses personnages les plus illustres, dont Un, au moins, Très Respecté. On pouvait entendre alors Arlequin et Pantalon répondre par ces lazzi que l'on nomme, selon les siècles, tantôt immortalité, tantôt Culture, à des questions qui ne leur étaient pas adressées, mais qu'ils interceptaient adroitement au passage, afin de leur éviter les affres du silence et du néant. Les désillusions sont des maladresses : trébuchant sur la réalité, le jongleur laisse échapper le flambeau de l'utopie et, consterné, regarde ses mains nues.

Danthès savait que depuis que l'homme existe, il a toujours pris pour des réponses les échos de ses propres questions, ce qui avait donné naissance à l'art. Il considérait donc toutes les interrogations angoissées au clair de lune et autres interpellations du « mystère d'être », comme un regrettable laisser-aller et un manque de tenue, pour ne pas dire de dignité. Il n'avait cependant que de la sympathie et même une profonde gratitude envers ces picaros inspirés qui s'étaient donné mission d'entretenir l'illusion et avaient ainsi enrichi la vie de tant de beauté.

De tous ces saltimbanques, le Temps était celui qu'il préférait. Il aimait ce M. Petipa, si bourgeois dans sa ponctualité et ses habitudes, mais qu'il soupçonnait d'avoir une âme d'artiste : sa patine était souvent la touche finale qui avait manqué à l'œuvre, ses morsures conféraient aux pierres une vie émouvante et comme une tendresse dont elles étaient de par leur nature dépourvues, et ses ruines offraient à la poésie et au rêve ce qu'elles avaient pris au mortier et à la truelle.

On disait de l'ambassadeur de France à Rome qu'il était un « homme d'une immense culture », et, depuis Berenson, un des amateurs d'art les plus versés dans les réalisations de la Renaissance. Il avait pour l'Europe une passion qui allait de pair avec son amour de l'imaginaire. Au cours de ses insomnies, il fréquentait les siècles passés et toutes les œuvres du Temps que ce cher M. Petipa disposait avec beaucoup de soin et de fierté sur son passage. L'ambassadeur évitait les somnifères ; peut-être même cultivait-il délibérément ces états seconds qui lui permettaient de se mouvoir dans une dimension toute mythologique, mais dans laquelle, pourtant, ce qu'il appelait Europe puisait sa seule substance de vie réelle et féconde. C'étaient, après tout, les rapports que le génie de Sophocle, d'Euripide, d'Eschyle et d'Homère entretenait avec les dieux. Ce qui existait prenait racine dans ce qui était totalement dépourvu d'existence.

La villa Flavia avait été bâtie au début du XVIe siècle. Le rez-de-chaussée et l'étage s'ouvraient sur des terrasses aux arcades inspirées des arcs de triomphe romains et recevaient, aux quatre points cardinaux, les azurs et les roses, les ors, les pourpres et les violets, les demi-teintes et les grisailles que dispensait le soleil lorsqu'il se levait du lac, grimpait les escaliers, parcourait les galeries et s'en allait par la cour d'honneur, dont les dalles avaient recueilli en 1520 le sang de l'épouse infidèle du condottiere Dario. Cette architecture avait jadis enchanté le jeune Palladio, qui devait plus tard marquer de son premier amour toutes ses villas vénitiennes.

Il y avait près de trois heures que Danthès attendait. La villa Italia était sur sa droite, au-delà du parc qui grimpait la colline et la prenait dans son assaut de verdure, ne laissant entrevoir que l'étage noble. Danthès souriait à son attente. Il lui plaisait de retarder le moment où allait apparaître, entre les cyprès qui bordaient la route, la vieille Hispano qui amenait la « tribu » de Florence. Il avait offert à

Erika cette voiture, qui datait de 1927 : puisqu'il lui était interdit de fréquenter un autre siècle, 1927 était un assez bon cru, un moment où l'Europe avait retrouvé pour quelques brefs instants de répit un souffle civilisé, avant une nouvelle rupture entre sa culture et sa vérité, entre ses chefs-d'œuvre et Hitler. Il s'était appuyé à la balustrade de pierre et attendait, laissant errer son imagination plus encore que son regard, sur cette campagne toscane qui s'épanouissait déjà dans le soleil, comme la beauté des femmes à l'approche de la trentaine. Il avait promis à Erika d'être là pour l'accueillir, de loin, bien sûr, et sans qu'elle pût le voir, mais ils étaient si profondément liés l'un à l'autre qu'il leur suffisait de se donner l'heure et le lieu pour s'y retrouver sans y être, dans une tendre et ironique complicité.

II

L'Hispano-Suiza modèle 1927 — Ma était très Hispano et considérait les Rolls un peu comme la vraie noblesse considère les barons d'Empire — escaladait les collines avec la lenteur gracieuse du papillon qui poursuivait depuis un moment sa démarche hésitante sur le poignet d'Erika. Le papillon semblait viser la bague d'agate marquée du signe des chevaliers de Malte que lui avait offerte le comte d'Alvila. Le comte d'Alvila était un de ces faux grands d'Espagne qui abondent à Tolède lorsque la saison touristique bat son plein ; il produisait une forte impression d'authenticité, grâce à sa ressemblance chauve et allongée avec les personnages du Greco. De son vrai nom Popovitch, il paraissait sortir tout droit de *L'Enterrement du comte d'Orgaz* et exerçait sur les riches Américaines, de son propre et sarcastique aveu, « cet effet irrésistible qu'un fauteuil Louis XV doit avoir sur une boîte de potage Schlitz ». Dans son apparence physique, Alvila s'était à ce point identifié aux portraits du Maître de Tolède, qu'il ne lui manquait qu'un cadre pour atteindre un beau prix à une vente chez Christie's. À soixante-quinze ans, desséché, momifié, l'œil noir pétillant d'inspiration forbanesque, il était sans doute la dernière incarnation des grands picaros du siècle d'or, à une époque où l'art de tromper le monde avait perdu son caractère aristocratique et s'était embourgeoisé au point de n'être plus que spéculations immobilières et commissions. Le style n'y était plus. Le comte d'Alvila était capable de voler une fortune en bijoux à une richissime Américaine sans que celle-ci songeât à porter plainte, par crainte de perdre un ami. Erika éprouvait à son égard le profond respect dû à un homme qui n'hésitait pas à dépouiller les riches de leur bien sans se sentir obligé de le donner aux pauvres.

Le papillon ocre et noir frémissait sur son poignet, et Erika gardait les deux mains immobiles sur le volant, évitant de changer de vitesse, pour faire durer l'éphémère. C'était du reste sans espoir, comme tous les moments de vraie beauté.

Le baron von Putz zu Sterne était assis sur la banquette arrière, à côté de Ma. Il suait à ce point la noblesse et la distinction qu'il faisait très chauffeur de maître qui aurait cédé le volant au patron. Personne ne savait qui il était au juste, ni d'où il venait. Ma prétendait qu'elle l'avait rencontré pour la première fois au XVe siècle chez les Médicis et qu'elle l'avait ensuite revu à une fête champêtre chez le surintendant Fouquet ; comme il lui avait paru un peu perdu chez le parvenu qui avait fait tant de peine au pauvre grand Loulou, elle l'avait adopté.

Ils ne s'étaient plus quittés depuis, sauf une fois, lorsque Ma était allée passer un week-end avec Wagner, chez Louis de Bavière. Mais Ma était Ma, et *tout* n'était pas toujours vrai dans ses histoires. Bien que le Baron eût en sa possession des parchemins qui faisaient remonter son arbre généalogique aux chevaliers teutoniques, il était difficile de croire à ces documents tellement réels, alors qu'ils concernaient un personnage qui paraissait lui-même si totalement dépourvu de réalité. Danthès disait à Erika que l'unique souci de son père adoptif semblait être de prêter un air de mystère au monde, lequel en était si abondamment dépourvu. Le seul geste que l'ambassadeur lui eût vu accomplir, alors que, plongé dans l'obscurité de ces instants sans fin avant l'aube, il l'observait ou l'inventait, il ne savait plus, était de s'épousseter la manche du bout des doigts, comme pour en faire tomber quelques siècles d'histoire, ces chiures de mouches. Danthès n'avait encore jamais rencontré un refus de participer aussi soutenu et une détermination aussi farouche dans l'abstention, que celle dont faisait preuve cette statue prince-de-galles, gilet jaune canari et nœud papillon. Une telle imposture avait un nom : cela s'appelait authenticité. Il semblait aussi parfois à Danthès que le regard bleu, vitreux, fixe du Baron était celui d'un homme tombé à l'intérieur de lui-même, à la suite de quelque trop douloureuse collision avec la vie, et épouvanté, non point par les abîmes qu'il eût ainsi découverts, mais au contraire par une effrayante absence de profondeur, une millimétrique et irréfutable superficialité. Dans la mesure même où il avait conscience de l'inventer pour une bonne part, comme chaque fois que l'on interprète, il arrivait à Danthès, surtout après sa venue à la villa Flavia, de se sentir à son tour pensé, pesé et inventé par le Baron, d'être lui-même inclus dans ce brassage de chimères auquel ce merveilleux charlatan paraissait se livrer. Il s'agissait là, chez l'ambassadeur de France à Rome, d'un trait assez curieux de son caractère, d'une hantise singulière et qui, depuis quelque temps, s'accentuait d'une manière inquiétante.

III

Danthès savait en effet que chacun de nous a deux existences : celle dont il est lui-même conscient et responsable, et une autre, plus obscure et mystérieuse, plus dangereuse aussi, qui nous échappe entièrement et qui nous est imposée par l'imagination souvent hostile et malveillante des autres. Des gens, dont nous ne connaissons rien et qui nous connaissent à peine, nous inventent à leur guise et nous interprètent, si bien que nous nous trouvons, souvent sans le savoir, estimés ou méprisés, accusés ou jugés, sans que nous puissions nous défendre et nous justifier. On devient matériau entre des mains inconnues : quelqu'un nous assemble et nous défait, nous esquisse, nous efface et nous donne un tout autre visage, et seuls quelques ragots nous parviennent parfois et nous révèlent l'existence de ce double dont nous ignorons tout, si ce n'est le tort qu'il nous fait.

Comme beaucoup de personnalités en vue, Danthès était au plus haut point sensible à cette situation. Il luttait par l'humour et le dédain contre l'*autre,* cette identité qui lui était imposée, qui se substituait à lui, agissait et parlait en son nom, traînait partout, et le compromettait dans le petit monde pas toujours bienveillant de Rome, où l'ambassadeur de France était toujours guetté avec beaucoup de curiosité et où le moindre faux pas éveillait des échos retentissants. Danthès s'irritait de cette mainmise occulte qui pouvait se manifester à tout moment par quelque calomnie, regards discrètement étonnés au palais Riggi, articles de journaux ou insinuations d'autant plus dangereuses qu'elles n'étaient jamais formulées en sa présence, mais devaient circuler de plus belle dès qu'il avait le dos tourné. Dans ces moments d'intense épuisement nerveux, comme en ce moment même, il en arrivait à entendre des murmures haineux alors qu'il était seul. Quoi d'étonnant, dans ces conditions, à ce que certains psychismes particulièrement fragiles — il n'en manquait pas, dans la Carrière — finissent par se croire au centre d'une universelle conspiration, d'une persécution à l'échelle cosmique ? Libre alors aux médecins de parler de « tendances paranoïaques », ce qui n'était certes pas le cas de l'ambassadeur de France, bien connu par sa lucidité et son *self-control* souriant et très anglais, mais comment se protéger contre ces « tendances » lorsqu'elles se manifestent chez les autres et s'exercent à vos dépens ? Toutes sortes de gens sans visage et sans aucune autorité en la matière ne semblent avoir d'autre raison d'être que de vous inventer, vous faisant vivre ici, là ou ailleurs, selon leur bon plaisir et entièrement à votre insu, et vous rendant responsable de... on ne sait jamais de quoi, au juste. C'est une situation qui devient intolérable. On vous condamne pour des actes et même des crimes que vous n'avez pas commis, ou on vous absout, alors que vous vous savez coupable. On vous transforme en pion sur un échiquier dont vous n'avez aucun contrôle et on vous manipule à volonté. Vous êtes obligé de vous tenir constamment sur vos gardes, tout en évitant soigneusement de manifester les soupçons que vous portez sur telle ou telle personne de votre entourage, ou même sur des inconnus qui éveillent brusquement votre attention par leurs attitudes étranges, car votre méfiance serait immédiatement interprétée comme un manque de sécurité intérieure, un signe de vulnérabilité morbide et même de déséquilibre psychique. Vous êtes donc forcé de feindre, sous une apparence de souriant détachement : d'autant que c'est peut-être votre inquiétude qui vous pousse ainsi à inventer à votre tour votre créateur présumé et tout à fait hypothétique et lui attribue une telle malveillance à votre égard. L'imagination de Danthès se trouvait ainsi continuellement entraînée dans une multiplicité de combinaisons et de manœuvres toujours possibles qu'il convenait de prévoir afin d'y parer, comme dans une partie d'échecs. L'ambassadeur avait d'ailleurs pour cet exercice si abstrait, mais si satisfaisant pour l'esprit, un penchant profond et passait souvent ses nuits sans sommeil à reconstituer sur l'échiquier, dans le silence du palais Farnèse, quelques-unes des plus belles parties qu'avait retenues l'histoire de ce noble jeu.

Danthès était en poste à Rome depuis plus d'un an. Il considérait le palais Farnèse comme le couronnement de sa carrière, et pourtant, au moment où sa vie atteignait au zénith et où la rencontre avec Erika lui donnait, la cinquantaine passée, tout ce qu'une vie professionnelle trop réglée et entièrement vouée à l'Europe lui avait jusqu'à présent refusé, ses crises d'angoisse devenaient de plus en plus fréquentes. Peut-être parce qu'il était trop imbu de culture et vivait en communion constante avec elle, se réfugiant dans l'art, il éprouvait d'une manière presque continue un sentiment d'irréalité, de vide, d'absencc. Il se surprenait même parfois à lutter pour conserver son identité, son autonomie et jusqu'à ses contours physiques, comme s'il y avait eu, penché sur lui, un Ingres qui ne transigeait pas avec la perfection, le contemplait d'un œil critique et, peu satisfait de l'œuvre, s'apprêtait à lui donner un coup de gomme et peut-être à l'effacer complètement.

L'ambassadeur n'eut aucune hésitation à reconnaître dans ces troubles de la personnalité les symptômes classiques d'une dépression nerveuse. Il y entrait du surmenage et aussi les conséquences de pas mal de désillusions. Au cours des mois qui avaient précédé sa nomination à Rome, il avait été le délégué de la France à quelques-unes des plus pénibles conférences d'« unité européenne », où il n'était question que d'économie, des prix et des monnaies, dont la plus indigne fut celle d'août 1971, au cours de laquelle le ministre allemand Schiller avait retrouvé jusque dans les coups de poing sur la table, les accents et les éclats de sa voix, toute l'arrogance traditionnelle du nationalisme botté et casqué. Il avait été obligé de reconnaître une fois de plus que *son* Europe, celle dont il rêvait si passionnément, demeurait et risquait de demeurer à tout jamais une entité purement mythologique, quand elle n'était pas simplement un vague à l'âme très fin de siècle, plus proche de toutes les « princesses lointaines » ou autres « éternels féminins » que d'une quelconque réalité. Si convaincu qu'il fût de la nécessité de demeurer fidèle au mythe et refusant d'abandonner l'espoir, Danthès ne pouvait nier l'évidence : quel que fût le point de vue auquel on se plaçât, pour peu qu'il fût honnête, le constat de banqueroute était irréfutable. L'Europe n'avait été, au mieux, que « quelques-uns », *the happy few,* une petite élite qui eût pu tenir dans une loge de la Scala, un club de « beaux esprits », et de quelques libéraux éclairés comme les Allemands Keyserling et Harry Kessler, le Russe Vladimir Nabokov ; au pire, elle n'avait été que privilèges, gouvernantes anglaises, Fräuleins ou Mademoiselles ; eaux minérales à Baden-Baden et Karlovy-Vary ; les Russes de Monte-Carlo et l'individualisme dédaigneux et cosmopolite du genre *Pléiades* de Gobineau. Il y avait eu certes un bref instant où l'Europe avait fait son éducation et connu la fraternité dans les fosses communes — Danthès lui-même avait passé deux ans à Dachau

—, mais l'aveu d'abandon sans vergogne et cette fois même sans hypocrisie, figura dans la presse, au cours des jours comiques qui avaient suivi l'annonce de la non-convertibilité du dollar : les éditoriaux des journaux parlaient à qui mieux mieux de l'« échec de l'esprit européen », comme s'il pouvait y avoir quoi que ce fût de commun entre cet esprit-là et l'Europe des marchés, des sociétés anonymes et des prix de revient. Depuis des années, nulle part, jamais, autre chose que l'armée et l'économie, à la table des grandes conférences, à propos de la patrie de Valéry, de Barbusse et de Thomas Mann.

IV

Ce fut à ce moment-là, peu de temps après son arrivée à Rome, alors que celle qu'il s'obstinait à appeler Europe s'estompait derrière la réalité du négoce, de l'« économie » et des « souverainetés nationales », que Danthès rencontra Erika pour la première fois. Il se réfugia auprès d'elle avec toute la passion d'un homme qui voit soudain l'utopie prendre corps sous ses yeux et se transformer en une réalité vivante et tangible, un bonheur, un visage, un sourire et une voix d'une si apaisante tendresse. Et cependant les troubles nerveux persistaient, tendaient même à s'aggraver. Il y avait quelques instants à peine, il s'était retrouvé dans son bureau au palais Farnèse, alors qu'il se croyait dans la chambre à coucher de la villa Flavia, pour reprendre enfin tout à fait conscience et découvrir qu'il était debout sur la terrasse, dans les roses et les ors pâles de l'aube, tourné vers la campagne toscane et guettant l'apparition de cette vieille Hispano qui avait fait, lorsqu'il la lui avait offerte, la joie d'Erika. C'étaient ces ennuis qu'il avait avec le

Temps qui l'inquiétaient par-dessus tout : la sensation de vivre certains événements deux fois, tantôt par une étrange répétition, tantôt dans une anticipation à laquelle ensuite, lorsqu'il se produisait vraiment, l'événement venait se conformer avec une déroutante exactitude. Du repos et encore du repos, avait dit son médecin à Paris. Mais Danthès devait retourner presque aussitôt à Rome. Ses fonctions d'ambassadeur l'exposaient à tous ces regards trop attentifs que les Anglais qualifient si bien de *beady ;* nouvel arrivé, il se dépensait en visites protocolaires, véritables examens de passage ; pendant quelques mois, il allait être au centre de l'attention du corps diplomatique et l'objet de commentaires et de jugements critiques. « Enfin, quelqu'un de nouveau ! » s'exclamait-on autour des tables de bridge, chez ces impitoyables princesses et comtesses qui tenaient salon et, parce que ces « hôtesses » étaient souvent fort bien en cour au palais Riggi, il lui était interdit de les ignorer. Il ne croyait pas que sa liaison avec Erika fût déjà connue, car ils prenaient encore soin de ne jamais être vus ensemble : Danthès était marié. Il remarquait cependant chez ses collaborateurs une certaine sollicitude à son égard, excessive par sa discrétion même. Craignant quelque bizarrerie dans son comportement dont il n'aurait pas lui-même conscience, épuisé par les insomnies et las de lutter seul contre les tours que ses nerfs ébranlés lui jouaient, Danthès consulta un médecin sur place. Il fut à la fois surpris et rassuré par la clarté et la précision avec lesquelles il exposa à ce dernier ses malaises. Un jugement critique et lucide que l'on porte sur soi-même est toujours la meilleure preuve d'équilibre psychique.

— Voilà, docteur, ce serait assez comique, si c'était un peu moins... éprouvant. Il m'arrive de plus en plus souvent de ressentir une sorte d'effacement, de perte d'identité. La sensation d'être... gommé. Bien sûr, cela se produit surtout la nuit...

— Des insomnies ?

— Je crois que je ne dors guère que quelques heures par semaine. Vous savez les tours que vous joue votre imagination, lorsque la fatigue la fouette et l'exaspère... L'épuisement nerveux crée un état presque hallucinatoire, comme chez les drogués. Mais ce qu'il y a de curieux, c'est que ces hallucinations se font en quelque sorte... à l'envers. J'entends par là que, souvent — bien sûr, je parle en profane — certains états dépressifs s'accompagnent de voix, d'apparitions, etc. Dans mon cas, c'est exactement l'inverse. J'ai l'impression d'être... comment dire ? d'être l'hallucination de quelqu'un d'autre. Je me sens inventé, imaginé, pensé par un tout autre personnage que moi-même...

Le docteur Tuzzi était un homme âgé. Il avait des cheveux gris en brosse, des traits fortement marqués de cette laideur qui inspire la sympathie.

— Quelqu'un de précis ?

— Le mari d'une de mes anciennes amies... C'est un individu parfaitement inexistant, détruit par l'alcool ; je me demande vraiment pourquoi je l'ai choisi, lui. On ne saurait concevoir quelqu'un de plus insignifiant.

— C'est peut-être pour cela, dit le docteur. Il est plus facile de prêter un sens à quelqu'un d'inexistant, comme vous dites, qu'à une personnalité forte, bien marquée... Des angoisses ?

Danthès sourit. Il s'habillait d'humour. C'était une tenue qui le couvrait bien.

— Bien sûr. D'abord, l'irritation d'être obsédé par un individu aussi absurde... et qui n'existe pour ainsi dire pas. J'entends cela au sens littéral, car j'en viens à me demander parfois si le Baron — je ne sais si vous avez entendu parler de la baronne Malwina von Leyden, c'est son mari — existe vraiment...

— Eh bien, dit le docteur Tuzzi, puisque vous paraissez au moins sûr de l'existence de la baronne von Leyden, on peut présumer que son mari non plus n'est pas entièrement le produit de votre imagination... Ce que vous me dites de vos insomnies me semble, dans l'immédiat, poser un problème plus important que votre... ennemi, imaginaire ou non. Nous allons commencer par cela. Je pense qu'après quelques bonnes nuits de sommeil, vous verrez votre Baron revenir à ses justes proportions et reprendre sa personnalité paisible et insignifiante... La baronne von Leyden, hum, hum ? Cela me dit quelque chose. Mais, au fait... si mes souvenirs littéraires... Voyons... N'est-ce pas Casanova qui parle dans ses Mémoires de la baronne Malwina von Leyden, une aventurière, amie du fameux comte de Saint-Germain, qui se targuait, comme ce dernier, de pouvoirs secrets et surnaturels et qui fut mêlée à l'affaire du collier de la reine Marie-Antoinette ?

Danthès rit.

— C'est elle-même, dit-il. Mais je puis vous rassurer. D'abord, ce n'est pas son vrai nom, pour autant qu'on puisse parler de vérité à propos de cette femme douée d'une ardente imagination. Elle a fait toutes sortes de métiers, dont certains... Enfin, passons. Depuis quelques années, elle exerce — avec pas mal de succès, dit-on — la profession intéressante de voyante extralucide, ce qui explique le pseudonyme...

— Ah bon, dit le docteur Tuzzi.

Il prescrivit à Danthès un stabilisant nerveux, qui devait être suivi d'un traitement prolongé au lithium. Danthès dormit mieux et son angoisse s'apaisa, mais il en venait à regretter ses insomnies, car il lui arrivait à présent d'éprouver la sensation déroutante de se trouver en plein jour comme dans un état de veille, dans un clair-obscur de la conscience qui semblait pourtant relever de la nuit. En ce moment même, debout sur la terrasse, fouillant du regard le paysage où il n'y avait pas trace de la voiture qu'il attendait, il était à ce point impatient qu'il ne voyait ni la route vide, ni la campagne lumineuse de Toscane, mais l'Hispano-Suiza jaune, Erika au volant, et, derrière, à côté de la statue prince-de-galles du Baron, la femme qu'il avait détruite vingt-cinq ans auparavant.

V

Le papillon ocre et noir frémissait sur son poignet et Erika gardait les deux mains immobiles sur le volant, évitant de changer de vitesse, pour faire durer l'éphémère. Elle souriait tendrement à cette petite vie malhabile ocre et noir : rien de ce qui était fragile ne la laissait indifférente. Démarche hésitante, toujours au bord de la chute, frémissements d'ailes poudreuses, minuscules antennes chargées d'appréhender l'univers... Le Baron était assis sur le siège arrière à côté de Ma, les mains — gants pécari de chez Gieves, naturellement — croisées sur le pommeau d'ivoire d'une canne en bambou de Malacca. Sous le chapeau melon *derby* gris, perçait encore derrière le ruban le ticket perdant d'une mise sur *Liebelei,* à Epsom, en 1938. Cet aristocrate semblait un monument élevé à tout ce qui, depuis le premier pari, était toujours perdant et perdu, sans pourtant se départir un seul instant d'une foi inébranlable dans quelque suprême et triomphale arrivée au poteau. Il y avait trente-cinq ans que Ma l'entretenait dans l'alcool, et il fallait admettre qu'il était admirablement conservé. Ma prétendait qu'il avait jadis appartenu à Cléo de Mérode, qui l'aurait ensuite offert à la Duse, laquelle l'aurait à son tour perdu dans une partie de whist avec Tutti Hohenzollern ; mais Ma mentait pour survivre, sans le moindre égard pour la vraisemblance, les siècles, les ans, les dates, tout ce qu'elle appelait la « valetaille ». Elle tenait la réalité pour son ennemie mortelle et lui livrait une lutte sans merci, grâce à un don d'affabulation qui était une sorte de création continue de mondes improbables, qu'elle venait habiter après les avoir façonnés à sa guise, avec tout le confort indispensable, châteaux, domesticité, et compagnie agréable d'hommes choisis dans tel ou tel siècle qu'elle se plaisait à fréquenter. Depuis qu'elle s'était établie rue de la Faisanderie comme voyante extralucide, sa maîtrise dans l'art de se duper elle-même l'aidait à emporter la conviction et lui était fort utile dans ses rapports avec les clients. Elle faisait preuve d'une telle familiarité, d'une telle précision dans l'évocation des siècles passés, qu'elle prétendait avoir traversés sous diverses identités, qu'il arrivait à des antiquaires de venir la trouver pour lui demander d'authentifier tel ou tel meuble, bibelot ou tableau. Pour le prix d'une consultation, plus des pourcentages, elle confirmait que le petit secrétaire qu'on lui présentait se trouvait bien en 1764 dans le coin ouest du salon de Mme de Pompadour, entre la fenêtre et la cheminée, et que l'œuvrette mignonne en porcelaine de Saxe avait diverti de sa grâce l'œil morose de La Rochefoucauld. Ma distribuait ainsi des certificats d'origine fort appréciés dans un commerce où les faux d'une provenance douteuse étaient fréquents. L'acheteur emportait son acquisition, ainsi qu'une attestation de la baronne Malwina von Leyden confirmant que la tabatière en or sertie de rubis avait appartenu à Frédéric II, et qu'elle avait elle-même vu à plusieurs reprises cet objet dans la main du Roi philosophe. À l'entendre, elle avait reçu son face-à-main de Marie-Antoinette ; sa canne à pommeau d'argent de Catherine de Russie ; le petit coupe-papier en ivoire était celui que Goethe avait donné à von Kleist ; sans oublier le bougeoir en argent qui avait éclairé les nuits d'amour de George Sand et de Frédéric Chopin, à Valdemosa. Ma paraissait lire le passé à registre ouvert, et les clients étaient ainsi convaincus qu'il lui suffisait de tourner quelques pages pour se mouvoir dans l'avenir avec la même aisance. Il était difficile de savoir si ce regard gris-vert de chat qui se posait sur vous était celui d'une femme que son horreur de la réalité — elle disait que de son temps la réalité n'existait pas et qu'elle avait été inventée par Zola — poussait à chercher refuge dans la Narration et les phantasmes pour tenter de se libérer, l'espace d'un beau mensonge, des chaînes d'un Destin qui s'était montré si impitoyable envers elle, ou celui d'une aventurière singulièrement habile à tromper son monde.

Il y avait évidemment une autre possibilité, bien que l'admettre ouvertement eût été contraire aux bons usages du réel : Erika, dès son enfance, n'avait jamais douté des pouvoirs surnaturels de sa mère.

Lorsqu'elle l'avouait à Danthès avec un sourire, l'ironie n'était là que par égard pour l'incrédulité des autres, et pour respecter les apparences et les conventions qui tracent une ligne de partage entre le monde des pieds et celui du rêve, c'est-à-dire, en somme, pour faire preuve de bonne éducation. Ma l'entretenait si souvent et avec un tel naturel de ses amis Saint-Germain, maréchal-duc de Richelieu, Nostradamus, Leibniz ou Choderlos de Laclos — « je crois qu'il était au fond un peu pédale » — qu'elle n'eût été nullement surprise de les avoir à dîner, et s'étonnait même un peu lorsque sa mère revenait seule à la maison. Dès l'âge de neuf, dix ans, elle sut faire semblant, toujours par respect d'autrui et du comme-il-faut, de reconnaître le monde familier et quotidien, palpable et visible, comme seul et unique, puisque telle était la religion dont il n'était pas permis de s'écarter sans se trouver en état de péché grave envers la société des têtes bien faites et sans inspirer la plus grande méfiance — ou pire, de la pitié — à ceux qui vous prenaient ainsi en flagrant délit d'évasion. Rien, cependant, ne pouvait l'empêcher, lorsqu'elle était seule, ou même en compagnie de ceux qu'elle appelait les « prisonniers de leurs pieds », de sourire un peu mystérieusement, fermer les yeux et fréquenter allégrement une tout autre fête, une tout autre partie de campagne. Le pouvoir de sa mère était contagieux et l'amitié que l'enfant avait entretenue avec le Chat botté et la fée Carabosse, loin de s'éteindre avec le passage des saisons, ne fit que grandir, si bien qu'il y eut des heures où il lui était difficile de croire aux chauffeurs de taxi et aux trottoirs, aux passants et aux sens uniques, alors que Lord Byron venait de lui baiser la main, que Diderot marchait à son côté en philosophant sur l'infini, l'éternité, la vie et la mort d'une manière si aimable qu'il paraissait jouer au bilboquet avec l'univers, ou qu'elle écoutait avec un peu de frayeur les derniers ragots salés de Voltaire sur les exploits amoureux de Catherine de Russie. La ligne de clivage entre le monde des pieds et celui du rêve s'estompait, le Temps glissait, doux et caressant comme un chat persan ; il suffisait de mettre son masque pour passer inaperçue dans la Venise de Guardi et Canaletto, de lire les articles d'avant-garde d'Apostolo Zeno dans son *Giornale dei letterati* de 1710, ou de s'irriter contre l'abbé Giacoppo Rebellini qui traitait Voltaire et Rousseau d'« ennemis de Dieu et de la société ». Elle était encore une enfant lorsque sa mère l'emmena ainsi dans ses promenades au XVIIIe, à travers la dernière Venise des Doges, et Erika fut choquée de voir au théâtre de San Cassiano les patriciens, du haut de leurs loges, cracher pour s'amuser sur les hommes du peuple, qui l'acceptaient de bon cœur. Casanova fréquentait cet endroit, alors qu'il était au service de l'Inquisition dans un métier qu'il faisait mieux que personne, celui d'indicateur. Ce fut grâce à l'amour que Ma lui inspirait que Goldoni tint la promesse qu'il avait faite publiquement en 1749, de présenter à ses admirateurs seize pièces nouvelles pour la saison suivante. Gozzi l'invita à manger des glaces chez Florian et lorsqu'elle fut empêchée de se rendre à la Comédie à cause d'un vilain rhume, sa mère lui fit un récit détaillé de la première de *Figaro* et du souper chez la volage comtesse de Roanne, auquel Beaumarchais l'avait ensuite conviée...

VI

Ils auraient vécu dans une relative aisance, malgré le prix de revient du Baron, qu'il fallait habiller à Londres tous les six mois et entretenir dans un style digne de sa grande noblesse, si Ma n'avait eu une passion du jeu où s'évanouissaient tous ses gains de « conseillère d'avenir », terme qu'elle utilisait sur ses cartes de visite, afin de se différencier de toutes les liseuses de marc de café et de boules de cristal. Personne ne comprenait qu'une femme douée de pouvoirs si extraordinaires fût incapable de prévoir le bon numéro à la roulette, ou se laissât balayer par un marchand de soupe au baccara, alors que Saint-Germain n'avait jamais manqué — c'était un fait historique — de choisir le chiffre gagnant à la loterie de Londres. Ce qu'on ignorait, c'est que les initiés n'avaient pas le droit de tirer un profit personnel de leur pouvoir, et Saint-Germain ne jouait jamais lui-même les numéros qu'il prédisait si infailliblement. Le résultat était que la « tribu », ainsi qu'Erika désignait leur trio, avait avec la vie quotidienne des rapports de plus en plus difficiles et que Diderot, Nostradamus, Leibniz et Saint-Germain lui-même levaient les bras au ciel, demeuraient un moment encore face au chœur des créanciers et des huissiers, puis disparaissaient dans l'obscurité la moins propice aux revenants, celle de l'électricité coupée. Les physionomistes des casinos menaient la vie dure à Ma et ne cédaient qu'à l'insistance des gros joueurs qui menaçaient de ne plus remettre les pieds dans les salles si la « Baronne », qu'ils connaissaient depuis si longtemps, n'était pas admise. Prise à la gorge par ses propres difficultés, Ma avait de plus en plus de mal à rassurer les autres, avec une fâcheuse tendance à prédire à ses clientes les pires malheurs, pour se consoler des siens. Quant aux « antiquités », la basse commercialisation de l'art de contrefaçon par de petits trafiquants sans goût pour l'ouvrage bien faite, avait pris de telles proportions, que ces vulgaires imitations de faux nobles et longuement mûris, faisaient hésiter les experts même les mieux disposés. Pour placer une toile de Burckhardt comme étant de Rembrandt, faire passer une œuvrette mineure de Battistini pour un ovale de Tiepolo, il fallait maintenant des années et des années de « bouteille », ce qui signifiait qu'un faux devait avoir figuré dans une collection respectée, avant d'être mis sur le marché. Le vieux Wudekind, de Winterthur, âgé aujourd'hui de quatre-vingt-dix ans, acceptait parfois d'offrir l'hospitalité à une de ces « découvertes » de Ma, en souvenir d'une amitié qui remontait, dans l'esprit d'Erika, à quelque chose d'aussi lointain que la bataille de Lépante.

Heureusement, il y avait encore des âmes nobles parmi les vrais collectionneurs et qui se réjouissaient à l'idée de voir une médiocre copie de Bacchi s'étaler à la place d'honneur chez les parvenus du cinéma et de la finance, du trafic immobilier et de la conserve. Par ironie et haine pour cette « bifteckaille », les Caran d'Anvers, les Van Ruys ou les Leszczynski hébergeaient parfois un bibelot ou un tableau et lui fournissaient ainsi un pedigree, ce qui permettait ensuite à Ma d'en disposer dans d'excellentes conditions. La noblesse avait tout de même appris quelque chose depuis la Révolution : elle s'entraidait. Une des meilleures affaires des dernières années était le pot de chambre de Louis XIV vendu à une pétrolière du Texas et que celle-ci exhibait sur une table signée de Vignac, dans un coin de son salon. Du reste, la « tribu » n'avait jamais connu la vraie misère, car une pension, dont Ma déclarait ne pas connaître la source, lui était servie par l'intermédiaire d'une banque suisse. Parfois, assise au milieu des objets offerts par ses admirateurs au cours de tous les siècles passés qu'elle avait fréquentés — flûte de Mozart, éventail jauni que Lady Hamilton avait tenu lors du fameux bal, broche que Benvenuto Cellini avait ciselée pour elle en une seule nuit sur ordre de Lorenzo, boîtes à musique innombrables, aux ballets de chiens savants ou aux singes en habit à la française, valsant sur les couvercles, lanternes magiques qui avaient depuis longtemps perdu leurs ombres chinoises — Ma se mettait à examiner Erika avec une attention aiguë de commissaire-priseur, et disait :

— Tu vas faire un malheur. *Il* ne s'en remettra pas.

Erika connaissait depuis son plus jeune âge le rêve de vengeance qui habitait sa mère et où celle-ci puisait l'énergie farouche nécessaire à une femme qui vit depuis vingt-cinq ans dans un fauteuil d'infirme pour ne pas capituler devant la réalité. Cette passion, cette hantise, cette volonté de régler ses comptes et de revivre par procuration, à travers Erika, un amour perdu qui l'avait laissée en morceaux, la soutenaient plus sûrement encore que son corset orthopédique dont la partie supérieure, enserrant le cou, était toujours dissimulée sous une guirlande de fleurs blanches. Lorsqu'elle surprenait sa fille nue, son visage s'éclairait d'un sourire de triomphe, celui d'un stratège sûr de ses victoires futures. Elle disait alors, en se donnant une tape sur la cuisse :

— Ça vient. Tu es la plus belle de toutes.

Elle guettait ainsi d'année en année l'épanouissement d'Erika qui finissait par se sentir comme un soufflé en train de monter sous l'œil du chef. Elle n'en voulait pas à Ma, bien que souvent, se savoir ainsi destinée à vivre le rêve d'une autre, fût-ce sa propre mère, l'irritait et la dépersonnalisait par le jeu de cette vocation tracée d'avance, qui paraissait doubler le poids que le Destin place déjà sur les épaules de chacun. Dans la tendre compréhension qu'elle éprouvait pour sa mère, il entrait d'ailleurs plus de simple féminité que de pitié filiale. Erika avait été élevée sur les ruines d'un très grand amour, dont les débris mêmes avaient suffi à soutenir pendant un quart de siècle une femme âgée à présent de soixante-trois ans et qui ne cessait de continuer sa partie inlassable sur cet échiquier du rêve où rien ne rate jamais. Dès l'âge de quatorze, quinze ans, il arrivait à Erika de s'asseoir devant la photo de Danthès et de se demander, en la regardant longuement : « Est-ce que je lui plairai ? » Danthès prenait ainsi dans sa vie et dans son imagination une place qu'aucun des hommes réels qui la courtisaient ne pouvait plus lui dérober. Elle portait tout un bric-à-brac romantique qui n'était même pas à elle, avait charge de rêve — le rêve d'une autre —, et le caractère très XVIIIe de cette œuvre de longue haleine, nourrie de si savantes préméditations et élaborée avec tant de constance dans la haine amoureuse, finissait par prêter vraisemblance, tant elle tenait d'un autre âge, à cette existence mythique dont se réclamait Malwina von Leyden lorsqu'elle parlait de « ce bavard de La Fontaine » ou de Lord Byron, « ce garçon un peu trop ténébreux pour mon goût, que j'ai fort bien connu ». Erika n'était pas sans se révolter parfois contre ce songe qui n'était même pas le sien, mais qu'elle devait assumer, et se rebiffait contre cette autre ligne de vie dont il n'y avait pas trace au creux de sa paume. Au cours de ces brefs moments d'insoumission où rêver de révolution devient une façon de lécher ses plaies secrètes, couchée à l'hôtel de Paris à Monte-Carlo dans le lit qui avait vu la nuit de noces de Ford avec Fiat, pendant que

Ma jouait le tout pour le tout au casino, Erika l'attendait en lisant le *Manuel du parfait bricoleur* ; on vous y indiquait tout ce qu'il fallait savoir pour fabriquer chez soi des bombes, à l'aide d'éléments que l'on pouvait acheter dans toutes les drogueries. Elle reprenait ainsi pied sur la terre ferme, celle des hommes qui existent vraiment, puisqu'ils se rebellent. Il était déjà exténuant de côtoyer à longueur de journée Cagliostro, Goldoni, le cardinal de Bernis, d'écouter cet interminable journal parlé de Saint-Simon, être reçue par le Doge, applaudir aux flûtes pastorales de Rousseau et jouer avec Diderot aux colin-maillard philosophiques, comme elle le faisait depuis que sa mère l'avait habituée à cette compagnie, mais lorsqu'il fallait en même temps faire face à un monde très prosaïque, celui des créanciers et des chèques sans provision, les bombes finissaient par vous apparaître comme les seules œuvres d'art qui pussent changer vraiment le monde. Elle était devenue hôtesse à la T.W.A., avait dessiné des vêtements et des maquettes de théâtre, occupé un poste bien payé dans une agence de publicité, pour tenter de se désintoxiquer des chimères et se dérober non seulement à Ma et à sa Narration mais aussi à Danthès lui-même : il commençait à occuper dans son esprit une place assez voisine de celle qu'il avait prise jadis dans cette fin de femme que fut sa liaison avec Ma, il y avait de cela vingt-cinq ans. Craignant aussi, sans se l'avouer entièrement, cette hérédité dont la menace pesait sur elle et dont elle évitait d'examiner de très près la nature, Erika s'accrocha à une vie pratique, quotidienne, faite d'habitudes et d'une fréquentation appliquée, assidue, du réel. Sans ces exercices d'hygiène mentale, elle eût succombé définitivement ; il ne lui était déjà que trop facile de suivre sa mère dans ses errances, et de se mettre à croire fermement, elle aussi, que la révolution de 1789 n'aurait jamais lieu, et qu'il y avait chez les Necker un cocher corse fort mal léché, Napoleone Buonaparte. Ma disait que la beauté d'Erika avait cette perfection privilégiée qui, au XIXe siècle, eût cherché à se faire pardonner par une phtisie romantique, au XVIIIe, par la bêtise de Virginie, et au XXe, par des idées politiques avancées. C'était aussi la revanche des brunes sur les blondes, ajoutait-elle, en aspirant l'air avec un léger sifflement, signe chez elle de satisfaction intense, et elle regardait sa fille comme Marie-Antoinette devait contempler de sa fenêtre à Versailles les têtes de Robespierre, Danton, Marat, Saint-Just, portées sur les hallebardes de la garde suisse après l'échec de la Révolution, aux acclamations du bon peuple de Paris, heureux de s'être épargné la Terreur, la prise du pouvoir par la bourgeoisie, et ce Mussolini de Napoléon. Car Ma vivait triomphalement dans un monde où la Révolution française avait échoué et où les petites cours allemandes du XVIIIe, ces derniers sanctuaires de la civilisation, continuaient à la recevoir. Erika ne pouvait confier sa mère aux soins du Baron seul, car ce dernier, pour ainsi dire, n'existait pas ; quant à la rente mystérieuse que leur servait la banque suisse, elle ne pouvait suffire pour faire face au jeu, à l'élégance du Baron, à la vie d'une femme clouée dans son fauteuil d'infirme et à ses extravagances. Erika, lorsqu'elle s'éloignait de la « tribu », avait l'impression de trahir. Chaque fois qu'elle rentrait au bercail, Ma s'armait du face-à-main en or que lui avait offert Pouchkine avant de se faire tuer dans ce stupide duel, étudiait Erika des pieds à la tête, et le vieux refrain revenait alors avec son accent de victoire, cependant que le visage assumait un air de gravité presque solennelle :

— Ma fille, tu feras un malheur...

Et parfois, lorsque Erika se tenait ainsi nue devant sa mère, soumise à cet examen qui lui donnait la sensation de poser pour le *Marché d'esclaves* de Delacroix, il lui semblait que cette expression « tu feras un malheur » quittait le vocabulaire du joueur pour acquérir un sens littéral et sinistre. D'autant qu'il arrivait alors à Ma de fermer à demi un œil, avec un sourire cruel, et toujours d'un rouge trop vif sur le fond poudré du visage, comme si elle visait quelqu'un au cœur. Erika ne faisait pas grief à sa mère de cette assez monstrueuse cruauté parce qu'elle avait très tôt reconnu, dans la préméditation insensée avec laquelle celle-ci l'avait élevée, une étincelle de ces grandes folies sacrées dont se nourrissent parfois les hommes et les civilisations. Cette femme à la colonne vertébrale brisée avait, plus que toute autre, droit à des ailes. Bien qu'elle se laissât aller souvent à des flambées de colère en songeant à sa vie entièrement vouée à l'imaginaire, elle acceptait de jouer le jeu, dans une tendre alliance, et lorsque la mère et la fille parlaient de Danthès, c'était comme d'un ennemi qu'il convenait de bien connaître afin de mieux le circonvenir. Ma ressemblait alors à un général qui établit son plan de campagne en fonction de la nature du terrain, de la disposition des forces en présence et de la connaissance qu'il a du caractère et des faiblesses de l'ennemi. Erika aimait trop sa mère pour chercher la petite bête ou, plus exactement, la grande bête rongeuse d'âme et de cerveau qui s'appelle désespoir et que l'on prend souvent pour de l'excentricité. Il est des circonstances où il faut beaucoup d'excentricité pour continuer de vivre et Ma puisait ses forces dans l'unique potion magique qui fût à notre portée, celle des illusions, et se tenait dans son fauteuil à roulettes comme sur un Olympe inaccessible que ne pouvaient toucher les assauts d'une implacable réalité. Elle était encore très belle, de cette beauté indifférente à la jeunesse des portraits expressionnistes allemands, et les rares survivants qui devaient bien avoir quarante ans à l'époque où Ma en avait vingt, les Casiglia, les Schwach von Kurland, les Ossowietzki, souriaient avec une ironie touchée de nostalgie et parlaient avec beaucoup d'admiration de « leur amie » Malwina von Leyden, « cette femme extraordinaire », regardant avec les yeux tendres du souvenir celle qui les outrait tant lorsque la fuite des ans n'avait pas encore accompli sa métamorphose. Quelles que fussent les horreurs qu'il lui arrivât d'entendre sur le passé de sa mère, Erika n'en tenait nul compte, car elle savait que celle-ci appartenait à la race de ces êtres légendaires qui n'acquièrent leur véritable stature que dans les œuvres du Temps, et dont les contemporains ne saisissent que le matériau éphémère ; de Messaline à Cléopâtre, de Théodora de Byzance à Malwina von Leyden, une magie opérait, qui transformait les putains en divinités aux visages de mystère, les filles de ferme en Valkyries, les Borgia en douceurs florentines et l'humble Laure en immortalité du poème. Peu lui importait que sa mère fût ou non cette dévoreuse d'hommes, cette aventurière de haut vol dont le nom aux échos de scandale réapparaissait dans les journaux chaque fois que la presse s'emparait de quelque jardin de délices interdits ou d'un terrain de jeux secrets. Les blessures obscures dont ces révélations avaient marqué très tôt le psychisme d'Erika étaient celles de la réalité, mais ce qui l'unissait si profondément à sa mère avait toute la puissance et la passion de l'imaginaire. C'était une complicité entre chimères.

VII

Le Baron, en disgrâce, dodelinait en arrière sur les coussins canari et le soleil n'arrangeait en rien les riches écarlates de son teint où les yeux bleu pervenche rappelaient les meilleures porcelaines de Dresde. Une rencontre fâcheuse avec une bouteille de champagne au cours du déjeuner, dans les profondeurs ombragées d'une *trattoria* de Parme, lui avait fait perdre sa place au volant, alors que tout était prévu pour que l'Hispano fît à la villa Italia une arrivée digne de sa carrosserie. Ma n'avait jamais cru bon d'informer sa fille des circonstances dans lesquelles elle avait acquis ce dernier descendant d'un Grand Maître de l'Ordre des Chevaliers teutoniques, pour en faire le père adoptif d'Erika. Danthès, qui se préparait depuis quelque temps déjà à cette rencontre décisive, n'avait trouvé trace des von Putz zu Sterne dans aucune chronique, ce qui prouvait ou bien que le Baron n'existait pas, ou bien qu'au cours des âges qu'il avait traversés, il avait déjà brillé dans l'art de passer inaperçu. Cet état d'effacement perpétuel dans lequel « Putzi » se maintenait si fermement pouvait également être interprété — c'était un homme qui tenait toutes les portes ouvertes, toujours prêt à filer — comme l'extrême prudence d'un malin décidé à échapper à ces marques d'attention dont le Destin est si souvent et si malencontreusement prodigue. En tout cas, le Baron apparaissait presque toujours au cours de ces états de rêve éveillé qu'étaient devenues les nuits de Danthès, et se tenait assis, raide, à côté de lui, les mains croisées sur le pommeau de sa canne, dans l'attitude qu'il gardait en ce moment même, dans l'Hispano jaune canari qui menait le trio à sa destination, et dont Danthès guettait l'arrivée du haut de la terrasse de la villa Flavia. La surprise de la journée avait été le refus muet, mais énergique, de « Putzi » de revêtir la casquette et l'uniforme gris de chauffeur que Ma voulait lui faire porter et qui allait pourtant admirablement avec l'Hispano. Ce n'était pas à proprement parler une révolte — le Baron était pour cela trop bien élevé —, mais une sorte de protestation silencieuse qui avait donné à son regard pervenche un éclat presque indigné. Cette brusque dérobade était à ce point inattendue que Ma, sous l'effet de la surprise, n'insista pas, et le Baron fut autorisé à conserver son prince-de-galles et son nœud papillon. Il y avait pourtant du drame dans l'air, car Ma, bouleversée par ce refus d'obéissance de la part d'un objet aussi familier, reniflait à présent dans son mouchoir, et bien que cet effort pour faire croire à des larmes fût assez peu convaincant, le Baron, dans son coin, était cramoisi de honte, ce qui permettait d'espérer que tout était rentré dans l'ordre et qu'on pouvait de nouveau compter sur lui pour toutes les tâches domestiques qui allaient lui être confiées. Lorsque Ma avait des visiteurs, le Baron endossait un impeccable habit de maître d'hôtel du genre « Madame est servie » ; le matin, il portait la « guêpe » jaune et noire de valet de chambre, mais à leurs moments d'opulence, dans les palaces des capitales du jeu, il redevenait l'ami de la famille, se tenant derrière le fauteuil de l'infirme, une tasse de café à la main, le petit doigt soigneusement replié et non point écarté, comme chez les parvenus. Danthès trouvait quelque chose d'assez douteux à ces poses d'élégance et à ces numéros d'impeccable distinction, car ils avaient ce côté « discrétion assurée » que l'on associe à la police privée et aux maîtres chanteurs. Mais il savait ce que l'imagination d'un autre peut faire de chacun de nous et il avait un peu honte de sa méfiance et de ses soupçons, surtout lorsqu'il surprenait, ou croyait surprendre, sur le visage du Baron une expression de tristesse et de nostalgie peu compatible avec ce *don't show your feelings, it's rude* — que la tradition anglaise exige du parfait gentleman. Tradition dans laquelle toute manifestation extérieure de tourment intime devient un véritable Waterloo, vu du côté français, de la décence, comme une braguette déboutonnée.

Erika avait appris cette paternité adoptive, dont le Baron s'était toujours strictement gardé de manifester quelque signe extérieur de richesse — tels que baisers, sourire affectueux, ou main tendrement passée dans les cheveux —, à l'âge de quinze ans, lorsqu'elle eut droit à un passeport personnel qui lui fut délivré au consulat allemand de Nice par un scribe que l'obséquiosité pliait en deux et que l'on avait envie de sauver de l'huile, tel un insecte mal tombé. Erika von Putz zu Sterne, et Dieu seul savait ce que ce nom signifiait en termes de croisades, fils du premier lit et bâtards, chasses au faucon, armoiries, arbres généalogiques aux branches et ramifications tombées au champ d'honneur, rapières, tournois, véroles, poisons, viols, femmes mortes en couches, oriflammes, bûchers, trahisons et fidélités, bien qu'elle ne trouvât nulle trace de tout cela dans l'almanach de noblesse prussienne du Ritter Kleist. Jusqu'à l'âge de quinze ans, elle avait seulement vu dans le Baron l'unique meuble que Ma transportât partout avec elle, et ne se doutait guère qu'il y avait dans ses tiroirs onze siècles de noblesse et de grandeur, car le Baron ne s'ouvrait jamais. Il se taisait, et ce silence absolu devenait d'une étonnante éloquence et même insultant par ce refus total du verbe — une sorte de jugement méprisant et sans appel qu'il paraissait porter sur l'ordre cosmique des choses, qu'il trouvait scandaleux. Tout vocabulaire devait lui paraître indigne, parce que le langage nouveau attendait un monde nouveau. « Putzi » avait avec le verbe des difficultés nullement dues à une tare congénitale, mais sans doute à des rapports très méfiants avec la réalité où il était tombé à la suite d'un accident de naissance, réalité que le langage embrasse toujours, et avec laquelle il établit d'innombrables et assez ignobles arrangements. Le

Baron ne mangeait pas de ce pain-là. Ayant pris son passeport au consulat et répondu par un rapide sourire au vice-chancelier dont le nom, croyez-le ou non, était von Perpignan — voilà tout ce qui restait des guerres de Religion et de l'émigration des protestants français dans la patrie de Luther —, Erika s'était rendue auprès de ce père si récemment acquis, non sans éprouver une certaine émotion feuilletonesque, où l'on retrouvait les dernières traces des enfants volés par les tziganes et brusquement rendus à l'affection des leurs par le génie puissant du romancier. Ils étaient alors à San Remo et avaient changé cinq fois d'hôtel en quinze jours, selon les caprices du baccara et du trente-et-quarante, s'élevant d'une modeste *pensione* aux appartements du Majestic — deux millions de lires ramassés sur un sept-neuf à cheval — pour retomber ensuite dans deux chambres meublées à Bordighera, seul endroit où ils avaient pu trouver à se loger à bas prix, en pleine saison touristique. Erika trouva le Baron — elle ne s'était jamais habituée à l'appeler « père » — en train d'arroser un pot de géranium dans la chambre. Ma jugeait cette façon de soigner les plantes des autres profondément irritante —, altruisme d'autant plus déplorable que l'hôtelier avait exigé un paiement d'avance : pour qu'une si belle clientèle descendît dans sa *pensione*, il fallait qu'elle fût sans le sou. Arroser dans ces circonstances les fleurs du coquin lui rappelait, grognait Ma, le « donne-lui tout de même à boire, dit mon père », de Victor Hugo. Il y eut entre la fille et son père de fraîche date une explication rapide d'où l'émotion sortit vaincue, fuyant la queue basse, car cela tombait à un moment où les nerfs d'Erika étaient vraiment à bout. Sa mère prétendait avoir eu dans la nuit une révélation absolument sûre et cent pour cent psychique, selon laquelle le 4 allait sortir à neuf heures vingt-deux précises, sur la deuxième table à gauche du casino, à la seule condition que Ma se gardât de porter la moindre trace de vert sur elle, couleur qu'elle détestait de toute façon, car elle évoquait à ses yeux les grossièretés et les vulgarités de la nature, cette fille de ferme. Il ne restait plus qu'à trouver une mise et Erika venait de porter au mont-de-piété le dernier objet de valeur que la famille possédât à ce moment-là. Il s'agissait d'une rarissime édition des poèmes de Hölderlin qu'Erika avait reçue d'un admirateur à peine plus âgé qu'elle, le petit Lord Nodder, dont le père avait été anobli pour services rendus à la cause de l'exportation des chaussures. Ce fut donc d'une voix marquée de rancune neurasthénique — *(mon Dieu, je voudrais être morte, morte, tout simplement, plutôt que de continuer ainsi)* —, qu'elle interrompit les tendres égards du Baron pour les géraniums :

— Ainsi donc, vous m'avez adoptée. Belle journée.

Le Baron rougit violemment et émit cette succession de gloussements monosyllabiques par lesquels il manifestait en des instants particulièrement tragiques le contrôle qu'il exerçait sur ses sentiments.

— Merci. Je ne vous demande pas si vous êtes mon véritable père, peu importe, nous avons déjà assez de soucis comme ça. Le livre vaut sept mille deux cents dollars, j'en ai tiré quatre cent mille lires, plus la satisfaction d'avoir fauché ce petit volume de Pétrarque, édition de 1720, regardez...

Elle posa son acquisition sur la table et ouvrit son passeport tout frais :

— Fräulein von Putz zu Sterne, lut-elle, et le remit dans son sac. Pourquoi pas ?

L'eau des géraniums avait débordé et venait mourir goutte à goutte sur la moquette. Erika sourit. Lorsqu'elle était encore enfant — à quinze ans, cela lui paraissait étrangement lointain — le vieux Sigismondi lui avait offert à Monte-Carlo un castor qu'elle avait laissé dans leur appartement à l'hôtel de Paris. Revenant quelques heures plus tard, elle avait trouvé les meubles rongés ; un petit tas de copeaux faux Louis XV se dressait au milieu du tapis et Maurice, le castor, continuait à y travailler : le grand pot de tulipes sur le guéridon avait débordé, l'eau avait coulé par terre et Maurice construisait un barrage...

Le 4 n'était pas sorti ce soir-là, bien que sa mère n'eût absolument rien de vert sur elle. Peut-être était-ce dû à la vieille Schwartz, qui était assise à son côté, croulant sous les émeraudes. Heureusement, Ma avait rencontré à la table un banquier suisse de ses amis, très mal à l'aise, comme tous les banquiers suisses lorsqu'ils se font surprendre dans une salle de jeu. Il fut heureux de la dépanner.

VIII

Le ciel accueillait l'Hispano à chaque tournant de la route dans l'ensoleillement de ce midi-le-juste dont parlait Valéry, et les ombres étaient exclues de la fête. Somme toute, pour une fois, tout allait *extrêmement* bien, et il n'y avait aucune raison de croire que l'avenir se refusât à recevoir la « tribu » dans ses meilleurs quartiers. Erika gardait intactes des ressources inépuisables de légèreté et d'insouciance, et c'était peut-être ce qui l'unissait le plus profondément à sa mère. Selon toutes les règles du jeu, il y a longtemps que Ma eût dû s'avouer vaincue, mais elle était de ces êtres totalement incapables de se rendre compte d'une défaite, ce dont les défaites ont une sainte horreur : elles se sentent snobées. Elles reviennent alors à la charge, en compagnie de créanciers, d'huissiers et de médecins, s'entourant de toutes les précautions pour être admises ; mais Ma avait une façon de leur dire zut qui les renvoyait dans leurs foyers d'infection et les désamorçait complètement. Erika imaginait souvent un livre de gravures consacré aux défaites de sa mère, dans lequel ces malformations du Destin figuraient sous l'aspect allégorique de petits monstres moitié chauves-souris, moitié hyènes, pleurant d'humiliation dans un coin. La vie de Malwina von Leyden était une succession de menus désastres quotidiens et de Waterloos définitifs ; mais elle avait une façon souveraine de changer d'optique qui transformait soudain la défaite française de Waterloo en une victoire de Blücher au même lieu. Rien ne lui était plus difficile que de s'avouer vaincue, et sa vie devenait ainsi un dernier quart d'heure continuel. Ce qui inquiétait la jeune femme dans le combat qui allait commencer, c'était, cette fois, son caractère final. Ma avait attendu près de vingt-cinq ans pour jouer cette revanche, et bien qu'elle sût que la complicité de Danthès lui était acquise, Erika craignait que le Destin, piqué au vif par ces cartes si soigneusement distribuées d'avance et ces plans si minutieusement élaborés par une autre volonté que la sienne, ne se mît de la partie.

« C'est une femme extraordinaire. » La phrase, tant de fois entendue, était prononcée par les Américains avec la conviction profonde où ce peuple torturé par l'angoisse aime se jeter la tête la première, cherchant par là la fin du doute ; par les Anglais, avec la pointe de cet humour auquel ils confient la tâche d'atténuer tout ce qui risquerait de ressembler à un excès de confiance dans leur propre jugement ; par les Français, avec force, à très haute voix et toujours un peu agressivement, parce que, monsieur, moi je sais de quoi je parle. « C'est une femme extraordinaire, *aussergewöhnlich* », disaient les Allemands, avec une lenteur non dépourvue d'hésitation, comme il sied à un peuple qui pèse longuement le pour et le contre, avant de se ruer en avant quel que soit le nombre des morts. Erika entendait cela depuis son enfance dans tous les campements aristocratiques auxquels ils se frottaient. Personne ne savait ce que Ma faisait au juste à ses débuts dans la vie, à part un bref passage, à seize ans, au théâtre, chez Piscator et chez Reinhardt, avant de se laisser aller à son goût de l'improvisation qui s'accordait mal avec les textes des autres et les rôles appris par cœur. Elle était née quelque part en Lettonie ou en Estonie, en tout cas sur la Baltique, mais cette naissance et les documents s'y rapportant n'étaient, à l'entendre, qu'un tribut prudemment payé à la légalité, aux bons usages et aux préjugés ; en *réalité* — terme assez effarant sur ses lèvres et dans ce contexte — Ma était une initiée de la secte des Rose-Croix, et, ainsi, douée d'une mémoire qui lui permettait de se souvenir de toutes les vies antérieures qu'elle avait vécues sous la même apparence physique, mais sous divers noms, dont celui de Malwina von Leyden. Que de tels pouvoirs fussent banalement mis à l'épreuve par un accident d'automobile et la paralysie qui en résulta, ne paraissait en rien la gêner, lorsqu'elle se réclamait de dons surnaturels : l'accident, disait-elle, était l'œuvre du Destin, lequel est un hors-la-loi notoire, disposant de moyens supérieurs à ceux du commun d'immortels. Il ne convient pas en effet d'oublier que dans cette dimension secrète et insoupçonnée de nos savants, où sont prises les *vraies* décisions et où sont minutieusement réglés d'avance tous les rouages, il existe également une hiérarchie, des luttes d'influences non dépourvues de mesquineries, et aussi que le Destin, depuis Eschyle et Sophocle, était devenu très imbu de lui-même et se vengeait parfois avec une cruelle petitesse de ceux qui ne l'avaient pas consulté. La seule certitude était le fauteuil à roulettes et le corset orthopédique ; pour le reste, Malwina voyait surtout dans le Destin un partenaire trop souvent défaillant à une table de baccara ou de trente-et-quarante. Il était impossible de dire ce qu'il entrait dans tout cela, de courage, d'humour ou de mythomanie. Et le métier de voyante extralucide excusait toutes les affabulations, car on ne pouvait quand même pas parler aux clientes comme s'il n'y avait point de mystère.

IX

Ce fut tout à fait par hasard qu'Erika, à l'âge de douze ans, fut renseignée sur une des « incarnations » de sa mère. Cela se passait à Montecatini, où Ma faisait une cure de bridge, pillant sans pitié un assortiment d'industriels italiens et de Sud-Américains avariés. La « tribu » s'était alors provisoirement fixée à Vienne. Le frère d'une de ses amies, la petite von Lubour, avait essayé de glisser la main sous le jupon d'Erika. Repoussé, ce garçon de quelques années plus âgé que la fillette, avait souri méchamment : « Que de chichis pour une môme dont la mère a tenu le bordel le plus huppé de Vienne. » Erika dut à cette révélation son premier moment d'étrangeté, d'irréalité : pendant les quelques minutes qui suivirent, elle fut tout simplement absente, et puis les choses se tassèrent. Plus tard, elle s'étonna surtout de ne pas avoir su le sens du mot « huppé ». On disait de Ma qu'elle était une juive de Rostock, mais cette légende était née d'une ruse de guerre. Plus exactement, d'un véritable coup de génie.

Malwina von Leyden s'était en effet délibérément proclamée juive peu après l'invasion de la Pologne par Hitler, bien qu'il y eût dans son coffret suffisamment de parchemins pour faire remonter ses ancêtres au troisième seigneur du même nom, tué à la bataille de Grünwald, en 1410. Les raisons qui l'avaient poussée à renier une lignée aussi aristocratique et à risquer l'étoile jaune étaient fort simples, pour qui connaissait son éternelle ennemie, « cette vieille garce, la nécessité ». Ma eut la révélation de sa juiverie en 1940, alors que les casinos d'Europe éteignaient leurs feux et que la tristesse morne des petites mises régnait dans les cercles privés et les salons de jeu clandestins, où seuls quelques nouveaux magnats du marché noir se manifestaient parfois avec un peu d'éclat. La vie était difficile, et le Baron s'était placé comme valet de maître et chauffeur en Bavière. Ma était aux abois. Ce fut alors qu'on la vit arriver un beau matin au château du prince von Kreutzer à Sigmaringen, où vivait son illustre propriétaire, l'ancien aide de camp de Guillaume II. Cet homme avait pour les nazis un mépris et une haine que seuls peuvent comprendre ceux qui sont d'une noblesse authentique, qu'ils soient ou non « bien nés ». Von Kreutzer avait à cette époque plus de quatre-vingts ans ; c'était un grand vieillard sec aux gestes brusques, qui avait conservé jusqu'à cet âge très avancé la vivacité d'esprit et de mouvement d'un éternel étudiant. Il avait l'habitude de tenir son bras droit replié derrière le dos, la main passée sous le bras gauche, dans une sorte de symétrie inversée de l'attitude-cliché du Petit Caporal. Ma ne semblait pas l'avoir personnellement connu avant cette rencontre. Mais le Prince avait ce qu'on appelle aujourd'hui une « légende » et qu'on appelait jadis une réputation ; celle d'un homme dont la noblesse n'était pas seulement un titre. Leur entretien fut bref et Erika imaginait fort bien la scène pathétique où Ma se jetait aux pieds du vieil aristocrate, le visage baigné de larmes, implorant aide et protection : elle était, disait-elle, juive, bien que cela ne fût point connu, et menacée des pires dangers par cette canaille d'Hitler. Ce fut payant : Kreutzer lui offrit une hospitalité illimitée, comme il se devait entre personnes de si vieille race. Ma passa deux années au château, servie par des domestiques stylés, et le vieux Prince mettait à la choyer et à la traiter en très grande dame tout le mépris, le dégoût et la haine que la plèbe nazie lui inspirait. Il y avait sans cesse des perquisitions, mais les parchemins de la « juive » restaient inattaquables, et la Gestapo repartait la queue basse, écrasée par l'évidence d'une lignée germanique qui avait combattu si vaillamment les hordes slaves. Après, selon Ma, ce fut cette « merveilleuse occupation » française ; le haut-commissaire était un gentilhomme ; elle demeura quelques mois auprès de Kreutzer, l'assistant dans ses derniers moments, car le vieillard, qui avait tant de fois prié pour l'écrasement de la « bête hitlérienne », n'avait pu survivre à ce qu'il croyait être la fin du peuple allemand. Les casinos rouvraient, l'argent et le champagne faisaient leur réapparition, le mark montait en flèche et montrait au monde entier que l'Allemagne avait l'âme bien trempée ; les membres du parti vendaient à bas prix les tableaux volés et les œuvres d'art ; les Américains et les Anglais adoraient cette femme qui parlait si bien leur langue ; Ma gagnait des millions dans une « affaire » dont, assez naïvement, elle croyait avoir réussi à cacher à Erika la véritable nature : le jeu emportait tout, on vieillissait, mais le rêve n'avait pas pris une ride.

L'ambassadeur attendait. Pour aider dans son œuvre le Temps qui paraissait avoir quelques difficultés avec l'aube — on eût dit que le jour se refusait, couché sur les eaux du lac dans une immobilité contraire aux usages — il reconstituait dans sa tête une des très belles parties que les grands maîtres, le Russe Alekhine et le Cubain Capablanca s'étaient livrées avec un art qui avait fait l'admiration du siècle, entre 1920 et 1931. La perfection esthétique de la combinaison, la profondeur du calcul dans le dispositif de départ, étaient typiques du génie d'Alekhine. Le merveilleux 6.e2-e4, préparant le mouvement de la Dame, enchantait Danthès dans sa rêverie — il voyait les pièces si clairement qu'il pouvait presque saisir l'expression de leurs visages, celle, si hostile, de Malwina, et celle du Baron, inscrutable — *poker face,* disent les Anglais — en même temps que l'inquiétait au plus haut point ce rôle de l'imprévisible dans la partie, qui pouvait bien jouer à l'avantage des noirs. La manœuvre libératrice de Capablanca C6 x C5 x D4, lui rendait l'espoir, à condition qu'il fût lui-même capable d'un tel acharnement dans la défense — et s'élevait par sa grâce et sa légèreté presque dansante aux plus hauts sommets de l'art. L'ambassadeur, — qui voyait l'Hispano et le jour immobilisés dans une fixité de pierre lisse qui pesait sur ses yeux fermés, cependant qu'il s'appuyait à la balustrade dans un sommeil tout extérieur, comme si la matière dormait autour de lui, le tenant enserré dans ses marbres, — approuvait le jugement que le grand maître Tartakower avait porté en 1936 sur cette partie immortelle : « *La conception des "temps" abstraits se voit ici réalisée. Dès les premiers coups on trouve mise en relief la signification potentielle de cette intangibilité du groupement des pions qui hante les rêves de Steinitz et qui tient du Destin des Grecs... Et le succès ne fut pas uniquement d'ordre métaphysique : il donna la victoire à Alekhine.* » Devant le complot qui se préparait, cependant, Danthès ne pouvait s'inspirer d'aucun précédent, d'aucun *autre* génie ou pardon. Il était entièrement livré à lui-même. Sous ses paupières baissées, il voyait déjà les noirs s'avancer : le visage énigmatique du Baron — qui était-ce au juste ? — l'inquiétait particulièrement, plus encore que le masque narquois et malveillant de Malwina. Seul le regard si clair et tendre d'Erika apaisait sa fiévreuse attente, et aidait sa respiration à retrouver ce rythme du sourire qui venait de s'esquisser sur le visage du rêveur.

X

La lumière florentine avait cette facture personnelle qui évoquait bien plus quelque main géniale que la nature. L'Hispano miroitait dans un ballet de chatoiements avec l'assurance d'une invitée de marque faisant son entrée dans une fête à sa mesure. Ils avaient assez d'argent pour tenir quinze jours, après quoi, Dieu savait. Mais Dieu, hélas ! était le seul puissant à ne pas s'intéresser à l'argent. Au tournant, à la sortie du village d'Abrazzo, célèbre par les amours scandaleuses, les poignards et les poisons des princes Signi, au XVe — Ma adorait la Renaissance, elle en avait gardé un souvenir inoubliable et des amitiés à toute épreuve, plus frustes, peut-être, mais plus sûres que celles qu'elle s'était faites au XVIIIe — les deux villas apparurent au-delà de cette mer d'oliviers qu'avait jadis chantée Calccini.

Ma quittait rarement ses jumelles de théâtre. Elle les porta à ses yeux d'un geste si napoléonien, qu'Erika se sentit à la veille d'une nouvelle campagne d'Italie. Elle arrêta la voiture.

— Admirablement situées, dit Ma. À cette distance, tu ne peux pas le rater.

— Il a peut-être déjà une jeune maîtresse qu'il adore...

Les jumelles s'abaissèrent. Erika détourna la tête. Ce regard et ce sourire où se mêlaient l'amour, la fierté maternelle, la certitude, l'espoir de toutes les revanches et de tous les triomphes l'emplissaient de gêne : l'impression d'assister à un déshabillage par trop intime de l'âme. Sa mère appartenait au monde des contes de fées, et le seul inconvénient de cette situation privilégiée était que ce monde n'existait pas. Toute sa vie avait été une recherche de la baguette magique, et sa mythomanie n'était pas autre chose qu'une façon de la trouver. L'imagination offrait une arme qui ne connaissait pas de défaites et le goût du théâtre bien fait la poussait à croire à la victoire de la justice au dernier acte. C'était toujours bouleversant et parfois insupportable. La vie n'avait pas de dernier acte. Elle n'avait ni deuxième acte, ni premier non plus. La vie était un prologue à quelque chose qui n'avait encore ni contenu, ni forme dignes de ces noms. C'était un talent qui en était toujours à se chercher. Il y avait incontestablement une crise d'auteurs...

— Erika !

L'accent de reproche dans la voix rappelait à Erika celui de sa gouvernante anglaise *when she was being naughty*, lorsqu'elle n'était pas sage. Ma ne pouvait souffrir le doute. Cette vieille femme aux cheveux blanc-bleu et au visage trop maquillé, ce qui ne faisait qu'accentuer ce qu'il s'efforçait de cacher, avait une telle confiance dans son cousinage avec le Destin que ce dernier finissait par acquérir une véritable présence physique et il arrivait à Erika de le voir dans la loge de Ma à la Scala : il prisait du tabac et échangeait de bons mots avec sa protégée, en attendant que se levât le rideau sur l'Opéra du bonheur. La représentation, il est vrai, mettait quelque temps à commencer. Ma avait soixante-trois ans...

Elle avait également la colonne vertébrale brisée et la loge à laquelle le Destin l'avait confinée était un fauteuil de paralysée. Mais elle refusait de voir une inélégance de son cousin dans ce malheur. Le Destin, ce jour-là, regardait ailleurs. Il ne pouvait pas avoir l'œil à tout. Danthès avait échappé à sa vigilance, peut-être parce que, sachant sa cousine amoureuse de lui, le Destin avait un instant cessé de le guetter avec cette attention professionnelle à laquelle, d'habitude, rien n'échappe. Pour une fois, il avait laissé faire et n'avait pas prêté son génie d'auteur à la tragédie. D'ailleurs, Ma n'aimait pas qu'on parlât de tragédie. *Vilenie* était le mot qu'elle utilisait.

Le regard que Ma laissait donc errer sur Erika était empreint de l'indignation qu'elle réservait en général aux huissiers venus effectuer une saisie et aux directeurs d'hôtel qui vous invitaient à vider les lieux en laissant vos bagages.

— Ma fille, tu n'auras qu'à paraître. Il tombera à tes pieds. C'est un homme complètement désarmé devant la beauté.

Sur les genoux du Baron, Karl Marx aboya au

passage d'un papillon. Karl Marx était un pékinois, dernier descendant d'une lignée que Malwina chérissait depuis quarante ans. Leurs photos, dans des cadres de haut cuir et de velours violets étaient, avec le Baron, les premiers objets qu'elle disposait autour d'elle à l'arrivée dans un hôtel. Les aïeux de Karl Marx — les Du Barry, Sarah Bernhardt, Édouard VII, Raspoutine, Lénine, Bakounine, Garbo, Alphonse XIII et Comte de Paris — faisaient partie de cet univers improbable que Ma créait autour d'elle dès que la tribu réussissait à jeter l'ancre quelque part. Éventails japonais, disques de Caruso, plantes de serre, statuettes d'Aphrodite et des Furies endormies, boules de cristal, un cadre qui hésitait entre *La Mort de Sardanapale* et « le vase où meurt cette verveine », boudoir de cocotte 1920 où serait venu prendre le thé Nostradamus. Personne, sans doute, n'avait jamais eu une aussi sainte horreur du vrai et un amour aussi authentique du faux que sa mère. Toutes les ruses étaient de bonne guerre lorsqu'il s'agissait de se faufiler vers ces rivages où le factice et le nébuleux assuraient une liberté de mouvement absolue aux illusions. Elle donnait à vivre aux chimères, qui le lui rendaient bien. Le toc, le trompe-l'œil au sens le plus humble du terme, le faux-semblant et le théâtral de ce Châtelet de l'âme où tout est permis et où l'on n'hésite pas dans le choix des moyens et des ficelles, révélaient une phobie de la réalité qui n'était pas sans se moquer d'elle-même, dans une sorte de discrète subversion : terrorisme qui se révèle seulement par des attitudes, dont toutes les bombes explosent à l'intérieur de vous-même, et ne se manifestent au-dehors que sous forme d'humour. Pour Malwina von Leyden, la compagnie du désespoir faisait partie de l'art de recevoir. Afin de l'entendre sangloter, il eût fallu percer des murs. On disait des Anglais qu'ils avaient été vaincus en 1940, mais qu'ils ne s'en étaient pas aperçus, et il y avait un quart de siècle que Ma était cette Angleterre-là. C'était une femme qui avait des rêves imprenables.

— Maman, nous vivons une époque où les hommes ne tombent plus aux pieds des femmes. Le soleil s'est couché. Les lauriers sont coupés. Nous n'irons plus au bois... Enfin, tu vois ce que je veux dire.

— Oui, il n'y aura plus de fête... Je crois que notre monde est mort en 1951, au bal costumé de Beistegui, à Venise...

Auquel tu n'étais pas invitée, pensa Erika.

Le Baron se tenait très droit, flottant tout doucement sur les coussins, comme un spécimen dans un bocal d'alcool. Le regard porcelaine était d'une fixité et d'une indifférence dans le rapport avec le paysage qui suggéraient quelque prodigieuse vision intérieure. Le costume prince-de-galles, le nœud papillon, les gants en pécari et le chapeau melon gris champ-de-courses, révélaient peut-être la nostalgie d'une tout autre élégance : le père adoptif d'Erika n'avait plus qu'une existence strictement vestimentaire. Héritiers d'une immense fortune spirituelle qu'ils avaient dissipée dans les révolutions trahies et dans les paris non tenus d'une civilisation qui ne cherchait même plus à vivre ses nobles mensonges, spoliés et dépossédés de leurs valeurs par la démystification réaliste du nazisme et du stalinisme, il ne restait plus aux aristocrates de l'âme, comme à ceux de 1789, que la manière d'aller à l'échafaud : les ongles manucurés, la petite moustache bien coupée, en compagnie de leur tailleur, de leurs auteurs favoris et de leurs majordomes, ces derniers piliers de l'Europe des Lumières. Comme il est étrange, pensait Erika, que toute une époque, toute une mythologie sociale, tout un monde disparu, ne subsistent plus — mais avec quelle résolution ! — que dans les rêves paralysés de la Narratrice et de son valet de chambre. Les amants de Ma avaient laissé leurs noms dans les catalogues des plus grandes ventes aux enchères. La beauté de cette femme avait dû être vraiment révolutionnaire, puisque les collectionneurs qui se disputaient ses faveurs étaient conseillés par les plus célèbres experts d'art de leur temps, depuis Duveen jusqu'à Berenson. Danthès disait que l'art était devenu le dernier refuge et la dernière illusion d'une Europe qui n'avait pas su assumer et vivre ses chefs-d'œuvre, et qui était scindée en deux par les murs des musées.

— Maman, pourquoi cette haine ? Est-ce que tu l'aimes encore ?

— Allons, Erika, un peu de tenue... Je t'ai tout appris sur l'amour. L'amour, c'est pour les pauvres.

— Il y a des moments où je ne me sens pas très riche, tu sais.

Le regard de Ma brillait de toute sa cruelle ironie.

— Oh, bien sûr, tu tomberas amoureuse un jour... On finit toujours par tomber.

— J'ai reçu une drôle d'éducation... Je me demande parfois comment j'ai fait pour ne pas devenir lesbienne.

Le Baron frémit imperceptiblement. Il avait horreur des crudités. Il continua néanmoins à se tenir dans son attitude de raideur assise qui suggérait une assiette sur ses genoux et un petit four entre le pouce et l'index.

— Tout ce que j'ai entendu de toi sur les hommes depuis l'âge de dix ans aurait pu faire de moi une gousse...

— Je t'en prie, Erika, pas devant une Hispano !

Lorsque Ma riait, le monde paraissait soudain gracié.

— Maman, je veux que tu sois heureuse...

— Tu sais, ma fille, le bonheur... Jusqu'à mon accident, la vie venait à moi chaque matin avec tant de plaisirs que le bonheur était quelque chose que je réservais pour mes vieux jours.

— Si c'était à recommencer ?

— Quelle horreur ! Tout savoir d'avance ? Les neuf dixièmes de la joie, c'est la surprise.

— Tout de même, cet homme que nous allons conquérir, tu l'as aimé ?

— Oui, le plaisir n'est pas sans danger...

Il restait quatre cents mètres à parcourir jusqu'à la villa. Les cyprès et les oliviers offraient si bien tout ce qu'on attend des cyprès et des oliviers que leur empressement finissait par faire un peu fournisseur. Sans doute à cause des cartes postales et du tourisme, les paysages italiens se mettaient à avoir un côté chapeau à la main et pourboire. Si nous sommes blasés, pensa Erika, il est temps de finir... Le renouvellement des classes sociales renouvellera également les paysages... Pour les barbares, Rome, avant de mourir, retrouvait sa virginité.

— Maman, tu parles toujours comme si tu appartenais à un autre âge.

— J'ai connu en effet l'Europe...

— Tu n'as que soixante-trois ans...

— Il n'y a plus de fête...

— Depuis ta jeunesse, les hommes n'ont quand même pas eu le temps de tellement changer...

— Les hommes ont changé, ma fille. Ils sont moins riches.

Deux minutes plus tard, c'était le grand rite de l'arrivée, le ballet des gilets rayés, les coiffes blanches et les tabliers des soubrettes, Karl Marx se roulant sur le gazon, et ces valises extraordinaires de Ma, aux vieux cuirs souples et doux, cousins des clubs anglais et des fiacres de Sherlock Holmes. La villa Italia avait toute la grâce que l'architecture du XVIIe italien imposait aux pierres, lesquelles le lui rendaient bien. Les Italiens avaient toujours été prodigieusement doués pour la fête, et lorsqu'ils bâtissaient, leur absence naturelle de profondeur, si elle sonnait d'un creux évident et d'un manque de poids pénible dans leur philosophie, s'épanouissait triomphalement dans toutes les luttes contre la lourdeur. Sa mère disait que lorsque les Allemands bâtissaient, ils écrasaient la terre, alors que les Italiens la libéraient. Ils avaient loué la villa pour deux mois, juillet et août.

Le plan de bataille avait été dressé de longue date et le terrain se prêtait admirablement à la manœuvre. Un kilomètre de jardin à peine séparait leur villa de celle de Danthès. C'était la première fois que l'ambassadeur de France venait y passer ses vacances. Sa femme était à Paris. Le paysage était complice : on ne pouvait trouver de meilleur entremetteur. Les jardins en bordure du lac avaient été savamment abandonnés, avec cet art dans le négligé que les femmes mettent dans leur coiffure et dans leur lingerie, avant de vous entrouvrir la porte au clair de lune. Nulle trace d'apprêté dans cette barque sur le lac, aux rames tendues comme des bras accueillants parmi les roseaux. Les lilas duraient encore, ces lilas mauves dont l'Italie, en général, est si tristement dépourvue. Les roses avaient l'air « par hasard », sans trace de préméditation, et surgissaient aux endroits les plus touffus, dans un bourdonnement de guêpes d'une agréable sauvagerie. D'Annunzio avait légué des fonds pour que le parc fût entretenu dans son abandon : sa description figure dans le deuxième *canto* de ses *Ligures*. La villa était à peine meublée, certaines pièces menaçaient ruine ; il était question de rachat par l'État et d'un musée ; en attendant, le prix de location était de deux millions de lires par mois. Dans un monde où les baisers volés, la témérité d'une main soudain serrée pour la première fois, les soupirs, l'attente, n'étaient plus que des souvenirs d'octogénaire, les jardins de la villa Italia, grâce à la municipalité communiste soucieuse des trésors du passé, gardaient cette atmosphère de mélancolie des amours qui furent et ne seront plus jamais. C'était encore un lieu où le clair de lune sur un banc de marbre échappait au *Kitsch*. Dans ces allées où jadis l'Aiglon avait mis genou en terre devant l'enfant de douze ans, Marianna Hoffensthal, où la Duse céda pour la première fois à D'Annunzio, où le vieux prince Saltikoff se tira un coup de pistolet dans la tempe lorsqu'il reçut un billet de Liane de Pougy l'informant qu'elle n'allait pas venir, Orion, la Grande Ourse et le Chariot ne vous parlaient pas des infinis stellaires, mais de quelques battements de cœurs célèbres. Quand même... Deux millions de lires par mois ! La réalité ne perdait jamais la tête.

XI

Le balcon dominait le lac et le petit déjeuner paraissait servi sur sa surface argentée : miel, toasts, cristaux, et la rose du matin dans un verre d'eau que le Baron n'oubliait jamais. Il se tenait derrière le fauteuil — tablier, gilet jaune et noir — chassant parfois d'une main attentive une guêpe qu'affolait le miel. Malwina n'aimait guère le voir dans cette tenue de larbin, mais comment refuser à un homme qui avait dilapidé pour elle une fortune immense, fait des faux, triché au jeu, et fini dans l'alcool, cette ultime façon qui lui restait de se rendre utile ? Il était d'ailleurs difficile de savoir si le Baron l'aimait vraiment, si son dévouement était personnel, ou s'il allait à l'Amour lui-même qu'il cherchait ainsi à exalter, en affirmant sa suprématie absolue dans l'échelle des valeurs. Il cirait les chaussures de Ma comme on s'agenouille pour déposer une offrande sur l'autel. Elle finissait même par éprouver un peu de pique : il lui semblait que le Baron la trompait avec l'Amour. Il n'y avait aucun doute que si l'Europe existait encore sur la carte du cœur, le Baron y aurait mérité une niche à côté de Hölderlin.

Elle sourit. Oui, Hölderlin, Friedrich, 1770-1843, qu'elle avait fort bien connu. Son nom figurait dans le *Dictionnaire des Grands Amoureux* de Vauzelle : « *Il voulait l'amour absolu, pur, magnifique, qui étincellerait d'incomparables éclats, comme la plus haute expression de l'Occident... Il l'a trouvé auprès de Suzette Boutard, la femme du banquier qui avait engagé Hölderlin comme précepteur. Mais le banquier découvre leur passion et chasse le poète... Alors, Hölderlin sombre dans une étrange folie. Il s'absente. Il se réfugie dans un état de retrait absolu, il n'est plus là, il n'existe que par son apparence physique, comme un tronc d'arbre pétrifié. Il vécut ainsi encore trente-sept ans chez un menuisier qui l'avait recueilli sans doute parce qu'il aimait le bois. Seul un très grand poète pouvait illustrer avec une telle constance, et dans un don de soi aussi total, le sens du mot "aimer"...* »

Europa.

Elle leva la main et serra doucement celle de son Hölderlin. Le Baron rougit légèrement : il avait perdu l'habitude des tremblements de terre.

Lorsqu'elle se remémorait sa vie, Malwina n'éprouvait que peu de remords et un seul regret : celui d'avoir été si belle. C'était une chose que le Temps ne vous pardonnait jamais et qui incitait ce condottiere à la rapine. Et il n'épargnait rien. Il s'emparait même de vos bas et de votre linge. Comment expliquer autrement ce changement de nature que subit le linge d'une femme qui vieillit ? Jetés sur un fauteuil, ces charmants chiffons faisaient autrefois sourire de plaisir ceux qui les apercevaient à la faveur d'une porte entrebâillée. Aujourd'hui, ils s'en détournent avec gêne. Vos bas passent du domaine frivole de Fragonard à celui des reptiles. La vieillesse s'empare même de vos peignoirs. Il ne viendrait plus à personne l'idée de parler de « froufrous » et le mot « dessous » devient tout simplement odieux. Le Temps est un abominable touche-à-tout. Et encore vieillir ne serait rien, s'il était possible de ne pas rester jeune. Mais le Temps vous condamne au déguisement. Vous avez toujours vingt ans, mais vous êtes obligée de le cacher, sous peine de grotesque et de ridicule. Il vous faut vivre sous l'apparence d'une vieille, alors que tout en vous aspire à retourner au bal. On dit de vous, pendant quelques années : « Elle est encore belle. » Et puis on ne dit plus rien. Cela finit par vous rendre un tout petit peu excentrique.

On avait prononcé à propos de Malwina von Leyden ce mot devenu anglais que les Français avaient perdu : *malevolence.* Sans doute parce qu'elle avait souvent abusé de l'ironie : il lui suffisait de regarder les choses d'une certaine façon, sans méchanceté, au fond, mais avec un sourire qui pouvait paraître cruel, pour qu'il n'en restât rien. Mais « malveillance » était un terme vulgaire et bête qui sentait la lettre anonyme : *malevolence* évoquait une force mystérieuse et presque occulte. Tout cela, désormais, n'avait guère d'importance. Elle n'avait même plus d'ennemis, signe certain de déchéance sociale. La comtesse Börg, sa dernière ennemie — quinze ans de rivalité — venait à présent la voir, vêtue d'un abominable pantalon à carreaux, toute en fesses, voix de basse, moustache — répugnante gynécologie courte sur pattes — et lui parlait pendant des heures du passé. C'était insupportable. Elle était devenue son *amie.* On ne pouvait mieux signifier que Malwina von Leyden ne comptait plus.

La végétation devant le balcon avait l'opulence et la profusion échevelée et romantique qui va si bien avec les voix de ténor. Les jardins italiens savaient encore s'abandonner ; ceux de France ne s'étaient jamais remis du siècle de Raison. Elle regarda sa montre. Il allait être l'heure. Elle prit ses jumelles et chercha la route : les cyprès la cachaient entièrement. Elle ferma alors les yeux pour mieux voir et vit. Le sourire jaillit avec toute la force des fontaines de jouvence. Malwina von Leyden avait disparu : elle était devenue celle qu'elle était vraiment, de tout son être, bien que personne ne le soupçonnât, celle qu'on prenait pour sa fille. Jeune, belle, irrésistible. Elle inclina un peu la tête et demeura dans cette attitude de voyante, souriant, les paupières baissées.

Erika gisait au milieu de la route, à côté de la bicyclette renversée. La robe — dentelles et mousseline blanches — venait d'un autre temps, et l'immense nœud jaune de la ceinture était un papillon géant qui semblait palpiter de pitié sur le corps prostré de la Ulanova, au deuxième acte de *Giselle.* Danthès avait fait arrêter la voiture ; il était sorti et se penchait sur ce visage adorable ; les cils tremblaient, les lèvres étaient entrouvertes : elle essayait de ne pas rire. Rien n'avait moins l'air d'un accident que cet arrangement de fleurs digne des maîtres japonais. Elle ressemblait à sa mère d'une façon extraordinaire. Il effleura la robe des doigts...

— Démodée, je sais, dit-elle. C'est la robe que maman portait lors de votre dernière rencontre, il y a vingt-cinq ans... Vrai ou faux ?

— Nous allons vivre désormais dans un monde rigoureusement logique et réaliste, dit-il. Fini, les sensibleries...

— Je parie sur les fantômes. Increvables...

— Les revenants, aujourd'hui, ça s'appelle la réaction...

— Pas sûr. Le fantôme de Trotski tient le quartier Latin...

— Levez-vous. À quoi bon cette mise en scène ? Votre mère ne peut pas nous voir.

— Je vous aime, dit Erika.

— Si vous ne vous levez pas, je me couche à côté de vous, ici, sur la route... Les grands gestes se perdent, il faut les sauver...

Il s'allongea à côté d'elle. Le chauffeur italien au volant de la Lincoln avait de la peine à cacher son air approbateur : à soixante ans, il n'était plus assez jeune pour être choqué.

— Jean ! Quelqu'un vous verra, ce sera dans le journal, et vous serez révoqué...

Ils étaient étendus sur l'asphalte, se tenant par la main, regardant les Tiepolo du ciel.

— Si je n'étais pas capable de frivolité, et même de folie, j'aurais l'impression de ne pas être un ambassadeur de France digne de ce nom... Je n'ai pas le droit de me dérober à la légèreté. Ce fut une vertu française. Nos bâtisseurs savaient faire voler même les châteaux... Quant au scandale... Au Moyen Âge, il y avait ce qu'on appelait la fête des fous. Une espèce de carnaval au cours duquel le peuple parodiait ce qu'il avait de plus sacré. Les prêtres eux-mêmes se moquaient de Dieu dans des messes blasphématoires, les prostituées étaient invitées au château à la place d'honneur, les bouffons crachaient à la figure du Roi. C'était une extraordinaire manifestation de certitude, de foi : le sacré révélait sa puissance en refusant de sévir. Cela signifiait que les valeurs, la religion, le Roi, la Sainte Vierge, étaient hors d'atteinte, qu'on pouvait les narguer et les profaner sans les toucher. Ils étaient si sûrs de leur force et de leur grandeur qu'ils se laissaient provoquer et vous pardonnaient. C'était une mise à l'épreuve dont la vraie puissance sortait victorieuse parce qu'elle se savait intouchable, et se riait de ces défis de moucherons. Les moucherons étaient ainsi confirmés dans leur foi. Aujourd'hui où tout tremble et croule, aucune autorité, aucun ordre social ne sont assez sûrs d'eux-mêmes pour tolérer et supporter cette épreuve par le feu de leur invulnérabilité. La foi ébranlée, tout ce qui règne a besoin de polices. Peut-être, une certaine France... Je crois que si elle voyait son ambassadeur en Italie allongé ainsi sur la voie publique, à côté de son amour, elle sourirait avec bienveillance. La preuve serait ainsi faite que son prestige est authentique et hors d'atteinte.

— Il y a aussi la futilité, dit Erika.

Le chauffeur sortit de la voiture et s'approcha, la casquette à la main :

— Monsieur l'ambassadeur... *Per piacere,* vous êtes au milieu de la route, je crains que vous ne vous fassiez écraser...

— Et le courage, qu'est-ce que vous en faites ?

— Dis, p'pa, qu'est qu'c'est, l'Europe ?

— En Angleterre, cela voulait dire : savoir mourir pour ses attitudes. En France : tenir toujours prête une excuse hautement humanitaire. En Allemagne, cela n'a jamais signifié rien d'autre que l'Allemagne. L'Europe, oui... Un certain théâtre de l'esprit, purement gesticulatoire, où le public savait qu'il était joué, mais se délectait néanmoins du spectacle, où la France avait oublié son rôle, mais découvrait un souffleur génial : de Gaulle... Ce que l'Europe avait de plus caractéristique, ce en quoi elle se différenciait le plus nettement de l'Amérique et de l'Orient — bien qu'elle ignorât, ou fît semblant d'ignorer cette vérité scandaleuse, jamais avouée, mais dont est née toute la culture occidentale — c'est que, depuis le Moyen Âge, la priorité était donnée secrètement à la beauté. La justice était belle, les idées étaient belles, le sacrifice, l'héroïsme, la conscience, tout cela était beau... Liberté, égalité, fraternité : l'exaltation dans la recherche de la perfection, du chef-d'œuvre vécu... Naturellement, ce n'était qu'une récitation : il suffisait de bien dire. La mise en pratique exigeait trop de générosité. L'idéalisme européen a été d'abord et par-dessus tout une esthétique. La

Renaissance avait placé la beauté au sommet et c'est ainsi que l'Europe faillit apparaître... Le sens du sublime était à ce point développé, même chez les plus cyniques, que c'est cet abominable gredin de Talleyrand qui rédigea de sa main la Déclaration des droits de l'homme... Saint-Just, Danton, Robespierre, c'est l'envolée lyrique, ce n'est plus Rome qui brûle pour inspirer le violon, c'est la beauté des violons qui met le feu à Rome... Tout, dans la Révolution française, se réclame de la beauté, jusqu'au pied de la guillotine, « Montrez ma tête au peuple, elle en vaut la peine ! » : avant de crever, Danton sacrifiait à la littérature... Être cartésien, cela voulait dire d'abord aimer l'harmonie, les schémas aux proportions admirables, l'équilibre où tout se tient : un délice pour l'esprit... La logique, qu'est-ce donc, si ce n'est d'abord une esthétique : comme la justice, elle parle de perfection... Lorsque le pouvoir est tombé aux mains de la lumpen-bourgeoisie, ces singes du médiocre sont passés du romantisme à son *Kitsch :* ce fut le fascisme... Je ne méconnais pas la part de l'imposture, du charlatanisme, de l'illusionnisme, de l'artifice et de la tricherie, inséparables de tout grand art, de toute démarche artistique : du Cyclope d'Homère à Picasso, la culture a toujours été cette poudre que la condition mortelle de l'homme se jette dans les yeux... Comme dans tout esthétisme, il y avait divorce avec la réalité : qui donc peut exiger des songes qu'ils aient les pieds sur la terre ? Les rêves volent haut : quand ils touchent terre, ils rampent et crèvent... Et puis on a trouvé la clef des songes : Freud, Marx... Ce siècle a vu pour la première fois la séparation de la culture et de la civilisation, et ce furent l'Amérique et la Russie soviétique... Il ne peut pas y avoir d'Europe tant que l'homme continuera à être démystifié... Dès que l'homme se coupe des mythes au nom du réalisme, il n'est plus que de la barbaque... La démystification poussée jusqu'au bout d'une rigoureuse logique, c'est sans limites, et cela peut être aussi bien le cannibalisme...

— L'éloge de la folie, dit Erika. La misère du peuple peut attendre : il suffit qu'elle vous inspire...

— Très vrai. C'est pourquoi il est juste, il est bon, il est socialiste que tout cela soit fini. Je réclame la première place parmi les victimes. L'Europe des beaux esprits a toujours été, depuis la Renaissance, une fête en temps de peste. La culture a eu le tort de croire que la fête pouvait mettre fin à la peste. La preuve est désormais faite que le monde a plus besoin de civilisation que de culture et qu'il est grand temps que les hommes rassasiés se mettent à crever d'une autre faim... Quant à l'Europe, elle a rejoint nos autres chefs-d'œuvre dans l'imaginaire...

Un camion arriva à vive allure du côté d'Espoletta, freina, le chauffeur donna un violent coup de volant et les évita...

— Nous avons failli être écrasés par la civilisation, mais nous avons été sauvés par la culture, dit Danthès.

Dans le camion, le maire communiste d'Espoletta qui conduisait trente jeunes gens vers les ruelles où les néofascistes du M.I.S. et les grévistes des Postes et des Transports se battaient depuis le matin à coups de lance-pierres et de barres de fer, jeta un regard à l'homme élégant étendu sur l'asphalte et qui contemplait le ciel, en tenant par la main une brune toute blanche.

— Des dingues, dit-il. Ils sont même plus décadents, ils sont fous. Ils savent que rien ne peut les sauver. Quand vous sentez que la raison est contre vous, vous vous arrangez pour perdre la raison... La dinguerie, c'est le dernier refuge des autruches bourgeoises...

Erika se leva. C'était cette heure de la journée où le soleil donne à toute chose une lucidité sans ombre, où ne s'épanouit vraiment que la nudité prostrée de l'asphalte, et qui sied si mal à l'Italie, qu'elle prive de frémissement et de passion. C'était l'heure où le jour rampait. Elle avait dû regarder Danthès d'une manière étrange, parce qu'il y eut dans ses yeux une inquiétude qui l'inquiéta à son tour. Elle avait des moments d'absence, dont elle ne savait rien, dont elle n'avait pas conscience, mais qu'elle reconnaissait plus tard à certains silences et à certaines expressions, lorsqu'il y avait autour d'elle des amis, des témoins. Elle en avait parlé à son médecin, qui avait souri : « Nous avons tous droit à de petites fugues. Le tout est de savoir revenir... Comme un dormeur qui sait à volonté interrompre son rêve, lorsque celui-ci lui déplaît. — Et s'il lui plaît trop ? avait-elle demandé. — S'il refuse de se réveiller pour que le rêve ne cesse jamais ? »

Le médecin était un homme jeune et qui croyait à la révolution comme seule guérison possible. « Celui qui cherche à s'exiler dans l'onirisme sans retour commet une erreur : le réel n'offre plus de points de référence, le songe devient réalité, et tout est à recommencer... Ce qui permet aux rêves d'exister, c'est le réveil. » Lorsque les médecins ne savent pas guérir, ils deviennent toujours très brillants. C'est alors un plaisir de les entendre parler.

— Jean, est-ce que c'est héréditaire ? Ma a dû faire plusieurs séjours dans des cliniques...

— Ne dites pas de bêtises...

La réponse avait été trop rapide et cette brusque colère n'était pas rassurante non plus : elle révélait simplement une nature généreuse, prompte à s'enflammer face à l'injustice. Incroyable, à quel point il était jeune, malgré son âge : la cinquantaine passée. Lorsque Ma était tombée amoureuse de lui, il était un petit attaché d'ambassade de vingt-cinq ans ; elle avait douze ans de plus que lui. Tout cela, naturellement, avait fait des drames. On aurait même pu parler de tragédie, mais en d'autres temps : la « tragédie » se comptait à présent en millions, et le mot était réservé aux grands massacres et famines. La jeunesse ne se reconnaissait plus dans les chagrins d'amour. Je suis une réac, pensa-t-elle.

— Tu es beau, lui dit-elle, en promenant l'index sur son visage.

Elle ne le tutoyait que rarement, pour éviter le gaspillage, réserver le « tu » aux moments rares, uniques, et ne pas tout épuiser d'un seul coup.

— C'est totalement faux, dit-il, et tu le sais bien. Je suis gentiment laid. Je l'ai toujours été.

— Tu as toujours été couvert de femmes.

— C'est très facile, lorsqu'on ne fréquente que des femmes qui sont couvertes d'hommes...

— Est-ce vrai que tu as rencontré Ma dans une maison de passe ?

— Qui t'a dit cette horreur ?

— Il paraît que Ma et le Baron tenaient un des meilleurs bordels d'Europe, dans le Semmering...

— La seule chose vraie, là-dedans, c'est que Malwina a toujours réussi dans ce qu'elle faisait...

— De putain à maquerelle ?

S'il y avait une arme à laquelle Danthès n'hésitait jamais à avoir recours, c'était le mensonge. Le mot, du reste, s'appliquait mal à ce qui était simplement un refus de blesser, par respect d'autrui, de ces vulnérabilités, faiblesses, failles secrètes et peines. L'honnêteté ne consiste pas dans le « moi, j'dis toujours ce que j'pense » : elle consiste à épargner. La lumpen-bourgeoisie des frigos et des bons petits bistrots où on va bouffer après avoir parqué son auto sur le trottoir, avait inventé le « moi, j'dis toujours ce que j'pense » non par quelque inconcevable intégrité, mais par goût de la facilité, par agressivité, et parce que l'idée de respecter le territoire psychique des autres, c'était aujourd'hui de la porcelaine de musée. Seuls les ouvriers, ceux, du moins, qui n'étaient pas encore passés dans la lumpen-bourgeoisie, savaient encore « ne pas tout vous dire », et c'est dans le regard des ouvriers de France que Danthès avait trouvé le plus de retenue...

— Vous avez trop d'imagination, Erika. Votre mère a certes fait tous les métiers, et quand une femme les fait tous, cela veut dire qu'il y en a un qu'elle ne fait jamais... Sans quoi, elle n'aurait pas besoin de faire les autres. Elle aurait de l'argent.

... Ce qui l'avait jadis poussé à choisir la diplomatie, c'était peut-être cela : l'obligation professionnelle de ne pas heurter, de contourner...

Ils marchaient le long de la route, suivis à une discrète distance par la Lincoln.

— En tout cas, c'est fait, maintenant, dit Erika. J'ai eu un accident de bicyclette, oh ! sans gravité, vous m'avez ramassée, vous m'avez transportée dans votre villa... Évidemment, vous avez eu le coup de foudre — je suis irrésistible — vous divorcez, vous m'épousez, je deviens ambassadrice de France... Pauvre maman ! Comment a-t-elle pu nourrir pendant un quart de siècle un rêve aussi feuilletonesque, dont même Delly n'aurait pas voulu ?

— Il fallait bien vivre, Erika. Il ne s'agit pas de savoir si un rêve est absurde et irréalisable, mais s'il vous aide à tenir le coup. Il y a des chimères qui ont bâti des civilisations, vous savez, et des vérités qui ont tout détruit et n'ont rien su mettre à la place... Aussi bien en Orient qu'en Occident, tout ce qui a duré, tout ce qui fut progrès, a été bâti à partir de songes. C'est pourquoi, d'ailleurs, il est tellement bête de reprocher à la jeunesse anarchisante d'aujourd'hui de ne pas avoir de « programme ». Elle a un programme à toute épreuve : celui qu'il est totalement impossible de formuler, encore moins de réaliser, mais qui peut bien réussir à rendre la vie plus digne et plus féconde dans le sillage de ses échecs. Ce qu'il y a de néfaste, c'est de croire qu'on peut programmer une civilisation... Une civilisation qui sait où elle va est une civilisation qui va à l'échec, parce qu'elle exclut le génie futur de l'homme. Il suffit de regarder l'Histoire pour constater que tout ce que l'homme a créé est né de l'impondérable. On ne peut pas extrapoler du XVIIe au XXe siècle sans passer par Marx, Lénine et Freud, donc, on ne peut pas extrapoler du tout. Les hommes civilisés, ce sont ceux qui essayent de bâtir une civilisation autre, n'y arrivent pas, et jettent ainsi derrière eux, dans le sillage de leurs échecs, les fondations de cette civilisation nouvelle qu'ils ne parviennent pas à construire délibérément...

XII

Malgré son apparente attitude d'aisance et de détachement, Danthès avait honte de cette habileté qui consiste à élever la conversation au niveau des généralités pour éviter l'embarras d'un contact trop humain. Cette jeune femme qui marchait à son côté le touchait dans ce qu'il avait de plus profond : le besoin de défendre, de protéger, de sauver. Personne ne parlait du Destin, lorsqu'il parlait du bonheur... Dans le cas d'Erika et de sa mère, il s'agissait moins de réparer — ou plutôt, puisque c'était irréparable, de se faire pardonner une défaillance, une lâcheté dont il s'était rendu coupable alors qu'il était très jeune — que de démontrer la possibilité d'une justice humaine imposant sa clarté à ce qui n'est ni juste ni injuste, mais simplement aveugle. Dans cette lutte pour l'honneur contre le Destin, il n'y avait d'autre victoire possible que la lutte elle-même ; c'était une conception de la vie qui prenait racine dans les Mythes : elle ne signifiait strictement rien en termes d'analyse objective et de réalité. Pensé en ces termes, l'homme européen se situait entièrement dans ses songes et entretenait avec la Culture les mêmes rapports qu'avec les dieux de l'Antiquité ou avec le ciel chrétien. C'était une Europe où il ne s'agissait pas de prendre acte de l'homme dans sa nature essentielle et de tirer les conséquences de cette définition rigoureuse, mais, au contraire, de penser d'abord l'homme en toute liberté dans la dimension de l'imaginaire, et de déduire ensuite les fins matérielles, réalistes, sociales de cette libre conception. Danthès savait ce qu'une telle exigence avait d'impossible et se sentait déchiré entre la culture et la société, entre la France mythologique de De Gaulle et la France louis-philipparde des gros sous et du commerce des armes qu'il représentait à l'étranger, entre une Europe qui n'avait existé que dans quelques-unes de ses lucioles les plus éphémères, et l'Europe de Prague, du musée de cire qu'imposait aux créateurs le Congrès des Écrivains soviétiques, ou celle des trois heures de transport qu'il faut à un ouvrier français pour se rendre à son lieu de travail et pour en revenir, si bien que soixante-cinq pour cent de la population « la plus hautement civilisée de l'Histoire » avouent n'avoir jamais lu un livre. Pour le reste, la lumpen-bourgeoisie ne se réclamait de la culture qu'à titre d'alibi. L'Europe demeurait un « ailleurs » sans cordon ombilical avec la réalité. Elle ne pouvait devenir une mer nourricière d'elle-même que si elle se mettait à vivre la culture comme l'hindouisme communiait avec ses dieux jusque dans la vie physique du corps, jusque dans la respiration.

L'Europe ? Il y eut Romain Rolland, Karl von Ossetzki, Valéry, mais ce dernier ne fréquentait plus le peuple.

Ils marchaient le long du mur gris rongé par le travail des siècles de cette façon inégale dans une absence de symétrie, de lignes droites, d'équidistances et de régularité, travail si différent de toutes les autres œuvres du Temps si soigneusement calculées ailleurs dans le système solaire, lorsque Danthès, qui n'avait jusqu'à présent rien éprouvé de pareil en plein jour, sentit que les choses n'étaient pas si simples et qu'il n'était nullement certain qu'il fût vraiment là où il croyait, c'est-à-dire, en train de marcher le long du mur à côté d'Erika. Cette sensation d'abord d'incertitude et ensuite d'irréalité, était en elle-même incertaine et irréelle, à la fois dans sa nature et dans sa durée, et, pendant un laps de temps dont il n'aurait pu dire s'il se chiffrait en secondes, minutes, heures, ou dans un tout autre système de mesure dont les éléments lui échappaient entièrement et étaient de lui complètement inconnus, siècles, ou même absence absolue de toute règle et élément de calcul, il fut comme sous l'effet d'une drogue qui lui eût été administrée afin de neutraliser l'effet du Temps pendant son transfert ailleurs. Il ne savait plus si sa rencontre avec Erika avait déjà eu lieu ou s'il ne faisait que l'imaginer pour s'y préparer, l'esquissant et la répétant sans cesse dans son esprit enflammé par ces états de demi-veille dont il était devenu coutumier. Encore n'était-ce là que l'aspect le plus familier et le moins inquiétant de ce qu'il éprouvait. L'angoisse qui l'étreignait ne se limitait pas à cette confusion qui ne lui permettait même plus de savoir s'il marchait vraiment le long du mur en plein jour ou si, couché dans sa nuit, il devançait sa rencontre avec Erika dans une anticipation hallucinée. Il ne savait même plus s'il existait lui-même. Ce n'était pas seulement cette sensation déjà familière de perte d'identité, qu'il lui arrivait si souvent d'éprouver, comme si une gomme mystérieuse s'était mise à l'effacer, à estomper ses contours. Il se sentait manipulé, inventé par quelqu'un d'autre, en cours d'invention, plutôt, avec tout ce que cela signifiait d'incertitudes et d'hésitations dans ses rapports avec lui-même. Bien qu'il fût déjà suffisamment établi, créé en tant que conscience, pour se sentir ainsi en train de recevoir contenu et forme et pour en concevoir de l'angoisse, car il ignorait encore tout de cette identité qui était sur le point de lui être imposée, DE LUI ÊTRE IMPOSÉE dans cette foudroyante élaboration qui s'accomplissait et qui s'emparait du fond même de l'œuvre où se situait son personnage, transformant tantôt le jour en nuit, tantôt en aube, et hésitant dans le choix du lieu entre la terrasse, la chambre à coucher de la villa Flavia et un cadre plus habituel, celui de son bureau au palais Farnèse, où il se trouvait à présent. Bien qu'il fût donc sur le point d'être terminé, prêt à être révélé à lui-même et mis en circulation dans son rôle d'ambassadeur de France, suffisamment réaliste dans son apparence pour être en mesure d'affronter tous les regards et les jugements critiques, il n'avait pas encore assez d'autonomie pour se libérer, SE LIBÉRER SE LIBÉRER de l'emprise de celui ou celle, MALWINA VON LEYDEN BRÛLÉE POUR SORCELLERIE EN 1565 OU LE BARON ? qui n'avait pas encore fini de l'inventer, mais s'y appliquait avec une malveillance évidente, afin de le punir de sa bassesse secrète, BASSESSE depuis si longtemps dissimulée sous la façade, UN HOMME DE GRANDE CULTURE, la façade d'Européen irréprochable, fidèle jusqu'au dernier souffle à son imaginaire. Rien n'était pour lui certain à ce moment-là. Il y avait dans sa tête et aussi au-dehors un tournoiement de possibilités dont aucune n'était saisissable dans la rapidité de ce carrousel fébrile de mots, œuvres, musiques, pensées, citations, cris, voix, Érasme, Montaigne, Huizinga, Barbusse, Camus, masques et visages parmi lesquels celui de Malwina et celui du Baron apparaissaient avec une précision singulière, pour s'effacer aussitôt. Et la brise de l'aube faisait murmurer les rideaux de velours gris qui s'écartaient et découvraient un brin de nudité lunaire, comme un genou de fille dans l'échancrure de la jupe, et les craquements du parquet évoquaient des présences depuis longtemps disparues, mais que l'on pouvait retrouver dans l'*Histoire de la villa Flavia* de Paolo Venni. Retentissait aussi le chœur crépitant et panique des cigales dont la pulsation très rapide ne pouvait être comptée, ce qui, en rendant impossible le déchiffrage de ce message angoissé, ne faisait qu'accentuer son caractère menaçant. Il y avait également des moments de faux éveils et de lucidité baignée de lumière toscane, qui venaient à son secours et le tiraient de ces noyades, moments très doux où la fraîcheur des pierres matinales et celle qui montait du lac triomphaient des fièvres. Brefs instants rassérénés où la campagne, le parc, le marbre de la terrasse, le lac et le ciel partageaient avec lui le pain et le sel de leur tranquille limpidité. Alors, dans un grand mouvement respiratoire, offrant à cette immanente tendresse maternelle son visage, fermant ses yeux brûlés par les insomnies, Danthès se dégageait de cette tyrannique dépendance, de cette abominable sensation d'être pensé et même vécu par quelqu'un d'autre, selon toute vraisemblance son double, celui qui le cachait si bien et qu'il dressait entre lui-même et la culpabilité. Mais des mois de veilles accumulées, la torture de s'épuiser sans rémission au bord du sommeil sans pouvoir franchir la ligne d'ombre et accéder au repos, ne lui laissèrent que quelques secondes de répit, et il ne savait même plus s'il s'endormait ou s'éveillait, dans cette durée hors du Temps, figée, où il était peut-être question d'un tout autre lieu et d'un tout autre homme. Et pourtant, rien n'était plus calme que son bureau au palais Farnèse, où il se tenait en ce moment parmi ses objets familiers, ses tableaux, ses sculptures, celle en bois peint de Dante et celle revêtue de soie et de cretonne d'Arlequin, les enveloppes à l'en-tête de l'ambassade, les invitations à dîner alignées sur la cheminée, dans la tranquillité souveraine des choses bien faites et d'une architecture conçue pour offrir à l'esprit un cadre aux proportions harmonieuses, qui opposait aux désordres de l'âme la réponse rassurante des schémas justes. Devant lui, l'échiquier sur lequel il venait de reconstituer le Tc1 × c4 de Capablanca, ce qui était une faute, due probablement à la nervosité du Cubain. Derrière le dos du cavalier terriblement pressant, les Noirs arrivaient à la domination exclusive sur l'aile Dame, et les pièces secondaires étaient réduites à l'impuissance. Capablanca avait perdu parce qu'il n'avait pas reconnu à temps le péril secret du traquenard qui lui avait été tendu. Il était cependant absurde de se laisser gagner par l'anxiété et de croire le Baron capable d'une maîtrise aussi diabolique. Une lente coulée de néant aux apparences de sommeil... Danthès ferma le pupitre, jeta bien vite ses cahiers dans le cartable et courut dehors où sa mère l'attendait au volant de la Renault familiale ; il avait hâte de rejoindre dans la cour de leur maison rue du Bac ses camarades, dont Larrien qui devait être fusillé par les Allemands, huit ans plus tard, au mont Valérien. L'Europe... L'incertitude, la confusion, la plage de La Baule, l'agonie de son père qui mourut dans un sourire, la tenue rayée des déportés au camp de Dachau... Le dérèglement du Temps, du passé et du présent, des lieux et de la conscience était tel qu'il chancela, voulut quitter la terrasse et retourner dans sa chambre, mais se perdit en route, désorienté, décomposé, privé de lui-même, de cet honnête courtier que notre moi familier est dans nos rapports avec la réalité du monde ; il ne voyait plus Erika et sa main, demeurée posée sur le mur qui courait le long du parc, n'était plus que vide, une absence de main sur une absence de mur. Immobilité nulle part dans un état de latence et d'esquisse... Il attendit, le visage en sueur, les yeux baissés, mais souriant de ce qu'à ces instants de *true confessions,* il appelait sa putasserie gentlemanesque, acharné, au bord de la chute, à sauver encore les apparences ; l'homme n'était même plus le style, mais le geste ; il était de ceux qui rectifient leur nœud de cravate avant de se faire couper la tête. Il souriait. C'était un moment décisif, avant une chute sans rémission : il allait être complété par celui qui l'inventait, ou effacé complètement. Ce fut seulement lorsque son créateur, ou cet autre lui-même qui voulait l'aider à se libérer du remords, avança un peu trop hâtivement et avec trop d'assurance dans son œuvre que, sentant qu'il ne pouvait plus être défait et qu'il avait atteint le point de non-retour dans l'autonomie que l'autre lui avait conférée, Danthès comprit ce qui se passait. La partie venait de commencer et le Baron, qui n'était nullement, ainsi que Danthès l'avait cru un instant dans sa nuit, un phantasme né d'une extrême fatigue nerveuse, mais possédait une existence propre indiscutable, avait exécuté le premier mouvement dans cet affrontement dont l'enjeu était le châtiment de Danthès, en raison d'une culpabilité que ce dernier reconnaissait du reste entièrement et n'avait plus l'intention de nier. Ainsi, loin d'être le personnage chaplinesque et un peu tragique, pauvre comparse et homme à tout faire de Malwina, tel que Danthès l'avait imaginé d'après les récits d'Erika, le Baron venait de se révéler comme un adversaire redoutable, peut-être même un Grand Maître, seul tenant du titre qu'il mettait en jeu contre Danthès, comme un Capablanca acceptant le défi d'Alekhine dans la partie immortelle qu'ils avaient jouée à distance en 1931.

XIII

Il avait suffi de cette compréhension pour faire fuir les fantômes. Se mit à refluer la marée aux mille clameurs de panique, charriant avec elle tous ces derviches tourneurs de la nuit, mi-pensées, mi-bêtes, monstres qui peuplent les cauchemars de Füssli. En quelques fractions de seconde, l'ordre se mit à régner, chaque chose à sa place, battant en brèche la subversion psychique, comme si une foule de notaires invisibles aux tablettes et registres impeccablement tenus fût accourue armée de rayons de soleil et, plongeant ces plumes étincelantes dans l'œil des chimères par une habile acupuncture, eût tiré les choses au clair, refait avec une rapidité admirable l'inventaire des lieux, dressé l'état des personnes présentes et noté scrupuleusement le jour et l'heure. La piétaille du réel revenait en toute hâte et, se disposant en bon ordre, faisait sa soumission. Danthès, qui était debout sur la terrasse, s'éveillait frissonnant de ce sommeil avorté où rien n'était jamais oublié mais où se rompaient pourtant tous les liens avec tout ce qui était tel quel. Danthès, qui était donc debout sur la terrasse, incontestablement, car la froide raison du matin ne laissait désormais nulle place au doute et tenait toutes choses comme en une pensée très rigoureuse et qui *would stand no nonsense,* n'acceptait pas les caprices, Danthès — il s'amusa au passage de cette insistance qu'il mettait à souligner son identité retrouvée — regarda sa montre et vit qu'il était temps de se préparer à ce rendez-vous avec Erika qui devait avoir l'apparence de leur première rencontre. Il s'habilla, appela son chauffeur et se fit conduire à Florence où il passa vingt minutes impatientes à boire des *espresso* dans le patio du Jimmy's : puis il revint lentement et étrangement ému vers la villa Italia.

Erika gisait au milieu de la route, à côté de la bicyclette renversée. La robe — dentelles et mousseline blanches — venait d'un autre temps, et l'immense nœud jaune de la ceinture était un papillon géant qui semblait palpiter de pitié sur le corps prostré de la Ulanova, au dernier acte de *Giselle.* Danthès avait fait arrêter la voiture. Il était sorti et se penchait sur ce visage adorable aux cils tremblants et aux lèvres qui essayaient de retenir le rire. Rien n'avait moins l'apparence d'un accident que cet arrangement de fleurs digne des maîtres japonais. Elle ressemblait à sa mère d'une façon extraordinaire. Il effleura la robe des doigts...

— Levez-vous. À quoi bon cette mise en scène ? Votre mère ne peut nous voir.

— Je vous aime, dit Erika.

Elle se leva et ils marchèrent le long du mur gris

rongé par le travail des siècles de cette façon inégale, dans une absence de symétrie, de lignes droites et d'équidistances, travail si différent de toutes les autres œuvres du Temps ailleurs dans le système solaire, lorsque Danthès, qui n'avait jusqu'à présent rien éprouvé de pareil, fut étreint par une angoisse dont rien n'expliquait la soudaineté, alors qu'il connaissait Erika depuis déjà près d'un an. Il ne s'arrêta pas, et continua à marcher en promenant la main sur les rugosités du mur, mais ne put s'empêcher de jeter vers la jeune femme un regard très attentif, qu'il détourna du reste aussitôt, en dissimulant son appréhension dans un sourire. La ressemblance d'Erika avec sa mère était plus que frappante : c'était une véritable identité avec celle qui avait marché sur la même route, exactement au même endroit, le long du même mur, il y avait de cela vingt-cinq ans. Le vol noir de la chevelure, les cils fragiles au-dessus d'un regard dont la grise clarté éclatait soudain au soleil avec ses points d'or et d'émeraude autour des pupilles, la ligne courte et droite du nez et la volupté des lèvres, dont on ne savait si elles frémissaient au bord du baiser ou du rire, la légère dureté du menton... C'était le même visage. La démarche de Danthès se fit plus nonchalante et son expression plus ironique, alors qu'il luttait contre une impossible certitude. Ce n'était pas seulement le même visage : *c'était la même femme.* Pour un esprit aussi lucide que le sien en cette heure de plein jour, il n'y avait que deux explications possibles : ou bien le Temps lui avait fait grâce et, dans une complicité avec le Destin nouvelle pour l'un comme pour l'autre, était revenu en arrière par souci de justice, et Danthès était donc en train de marcher un quart de siècle plus tôt au côté de Malwina von Leyden, OU BIEN ERIKA N'AVAIT JAMAIS EXISTÉ ET CELLE QUI MARCHAIT À SON CÔTÉ ÉTAIT LA CÉLÈBRE MALWINA VON LEYDEN QUI AVAIT ÉTÉ BRÛLÉE AU XVIe SIÈCLE POUR SORCELLERIE. Cela ne dura qu'un instant, et lorsque son cœur reprit un rythme normal et que sa main sentit à nouveau les dures échancrures laissées sur la pierre par ce goût du Temps pour les ruines bien faites, l'ambassadeur, se libérant de l'angoisse, oublia aussitôt ce qui l'avait motivée. Il essuya sur ses tempes quelques gouttes de sueur.

— Vous n'avez même pas remarqué ma robe.

— Mais si...

— Alors ?

Il évita le remords :

— Le blanc vous va à ravir, parce que c'est ce qui se rapproche le plus de la nudité. Les couleurs habillent, donc détournent l'attention...

Elle s'arrêta et dit avec reproche :

— C'est la robe que maman portait à votre premier rendez-vous... À peine jaunie, comme les pages d'*Anabase* de Saint-John Perse que vous lui aviez offert, et qui est encore aujourd'hui son livre de chevet.

— Oui, je me souviens très bien, bien sûr, dit-il en regardant droit devant lui.

Faux. Inventé de toutes pièces. Encore la création d'un monde qui n'avait jamais eu lieu, d'un moment qui n'avait jamais existé, d'une blancheur que ni lui ni Malwina n'avaient connue. Et pourtant, le remords était là. Venait-il d'ailleurs ? Y avait-il une culpabilité plus profonde ? Il ne se souvenait pas de la robe que Malwina avait portée lors de leur première rencontre, chez Rumpelmayer, un salon de thé rue du Faubourg-Saint-Honoré, mais ce ne pouvait être celle d'Erika, qui venait tout droit des planches de Deauville de 1913, et évoquait Vuillard, les courses de Longchamp, la madeleine de Proust et l'attentat de Sarajevo. Mais quoi, il n'allait tout de même pas se réclamer de la vérité historique. Erika avait raison : c'était bien la robe que sa mère avait mise ce jour-là. Il fallait savoir inventer le passé. C'est ainsi que le présent et l'avenir se créaient à leur tour et se construisaient en jetant leurs fondations dans ce qui n'avait pas existé ou avait existé autrement. La Renaissance s'était fait de l'Antiquité une image hautement idéalisée et dans laquelle l'Antiquité ne se serait pas reconnue, mais elle s'en inspirait d'une manière réaliste dans ses œuvres innombrables. C'était aussi le rapport de De Gaulle avec une France exemplaire « madone de fresque et princesse de légende » qui avait tellement manqué à l'Europe, en laquelle Danthès, malgré toutes les évidences, continuait à croire, mais qui ne pouvait se matérialiser qu'en puisant dans la fiction la foi exaltante et la force nécessaire pour sortir de la fiction.

— L'avez-vous beaucoup aimée, pendant votre brève liaison, ou est-ce que cela est aussi une illusion qu'elle s'est donnée pour survivre ? demanda Erika.

— J'avais vingt-cinq ans et la tête qui s'enflammait vite. L'ai-je beaucoup aimée ? Disons : je l'ai inventée avec beaucoup d'amour... De toute façon, l'amour est d'abord une œuvre d'imagination...

— Depuis vingt-cinq ans, cette femme n'a jamais cessé de penser à vous...

— Je n'aurais jamais cru que quelqu'un pût aller aussi loin dans la vengeance...

— Voilà une remarque d'un cynisme un peu trop mondain.

Il s'arrêta.

— Erika, ce qu'il y a de beau, là-dedans, de bouleversant, et probablement d'unique, c'est que tout y est presque complètement faux, inventé de toutes pièces et bien après l'événement. Je dirais même que c'est pourquoi je suis ici — comment se refuser à une telle création ? — et que j'essaie de faire de mon mieux. Notre liaison a duré à peine six semaines...

Elle se tourna vers lui dans un envol de chevelure noire qui conféra par contraste à ses yeux gris dévorants une pâleur de perle...

— Quelques jours suffisent parfois à tout donner... Ou à tout prendre.

Il se domina, mais cet élan retenu, ce désir impérieux de la saisir dans ses bras, et de ne plus jamais sentir ses bras inutiles, privés de leur raison d'être, le frappa de vide au cœur et creusa sa voix :

— Écoutez, je n'ai vraiment ni le génie des *Canzoni* de Pétrarque ni celui des *Sonnets* de Shakespeare, et il faudrait encore plus que cela pour rendre tout simplement leur sens aux mots... Vous dites à une femme : « Je vous aime », et vous êtes pris de désespoir parce qu'il faudrait d'abord sauver, faire revivre ces mots... Vous êtes frappé de silence à l'idée de tout ce qu'on leur a fait subir, de tout ce qu'on leur a fait avaler... La fin d'une civilisation, c'est d'abord la prostitution de son vocabulaire...

Elle sourit. C'était une journée douce où tout était lumière.

— Vous savez, j'ai dû gagner ma vie très tôt, j'ai travaillé comme coiffeuse, comme vendeuse, comme hôtesse de l'air, alors, je n'ai pas peur des banalités. Vous pouvez me dire : « Je t'aime. »

— Je t'aime, dit-il.

Il sentit qu'il avait cinquante ans, qu'il portait un costume rayé ridicule, une rosette de la Légion d'honneur à la boutonnière, qu'il était ambassadeur de France, marié, et cette chose boursouflée : père de famille ; il s'irritait aussi de ce dandysme des sentiments et de ce raffinement de la sensibilité qui auraient dû lui valoir une balle dans la nuque au nom de tous ceux qui crevaient de faim et étaient massacrés dans le monde. L'Europe de ses rêves ne pouvait coexister pacifiquement avec la souffrance, l'abêtissement et la misère physiologique d'un milliard d'êtres humains pour lesquels le mot même de « culture » était une insulte et une provocation. Le siècle des Lumières ou des « lucioles » comme disait Malwina avait pu se permettre ce luxe parce que la culture n'avait pas encore fait naître la conscience sociale qui restait à la charge de Dieu. L'esprit venait seulement de se découvrir, c'était un jouet innocent parce que tout neuf ; à ses délices ne se mêlaient pas les relents du sang, de la crasse et de la sueur ; il était en période de rodage et c'étaient ces jeux gratuits qui devaient en faire l'instrument de lutte précis qu'il devint plus tard. Mais en 1972, la culture qui ne se faisait pas partage, qui ne se faisait pas action, qui se suffisait à elle-même et ne tirait pas à conséquence, se niait et s'annulait elle-même. La partie qui se jouait était de celles, Sade ou Choderlos de Laclos, qui ne trouvent grâce aux yeux du XXe siècle que lorsqu'ils regardent le XVIIIe. Il s'agissait de ces mondes privés qui excluent le monde. Le sentiment d'appartenir à ces élites exquises et languides qui s'habillent encore chez Lord Byron...

— À ce soir, dit-elle.

Cette silhouette de Renoir qui s'éloignait — ombrelle et chapeau d'antan, douceur de lumière, bord de mer aux vagues polies, tout ce passé qu'il ne connaissait que par des racontars picturaux — le laissait désemparé et déjà doutant de lui-même : le serrement du cœur eut vite fait d'effacer le plaisir de l'œil. Il avait accepté de se prêter à ce ballet d'une chorégraphie si minutieusement élaborée par Malwina dans son fauteuil d'infirme parce qu'il se savait profondément coupable envers elle et lui devait bien cela ; ce sentiment de culpabilité n'avait fait que grandir au cours des ans, dans la mesure où ce qu'il appelait Europe devenait de plus en plus clair à ses yeux et ainsi de plus en plus exigeant en tant qu'éthique, dignité, règle de vie. Mais au-delà même de sa responsabilité personnelle, il y avait cette empoignade avec le Destin qui est la seule vraie affaire d'une vie d'homme, et le sens aigu de ce que les Anglais appellent *Poetic Justice*. Qu'il y eût dans tout cela une part de cette ferveur chimérique et même de déraison, qui fait toujours sourire les vieux lorsqu'ils parlent des égarements de la jeunesse, c'était indéniable, mais Danthès vivait depuis assez longtemps en compagnie de lui-même pour avoir appris à se méfier de la maturité, de cette fausse sagesse dont elle se pare si volontiers et qui sert trop souvent d'excuse à l'acceptation, au renoncement, et à toutes les collaborations avec l'ennemi.

Il continua un moment à la guetter du regard... Avant de disparaître sous le grand portail ocre de la villa, dans un mouvement de la taille qui en soulignait l'extraordinaire finesse, elle leva le bras, et Danthès répondit d'un signe de la main qu'il regretta aussitôt, comme si son geste d'effacer l'avait fait évanouir... Mais il ne pouvait plus la perdre, à moins de rompre entièrement avec lui-même, d'être privé de conscience, rendu à sa préexistence, comme les aiguilles d'une montre que l'on remet en arrière, d'être renvoyé à la nuit fiévreuse dans laquelle il était peut-être couché en répétant inlassablement dans sa tête ces chorégraphies futures, sous le regard perçant de Malwina qu'il sentait posé sur lui. Par moments, il avait l'impression de n'avoir d'autre adversaire dans cette partie que lui-même. Parfois aussi, il voyait le

Destin assis en face de lui, penché attentivement sur les dalles blanches et noires, ou le mannequin à la tête ovale et au visage sans traits des peintures de Chirico, première manière. À moins qu'il n'y eût rien ni personne, seulement une puissance inconnue qui les improvisait tous, avec leur apparence de contenu tangible ou de rêve, dans une pulsation d'éphémère où se formaient et s'évanouissaient âges et civilisations, vie et matière, de fulgurantes éternités et des infinis vite remis à leur sage place dans le Temps humain, tandis que déjà la Narration se poursuivait ailleurs, dans une tout autre fiction. L'enfièvrement attaquait la matière à grands coups de pinceau comme si toutes choses, meubles, pierres, visages, terres et néants eussent été saisies par un Jackson Pollock brassant les mondes, et les images se formaient et s'évanouissaient dans les yeux de l'homme sans sommeil à chaque flux et reflux du sang. La mémoire s'emparait du regard et se faisait obéir ; Danthès voyait l'Hispano encore invisible et la suivait attentivement dans sa progression à travers les collines, ainsi que le papillon ocre tacheté de noir sur le poignet d'Erika, tous deux pareils à la flèche de Valéry qui vibre, vole et ne vole pas ; Zénon d'Élée régnait en maître sur ce regard de l'imagination où tout mouvement durait éternellement dans le parcours de l'espace rétinien ; à moins que ce ne fût le Baron — plus grand que nature et légèrement transparent, ce qui permettait de percevoir les contours du siège jaune sur lequel il était assis et en même temps la paroi métallique qui étincelait à travers son rein gauche — à moins que ce ne fût le Baron qui tînt Danthès prisonnier dans ses yeux fixes d'un bleu admirable, l'imaginant penché en haut de la terrasse sur la campagne toscane, en train d'observer l'Hispano encore invisible et ses trois passagers : les ennemis se cherchaient. C'était la hantise hallucinée avant l'aube du duel. La seule certitude, dans cette insomnie éclatante de blancs incendies nocturnes, c'était le mannequin de Chirico assis sur les dalles de l'infini, dans son attitude de joueur de harpe, parmi les compas, les équerres et les règles d'un univers géométrique où tout paraissait relever de quelque divin calcul, rigoureusement juste. Danthès ne comprenait pas pourquoi son tableau préféré, qu'il avait laissé dans son appartement à Paris, venait le harceler ainsi dans sa fatigue. Il y avait dans tout cela comme une trace de quelque manipulation dont il ne pouvait accuser ni Malwina, malgré sa légende de sorcellerie, ni le Baron, lequel était probablement tout autant manipulé que lui-même, bien que toute la pensée contemporaine tînt pour acquis une absence totale de préméditation, de schéma directeur et donc d'ennemi. Mais il importait peu, en ce début de partie, de connaître le meneur de jeu, à condition d'explorer méticuleusement d'avance toutes les combinaisons concevables, afin de se garder de tous côtés en préparant les parades éventuelles, selon la tactique qui serait adoptée par l'adversaire. Rien n'était plus menaçant, en effet, que le complot latent que cachait l'immobilité des pièces et il devenait impérieux de se libérer de l'emprise psychologique que le camp ennemi cherchait à lui imposer, laquelle se faisait justement sentir dans l'absence de plus en plus inquiétante de tout mouvement sur l'échiquier —, latence dans l'immobilité qui suggérait l'imminence de quelque coup foudroyant et sans appel. Voilà pourquoi, sans aucun doute, les pièces prenaient dans son esprit ce caractère obsessionnel, tantôt Malwina, tantôt le Baron, dont il ne pouvait pourtant dire s'ils étaient joueurs ou joués.

XIV

Il demeurait sur le dos, les yeux grands ouverts dans l'obscurité étouffante de la chambre. Les lourds rideaux de velours gris à demi tirés laissaient passer un peu d'ombre — ou peut-être de clarté lunaire — et quelques souffles venaient du lac. Il était, aussi, debout sur la terrasse et dans son bureau bien protégé au palais Farnèse, où il s'était réfugié pour retrouver un peu de calme. Il était, aussi, partout où il n'était pas, dans des paysages marmoréens, pareils à ceux que l'on trouve au cœur des pierres-géodes, dont avait parlé si admirablement Roger Caillois. Mais où qu'il fût réellement, il ne cessait d'explorer inlassablement dans sa tête toutes les éventualités, afin d'écarter les éléments de surprise toujours possibles et même probables, dont les plus inattendus et les plus dévastateurs pouvaient — il le savait et s'y préparait — venir de lui-même ou, plus exactement, de ce double dont il ne savait rien, qui lui échappait entièrement et était, sans aucun doute possible, son plus redoutable ennemi. Et pourtant, au moment même où, marchant sur la route à côté d'Erika dans une clarté sans menaces, et bien qu'il sentît sous sa main la dure certitude du mur, si rassurante dans son incontestable réalité, et qui mettait fin à la confusion en disant le lieu et l'heure, une nouvelle probabilité jusque-là insoupçonnée jaillit il ne savait d'où, dans le silence encore nocturne de la villa Flavia, mais où l'obscurité commençait déjà à céder aux premiers pressentiments de l'aube, et cette probabilité, en devenant aussitôt une certitude, le bouleversa par son évidence implacable, car il savait déjà que ce coup foudroyant de l'ennemi qu'il n'avait pas prévu était sans parade possible. L'idée, aberrante et superstitieuse, vraiment indigne d'un homme civilisé, qu'Erika n'avait jamais existé, qu'elle était une apparence assumée dans sa recherche de vengeance par la légendaire Malwina von Leyden brûlée au XVIe siècle pour sorcellerie et qui se faisait passer pour sa fille par une noire magie, ne fut qu'un bref instant de terreur, vite maîtrisé. Voilà ce que c'était que de fréquenter trop assidûment par l'érudition les siècles passés, auxquels secrètement allaient vos préférences. Mais ce qui dura plus longtemps et, dans cette confusion mentale qui accompagne si souvent les états fébriles où tout trébuche au bord du songe, parut entièrement convaincant et aussi lumineux qu'un réveil, ce fut la brusque sensation de recul vertigineux dans le Temps, ou plus exactement, de *retour à la réalité.* Le jeune attaché d'ambassade venait de comprendre que l'inquiétude grandissante que lui causaient les rapports avec une maîtresse tendrement aimée, mais dont il n'ignorait plus le passé scandaleux, ainsi que les mises en garde qu'il avait reçues de ses chefs au Quai d'Orsay, lorsqu'il avait été convoqué à la direction du Personnel au sujet de son projet de mariage avec une « aventurière si fâcheusement notoire », s'étaient traduites par un ébranlement nerveux, une perte de sentiment du réel, et des phantasmes.

Jean Danthès, heureusement, venait de surmonter cette défaillance dont il n'avait même pas eu conscience et qui avait peut-être duré plusieurs jours.

Le jeune homme poussa un profond soupir, prit son mouchoir et s'épongea le front, cependant que fuyaient piteusement les fantômes, parmi lesquels celui de l'invraisemblable Baron — où donc son imagination était-elle allée chercher un personnage aussi étrange ? — qui fut le dernier à s'effacer, et cela au sens littéral du terme, car disparut d'abord la partie inférieure de son corps, le buste seul demeurant un bref instant posé sur quelque chose qui ressemblait vaguement à un échiquier, puis il perdit son œil droit et le côté gauche du corps, avant de s'évanouir complètement.

Jean Danthès avait vingt-cinq ans, douze ans de moins que sa maîtresse : mais celle-ci ne se prétendait-elle pas âgée de plusieurs siècles et vivant à sa guise à travers les âges ? Elle était intarissable, lorsqu'il s'agissait du XVIIIe, qu'elle affectionnait particulièrement, et sa connaissance des moindres détails des mœurs de ce temps, ressemblait en effet, parfois, tant elle était précise et complète, à une expérience vécue. Danthès venait de s'offrir une superbe Hispano-Suiza, modèle 1927 — elle lui avait coûté moins cher qu'une Juva-quatre Renault — et ils étaient venus de Paris pour passer quelques jours ensemble dans une villa endommagée pendant la guerre et presque abandonnée par ses propriétaires ruinés, la villa Flavia, à côté de Florence. Ils se tenaient par la main, marchant sur la route le long du vieux mur à moitié dévoré par le Temps qui protégeait le parc, entre la villa qu'ils occupaient, et une autre demeure enfoncée dans la verdure, la villa Italia. Malwina riait dans la clarté, s'offrant au bonheur avec tout ce qu'un tel abandon suppose d'insouciance et plus encore d'ignorance. Elle ne savait rien du conflit qui torturait son amant : il avait à choisir entre la Carrière à laquelle il tenait parce qu'il y voyait un moyen de servir la construction de l'Europe, et une femme de douze ans plus âgée que lui, qui avait été ce que les Américains des troupes d'occupation appelaient la « madame » du bordel le plus chic d'Autriche. Sa réputation, même avant cette étape finale dans la dégradation, avait déjà laissé des échos d'un amoralisme assez difficile à concevoir lorsqu'on la connaissait, et surtout lorsqu'elle vous regardait avec des yeux d'amour. L'amour avait, à un rare degré, le don d'innocence et il l'exerçait même sur le passé. Danthès adorait cette femme, mais pouvait-on faire d'un tel amour égoïste sa raison de vivre ? La seule chance qu'il avait, par sa formation, par sa vocation, par tout ce qui en lui aspirait à prêter vie à ce qu'il appelait Europe, cette unique chance était le service diplomatique. Hors de cela, il ne pouvait faire qu'un expert d'art et cela voulait dire se retirer dans les délices esthétiques solitaires, sans autre communion qu'avec les musées. Le plus terrible, en ce moment, était que son choix était fait, sa décision prise : la rupture. Mais bien qu'il fût venu en Italie pour en faire part à Malwina, le courage lui manquait et il savait qu'il allait repartir sans lui avoir dit la vérité. Cet état psychique suffisait à expliquer toutes ces fantasmagories qui affluaient et refluaient sans cesse, débordant de la nuit en plein jour, fouettées depuis des semaines par l'insomnie. Le plus révélateur de ces carrousels et où se reconnaissaient bien ses hantises profondes, était cette vision de lui-même nommé au poste d'ambassadeur à Rome puis, la cinquantaine passée, rencontrant la fille de Malwina et transférant sur elle l'amour qu'il avait eu pour sa mère. À vingt-cinq ans, son ambition ne pouvait s'avouer plus franchement que dans ce phantasme d'une double réussite, et il fallait reconnaître que ce n'était pas très beau, puisqu'il y avait dans ce rêve de bonheur un laissé-pour-compte dont il ne semblait point se soucier : Malwina. Et ce fut alors que, couché, crut-il un instant, dans sa chambre obscure — mais il rectifia vite cette erreur dans la logique de son rêve éveillé, pour se voir debout sur la terrasse et enfin, rendu à l'évidence, en train de marcher, la main courant sur le vieux mur — ce fut alors qu'il entendit une voix différente, malgré une ressemblance incontestable avec celle de sa mère, la voix d'Erika qui finissait de parler, ce qui prouvait bien que le monde pouvait s'évanouir et renaître en quelques secondes, et que le Temps était un charlatan :

— ... la robe que Ma portait lors de votre premier rendez-vous, chez Rumpelmayer... À peine jaunie, comme les pages d'*Anabase* de Saint-John Perse que vous lui aviez offert il y a un quart de siècle et qui est encore aujourd'hui son livre de chevet...

C'était une voix si sûre, si aimée, si calme aussi dans l'insouciance, qu'il ne resta plus de place au doute et tout se fit clarté et certitude. Il se tourna vers Erika, la prit dans ses bras et l'embrassa, sous l'œil extrêmement approbateur du chauffeur.

— À ce soir, dit-elle.

Il demeura quelques instants encore à la guetter du regard. Avant de disparaître sous le grand portail ocre de la villa Italia, dans un mouvement de taille qui en soulignait l'extraordinaire finesse, elle leva le bras, et Danthès répondit d'un signe de la main qu'il regretta aussitôt, comme si ce geste d'effacer l'avait fait évanouir. Mais il se savait maître de la situation. Ce pas de danse gracieux et adorable du départ n'avait duré qu'une seconde, et comme il eut aussitôt envie de le revivre et de le faire durer à sa guise, il la fit revenir. Elle réapparut exactement au même endroit et dans la même attitude, leva le bras, mais cette fois Danthès la garda ainsi bien plus longtemps, à loisir, dans une immobilité d'instantané, avant de répondre d'un mouvement de la main qu'il ne regretta plus, lorsqu'elle s'effaça, car il se sentait comblé.

C'est ainsi que, les mains posées sur les accoudoirs de son fauteuil, souriante, les yeux mi-clos, Malwina von Leyden se représentait la première rencontre sur la route entre sa fille et Danthès le scélérat, Danthès, homme sans dignité ni honneur. Elle avait tout réglé si minutieusement et depuis si longtemps, avec tant de haine amoureuse, que rien dans cette chorégraphie ne laissait de place au hasard et elle se sentait un peu comme un Diaghilev sûr de lui après tant de répétitions, à la veille de la première du *Sacre du printemps.* Elle se souvenait trop de la sensibilité si vive de Danthès pour redouter de perdre la partie en misant à fond sur le remords et la culpabilité, qui devaient avoir atteint et fêlé le fond même de sa conscience, après un lent et implacable cheminement. Cet ambassadeur si ironique et distingué, cet « homme d'honneur et de culture », cet « Européen jusqu'au bout des ongles » — c'étaient les échos qu'il laissait dans son sillage, de poste en poste — se savait un failli et était prêt à toutes les soumissions pour tenter d'échapper à un châtiment d'autant plus inévitable qu'il se l'infligeait lui-même. Malwina tapotait doucement de sa main l'accoudoir, souriante et souveraine dans sa triomphante clairvoyance. À Dieu vat ! La partie était engagée.

Le Baron menait la partie à l'aveugle et pouvait en mener un nombre infini à la fois : il ne connaissait pas de limites à la puissance de l'imaginaire. Il savait que la victoire lui était acquise, mais ce n'était

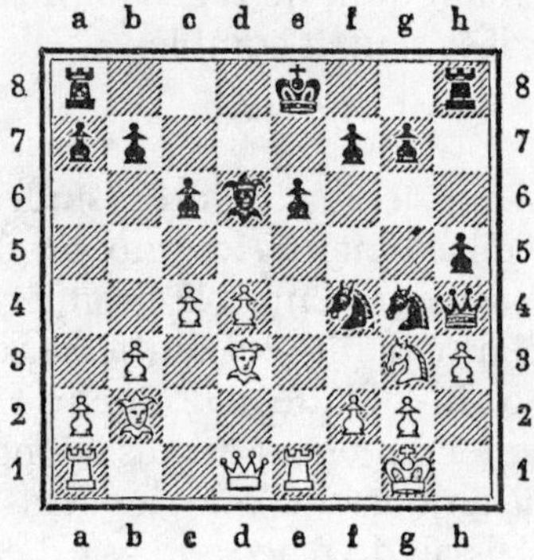

là que facilité et il dédaignait quelque peu cette considération *pratique* : ce qui comptait avant tout à ses yeux, c'était la beauté du jeu. Rien n'était plus humain, par son absence, que la perfection, et rien ne méritait donc d'être plus inlassablement poursuivi. Le Baron n'était même pas loin d'estimer que certains des combats dits « épiques », « homériques », où s'était joué le « sort de la civilisation », étaient entachés de laideur et donc de nullité, car ils ne méritaient même pas d'être gagnés. Plus exactement, l'absence de beauté, par la nature des moyens employés, monceaux de cadavres, bassesses et ignominies — et cela s'appliquait aussi bien à la Révolution française qu'à celle d'Octobre et à la guerre de 1914 dite « gagnée » — transformait les victoires en défaites et assurait des chienneries toujours nouvelles. C'est pourquoi il attachait tant de prix à la partie admirable entre le prince Dadian de Mingrélie et le comte de Kreutz, jouée à Saint-Pétersbourg en 1891, dont il avait été témoin, et surtout à celle d'Anderssen contre Kieseritzky, livrée en 1851, à Londres, à laquelle il avait également assisté et qui avait vu le fameux « sacrifice immortel » de deux tours :

Le sacrifice immortel.
Kieseritzky = 14

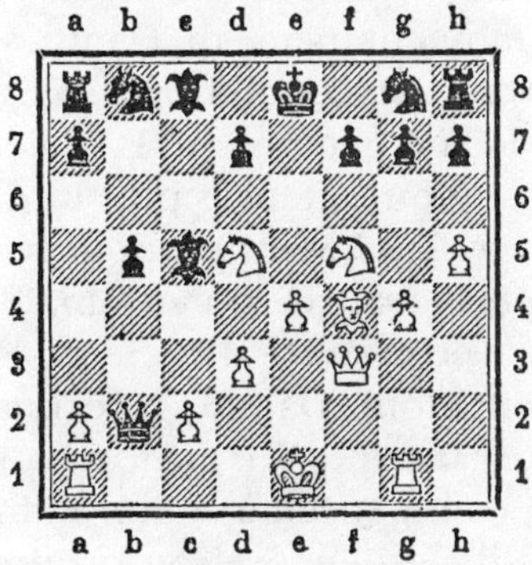

Anderssen = 13
Après le 17e coup noir.

Le Baron se tenait derrière le fauteuil de sa Dame noire, mais Malwina devait être tellement habituée à sa présence, ou plutôt à son absence, qu'elle ne soupçonnait pas, Danthès en était à peu près sûr, le rôle que celui-ci jouait dans leurs existences respectives, qu'il manipulait, arrangeait, créait et défaisait à sa guise quelque part au fond de la pâle et bleue porcelaine brillante de son regard. Il n'y avait, pour s'en convaincre, qu'à prendre acte de l'impossibilité qu'éprouvait en ce moment l'ambassadeur à sortir de cet enlisement, à la fois rêve et veille, où s'esquissaient déjà sur un échiquier géant de redoutables présences noires, et où tout était terrasse, chambre, route, nuit et clarté à la fois, à s'arracher de ce magma dans lequel il se débattait, comme un lutteur collé au sol par une main victorieuse, et à mettre un terme à cette insomnie avortée au-delà des somnifères qui fusille les yeux d'images jusqu'au plus total épuisement. Du reste, au moment même où Danthès, baigné de sueur, les voyait tous les deux, Erika et lui-même, dans ce rite de la rencontre qu'ils allaient célébrer sur la route quelques heures plus tard, et il attribuait la même vision à Malwina, pour céder aussitôt au Baron toute la maîtrise du terrain, f2 — f4, e5 x f4, Fe3 x f4, avec menace directe du Pion d3, au même moment, donc, Danthès, précisément par la vertu de cet acte d'invention qu'il venait d'accomplir, commençait à comprendre avec soulagement qu'il était encore son propre maître et qu'il avait attribué au malheureux « Putzi » beaucoup trop de consistance, de personnalité et de pouvoir. La vérité était que, pour extérioriser son angoisse en lui cherchant une cause hors de lui-même, il avait pris trop de libertés avec ce personnage modestement réel, humble, un peu pathétique, mais surtout comique, qu'était le pauvre Baron, objet trouvé ou plutôt perdu, confident, maître d'hôtel et valet à ses heures. Le bougre s'était complètement dissous dans l'alcool par amour pour Malwina, pour laquelle il s'était ruiné d'abord matériellement et ensuite moralement, en lui procurant quelques-uns de ses plus riches amants. Danthès sentit son cœur se calmer. Se ralentit alors, puis cessa entièrement le carrousel vertigineux, mi-pensées, mi-images. Il demeura un instant encore les paupières closes, respirant profondément, pendant que se dispersaient et disparaissaient les dernières hordes déjà lointaines des invasions nocturnes. Il se leva, prit un bain glacé, sortit sur la terrasse et alluma une cigarette. Ses forces revenaient avec la plénitude du jour. Toutes les obscures fêlures de sa conscience se refermaient, scellées par la lumière. C'était l'heure ferme de la réalité. Il regarda sa montre et vit qu'il était temps de se préparer à sa rencontre avec Erika. Il s'habilla et se fit conduire à Florence où il passa vingt minutes interminables à surveiller l'heure et à boire des *espresso* : puis il revint lentement et étrangement ému, malgré son sourire amusé, vers la villa Italia.

XV

Elle grimpa en courant les marches solennelles que le goût fastueux des Sampietri avait imposées au XIXe siècle à la place de l'escalier gracieux dont une gravure sur le mur rappelait le souvenir, entra dans la chambre en coup de vent, comptant sur la vivacité, le mouvement et la légèreté rapide du propos pour dissimuler sa gêne et une tristesse un peu coupable, le remords de se sentir si heureuse et d'avoir à le cacher à sa mère, à la tromper honteusement. Quelque chose comme la prise de conscience d'une garce... Elle se jeta dans le fauteuil de velours champagne, et éclata de rire. *Mon Dieu, est-ce que mon rire est toujours aussi méchant, ou est-ce que je joue bien la comédie ?* et annonça aussitôt :

— Ça a marché comme sur des roulettes.

Ma ressemblait à une peinture sortie du cadre non seulement parce qu'elle se maquillait trop — les vieilles femmes qui se maquillent oublient qu'avec le passage des ans, le grain de la peau accentue la poudre et les fards en les empêchant de s'unir en une surface lisse, et que le rouge, loin d'aviver les lèvres, fait nature morte — mais aussi en raison de cette immobilité dans laquelle elle était confinée. Seule sa perruque blanche de marquise tremblait un peu : un léger mouvement continu et latéral de la tête, dans lequel au début Erika affolée avait cru reconnaître le symptôme de la maladie de Parkinson, mais ce n'était qu'un tic nerveux. Seul le regard gris angora — regard dont Erika avait hérité, se demandant parfois avec une angoisse assez atroce si elle avait hérité aussi de tout le *reste* — avait une jeunesse prisonnière de l'âge, ce garde-chiourme.

— Raconte vite...

Elles avaient presque la même voix, toutes les deux. Je dois *absolument* cesser de me demander jusqu'où va la ressemblance, pensa Erika. Par la porte entrebâillée, derrière les chromes du fauteuil à roulettes, elle voyait son père qui mettait dans le grand vase rouge un bouquet de tulipes noires. Ma n'avait jamais assez de fleurs...

— Je suis restée très sagement allongée à côté de ma bicyclette renversée, et, bien entendu, il fut parfait. C'est une nature très noble. Il est fait pour ramasser les femmes qui tombent.

— Il a reconnu la robe ?

Erika hésita. Mais il fallait bien mentir, et pour que les mensonges portent, il faut qu'ils aient ici et là une part de vérité, celle qui dans tout art dédouane un excès d'habileté et l'aide à faire mouche...

— Non.

— Quel mufle !

Ce n'est pas possible, pensa Erika. Je vais finir par en crever. Ma avait les larmes aux yeux.

— Écoute, m'man, tout de même, après vingt-cinq ans, on peut avoir un moment de distraction. Il ne sait encore ni que je suis ta fille, ni que tu es ici.

— Il doit être sûr que je suis morte, et il ne croit pas aux revenants, dit Ma. Mais briser une vie, ce n'est pas tout : encore y a-t-il la manière...

Erika leva les yeux vers le Baron, qui la regardait : il avait entendu la phrase, et se détourna aussitôt, en passant d'un geste distingué le mouchoir sur son front. Il y avait chez Malwina cette part d'inconscience, charmante chez les jeunes diablesses, mais qui, à soixante-trois ans, a la désagréable haleine d'un cynisme béant. Pouvait-on dire pourtant que Ma avait brisé la vie du pauvre « Putzi » ? Celui-ci était né brisé. Son arbre généalogique remontait au Grand Maître de l'Ordre des Chevaliers teutoniques qui avait péri dans la fameuse bataille dont Mickiewicz avait tiré son épopée *Konrad Wallenrod* et Matejko son chef-d'œuvre, *Bitwa Pod Grunwaldem*. Avec tous ces siècles, châteaux, armures, cottes de maille et poings de fer prussiens qui pesaient sur son dos, le pauvre « Putzi » ne pouvait que finir en morceaux. Encore avait-il par on ne sait quel miracle échappé à la pédérastie. Et Ma elle-même avait eu sa vie brisée tant de fois — le coup de grâce fut d'être interdite de jeu dans tous les casinos d'Europe — que de cette façon d'être continuellement réduite en miettes se dégageait une extraordinaire impression de force. La seule chose qui avait volé en éclats *beyond repair,* irréparablement, c'était le monde auquel elle avait appartenu : l'Europe. La fête était finie. On pouvait encore être maquerelle, faire le trafic des faux tableaux, s'installer à Paris comme voyante extralucide, mais tout cela était maintenant devenu réaliste, c'est-à-dire moche. On ne pouvait plus être sauvé par le style. Les courtisanes étaient devenues des putains, les aventuriers étaient devenus des truands, le demi-monde, le milieu. C'était une époque où Don Juan se serait logé une balle dans la tête : les femmes ne se « donnaient » plus, mais se tapaient un homme et il n'y avait plus de « conquêtes ». Le péché ne se déshabillait même plus. Le mal existait encore, mais il avait rompu ses rapports avec Baudelaire.

Il y avait des papillons parmi les fruits jaunes et mauves des cactus et, devant la fenêtre ouverte, une guêpe, avec son gilet de valet de chambre. Le voilier noir, au milieu du lac, semblait porter le deuil d'un autre voilier, tout blanc celui-là, qu'il aurait aimé à la folie. Quelqu'un riait quelque part, très loin. Erika eut de nouveau l'impression que c'était son propre rire qui se promenait dans le parc. Elle l'avait déjà entendu plusieurs fois depuis leur arrivée, et la similitude était troublante. Toujours cette maudite imagination, qu'elle tenait de sa mère. Et aussi une habitude gardée de l'enfance de personnaliser les objets, les choses mortes, les bestioles, et tout ce qui l'inquiétait, pour apprivoiser ses peurs. Encore aujourd'hui, elle trouvait terrifiants *Alice au pays des merveilles* et *Max und Moritz,* et leur préférait les contes de Béatrice Potter. Elle ne partait jamais en voyage sans un de ces petits ouvrages où l'on voyait la grenouille en frac et chapeau haut de forme, Jeremy Fisher fumant un cigare, confortablement installée sur une feuille de nénuphar, et n'était jamais vraiment sortie d'un monde où les souris cousaient la nuit des boutons aux habits des clients du tailleur de Gloucester, malade et incapable de tenir l'aiguille et le dé. Ailleurs, mais tout près, Monsieur le Temps en redingote, le sablier à la main, épicier parcimonieux et mesquin qui vous comptait vos années comme de gros sous, et la Mort, dont on entendait le tic-tac, pour peu qu'on eût l'ouïe fine. Tic tac, tic tac. Le plancher craquait parfois bizarrement, on marchait sur la pointe des pieds, et devant des châteaux baignés de lune s'arrêtaient des carrosses dorés, d'où descendaient Don Juan et la douce jeune fille qu'il avait fraîchement vérolée. Y avait-il de la vérole dans la famille von Leyden, quelque chose dans les gènes qui expliquerait... Lorsqu'elle travaillait au contrôle de la T.W.A. à Orly, lorsqu'elle était mannequin et cover-girl, et plus tard, lorsque Ma tomba vraiment malade et que pour lui permettre de vivre dans un style de folie digne d'elle, il avait fallu voler les bijoux de la Loren à Londres, Erika avait toujours su donner à la réalité ce petit coup de pouce qui lui permettait de se réfugier auprès de Jeannot Lapin. Il y a des féeries intérieures que rien ne peut atteindre. Bien sûr, il n'était pas question de céder entièrement à la fête, de laisser sa mère seule. On pouvait passer sa nuit au bal avec Cagliostro, s'égarer quelques instants auprès de Faust, ou dans une gondole à Venise, en compagnie du très libertin cardinal de Bernis, mais il ne lui était pas permis d'émigrer tout à fait, de se mettre à vivre une fois pour toutes *chez soi,* alors que la clinique psychiatrique du docteur Monnot en Suisse, où Ma faisait de fréquents séjours, coûtait un demi-million par mois. Il faut bien dire que l'argent, avec son côté terre à terre, pignouf et gros sabots, vous confinait solidement dans les deux-et-deux-font-quatre.

XVI

Erika avait rejeté la tête en arrière sur le dos du fauteuil et se laissait faire, les yeux fermés, le sourire aux lèvres. Être aimée, c'est d'abord être tendrement inventée, rêvée par quelqu'un. Elle savait qu'elle pouvait compter sur Danthès jusqu'au bout, bien qu'il se servît un peu d'elle à son tour, pour se sentir aimé ; mais dans cette part d'invention qu'il lui apportait, il y avait assez pour deux. Elle le regardait aller et venir nerveusement dans le grand salon gris de la villa Flavia. Elle connaissait bien son soupçon, dont pourtant il ne lui avait jamais parlé. Mais il y avait sa première expérience avec Ma, jadis, les antécédents et les précédents... Non, même lorsqu'elle était dans la plus complète mouise, elle n'était jamais allée chez Mme Claude. Oui, il y avait des moments dont elle ne se souvenait plus, comme s'il y avait eu des trous dans son existence, mais c'était à lui de remplir ces pages blanches. L'angoisse, dit-on, vient de la culpabilité ; mais je suis angoissée parce que je me sens menacée, parce que je dépends de choses en moi qui me sont inconnues, mais heureusement aussi de toutes celles que vous m'apportez lorsque vous rêvez à moi comme vous le faites en ce moment, soucieux, plein de sollicitude. Cher Jean, inventez-moi tendrement, oui, comme ça, vous me donnez vraiment à vivre, et n'oubliez pas que j'ai besoin d'être protégée, qu'il pèse sur moi la menace que-vous-savez. Merci. Elle lui sourit et Danthès, qui était dans la voiture, se rendant à son rendez-vous sur la route avec Erika, sentit la présence de ce sourire jusque dans la lumière de Florence. Il y avait entre eux cette communion où l'amour crée l'autre d'une manière que la réalité ne peut démentir, parce qu'elle ne rêve jamais. Erika souriait à l'amoureuse imagination qui la soutenait de loin, à sa complicité avec l'homme qu'elle devait séduire et châtier, détruire même, et qui l'aidait pourtant si gentiment dans cette tâche, pour lui permettre de mieux jouer la comédie devant sa mère : elle était censée se montrer impitoyable, plus méchante encore que cruelle, fatale, mythologique, quoi. Heureusement, Danthès savait lui souffler les mots et les attitudes qui convenaient. Ils échangèrent à peine un regard, de chimère à chimère, car il fallait se méfier de Ma : elle n'était pas née d'hier.

Sa voix revenait justement :

— Jamais il ne s'est préoccupé de savoir ce que pouvait bien être notre vie, pour essayer de nous venir en aide, non que je l'eusse accepté...

C'était faux. Danthès ne put retenir un mouvement d'irritation, et il dut même pousser une exclamation, parce que le chauffeur crut qu'il lui parlait et se retourna. Sa banque à Genève servait à Malwina une rente dont elle prétendait ne pas connaître l'origine, mais elle n'avait jamais fait le moindre effort pour l'apprendre. Danthès se faisait déjà suffisamment de reproches sans que vint s'ajouter à tous ces poids celui de l'accusation de monstrueuse indifférence que Malwina ne pouvait manquer de formuler contre lui, il en était sûr. Elle ne manquait jamais une occasion de le diminuer à ses propres yeux. Il avait ouvert à Erika ses dossiers, les carbones des centaines de lettres demeurées sans réponse, des rapports de détectives privés. Après l'accident, dès sa sortie de l'hôpital, Ma était retournée en Autriche, dans le château de Lebenthau, et avait repris ce métier qui fut une des raisons de la rupture. Lebenthau pesait déjà alors cent vingt kilos : l'occupation de l'Autriche par les troupes russes, la soviétisation de la Hongrie et de la Bohême, ce qu'il appelait la « fin de l'Europe », l'avaient plongé quelques années auparavant dans un désespoir qui avait fini dans la graisse. Erika se souvenait à peine de cette espèce de rondelle gigantesque qu'elle avait rencontrée bien plus tard, qui passait son temps à jouer de la flûte, et dont les deux chats persans s'appelaient Rilke et Hofmannsthal. À la fin de la guerre, puisque son Europe, celle de l'esprit et des sentiments élevés, était de toute façon tombée au plus bas et avait pour ainsi dire cessé d'exister, il s'était laissé persuader par Ma d'oublier le noble écho dont son nom avait résonné dans l'Histoire et de se mettre en règle avec l'époque. Après tout, Otto de Habsbourg, en exil, n'était plus là pour froncer les sourcils et la Vienne de l'esprit avait disparu avec l'extermination des juifs. Il n'y avait d'ailleurs presque plus d'élites. La prostitution devenait très à la mode parmi celles qui restaient, car, après tout, elle ne souillait que le corps et ne touchait pas l'âme : l'essentiel était sauvé. Ma avait compris très vite qu'un certain stoïcisme, un regard très distant, très anglais, jeté sur les vicissitudes du corps, un détachement dédaigneux et aristocratique dans la contemplation et l'usage des parties basses, faisaient des maisons de passe un lieu où l'on pouvait se plier à tout sans qu'il vous arrivât rien. La vraie noblesse devait apprendre à se réfugier sur les hauteurs spirituelles où l'on était toujours très bien reçu et où l'on ne refusait personne. D'ailleurs, lorsqu'on est pétri de culture, on sort toujours intact des poubelles.

Danthès, en ironisant de la sorte avec Erika, sentait bien ce qu'il mettait de lui-même et de son propre dépit dans l'interprétation qu'il donnait du personnage de Lebenthau et dans le cynisme des arguments qu'il attribuait à Malwina von Leyden. En ce moment même, alors que les marées nocturnes venaient une fois de plus balayer sa conscience, tantôt pour faire remonter à la surface images, souvenirs, voix, états des lieux, instants et mondes engloutis, tirant de la vase du psychisme les débris de ces mille naufrages que sont les secondes qui fuient et les perceptions qui passent, aussitôt emportées et perdues corps et biens, tantôt au contraire pour recouvrir ces épaves, les voiler d'une eau plus trouble encore, plus opaque, les empêchant d'affluer à la surface et de venir vous révéler à vous-même, impitoyablement... En ce moment même, Danthès, aux prises avec ces tourbillons et tempêtes nocturnes dont le tumulte contrastait si bizarrement avec le clair de lune — joli cœur, qui allait à ravir aux marbres blancs de la villa Flavia et glissait doucement sur le vieux parquet de sa chambre, en ce moment encore... Mais était-ce bien sûr, était-ce bien lui qui pensait... En ce moment même, se pensant lui-même dans la nuit fébrile, ou pensé par quelqu'un, Danthès ne pouvait dire avec certitude si l'admirable château historique transformé en lupanar de grande classe avait réellement existé ou s'il ne s'agissait là que d'une façon — une de plus parmi les mille tricheries auxquelles il se livrait — de se chercher des excuses dans cette parabole d'une Europe des beaux esprits et des belles âmes devenue bordel, où tout était prostitué. Dans la mesure, évidemment, où il était bien lui-même, car il importait de se montrer circonspect, étant donné la nature du jeu et de la partie, dont le but recherché ne pouvait être que sa destruction. Il n'était nullement sûr d'être couché dans cette chambre où se glissait, comme un funambule faisant un pas de danse, un rayon de lune. Il lui était difficile de se reconnaître dans ces pensées aux spirales sans fin et il se pouvait qu'il se fût assoupi de fatigue, comme il lui arrivait de plus en plus souvent, à son bureau du palais Farnèse. La statue d'Arlequin, la jambe levée, le sourire immortel aux lèvres, lui esquissait un pied de nez. Celle de Dante, qu'il avait achetée à la Giudecca, faisait un contraste fort bien venu avec la fourberie aérienne du *ladrone.* Aux murs, Guardi et Longhi :

c'était une Venise amorale et délicieusement sans remords, où les Plombs étaient une vulgaire prison de pierre dont Casanova était parvenu à s'évader, en rien comparable à certaines réclusions sans appel, où vous étiez à la fois le prisonnier et votre propre garde-chiourme. À sa droite, un jeu d'échecs du XVIIIe, sur une table verte et rouge incrustée de nacre, aux armes de la Sérénissime. Les pièces reproduisaient la partie d'une beauté étonnante du tournoi de Londres, en avril 1922, dite de « toiles d'araignée », et qui s'était jouée, entre Reti et Znosko-Borowski, dans une sorte de maîtrise occulte exercée par la Dame noire que Danthès voyait presque se dresser au fond du salon comme une ombre dangereuse :

Znosko-Borowski = 14

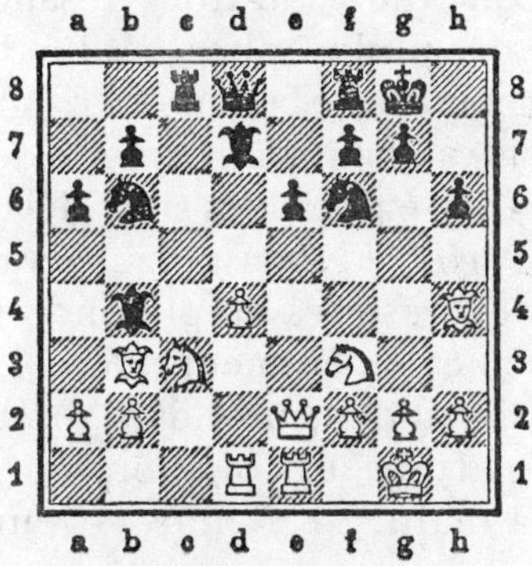

Reti = 14

Avant le 16e coup blanc.

Dans la bibliothèque, relié de pourpre, tout ce que le XVIIIe avait dit lui-même et tout ce qui, depuis, avait été dit sur lui... Sur la table à gauche, un bouquet de chrysanthèmes, dont il aimait les airs échevelus. Depuis près d'un siècle, les ambassadeurs de France tenaient leurs assises dans cette salle, dite des « fastes farnésiens » ; Charles Quint et François Ier le toisaient du haut des murs où Salviati n'avait pas craint de mêler, sans nul souci de vertu, le pape Paul III et sa sœur Julie Farnèse, maîtresse d'Alexandre Borgia, représentée sous l'aspect de Vénus. Au cours de ses insomnies, il arrivait à Danthès d'errer, un flambeau anachronique à la main, de salon en salon et de siècle en siècle, parmi les fantômes de ces seigneurs tout-puissants qui croyaient faire l'Histoire, mais dont les seules œuvres qui demeurent sont celles qu'ils commandaient à quelques manieurs de pinceau, de burin et de pierre. Salle dite « du trône », salle des empereurs, salle des philosophes, « salon blanc », qui avait été la chambre de la reine Christine de Suède, grande galerie aux murs nus, galerie des Carrache, Bacchus et Ulysse parmi les stucs déjà touchés de baroque... Parfois l'ambassadeur levait son flambeau vers des fresques du plafond où Carrache avait représenté l'enlèvement et le viol d'Europe...

Danthès aimait demeurer dans son bureau bien après le départ de ses collaborateurs, un lourd havane à la main. Sa femme — leurs rapports étaient très courtois — avait une vie à elle, faite d'élégance, de vernissages et d'irréprochabilité. Son fils, ses études terminées, militait à Paris dans un groupe gauchiste : la bonne bourgeoisie, quoi, avec chaque chose bien à sa place. Le havane chauffait agréablement dans sa main, la fumée montait lourdement, avec une solidité, un poids qui rappelait plus la Hollande que Cuba. Comme il était curieux qu'un peuple aussi volatil eût donné naissance à quelque chose d'aussi confortablement pesant et qui allait si bien avec la peinture flamande. Mais le château-bordel avait bien existé, aussi réel que ce cigare qu'il tenait à la main, et les journaux, au moment du suicide de Lebenthau, avaient même publié la photo de la célèbre « châtelaine, Malwina von Leyden, une des dernières aventurières dans la tradition de Cagliostro et de la Spirelli ». Erika lui avait dit qu'elle n'avait jamais réussi à savoir s'il était vrai que Ma fût devenue maquerelle par une sorte de capitulation devant la démocratie, comme les élites qui se rallient au fascisme, ainsi que Lebenthau l'avait confié au comte de Keyserling, entre deux airs de flûte, en ajoutant : « Malwina von Leyden, vous savez, n'est pas dépourvue d'un sens très aigu de la nature des choses, et ne pouvant y remédier, elle ne se sent jamais compromise lorsqu'elle se plie à ce qu'elle nomme "le monde des autres"... »

XVII

Au moment où ces échos commençaient à l'atteindre, Erika recevait déjà une éducation où l'art et la littérature tenaient plus de place que les mathématiques. Ma disait d'ailleurs que pour une jolie femme, la poésie était le meilleur calcul.

Elle n'avait connu jusque-là de l'existence de Danthès que le pire : c'était un jeune attaché d'ambassade dont Ma était jadis tombée follement amoureuse et qui lui avait demandé de l'épouser. Elle lui avait avoué sa « profession », qu'elle avait du reste abandonnée dès qu'elle s'était mise à aimer Danthès. L'autorisation du mariage devait être demandée au Quai d'Orsay, et fut refusée. Le jeune homme avait décidé de démissionner de la Carrière. Un soir, alors qu'ils rentraient en voiture d'une fête chez Lady Mendl, à Versailles, Danthès, qui était au volant, percuta un camion à plus de cent à l'heure. L'accident laissa Malwina paralysée jusqu'à mi-corps. Et le lâche, oh, le lâche ! épouvanté à l'idée d'épouser une infirme, et qui était de douze ans plus âgée que lui, avait tout simplement laissé tomber Ma, alors que le mariage avait déjà été annoncé. Il avait fui le plus loin possible : attaché d'ambassade à Pékin... C'était un de ces cas rares où les hommes et le Destin avaient partie liée.

Le nom de Danthès avait pris pour la jeune fille un accent d'autant plus sinistre que, dès qu'il commençait à revenir dans les propos de Ma, un nouveau séjour à la clinique n'était pas loin. Erika lui prêtait l'aspect du Méphistophélès qu'elle dessinait dans son cahier d'écolière. Ce n'était donc pas par hasard, se disait-elle, que tout le théâtre moderne, depuis celui de Molnar jusqu'aux mises en scène nouvelles du *Faust,* donnait à Méphisto l'apparence d'un homme du monde, habit et chapeau claque, gants blancs et canne à pommeau d'argent : il ne pouvait manquer de finir dans la diplomatie, souriant et cynique, et elle ne s'étonna point lorsque sa mère lui annonça un jour que leur ennemi venait d'être nommé ambassadeur à Rome. Elle hésita un peu, puis lui écrivit. Elle reçut une réponse polie, mais étonnée : non, il ne connaissait pas la baronne von Leyden... Le plus étrange — et totalement incompréhensible — fut que Danthès, en affirmant qu'il ignorait tout de cette personne, n'avait pas l'impression de mentir. La seule explication possible était celle que le docteur Jarde devait lui suggérer plus tard : il avait délibérément effacé de sa mémoire tout souvenir de sa bassesse, provoquant une « amnésie dirigée », cette « page blanche » bien connue dans certains cas d'hystérie. Qu'il fût enfin parvenu à tirer ce souvenir des profondeurs du psychisme où il l'avait délibérément enfoui était, selon le médecin, un pas décisif vers une libération totale, par la prise de conscience de sa responsabilité, qu'il assumait aujourd'hui complètement, après quatre ans de psychanalyse, fort heureusement insoupçonnée du Quai. Indignée, Erika lui écrivit une lettre plus explicite, évoquant les circonstances de l'accident, la liaison qu'il avait eue avec sa mère et même cette demande d'autorisation de mariage qui devait figurer dans les archives officielles. Sans flétrir, sans blesser, elle avait su trouver, dans sa chaleureuse indignation, juste le ton de froideur qu'il fallait pour que, même en l'absence de toute sincérité chez un être aussi méprisable, il fût forcé, par les simples conventions du « monde », à répondre aussitôt. Il invitait Erika à venir le voir car « à votre très jeune âge, mademoiselle, il est trop tôt pour que la noirceur de l'âme vous paraisse aller de soi ». La phrase était joliment tournée : le style, chez les hommes bien élevés, avait toujours servi à couvrir les dérobades et les fuites. Buffon avait écrit : « Le style, c'est l'homme », mais le style était le plus souvent une façon pour l'homme de briller par son absence.

Elle ne dit rien à sa mère de cette correspondance qu'elle entretenait avec l'ennemi : Ma lui avait assez répété qu'elles n'étaient encore ni l'une ni l'autre prêtes pour la bataille. Rarement, sans doute, depuis le XVIIIe siècle, dans les annales du cœur, une « femme bafouée » — Erika aimait beaucoup cette expression, elle adorait Labiche et Feydeau — avait vécu aussi longtemps soutenue par une telle haine amoureuse et par le chimérique espoir d'une vengeance hors de toute proportion avec la réalité des faits et la responsabilité réelle de l'accident : contrairement à ce qu'elle prétendait, ce n'était pas Danthès qui conduisait, c'était Malwina elle-même...

Toute cette notion de vengeance, de « châtiment » était entièrement futile, mais cette futilité était aussi d'une rareté qui eût fait la richesse d'un bijoutier, eût-elle pu être transmuée en diamant. Cependant, il était temps, grand temps, de rompre le lien entre la tragédie et la beauté, car la première faisait faire à la seconde un sale métier : dans le cas de Malwina von Leyden, le véritable amateur d'art était le Destin. Et l'explication de cette dévorante obsession devait sans doute être cherchée ailleurs, dans le désespoir d'une vieille femme qui croyait pouvoir revivre à travers sa fille un amour et un bonheur qui lui avaient échappé. Car Danthès était bien forcé d'admettre qu'il avait suscité une passion dont cette époque n'offrait guère d'exemples, ce qui, pour peu qu'on fût superstitieux, prêtait quelque vraisemblance à la légende que la voyante extralucide et « conseillère d'avenir » entretenait soigneusement, lorsqu'elle prétendait avoir vécu dans d'autres temps et en avoir gardé le souvenir.

XVIII

Erika se trouvait alors, à Bordighera, l'invitée d'un armateur grec qui ne faisait pas de distinction entre l'argent et les jolies femmes : c'était un homme sans préjugés. Elle prit le train pour Rome. En montant l'immense escalier de marbre du palais Farnèse qui évoquait la valetaille, les sabots des mulets et les chaises à porteur, elle fut pour la première fois de sa vie prise de timidité, sensation d'ailleurs nullement désagréable, car elle donnait aux choses une fraîcheur nouvelle.

Un maître d'hôtel très vieux la fit entrer dans le bureau de l'ambassadeur.

Elle vit un homme mince et grand, avec ces tempes qui se mettent toujours à grisonner, dès qu'on prononce le mot « tempes », d'une élégance qui rappelait un peu celle d'Arsène Lupin sur les couvertures illustrées de la collection Fayard. L'ossature du visage était de celles qui permettent de vieillir bien, de finir dans la sécheresse et jamais dans le flasque. La courbure arrogante du nez était à la limite de la rapacité, mais la gentillesse sans doute calculée du sourire s'arrangeait pour limiter les dégâts. Une impression de froideur qui ne signifiait rien, tant elle était manifestement voulue et entretenue comme une défense. Les yeux étaient bleus, mais d'un bleu qui se cachait. Il fallait aller le chercher dans l'ombre des paupières mi-closes. L'hostilité d'Erika ne trouva de prise que dans les cheveux trop soigneusement collés et les pattes : ils sentaient le tango.

Dans un coin du bureau, il y avait une statue de Dante, inspirée par les gravures infernales de Doré... Mais elle se sentit désorientée en apercevant contre le mur un Arlequin grandeur nature qui faisait un pied de nez : il levait la jambe dans une pirouette esquissée et était placé de telle façon qu'il semblait narguer les visiteurs. Elle se demanda si cet accessoire de théâtre était un hommage à l'Italie de la Commedia dell'arte ou une intention discrètement insolente de l'ambassadeur à l'égard de tous les sérieux qu'il recevait...

Il l'invita à s'asseoir.

— Vous ressemblez étonnamment à votre mère, mademoiselle...

— Je suis heureuse de savoir que vous vous souvenez enfin de ma mère, monsieur l'ambassadeur... Votre première lettre...

Il ne dit rien et remua quelques papiers sur le bureau.

Danthès voyait avec une telle précision cette première rencontre avec Erika, qu'il eut la sensation de la vivre, et se surprit à faire le geste de remuer les papiers sur le bureau... Les rideaux de sa chambre à coucher étaient à demi tirés et laissaient passer la lune ; le lac était scindé en son milieu par une voie argentée qui finissait quelque part devant la terrasse, pareille à un tapis d'accueil étincelant, au pied de l'escalier ; une barque de pêcheur coupa les stries lumineuses et fut reprise par la nuit ; une chanson lointaine s'éloigna encore davantage et mourut ; ce fut alors la grande palpitation sonore des cigales. Pourquoi avait-il prétendu ne pas connaître Malwina ? La peur ? Mais le mensonge était ce qu'il y avait de plus dangereux dans les rapports avec soi-même. Peut-être ne l'avait-il vraiment pas connue : le drame n'avait jamais eu lieu et il n'avait rien à se reprocher... Il eut aussitôt honte de cette pauvre ruse, sa main repoussa les enveloppes.

— J'ai beaucoup vécu, depuis, et, vous savez, ma mémoire...

Il fit un geste vague.

— Bravo, dit Erika. Voilà qui est vraiment facile et qui remet ma mère à sa place.

Il y eut sur le visage de Danthès une absence totale d'expression. Le tact de l'insolence, pensa Erika.

— Je me souviens d'elle parfaitement.

— Monsieur l'ambassadeur...

— Allons, laissez cela. Si vous voulez faire italien, dites « Excellence »... Au moins, c'est comique. Comment va-t-elle ?

— Voilà une question qui a mis près d'un quart de siècle à faire son chemin.

Danthès était debout derrière le bureau et la regardait amicalement. L'éloignement était poli, la trace d'indifférence et d'ironie savait faire sentir qu'elle était seulement une attitude pour éviter de créer la gêne. Il fait ça très bien, pensa Erika.

— C'est fou, dit-il, complètement fou. Votre dernière lettre m'a convaincu, parce qu'une telle absence de tout rapport avec la vérité ne pouvait provenir que d'une blessure vraie, authentique...

Erika s'attendait à cette habileté. L'accent de sincérité était parfait.

— Vous êtes vraiment passé maître dans l'art de vivre avec vous-même, monsieur... Ça doit être très difficile.

Cette fois, l'attitude marqua une certaine admiration et Erika se mordit les lèvres. C'était le genre d'homme qui écoute les cris en se demandant s'ils sont beaux.

— Voyez-vous, monsieur, ce qui m'intéresse, c'est... Comment fait-on ça ? Comment fait-on pour avoir en soi de telles ressources d'inhumanité ? Je suis venue vous voir parce qu'il y a des années que j'entends parler de vous, et que cela devenait intolérable... Je vous imaginais trop, vous preniez trop de place dans ma vie, par votre absence... L'imagination qui perd son Méphisto, c'est la réalité qui gagne encore un salaud...

C'était sans doute la première fois que le mot « salaud » retentissait dans le bureau de l'ambassadeur de France au palais Farnèse : le progrès faisait enfin son entrée. Danthès devait lui dire plus tard que ce fut à ce moment, au tremblement soudain de la voix de la jeune femme, que sa première réaction à la lecture de ses lettres — une absurde tentative de chantage — lui apparut comme un manque d'imagination et une petitesse de l'âme. Le reproche véhément du regard et sa fixité dans les larmes avaient la sincérité totale des symptômes cliniques : il ne pouvait y avoir dans cette affaire ni préméditation ni calcul sordide, mais quelque cruel malentendu. C'était encore l'époque où il avait réussi son tour de passe-passe et où ce qu'il avait enterré si profondément en lui-même et qui le minait peu à peu, ne lui signalait son existence et son lent travail de sape que par des instants d'irréalité suivis d'angoisse. Il n'avait jamais connu de Malwina von — comment déjà ? Ah oui, von Leyden. Et pourtant... Voyons, voyons... N'était-ce pas le nom d'une célèbre « sorcière » brûlée sur le bûcher à Göttingen, au XVIe siècle ? Qu'est-ce que c'était donc que cette comédie ? Qui inventait cette histoire et pourquoi ? Était-ce lui-même ? Il n'avait encore rien éprouvé de pareil : cette fois, ce n'était plus seulement un sentiment d'irréalité, mais celui d'une véritable mainmise sur sa conscience. Il se souvenait que ce fut à ce moment-là qu'il eut la sensation, qui devait devenir récurrente, de ne pas exister vraiment, mais d'avoir été *inventé* par quelqu'un, le jouet d'une imagination déréglée et malveillante qui venait de s'emparer de lui et n'allait plus jamais le lâcher, à laquelle il était obligé d'obéir et qui allait le mener là où elle le souhaitait. Il ne se doutait pas encore qu'il venait de percevoir l'effet des premières passes dans la partie qui s'engageait et dont l'enjeu était la libération ou le châtiment de Jean Danthès. Tout ce qu'il avait ressenti alors, c'était une angoisse qui n'avait jamais atteint ce degré d'intensité, ne laissant plus de place à des pensées cohérentes, dans une désintégration de toute syntaxe et de toute structure et où hurlait quelque chose qui n'était pas une voix et n'avait rien d'humain. Lorsque ce fut fini, il n'y avait plus d'Erika et il était seul dans le bureau. Mais cette confusion dans le passage du phantasme au réel ne dura qu'une seconde : il vit qu'il était dans sa chambre à la villa Flavia en proie à cette angoisse qui finissait et comprit qu'il n'était pas en train de vivre, mais de revivre, qu'il n'était nullement dans le palais Farnèse en proie à des hallucinations, mais aux prises avec des souvenirs. Il se retrouva donc très calme et maître de lui dans son bureau au palais Farnèse où le mot « salaud » venait de retentir dans un tremblement de la voix qui le désamorçait, suivi d'un regard affolé implorant le pardon. Il ne connaissait pas encore la jeune femme et ne savait donc rien de sa fragilité nerveuse. Il avait cependant déjà compris que ce qui l'avait jetée ici relevait des troubles les plus profonds de l'âme, et se manifestait par ces actes, ces étrangetés de conduite, ces propos qui paraissent inadmissibles, tant que la logique qui les commande demeure dérobée. Erika avait regretté aussitôt l'injure, car elle aurait blessé sa mère qui ne supportait pas que sa fille négligeât sa tenue, quel que fût leur dénuement : depuis longtemps, il n'était plus question d'émeraudes, de diamants, de meubles d'époque, mais il restait toujours le vocabulaire.

— Je vous demande pardon, je ne...

Danthès lui vint en aide :

— Parlons du diable, dit-il. Ce cher, cher Méphisto... Je crois qu'on nous a beaucoup trompés. Goethe nous a donné de faux espoirs... La vérité sur l'affaire Faust et sur tous ceux qui se donnent tant de mal pour trouver preneur et conclure le marché, c'est qu'il n'y a hélas ! pas de diable pour acheter notre âme... Une succession d'escrocs, d'imposteurs, de tricheurs et de petits margoulins qui promettent toujours, mais ne livrent jamais... Au pire, le fascisme ou le stalinisme, avec leurs offres de bonheurs inouïs, en échange de votre âme... Au mieux la culture, l'art... Il n'y a pas d'acheteurs pour notre pauvre petite camelote... Le mal paye mal. Thomas Mann était le dernier Européen à avoir encore des illusions là-dessus, lorsque, dans son *Docteur Faustus,* il fit accéder son musicien au génie par le mal... Votre mère a accompli sur mon dos une œuvre d'imagination qui mérite le plus grand respect et la plus grande admiration. C'est pourquoi je vous ai invitée à venir me voir. Ce n'est pas une simple curiosité... Il y a d'autres façons de s'amuser que de se délecter des merveilleux éclats de la folie... Mais c'est quand même assez bouleversant, non ? que depuis plus de vingt ans une femme vous invente avec tant de haine, au nom d'un très grand amour qu'elle n'a jamais vécu et d'une vilenie qui ne fut jamais commise...

Ce qui emportait la conviction, ce n'était pas la voix de cet homme calme, un peu triste, et une impression de droiture qui n'était peut-être qu'un certain port de la tête, une habileté du regard bien entraîné à faire face et une élégance vestimentaire qui impliquait, par un miracle de coupe, une distinction intérieure qu'elle paraissait prolonger. Ce qui faisait poids, c'était le cadre, et c'était assez comique. Sur le mur, les photos dédicacées de De Gaulle, des Kennedy, les tableaux de Guardi, de Longhi et de Matisse, la bibliothèque où la souffrance de Rimbaud, de Verlaine, la poursuite de l'insaisissable par Mallarmé, la tragédie de Nietzsche, la lutte des classes de Marx, l'idéal anarchiste de Kropotkine et de Bakounine étaient habillés d'or et de maroquin, la misère finissant ainsi dans le luxe, chose après tout normale dans une Europe où la souffrance servait aux poèmes et où les guerres faisaient plus pour la littérature que la littérature contre la guerre.

— Vous étiez amoureux de ma mère. Vous étiez son amant. Vous deviez l'épouser, l'emmener avec vous en poste à l'étranger, et, au lendemain de l'accident dont vous étiez responsable et qui l'a rendue paralysée, vous l'avez abandonnée, vous vous êtes enfui avec horreur, et...

— Est-ce qu'elle a vu un psychiatre ?

Erika ne dit rien. Elle entendit loin, très loin, ce rire cristallin qui tenait de l'enfance et des escarpolettes, du jeu de cache-cache et des fêtes galantes, — écho d'un monde qui lui faisait signe ainsi parfois et dont elle attendait les émissaires avec un mélange d'impatience et de terreur.

— J'ai rencontré votre mère. Je l'ai vue souvent,

mais je l'ai très peu connue. Oui, nous avions eu une... passade. Un soir, alors que nous étions à une réception à Versailles, elle m'avait proposé de me ramener à Paris dans sa voiture. En ce qui concerne mes responsabilités... banales, je vous dirai ceci : c'est elle qui conduisait...

Erika ne manifesta aucun étonnement, car depuis quelques instants déjà, tout cela importait peu. Ce n'était pas sans surprise qu'elle se rendait à l'évidence, mais cette surprise ne venait pas de la découverte soudaine des motifs véritables qui l'avaient poussée à venir au palais Farnèse mais de ce que, pour la première fois, elle acceptait d'en prendre conscience. Comme tous les êtres qui devinent en eux-mêmes un recoin de ténèbres dangereux, aux manifestations imprévisibles, elle évitait d'habitude de se poser trop de questions. Mais elle savait maintenant qu'elle n'était pas allée à Rome pour démasquer un scélérat. Depuis son enfance, sa mère ne cessait de lui peindre un portrait admirable, bien qu'en noir, d'un homme dont la culture, le charme, l'intelligence, le pouvoir de séduction n'avaient d'égal que sa dureté implacable, et elle s'était mise à rêver de Danthès avec tant de ferveur romanesque qu'elle ne vit d'autre façon de se libérer de cette emprise de l'imaginaire qu'en rencontrant le personnage tel qu'il était dans la réalité, c'est-à-dire, à ne pas en douter, conventionnel, creux, faux, produit d'une vie de comme-il-faut, de cocktails mondains, ronds de jambe, de salons et dîners où l'on se parle d'autant plus que l'on a moins à se dire, ce qu'il convient de cacher par-dessus tout en évitant les silences. On pouvait toujours compter sur la réalité pour vous dégriser. Mais elle s'apercevait qu'elle l'avait inventé avec trop de talent, et n'acceptait plus de le perdre : l'homme réel qu'elle rencontrait enfin ne pouvait rien contre son double chimérique. Au lieu d'être privé, par cette rencontre, de la puissance de séduction qu'Erika lui avait attribuée dans ses chimères, il en héritait. Ainsi Van Gogh avait transformé à tout jamais la campagne d'Arles : ceux qui s'étaient grisés de la peinture du pauvre Vincent éprouvaient devant ces oliviers une émotion très différente de celle que vous inspirent parfois les arbres. Erika, telle que sa mère l'avait élevée, appartenait encore à une autre Europe, celle où l'amour avait toujours partie liée avec l'imagination, où l'exaltation et le culte de la tendre passion avaient encore leur source dans l'adoration de la Vierge invisible et inabordable ; jusqu'à la chute de l'Occident, tant qu'il y aura amour, il y aura création à partir du mythe, et cela était vrai aussi de la civilisation elle-même. Lorsque depuis l'âge de douze ans, en écoutant une femme qui avait au plus haut point le don d'évocation, dans les descriptions de ce bonheur qu'aurait pu être sa vie, on avait mis toute la fraîcheur de son inspiration à inventer un homme, on le crée ainsi pour toujours, et celui dont l'existence réelle a servi de prétexte à cette création ne peut plus rien contre une œuvre élaborée avec une telle constance.

Danthès dut être troublé par ce regard et ce sourire qui mêlaient leurs lumières. Il s'interrompit, hésita, décontenancé : la jeune femme assise devant lui ne ressemblait plus à celle qui était entrée dans le bureau que par sa beauté. Elle le regardait avec une tendresse sans aucun rapport avec ce qu'elle venait de lui jeter d'une voix tremblante, où chaque mot semblait porter une blessure d'hostilité, de rancune et d'indignation. Il se reprit.

— ... C'était l'auto de votre mère et c'est elle qui tenait le volant, lorsque ce maudit camion apparut soudain de nulle part... Je fus à peine blessé, votre mère eut la colonne vertébrale brisée. J'avais été son amant de quelques jours, je ne l'étais plus depuis des mois, je ne devais nullement l'épouser, je ne conduisais pas la voiture ; je n'ai pas, pris de lâcheté, brisé nos fiançailles... Oui, c'était une tragédie, mais ce n'était pas un mélodrame...

Elle songea à demander : « Alors, pourquoi ?... » Mais à quoi bon ? Elle n'avait jamais eu le goût du rationnel.

— J'ai été stupéfait par vos lettres. Je ne comprenais pas pour quelle *raison* votre mère avait éprouvé le besoin d'inventer cette histoire avec tant de ténacité, avec une telle haine. Je crains que mon métier un peu... conventionnel, un peu déshumanisé et où l'on calcule beaucoup, ne m'ait touché de cette sécheresse de notaire qui demande toujours des comptes précis... Oui, j'ai cherché la *raison*... J'ai mis du temps à comprendre que la raison n'avait rien à voir là-dedans... Je vous avoue franchement que j'ai fait faire une enquête sur votre mère.

Depuis l'accident, elle a eu de graves troubles psychiques... Des troubles récurrents...

Erika souriait à cet homme qui n'avait jamais existé.

— Tout cela a fini par prendre dans sa tête des proportions sans aucun rapport avec les faits... Elle cherchait un responsable, car le Destin, n'est-ce pas, est un peu inaccessible, lorsqu'il s'agit de régler des comptes... J'étais évidemment tout désigné pour jouer ce rôle : j'étais là au moment de l'accident, je fus donc, sans qu'elle le sût, son chant du cygne... Excusez-moi. Je ne veux pas paraître cynique, mais je suis heureux d'avoir pu lui être ainsi utile et de l'avoir un peu aidée à vivre...

Il se tut, attendant une réaction, et dans le silence, le rire d'Erika retentit à nouveau très loin d'elle, et, comme toujours lorsqu'elle entendait cet appel, elle lui imagina aussitôt un cadre. Cela tenait d'un triptyque d'Hubert Robert, avec ses bergeries et ses ruines baignées de lumière pâlie, mais aussi d'un tout autre domaine, bien plus mystérieux, aux sortilèges plus rarement contemplés. Son rire résonnait sur un lac d'ambre, pétrifié et lisse et pourtant sillonné de voiliers noirs, dans une lente errance immobile des nuages sur des clairs de lune immuables, au-dessus de jardins monstrueux aux plantes encore jamais vues, comme ciselées dans le marbre et pourtant animées d'une régulière oscillation de pendule, et tout ce paysage devait être l'œuvre du Temps, parce qu'il était fissuré et moucheté d'un nombre considérable de petits points d'usure, là, sans doute, où s'en étaient détachés de minuscules fragments. Tout cela ressemblait assez aux tableaux romains de Berman, surtout le marbre et les fissurations. Ce peintre marquait toujours ses dalles, ses palais, ses statues et ses architectures d'une multiplicité de petites taches noires, aux endroits où le Temps avait fouiné. Erika plagiait. C'était rassurant.

Elle se leva.

— Excusez-moi, monsieur l'ambassadeur. Je n'ai plus rien à faire ici, puisque, en somme, vous n'avez jamais existé.

— Ah non, c'est un peu trop facile, dit Danthès. Se lever, sortir, fermer la porte derrière soi... Vous me devez des égards. Après tout, je suis une très grande œuvre d'imagination, élaborée par votre mère pendant des années, avec une constance peu commune... Bref, restez dîner.

XIX

Elle avait hésité, elle redoutait cette routine des fettuccine, des scampi, du chianti, toute cette restauration qui a remplacé les rendez-vous dans les allées du parc, les échelles de soie et les ombres furtives et masquées sur le Rialto. Mais le vrai Danthès se tira fort bien de cette confrontation avec l'autre, celui qu'elle avait si longuement inventé. Pourtant, elle ne lui eût rien pardonné : ni une conversation trop bien rodée, ni cette aisance dans l'art de vous mettre à l'aise, équivalent mondain de la technique en amour, ni ce côté charmeur-à-tempes-grises aussi démodé que les femmes fatales et les cabinets particuliers dans la Vienne de Schnitzler. Danthès évitait tout cela sans préméditation, sans adresse : il ne jouait pas pour vous. Il ne vous prêtait pas cette attention excessive, dont le but est moins de vous donner de l'importance, que de faire exister plus fortement à vos yeux celui qui vous l'accorde. Lorsqu'il vous parlait, il vous oubliait un peu et donnait l'impression de penser à haute voix. Ce rapide jaillissement de culture, cet amour de ce qui n'avait jamais existé, mais se mettait à vivre comme une création posthume, une Europe qu'il évoquait avec une expérience si intime qu'il paraissait l'avoir tenue dans ses bras, la faisant parler d'une voix qui paraissait bien venir d'elle alors que ce n'était que celle du ventriloque : Danthès inventait *son* Europe comme Erika avait inventé *son* Danthès. C'était l'étonnante fréquentation d'une histoire réécrite où Proust et Joyce se rencontraient secrètement pour procéder à un partage territorial, éviter les empiétements trop flagrants de l'un sur l'autre et concluaient un accord astucieux, afin de préserver jalousement l'originalité de leurs œuvres respectives qui tendaient à se rapprocher trop dangereusement ; où Talleyrand perdait la foi, parce qu'il n'arrivait pas à rencontrer le diable pour lui vendre son âme ; où Cagliostro rendait visite à Nietzsche, première hallucination du génial syphilitique, et leur conversation, dont Nietzsche avait fait le récit à sa sœur, impressionnait Thomas Mann et se trouvait à l'origine de sa conception du caractère charlatanesque de l'art, lui inspirant ainsi le personnage du *Hochstapler* Felix Krull. Erika ne savait pas que Rilke était mort d'une piqûre de rose, et pourtant il était son poète favori. Elle avait pour la littérature allemande un goût qui allait de pair avec celui des ruines romantiques. Le suicide de Werther annonçait déjà celui de l'Occident, de guerre en guerre. L'Europe ne pouvait pas survivre à l'usure par le mensonge du seul domaine où elle avait existé vraiment : celui du vocabulaire. Les mots lui avaient fait trop de promesses irréalisables.

Tout, en elle, était contradiction : Nietzsche serait mort d'horreur devant le nazisme, mais le nazisme lui devait tout. Celui qui écrivait à son protecteur Louis de Bavière des lettres d'une servilité qui paraissait pédérastique, mais était simplement abjecte, Wagner, dont l'âme n'avait jamais cessé de compter ses écus, révélait à la fois par son génie et sa petitesse la raison de l'échec européen : la bourgeoisie, tout en créant sa culture, ne se sentait nullement tenue par elle, et ne concevait pas qu'une œuvre de beauté imposât des obligations sociales. Ce qui avait perdu la chrétienté, c'était d'avoir laissé Dieu au ciel, et l'Europe rata sa naissance lorsqu'elle laissa ses chefs-d'œuvre dans les musées, dans les bibliothèques et dans les salles de concert. Ce fut fini lorsqu'il apparut qu'un beau poème ne créait pas d'obligations humaines, et n'empêchait pas l'exploitation. Et pourtant, ce rêve d'une Europe dont elle ne voulait plus entendre parler, la jeunesse en héritait aujourd'hui jusque dans l'inconscience avec laquelle elle la rejetait. Lorsque les étudiants criaient « À bas la culture-alibi ! » ils obéissaient fidèlement à la culture, c'était la culture qui parlait.

Erika savait que Danthès avait passé deux ans dans les camps de mort nazis, et il en parlait sans rancune personnelle. Pour lui, ce qui s'y était accompli, dans l'horreur des charniers, c'était aussi l'assassinat de l'imaginaire. Toutes les œuvres d'art y avaient péri : n'en étaient sortis que les faux, c'est-à-dire la vérité sur l'art des siècles et sur l'Europe. Les hommes y avaient souffert atrocement et y étaient morts, mais la Joconde s'en était tirée avec un sourire sale, les yeux baissés, et la gueule pleine de sang : la Culture, convaincue de mensonge, s'était retirée dans ses châteaux-musées et y avait repris son existence luxueuse. Danthès parlait de la culture comme un amant trahi par une femme qu'il adorait. « L'Occident a été longtemps une fidélité à ce qui n'a probablement jamais existé, dans l'espoir de lui donner ainsi naissance. Cette naissance n'a pas eu lieu et les nobles rêveries ont alors fait cette chute qui s'appelle fascisme. Mais si vous aviez demandé à Giotto de vous parler de réalité, il vous aurait parlé de Dieu... » Il s'exprimait comme s'il avait eu cinq cents ans.

Elle s'aperçut soudain que le violoniste grassouillet s'était dressé au-dessus des corbeilles de fruits et jouait *Sur la mer calmée.* Erika aimait ces airs déchus qui avaient traîné sur toutes les nappes de restaurant depuis un siècle parmi tant d'autres miettes, et que rien ne pouvait plus jamais séparer des pièces de monnaie jetées sur le pavé et des chapeaux passés à la ronde. Ils sentaient bon l'Italie et le manque de sérieux.

— Où avez-vous *vraiment* connu ma mère ?

— En Autriche, dit-il, et il se réfugia dans une conversation avec le sommelier octogénaire dont le visage avait l'expression étonnée des très vieilles gens qui n'arrivent pas à mourir.

XX

Elle lui écrivit une ou deux fois, il répondit, et bientôt elle se surprit à lui écrire tous les jours. Les bouteilles à la mer reçoivent rarement un accusé de réception, mais les enveloppes à l'en-tête de l'ambassade de France à Rome étaient toujours fidèles au rendez-vous. Elle se demandait si elle devait ces messages à l'impression qu'elle avait faite sur lui ou si c'était simplement un homme qui répondait aux lettres. Elle n'en était pas amoureuse, mais de tous les hommes qu'elle avait rencontrés, c'était le seul qui exigeât des rêves plus grands que lui-même ; pour mieux penser à lui, elle dut faire appel aux livres d'Histoire, à la musique, et ne s'en approcha vraiment qu'en découvrant Valéry. Elle quitta le jeune metteur en scène qui avait été pendant quelques mois son amant. Il lui dit que le snobisme insensé de sa mère avait déteint sur elle et qu'elle avait été bluffée, snobée par un esthète qui n'existait pas en tant qu'homme, n'avait pas de couilles, et se parait de culture pour se donner une apparence de contenu.

Avant de claquer la porte, ce garçon qui voulait détruire la société parce que celle-ci n'était que mensonge, lui avait également rappelé que l'Europe, en deux générations, avait fait cent millions de morts et que seules les « élites » comme Danthès étaient capables de continuer malgré cela à se délecter de leurs utopies. Elle lui répliqua qu'elle ne le quittait pas pour Danthès, mais pour la solitude, ce qui était vrai. Elle entendait chaque nuit plus clairement l'appel d'un « au-delà » sans aucun rapport avec le Temps et l'heure, avec la société, avec la mécanique de vivre dans l'acceptation du hideux et du triste. Elle devinait une latence de mondes complètement différents où, pour peu qu'elle en prît la décision définitive, il était possible de se réfugier. Mais il ne pouvait être question d'abandonner sa mère. Elle commençait aussi à sentir que les amis, les amants, les présences les plus affectueuses, chassaient quelque chose ou quelqu'un et, lorsqu'elle était seule, malgré la terreur que lui inspirait la nouveauté de ces états d'âme, de cette disponibilité, elle se surprenait à sourire à cette lente mais déjà sensible gestation. C'étaient des moments fugitifs et qui ne tenaient jamais leur promesse. Elle écoutait, cherchait du regard, attendait. Quelque chose s'annonçait, qui n'arrivait pas à naître. Le rideau demeurait baissé et pourtant, tout se jouait derrière, au-delà, dans l'invisible. Elle savait que cela ne dépendait que d'elle encore une fois, il suffisait de se décider... Erika se souvenait d'une amie qui s'était retirée chez les Carmélites, mais il est plus facile de quitter ce monde, lorsqu'on sait quel est cet autre monde qui va vous accueillir.

Elle passait d'un état d'impatiente anticipation à l'inquiétude et l'abattement, se sentant un obscur talent et ignorant tout de sa vraie nature, se mit à peindre, fut surprise par la bizarrerie de ses œuvres dont la naïveté prenait des formes troubles et confuses, d'où se dégageait une étrange terreur. Tout cela disparut très vite lorsqu'une nouvelle rechute de Ma vint lui rappeler que les mondes imaginaires pouvaient attendre, qu'il fallait lutter, tirer d'affaire une vieille femme qu'elle aimait pardessus tout. Aidée par des amis, elle ouvrit une boutique rue de Sèvres et apprit que là où il y avait de la réalité, il y avait toujours de l'argent à gagner.

Erika s'aperçut aussi que tout s'était banalisé, sans qu'elle pût dire en quoi, au juste. La vie s'était appauvrie, et c'était d'autant plus bête qu'Erika était pour une fois sortie des difficultés matérielles. Elle se réveillait au milieu de la nuit dans l'épouvante, et sentait clairement que quelqu'un n'était pas là. La musique elle-même ne lui était plus d'aucun secours : elle n'était plus une promesse d'un ailleurs, comme auparavant. Erika alla se confier au docteur Jarde qui s'occupait de sa mère : il insistait pour que la jeune femme vînt le voir régulièrement.

— Docteur, je vis avec le sentiment d'avoir perdu mes amis, et Dieu sait quoi d'autre encore...

— Quels amis ? Vous n'avez qu'à prendre le téléphone... Ce sera la ruée...

Elle rit.

— Figurez-vous qu'ils n'ont pas le téléphone. Ils n'ont même ni nom ni visage... Je ne les connais pas...

Jarde vidait à petits coups sa pipe parfaitement vide.

— Voilà ce que c'est que d'être si exigeante, lui dit-il... Les rapports humains sont faits de pain quotidien, ne l'oubliez pas.

— Vous connaissez ce pressentiment : quelque chose se prépare, quelque chose est sur le point de vous arriver...

Jarde avait une de ces voix rassurantes qui vous font croire que le traitement a déjà commencé.

— Je connais cela fort bien... Vous travaillez trop.

— Maman va beaucoup mieux, n'est-ce pas ? Avec l'argent que je gagne, je pourrai dans un an ou deux lui acheter une rente et assurer son avenir. Elle n'aura plus besoin de moi...

Jarde la regarda sévèrement.

— Absurde, dit-il. Vous êtes toute sa vie. Je crains que vous n'ayez pas le droit de prendre le large.

Il y avait au mur une toile infiniment paisible de Séraphine : des fleurs...

— Vous comprenez pourquoi je suis venue vous voir, n'est-ce pas, docteur ?

— Ce n'est que de la nervosité.

— C'est tout de même drôle, ce sentiment que j'ai de trahir des amis que je ne connais même pas. Je sens qu'ils s'impatientent...

Jarde rit doucement :

— Je vous déconseille ces fréquentations. Vous devriez continuer à peindre.

— Mes tableaux m'inquiètent un peu... Je les trouve... malsains.

Il la regarda.

— Et si vous me parliez franchement, Erika ? Nous sommes de vieux amis.

Elle fit la grimace.

— Justement, je ne voudrais pas sombrer dans cette amitié-là, docteur... Sans vous vexer.

— Cela n'arrivera pas. Alors ?

Elle se mit à rire.

— Eh bien... J'ai peur.

— Je vous ai déjà dit mille fois que vos craintes sont sans aucun fondement. J'ajouterai même que la seule chose que vous ayez à craindre, ce sont vos craintes...

Elle hésita un moment, surprise une fois de plus de sentir que son appréhension luttait contre l'espoir...

— Est-ce que c'est héréditaire ?

Elle aimait voir Jarde se fâcher : c'était une colère grommelée et qui s'en prenait aux papiers sur son bureau, qu'il se mettait à déplacer énergiquement sans nul besoin.

— Sornettes, dit-il. Je tiens à vous répéter encore une fois — combien de fois dois-je vous le dire ? — que votre mère n'est pas une schizophrène, mais une grande hystérique, ce n'est pas héréditaire. La seule chose qui peut vous rendre vraiment malade, c'est votre appréhension.

— Est-ce que l'éthique médicale autorise, dans ce cas-là, à dire la vérité ?

— Oh çà, l'éthique médicale permet n'importe quoi, à condition de savoir s'en servir.

Elle se leva.

— Au revoir, ami. J'espère tout de même que la prochaine fois que nous nous verrons... je vous reconnaîtrai.

Le docteur parut choqué, comme si elle avait dit une grossièreté.

— Je regrette de vous décevoir, Erika, mais vous n'avez pas ce qu'il faut. Vous avez tous les talents, mais pas celui-là. Toute votre génération cherche à se réfugier dans la folie. Il y a ceux qui cassent... et ceux qui se cassent. Vous n'appartenez ni aux uns ni aux autres. Vous continuerez donc à souffrir. Votre mère a soixante-trois ans. Si elle était schizophrène, il y a longtemps qu'elle serait partie sans retour. Ça se révèle en général entre dix-huit et trente, trente-deux ans...

— Vous me fermez vraiment toutes les portes, dit Erika.

— Autre chose...

— Oui ?

— Méfiez-vous un peu de ce M. Danthès.

Elle fut interloquée.

— Cela veut dire quoi ?

Le médecin hésita.

— C'est un homme qui a beaucoup trop d'imagination.

— Vous le soignez ?

— Mais non, voyons. Je ne vous en aurais pas parlé. Je l'ai rencontré chez des amis...

Lorsqu'il eut connaissance de cette effarante et assez scandaleuse mise en garde, Danthès, profondément choqué, cessa pendant plusieurs semaines de voir Erika et même de penser à elle. Il se voyait mal dans ce rôle d'un Svengali nouveau modèle, remis au goût du jour par les psychanalystes. Il faillit aller trouver Jarde pour le prier de s'expliquer. L'idée qu'il pouvait exercer sur Erika une influence néfaste, qu'il la contaminait, en somme — c'était bien ce que le médecin semblait insinuer — de Dieu sait quelle façon, était inadmissible. Jarde semblait l'accuser de se livrer à une rusée opération de transfert, dont le but eût été de libérer Danthès de ses propres hantises ; il les attribuait donc à Erika. C'était une accusation intolérable. Il était incapable de se conduire de cette façon, de se servir ainsi d'une jeune femme à laquelle il pensait avec tant de tendresse. Quant à ses angoisses, elles étaient d'une relative banalité. Qui donc avait écrit que tout homme digne de ce nom se sentirait toujours coupable envers la civilisation et que c'était même à ce signe que l'on reconnaissait une civilisation ?

Danthès se leva et alla allumer une cigarette. Il était trois heures du matin. C'était la chaleur des nuits florentines au mois d'août. Il alla à la fenêtre, tira complètement les rideaux, reçut avec plaisir sur le visage une bouffée d'air touchée par la fraîcheur du lac. La lune avait l'air d'une belle rousse déshabillée. Avec ces nuages autour, on aurait dit des seins opulents qui débordent du corsage...

XXI

Elle lui écrivit une longue lettre un peu embrouillée où tout ce qu'elle ressentait confusément et n'arrivait pas à exprimer était dans les points de suspension et dans les phrases qui s'arrêtaient à mi-course. Elle reçut une réponse inquiète qui l'enchanta par son ton de sollicitude paternelle cachant mal la pudeur et le combat intérieur d'un homme trop conscient de son âge, comme tous ceux qui ont du mal à vieillir. Sa mère, qui ne savait rien de cette ébauche secrète où commençaient pourtant à prendre corps ses rêveries paralysées, continuait à lui parler de Danthès, tel un maître voleur décrivant à son disciple les lieux que ce dernier ira un jour piller. Il fallait, disait-elle, se méfier de la lucidité de cet habile, rompu à toutes les ruses de vivre. D'abord, il était encore capable de séduire et Erika ne devait pas oublier une seconde qu'il était l'ennemi. C'était aussi un arriviste qui craignait le scandale par-dessus tout et son premier réflexe serait celui de l'ambition. Un divorce, suivi d'un mariage avec une jeune femme de vingt-cinq ans plus jeune, apparaîtrait au Quai d'Orsay comme un manque de jugement, un égarement qui risquerait de lui barrer l'accès aux grands postes clefs de la Carrière. Il hésiterait, tenterait de se dérober. Peut-être fallait-il lui laisser encore un an ou deux afin que l'approche de cette zone d'ombre où viennent mourir les dernières chances du cœur et de la sensualité, le rendît peu enclin à se défendre... Erika comprenait que sa mère redoutait la confrontation : ce moment de vérité pouvait signifier la fin des chimères qui l'avaient soutenue pendant si longtemps ; sans doute allait-elle continuer à vivre dans l'espoir de cette vengeance sans la tenter, par crainte d'échec et de toutes les conséquences qu'entraînerait pour elle le retour à la réalité. Erika voyait mal comment Ma pourrait survivre à une telle chute. Elle s'agenouillait auprès de sa mère, prenait sa main, écoutait cette voix rauque qu'accompagnait un regard perdu dans la contemplation de la fête qui les attendait dans ce XVIIIe siècle perpétuel de son imagination, où leurs privilèges permettaient à tous ces divins marquis et à ces dames délicieusement perfides de se perdre en des intrigues sans fin, menuets exquis de la vengeance et de la perversité, à l'ombre de leurs manoirs que ne menaçaient pas encore les ventres creux.

— Tu prendras des amants, si cela te chante, et tu t'arrangeras pour qu'il le sache. Il est temps que cet homme apprenne enfin à souffrir...

— Maman, voilà une éternité que tu ne le quittes pour ainsi dire pas... La vie mérite-t-elle une telle constance ? La vie vaut-elle la peine qu'on aime à ce point ?

Elles avaient les mêmes yeux gris, immenses et cependant que sur ses lèvres si cruellement fardées qui faisaient coup de tampon rouge, apparaissait un sourire presque rusé, Ma hésita un peu et eut cet aveu murmuré :

— Au fond, on n'aime jamais que l'amour.

Erika allait voir régulièrement Danthès à Rome. Dans le regard que l'ambassadeur laissait parfois errer longuement sur son visage, elle lisait souvent une question muette, une attention qui lui donnait l'impression d'être moins contemplée qu'observée : c'était un regard aux aguets, comme à la recherche d'un signe, et il s'y mêlait une expression de sollicitude, d'une gravité un peu triste, voisine de l'anxiété. Se méfiait-il d'elle ? Se demandait-il si, dans l'aveu qu'elle lui avait fait du piège tendu par sa mère, il y avait une ruse suprême, celle qui devait le désarmer, en le mettant en confiance ? Il la redoutait, elle le sentait, mais la raison véritable de cette appréhension lui échappait. Peut-être la soupçonnait-il de cacher derrière la clarté des yeux et du sourire quelque obscure perversité et se sentait-il menacé... Elle savait bien qu'il y avait en elle comme une présence tapie qu'elle ne connaissait pas, et qui attendait son heure, et elle se sentait tenue par une allégeance secrète, dont elle ignorait pourtant tout. Elle ne s'appartenait pas. Quelque chose ou quelqu'un était là et pouvait se manifester à n'importe quel moment. Elle vivait en état de liberté surveillée, à la merci de la décision d'un maître invisible. Sa vulnérabilité même, qui lui rendait l'existence quotidienne et les rapports humains si difficiles, n'aspirait-elle pas à la fin de toute sensibilité ? Elle en parla à Danthès, avec un sourire coupable, amusé, cachant sa peur sous cette apparence de légèreté qui cherche à minimiser, mais en évitant son regard attentif, et seuls ses longs doigts qui trituraient nerveusement des boules de pain sur la nappe, dans le restaurant où ils se trouvaient, trahissaient ce que cet air enjoué s'efforçait de cacher. Danthès se déroba. Il lui dit simplement et un peu hors de propos qu'il en était là lui-même, qu'il enviait le Baron et qu'il admirait l'habileté et la maîtrise avec lesquelles ce dernier s'était transformé en statue et s'était mis hors d'atteinte, cessant tout contact avec la réalité. Mais ce retrait, pour habile et compréhensible qu'il fût, relevait néanmoins d'un monstrueux égoïsme. Et puis, il était tout de même un peu trop commode de refuser de vivre, tout en demeurant vivant. Toute l'attitude du Baron semblait proclamer qu'il « ne mangeait pas de ce pain-là », mais c'étaient alors les autres qui continuaient à manger « de ce pain-là » à sa place. Il était impossible de rompre, de se désolidariser...

Peut-être n'avait-elle pas été assez explicite, mais comment donner un nom à ce qui n'en avait pas ? En tout cas, Danthès passa à côté d'elle et se réfugia sur les hauteurs. Un excès d'humanité, lui dit-il, finit par vous faire rêver toujours d'une mort de la sensibilité ; lorsque la « beauté de l'âme » se mettait à exiger une métamorphose sociale, l'Occident cherchait toujours à fuir dans les phantasmes, et tout ce que la culture n'avait pas accompli pour la réalité finissait dans les guerres et le fascisme. Chaque fois que la culture forçait les élites européennes à des prises de conscience « déchirantes », ces élites devenaient aliénées au lieu de devenir actives et la révolution qu'elles avaient préparée se faisait contre elles. Les révolutions entreprises au nom de la sensibilité se font toujours contre la sensibilité, qui prépare le terrain aux idées et est ensuite broyée et éliminée à son tour. Lorsque les élites tentaient une révolution, fascisme ou bolchevisme, c'était toujours contre elles-mêmes et elles en étaient les premières victimes : tous les personnages de Tchekhov et tous les grands bolcheviks sans exception, ceux que Staline avait exécutés, étaient des bourgeois éclairés, pétris de culture. « Sortir de la sensiblerie pour accéder à une logique implacable », disait Boukharine, et Staline lui donnait raison en le fusillant... Il eut un rire silencieux d'enfant coupable, les yeux baissés, jouant du couteau et de la fourchette avec cette distinction que les gouvernantes vous apprennent en vous forçant à tenir les coudes près du corps.

— Excusez-moi de vous parler ainsi de moi-même... Les chants désespérés ne sont nullement les plus beaux, car ils ne sont qu'une façon qu'ont les poètes de passer sous silence le vrai désespoir, celui qui n'a rien à voir avec la poésie... Tout ce que je veux dire, vraiment, en tournant autour du pot, c'est que les nouvelles tendances de la psychiatrie, si elles ont sans doute tort dans leur mépris absolu des données biochimiques, ont cependant mis en évidence un aspect capital de la folie : son côté *délibéré*... Il y a une part de libre arbitre... Le malade... Le sujet, enfin, fait un choix... La volonté joue un rôle jusque dans son autodestruction... Chaque fois que l'Europe eut à faire face à sa propre nature — une réalité sociale inacceptable — elle s'est réfugiée dans la folie, une folie meurtrière. Lorsque ses élites se sont mises à parler avec Léon Blum le langage de l'humanisme socialiste, ce fut le triomphe du fascisme...

— Vous noyez admirablement le poisson, dit Erika.

Il lui prit la main.

— Vous songez trop à votre mère. Ce qui lui arrive s'explique par une vie... tragique. Vous n'êtes pas menacée. Il faut rompre avec cette obsession... Si on parlait d'autre chose ?

— Vous ne faites que cela...

Il se tut un instant, puis ce visage où errait elle ne savait quelle grisaille, seule marque de l'âge qu'il se permît, se creusa au coin des yeux de quelques rides au fugace passage d'un sourire...

— Je le fais donc fort mal, puisque vous vous en apercevez...

Il y avait autour d'eux des gens de cinéma et ces femmes qu'ils se repassent. C'était un de ces restaurants où personne n'a jamais faim.

— Qu'attendez-vous au juste de la vie, pauvre ambassadeur ?

— La fin du malentendu.

— Vous faites beaucoup trop d'honneur à la mort...

— Ce matin même, trois cent mille hommes ont défilé dans les rues de Rome, en réclamant des salaires qui leur permettraient de vivre... Alors, vous et moi, là-dedans...

— Pourquoi n'essayez-vous jamais de coucher avec moi ?

— Mais j'essaye, j'essaye. Je ne fais que ça. Seulement, la cinquantaine passée, on redécouvre la timidité.

— Quel horrible menteur vous êtes, pauvre ambassadeur. Vous faites juste ce qu'il faut pour ne pas faire ce qu'il faut sans me vexer. Vous vous méfiez encore. Vous vous dites : c'est un piège... Et elle avoue que c'est un piège, ce qui est une suprême habileté...

Elle était debout, la voix pleine de larmes.

— Asseyez-vous.

— Vous avez oublié d'ajouter : on nous regarde...

— M'en moque éperdument.

— Je n'ai aucune intention de me rouler par terre en hurlant, ce serait beaucoup trop réaliste...

Il se leva, posa sa serviette.

— Un mot de plus, Erika, et je vais me rouler par terre en hurlant, uniquement pour vous prouver que je suis un homme du monde et que je sais être galant avec les femmes...

Il commençait à enlever son veston.

— Non, je vous en prie, supplia Erika, affolée, et

elle fut surprise, rassurée aussi, par cette crainte très saine et très normale que lui inspiraient encore les comportements excentriques et le scandale. Elle avait toujours su éviter d'inquiéter ceux qui connaissaient sa mère et se posaient certaines questions, qu'ils se gardaient bien de formuler devant Erika. Ils adoptaient parfois devant elle cette attitude rassurante et un peu gênée des amis qui vous aiment beaucoup et redoutent un péril, une menace terrible qui pèse sur vous, mais dont il n'est pas permis de parler. Et il y avait aussi ceux que troublait et mettait mal à l'aise sa beauté, dont on disait qu'elle était « mythologique » quoi qu'on voulût dire par là, et qu'elle avait entendus murmurer : « Ce n'est pas possible, cette beauté, ces yeux... ça vient d'*ailleurs*... »

Danthès avait détourné le regard. Il n'y avait pourtant d'autre témoin que la nuit et la substance lunaire répandue qui se figeait au milieu du parquet en un chemin argenté qui menait au lac. Il n'y avait pas de témoins, personne pour sourire de ses ruses... C'était l'heure des œuvres invisibles.

— Dois-je vraiment vous supplier ? lui lança-t-elle. Si vous saviez à quel point ce détachement paternel et ironique qui vous permet de prendre vos distances finit par manquer de tact à force d'élégance...

Il hésitait. Elle sentit qu'il allait s'en tirer avec l'habileté feutrée d'un chat.

— Erika, j'ai des rapports très difficiles avec les bonheurs... neufs. J'ai cinquante et un ans...

Elle se leva.

— Cette fois, je pars vraiment... Vous avez entendu parler de l'embourgeoisement ? C'est une façon de compter ses ans comme on compte ses gros sous... La cinquantaine ? Ce petit magot soigneusement amassé qui vous donne enfin la sécurité, en vous mettant à l'abri des folies du cœur... N'est-ce pas ?

Il riait, en remuant le vin dans son verre.

— Je n'ai pas encore fait procéder à une enquête aussi sérieuse sur moi-même. Asseyez-vous.

— J'ai horreur de cette conversation, petit ambassadeur. Vous êtes trop rodé. Votre style, c'est l'art de la dérobade. Le style, c'est l'homme, paraît-il, et chez vous, c'est une façon de faire la révérence, une pancarte accrochée à la porte : « Prière de ne pas déranger... »

— Parlons-en, du style...

— Ah non !

— Parlons-en, du style. Il y a des gens qui sont morts pour ça. Je ne crois pas qu'il y ait une éthique digne de l'homme qui soit autre chose qu'une esthétique assumée dans la vie jusqu'au sacrifice de la vie elle-même...

Elle saisit son sac sur la table et se dirigea vers la porte, le laissant à sa lâcheté. La vérité était qu'il ne l'aimait pas, mais qu'il la ménageait, parce qu'on avait dû lui dire qu'elle avait des nerfs fragiles. Dans l'étroit ascenseur qui descendait l'unique étage du restaurant, — une bonbonnière tapissée de soie avec le liftier habillé en page —, elle fut prise de sanglots qui lui coûtèrent trois mille lires de pourboire, seule façon possible de sortir de là avec une apparence de dignité.

XXII

Erika habitait alors un minuscule appartement rue Guynemer, en face du Luxembourg. Elle s'enferma chez elle pendant une semaine, après avoir téléphoné à sa mère pour savoir si tout allait bien. Tout allait bien. Ma était aux anges. Elle avait découvert rue La Boétie un cercle de jeu qui venait d'ouvrir et qui lui fit bon accueil, malgré les deux physionomistes qui la connaissaient de Deauville, mais qui lui interdisaient l'accès des salles depuis tant d'années qu'ils avaient fini par devenir ses amis. Les joueurs se pressaient toujours autour de son fauteuil à roulettes et misaient sur le même numéro qu'elle, par la vertu de ce raisonnement qu'une personne aussi malheureuse devait forcément avoir de la chance.

— D'ailleurs, je commence à avoir l'air d'une vieille sorcière, et cela aussi les met en confiance. Je m'installe comme « conseillère d'avenir » rue de la Faisanderie. Pas « voyante extralucide », ça fait rêve de bonniche. Quelque chose de tout à fait sérieux : je serai admirablement servie par mon physique : je suis sans doute sur le point d'atteindre ce degré de laideur qui fait croire à un cousinage avec le Destin...

— Écoute, maman !

— Tu as lu *La Dame de pique* de Pouchkine ? Quel merveilleux opéra... Oui, une tête de vieille maquerelle qui, à force de procurer des milliers de Marguerite à des Faust toujours prêts à payer, a fini par s'attirer les bonnes grâces du Diable lui-même, et n'importe quel joueur sait que le Mal peut vous indiquer le numéro gagnant, ce qu'on ne saurait évidemment attendre de la Vertu... J'ai tout raflé au baccara trois nuits de suite. « Putzi » va enfin pouvoir renouveler sa garde-robe. Le pauvre, depuis qu'on ne nous invite plus en Angleterre — tu savais que le vieux Lord Summerset est mort ? — il ne sait plus à quel tailleur se fier...

Erika raccrocha. Oui, tout allait bien.

Elle ne sortait que pour faire ses provisions. Elle ne pouvait dire avec certitude combien de temps elle était restée ainsi cloîtrée. Elle crut donc à une erreur lorsqu'un livreur de chez Cardin lui remit un carton qui contenait une robe de bal étincelante de paillettes, dont les manches s'ouvrirent devant elle comme des ailes noires striées de grisaille. Le billet du couturier portait : « Votre commande du... » Elle n'avait jamais commandé cette robe. Elle pensa que c'était encore un cadeau de Danthès, mais le livreur ne partait pas, il attendait le chèque... Elle téléphona à la vendeuse et apprit qu'elle était venue elle-même choisir la robe dix jours plus tôt...

Elle fit un chèque sans provision.

Erika s'assit sur le lit, les genoux sous le menton, et resta ainsi vingt-quatre heures à côté de la robe. Cette forme d'elle-même, vide, étendue près d'elle, ne venait pas de chez Cardin, elle le savait maintenant. Elle venait d'*ailleurs*. Sans doute, tout à l'heure, allait-elle recevoir des offrandes encore plus prometteuses. Des fleurs, oui, des jardins entiers, et pourquoi refuser cette invitation à une merveilleuse promenade sans fin ? Elle aimait ce feu qui brillait dans la grande cheminée de la salle où Mozart attendait le bon plaisir de ses employeurs, lesquels n'avaient pas encore fini de souper. Qu'il paraissait donc fragile, avec ses épaules enfantines ! et puis elle s'aperçut que quelqu'un s'était trompé d'époque et que Mozart portait le costume de *L'Indifférent* de Watteau, avec cet immense col de dentelle blanche. On allait venir la chercher tout à l'heure, il ne fallait pas être en retard, on ne pouvait pas faire attendre Mozart. Les larbins en livrée bleu azur, perruque et poudrette, l'accueilleraient à la porte du château, levant à bout de bras les chandeliers dans un geste qui la fit penser à Cocteau, mais c'était un anachronisme, Cocteau n'était pas encore né. S'il y avait une règle qu'elle devait désormais observer envers et contre tous, c'était celle d'une cohérence implacable, sans faille, sinon, on allait s'imaginer Dieu sait quoi. La musique s'éleva enfin, mais ce n'était pas du Mozart : c'était du Rameau. Il y avait une foule d'invités, mais elle ne reconnut personne : c'était la première fois qu'elle venait. Elle ne savait pas le nom de l'hôte qui lui offrait cette hospitalité généreuse, mais elle fut bouleversée lorsque la porte s'ouvrit enfin et qu'elle vit que c'était Danthès. Sa mère avait donc raison, elle qui depuis vingt ans le décrivait comme un démon capable de tout et même de cette gentillesse, de cette tendresse avec laquelle il se penchait pour lui baiser la main. Elle fut un peu étonnée de le voir revêtu de cet habit prussien aux verts et rouges si militaires. Il avait dû prendre du service chez Frédéric, c'était un siècle où l'esprit n'avait pas de patrie. Et s'il était encore préoccupé par leur différence d'âge, il devait être rassuré, maintenant qu'il avait deux cents ans de moins. Elle eut un moment de désarroi lorsqu'elle vit la robe de bal posée sur le lit à côté d'elle ; il fallait se dépêcher, elle allait être en retard, on l'attendait : Danthès donnait cette fête pour elle. Elle s'habilla et sortit. Sa femme de ménage la trouva recroquevillée sur le trottoir, à côté de la grille du Luxembourg ; elle la crut droguée, à la mode du jour, et la ramena chez elle. En entrant dans sa chambre à coucher, Erika fut d'abord terrifiée, car la robe de bal n'y était plus, puis se ressaisit. Elle regarda le vide rassurant qui prouvait que la robe n'avait jamais existé, et se rappela alors qu'elle la portait. Elle l'enleva, la posa soigneusement sur le lit, et s'assit à côté ; elle monta une garde vigilante, car elle savait que Danthès allait faire disparaître la robe de nouveau : il se jouait d'elle, voulait l'effrayer pour lui montrer sa puissance, suggérait insidieusement qu'il pouvait la faire disparaître elle aussi, qu'il était son maître, qu'elle n'avait d'autre vie que celle qu'il lui prêtait, qu'il lui suffisait de cesser de la penser tendrement pour qu'elle n'existât plus. Il se jouait d'elle, voulait l'affoler en lui prouvant sa puissance, suggérait insidieusement qu'il pouvait la faire disparaître elle aussi, qu'il était son maître, qu'elle n'avait d'autre vie que celle qu'il lui prêtait, qu'il lui suffisait de cesser de penser à elle tendrement pour qu'elle n'existât plus. Danthès lui fit en effet enlever encore une fois la robe et garda la jeune femme nue un long moment. Elle était heureuse de lui offrir cette nudité qu'il n'avait encore jamais exigée d'elle. Elle l'inventait avec une netteté si lumineuse dans un monde entièrement lisse où tout était marbre irradié, qu'elle voulut se jeter dans ses bras et s'arrêta, elle ne sut jamais par quel miracle, juste au bord du vide, devant la fenêtre ouverte. Il faisait déjà jour et le fracas n'était plus celui de cet *ailleurs* qui avait failli la garder pour toujours, mais seulement celui de la rue Guynemer. Jarde lui dit, lorsqu'elle courut chez lui quelques heures plus tard, qu'elle avait été probablement sauvée par la fatigue qui était venue à bout de son délire, et que le monde réel l'avait retenue et ramenée à lui ainsi par ce qu'il avait de plus solide : la faiblesse, qui coupe toutes les ailes du rêve. Mais il se trompait. Ce qui l'avait empêchée de passer de l'autre côté, alors que rien ne semblait plus devoir la retenir, ç'avait été le visage de sa mère. Elle n'avait pas le droit de l'abandonner. Elle s'était ressaisie avec l'énergie farouche de ceux qui refusent de collaborer avec ces puissances totalitaires qui spéculent sur la fragilité de l'humain. Elle savait peu de ces jeunes résistants qui s'étaient dressés, jadis, les mains nues, soutenus par leur seule volonté de ne pas céder, contre l'Allemagne des nazis, mais Danthès avait été des leurs, et il lui avait une fois parlé dans un murmure de la dignité invincible qu'acquièrent les hommes quand ils s'inspirent de leur dignité imaginaire.

Il se tenait debout sous la lune et se laissait engloutir par le silence du parc où, en cette heure noire qui retenait son souffle, tout paraissait déjà joué. Il ne voyait plus, en face, au-delà des ombres, sur le balcon de la villa Italia, la pointe rouge du cigare du Baron. Peut-être ne l'avait-il jamais vue, car dans ses yeux brûlés par mille insomnies, tout était en même temps ténèbres et criblé de lumières. Il fallait freiner son imagination, cesser de prêter visage à des chimères impossibles, ne pas profiter de son épuisement nerveux pour se griser d'invisible. Il fallait se ressaisir, se rappeler qui il était, ses fonctions, leurs routines précises, leurs confortables soumissions, toute une mécanique de comportement bien rodée qui vous coulait dans ce moule traditionnel, transmis de génération en génération dans la Carrière, avec le plan de table, qui vous indiquait où chacun devait aller s'aplatir.

Tout, autour de Danthès, lui paraissait scindé, jusqu'au ciel où l'on percevait clairement un interstice, une très nette fêlure. La dichotomie régnait, ne cachait plus son emprise, était visible à l'œil nu, tout ce qui était un, était deux. On voyait clairement la cassure argentée qui courait au milieu du lac, gagnait la terre et poursuivait sa ligne brisée à travers les buffles végétaux du parc. Elle séparait très sévèrement, par son implacable géométrie, la culture des réalités bourbeuses et sanglantes du monde, l'art de la réalité et Danthès de lui-même.

XXIII

Au cours de ses rencontres avec Erika, Danthès ne faisait jamais d'allusion directe à ce qu'il connaissait des crises psychiques de Ma : elle savait pourtant, et il ne le lui avait pas caché, qu'il avait fait une enquête sérieuse sur la « tribu ». Il évitait soigneusement la dureté sans recours du mot « folie ». Il est parfois difficile de s'orienter dans les propos d'un homme qu'on aime, lorsqu'il se met à vous parler d'autre chose que de vous ou de lui-même, à un moment où rien d'autre n'a pour vous d'importance, mais Erika sentait bien qu'il y avait dans ces envolées abstraites et en apparence très générales, une discrète mise en garde, une allusion au rôle de la volonté et du choix délibéré dans certaines formes de démence, qui la concernait dans son esprit plus directement encore que cette Europe qu'il évoquait et dont il était tellement épris.

— Il y a souvent chez les sensibilités trop affirmées et vulnérables un besoin de *finir*... Ceux qui étaient les plus conscients de ce que la culture exigeait d'eux — changer le monde — étaient aussi presque toujours les plus faibles... La tâche leur paraissait écrasante et ainsi les écrasait d'avance. Humain, trop humain, disait Nietzsche, et cela devenait tout naturellement un rêve de dureté, de carapace : le fascisme et le stalinisme étaient là, toujours prêts à servir... Chaque fois que la beauté de son domaine imaginaire se mettait à lui dicter une éthique et sommait ainsi l'Europe de vivre ses mythes, celle-ci fuyait dans la folie, plutôt que de se mesurer avec la tâche, ou acceptait de se protéger contre les « chants de sirène » de sa culture par la carapace totalitaire. Au dernier Congrès des écrivains soviétiques, en 1971, la carapace fut encore renforcée : défense de parler d'autre chose que des « réalisations » de l'« homme soviétique », c'est-à-dire, défense de parler de l'homme...

Erika finit par lui lancer un jour, en riant, pour cacher sa jalousie :

— Vous me chantez votre Europe comme Pétrarque chantait Laure, mais quelle était en Laure la part d'existence, et la part de poésie ? Pour tout vous dire, petit ambassadeur, plus je vous écoute parler de l'Europe, et plus j'ai l'impression de ne pas exister...

Et pourtant, il venait la retrouver à Paris dès qu'il le pouvait, et il lui écrivait tous les jours. Elle se voyait l'objet d'une magnifique obsession, et comme toujours lorsqu'on se sait aimé, elle se sentit aussi moins menacée. La plupart des névroses s'aggravent par l'introspection, et elle pensait maintenant trop à Danthès pour avoir envie de penser à elle-même. Il lui semblait qu'à cinquante ans cet homme avait encore tout à donner : à part sa rencontre avec Ma, elle ne savait rien de sa vie sentimentale, et peut-être s'était-elle passée à faire des économies. Il est vrai qu'en dehors de son père adoptif elle n'avait guère connu d'hommes capables de se ruiner en sentiments. Les natures prodigues qui n'hésitaient pas à se laisser aller à ces admirables faillites et se trouvaient ainsi infiniment plus riches qu'auparavant n'étaient pas précisément une des caractéristiques de ce temps d'achats rapides. Seul le Baron n'avait jamais lésiné, n'avait tenu aucune comptabilité prudente du cœur ; sa vie n'avait pas été une appauvrissante thésaurisation, mais un enrichissant gaspillage. Il était de ceux qui vont de faillite en faillite sentimentale sans jamais déposer leur bilan.

Parfois, elle était reprise par le doute et se demandait si elle n'attribuait pas à Danthès une générosité et une richesse de passion qui n'étaient peut-être que cette part d'invention dont il lui avait parlé, et qui fait toujours de celui qui est aimé une création de celui qui aime. Elle décida de le mettre à l'épreuve et demeura quinze jours sans lui faire signe. Le téléphone se mit à sonner sans arrêt. Elle répondait par un regard amusé vers l'appareil : il n'avait qu'à se déranger, prendre l'avion...

Il ne restait plus de sa crise qu'une petite inquiétude dont elle s'accommodait facilement. Elle n'était pas encore tout à fait maîtresse de ses nerfs, que paraissaient frôler parfois les doigts de ces étranges musiciens du silence auxquels elle avait échappé. Erika prenait alors sa guitare et leur répondait par quelques notes claires, pour leur dire qu'elle n'était plus seule et qu'elle n'avait plus besoin de leur insidieuse compagnie.

Jarde la félicitait de l'issue heureuse de sa lutte contre ce qu'il appelait sa « tendance à la facilité », par quoi il entendait les tentatives de fuite hors du monde réel ; pour le reste, ajoutait-il, il fallait s'accommoder d'une certaine angoisse de vivre, d'une appréhension raisonnable, légitime et aussi féconde : elle est à la base de toute création. Les religions et les civilisations sont nées de cet effort de se défendre contre ces terreurs obscures, en s'organisant fraternellement.

Erika se découvrit assez de force de caractère pour continuer à envoyer à Danthès ces messages de silence, d'indifférence et d'éloignement qui lui parvenaient comme des lettres d'amour écrites de cette encre invisible que seul l'amour pouvait déchiffrer.

Il répondit. Il répondit au moment où elle commençait à croire qu'elle ne l'avait jamais rencontré, qu'il n'existait pas, qu'il était seulement celui qu'elle avait inventé en écoutant les récits de Ma. Lorsqu'elle lui ouvrit la porte, il la dévisagea en silence par-dessus l'immense bouquet de fleurs qu'il tenait dans ses bras et il était tellement comique, avec son air de sévérité outragée, son élégance bleu marine à col de velours, son parapluie roulé et son chapeau comme il faut, qu'elle fut prise de fou rire.

— Qu'y a-t-il de si épouvantablement drôle ?

— Je croyais qu'on ne s'habillait plus ainsi que dans les revues de mode masculine...

— N'importe quel escroc vous expliquera que pour réussir il faut présenter bien. Et moi, je représente la France. Ce n'est pas là une petite imposture. Cela demande énormément de tenue. Sans ça, on découvre très vite que vous n'avez plus grand-chose à offrir. De Gaulle était avant tout un triomphe vestimentaire. La France s'était habillée en lui et il lui allait à ravir... Cessez de rire, je vous prie. Une des choses les plus idiotes que j'ai rencontrées dans mon existence, ce sont les femmes qui rient quand on leur fait l'amour. C'est beaucoup plus fréquent que vous ne le croyez. Dès que votre main les touche dans les tréfonds mêmes de leur sensibilité, au lieu de se pâmer avec l'extrême gravité que l'érotisme exige, elles font hi, hi, hi. Il n'y a rien de plus obscène. L'incompatibilité entre l'érotisme et la drôlerie est absolue.

Il marchait en rond dans le salon, chapeau, fleurs, parapluie et manteau col de velours.

— Je vous promets de ne pas pouffer de rire si...

— Oui, eh bien moi, je ne promets rien. Je sors du Quai d'Orsay pour me trouver brusquement devant la beauté : c'est vraiment la douche écossaise. Pourquoi ne m'avez-vous ni écrit ni téléphoné ?

— Je ne voulais pas vous déranger. Vous étiez si agréablement occupé à vieillir...

— Et si on parlait allemand ? Puisque vous êtes décidée à l'agressivité, votre langue maternelle paraît tout indiquée...

— Si je ne vous ai pas écrit, c'était dans le vague espoir de vous attirer ici...

— Je vous ai téléphoné tous les jours...

— Tout le monde téléphone à tout le monde.

— Chère, chère Erika, vous avez horreur de la banalité, je sais... Vous voudriez que tout soit pour la première fois. Méfiez-vous. La banalité dépend de ce que vous avez à lui offrir : donnez-lui la sincérité et elle fait peau neuve. Quant à moi, je reconnais que si j'avais le goût de l'originalité, je ne serais pas là avec un bouquet de fleurs en train de vous dire : je vous aime...

XXIV

Elle s'était jetée dans le bonheur avec la gaieté, la légèreté d'un rire d'enfant : « *I have an affair* avec le bonheur », disait-elle à ses amis anglais ; elle vivait les plus jeunes années du cœur, celles qui ne se posent pas la question des lendemains. « *Ein Augenblick* », avait dit Goethe en parlant de la jeunesse, mais c'était un homme qui pensait à lui-même en millénaires et Erika doutait que Charlotte ait pu trouver en sa compagnie à Weimar autre chose que des commentaires ; quant au bonheur de Goethe avec Charlotte, il devait être surtout une méditation sur le bonheur. Leurs rendez-vous d'amour devaient sentir la montre : comment peut-on être heureux si on prend le bonheur au sérieux ? Elle retrouvait spontanément l'insouciance qui va si bien à la vie, dès qu'on peut s'offrir le luxe de ne pas réfléchir ; naître et mourir, pour peu que l'on aimât, n'était guère plus sérieux qu'une valse. Des rayons fugitifs, quelques éclairs ; un moment de plénitude et puis qu'importe, le futur était un vieux marcheur pas très intéressant ; on disait de la joie que c'était une ruse de guerre de la vie pour vous retenir, pour faire monter son prix, mais c'était une vieille idée d'un vieux monde qui croyait aux affaires, aux arrangements, au donnant-donnant, aux actes de notaires. Le souci de durer, de prolonger était tout juste bon pour ceux qui n'aimaient que leurs habitudes et lorsqu'on en vient là, on a déjà tout perdu, il ne vous reste que l'habitude. Le bonheur est passé maître dans l'art de passer, mais l'insouciance le prive de son arme principale, qui est la menace de finir. Sourires, sourires rapides, qui courent d'amour en amour : car cela aussi est une histoire du monde, mais on ne l'écrit jamais. Quelques pas de deux ; frissons d'eau, petites musiques de sources ; un vol de coccinelles ; le miroir saisit un instant le rayon, puis plus rien ; un si gai regard, et autour, néant : quelques civilisations, des hécatombes. Un baiser, une main serrée, un soupir et tout le reste est une vague histoire de millénaires. Une ombre qui traverse le parc en riant, les mains soulevant un peu la crinoline, une autre ombre qui la rejoint, et tout le reste n'est qu'affaires d'État. Flûtes enchantées, dit-on, et peut-être qu'elles existent, mais à condition de ne pas les écouter trop longtemps. J'ai vu une feuille qui tombait, alors que j'étais une petite fille ; je me suis vite détournée, et elle tombe encore. Elle ne touchera jamais terre, elle est toujours là, caressée par l'air, et tout le reste est chute. Et puisqu'on dit que le ciel est milliardaire, que les années-lumière ne savent même plus compter, personne ne viendra me priver de mon insignifiance, et c'est ainsi que l'amour est apparu, imperceptible erreur qui s'est glissée dans de monstrueux calculs. L'idée de « vivre heureux » ne comprenait rien au bonheur et ne tenait qu'à la vie. Encore quelques instants, se disait-elle parfois le matin, à leur réveil, à Venise, à Côme, à Louxor, mais c'était pour rire aussitôt de cette incroyable exigence, alors qu'elle avait déjà vécu, qu'elle avait tout reçu et qu'il ne pouvait plus rien lui arriver.

Danthès était un compagnon parfait : il lui parlait comme un homme sans avenir. Tout avec lui était entièrement dans le présent et si on avait frappé à la porte, si à la question : « Qui est là ? » on avait répondu : « C'est la fin », il serait allé ouvrir sans hésiter, parce qu'il comprenait la nature du bonheur. Ils parlaient presque toujours allemand, car c'était amusant de contrarier cette langue qui avait un tel goût et une telle habitude des grands desseins, des puissants échafaudages, de la solidité à toute épreuve. Leur complicité dans l'instant s'amusait à jouer avec cette Allemagne d'un vocabulaire fait pour durer et non pour être mangé tout de suite, une syntaxe d'une *Gestalt* si puissamment charpentée : ils répliquaient à Nietzsche, à Schopenhauer, à Kant, à Leibniz et à Hegel par un déjeuner sur l'herbe et sentaient qu'ils avaient trouvé une réponse à tout. Le bonheur était impressionniste, il avait la même lumière, la même douceur, la même absence de souci. Elle sentait à ses côtés la présence de toutes les marquises perruquées qui avaient riposté si triomphalement à la question : pourquoi la vie ? quel est son sens ? par une moue de plaisir. Tout ce qui, dans l'histoire de l'Allemagne, avait donné de tels malheurs au monde, était fait d'importance, c'était un pays auquel il n'avait manqué qu'un peu de féminité. C'était un pays qui ratait ses entreprises les plus sérieuses par manque de légèreté.

Ils vécurent six semaines dans une proximité que supportent mal, en général, ces créatures imaginaires : les êtres qu'on aime. L'absence a une vertu créatrice. Danthès se tirait admirablement de cette confrontation avec son double, celui qu'Erika avait inventé. Il avait une aisance extraordinaire dans ses rapports avec cet étranger et finit par l'éclipser complètement.

Erika s'apercevait que sa mère ne connaissait au fond de l'homme dont elle parlait avec tant d'autorité, que l'idée flatteuse qu'elle se faisait de la mauvaise littérature. Armant sa fille pour un combat de séduction futur, elle avait puisé à pleines mains dans la bibliothèque rose du vice aux accents de filles mères et de vierges violées. Pendant dix ans, à force d'évoquer pour Erika ses « amis », Don Juan, Casanova, ce cher, cher maréchal de Richelieu, Talleyrand, Rastignac et Sade, elle n'avait réussi qu'à donner à sa fille le goût de l'histoire et de la lecture ; l'imagination d'Erika se développa et prit son essor par les efforts qu'elle dut faire pour donner un visage à ce fourre-tout. Elle découvrait maintenant que Danthès ne ressemblait à rien ni à personne et qu'elle avait presque autant de mal à l'imaginer quand elle était dans ses bras que lorsqu'elle ne le connaissait pas. Son regard venait vers elle, des yeux minces aux paupières un peu lourdes toujours à demi fermées, d'où le bleu débordait soudain lorsqu'il s'animait, et il était impossible de savoir si ce sourire qu'elle effleurait du bout des doigts sans jamais parvenir à l'effacer était délibéré dans son immuabilité ou s'il avait simplement oublié de l'enlever. Lorsqu'elle le décoiffait parfois à pleines mains, pour en finir avec ce côté « Monsieur l'ambassadeur », le visage perdait son air bien habillé et se mettait à rappeler celui de Cortés sur les portraits du conquistador, ou du moins, c'est ainsi qu'elle le voyait, car personne n'a jamais vraiment ressemblé à soi-même dans un regard d'amour. Ils ne quittèrent pas leur chambre à Venise, c'est une ville dont on se sent toujours plus proche lorsqu'on s'abandonne aux caresses, ce qui n'est pas une mauvaise façon de sauver Venise. Erika sentait alors que la vieille cité se penchait sur eux avec le sourire de *L'Entremetteuse* de Zurbarán : après, revenaient vers vous par la fenêtre ouverte le son des cloches de San Giorgio Maggiore, les sirènes des bateaux derrière la Giudecca, la voix d'un gondolier en proie à quelque drame de pourboire, une chatouille du vent. De Venise à Côme, où un ami de Danthès leur avait prêté sa villa ; Marie Bashkirtseff y avait traîné sa langoureuse maladie, cette pauvre Marie si fin de siècle, dont le talent avait fait plus pour la tuberculose que pour la littérature. Elle fut comme le dernier soupir de la Russie européenne, dont on retrouve les noms dans les petits cimetières de Menton et de Roquebrune, et qui disparut avec l'art épistolaire. C'était l'Europe de Lou Salomé, éternellement éloignée des hommes qu'elle ne cessait pourtant d'inciter à l'aimer, cette Sapho de *Mittel Europa,* parée de l'étrangeté que le lesbianisme pris pour le mystère donne à une femme. Lou Salomé avait inspiré à la dernière Europe allemande, à Nietzsche, à Rilke, à Freud, à Thomas Mann, et à Niebuhr, ces passions qui se nourrissent de refus et d'inaccessible. C'était un monde qui descendait de fiacre le panama à la main et prenait les eaux à Baden-Baden et à Kissingen, où l'art posait encore la question du mal, et où l'éthique était avant tout une esthétique, cependant que la lutte des classes avait pour principale ennemie l'habitude de souffrir. Erika ne savait pas si Danthès lui en parlait avec nostalgie, ou avec le regret de ne pas l'avoir connue, si c'était un homme qui préférait les beaux couchants aux levers de soleil. La société qu'il évoquait était celle des privilégiés dont l'éducation, la distinction et la délicatesse tempéraient l'individualisme, des aristocrates du cœur et de l'esprit pour qui la fraternité était un mariage blanc. Ils ne connaissaient du peuple que la bonniche qui les avait déniaisés, voulaient refaire le monde, mais par des moyens d'hommes du monde, et auraient protesté avec indignation si on leur avait dit que, pour eux, la société était avant tout la bonne société.

Erika écoutait Danthès qui parlait d'« eux » comme s'il n'en eût pas été et s'efforçait de ne pas sourire : il était membre du club. Indigné par le fascisme, indigné par le communisme petit-marxiste, indigné par la soupe bourgeoise, par le socialisme qui s'était perdu quelque part entre la consommation et la production, par le capitalisme américain annonciateur d'écroulements à l'échelle planétaire. Cosmopolite qui comprenait parfaitement que le cosmopolitisme ne fréquentait que les meilleurs hôtels et évitait les endroits envahis par les foules, Européen passionné qui riait amèrement à l'idée que l'Europe était devenue le Marché commun, Danthès évoquait le passé en faisant semblant de parler d'Histoire, mais parlait ainsi de lui-même. Elle comprenait, maintenant, pourquoi les chefs-d'œuvre atteignaient dans les ventes des prix de plus en plus exorbitants : la culture occidentale exigeait beaucoup d'argent. La démographie à elle seule suffisait à rendre l'Europe impossible : la distinction de l'esprit, la noblesse du comportement, la tolérance, le souci d'atténuer l'excessif par le sens de la mesure, la beauté, l'esthétique en tant que morale, étaient incompatibles avec le déferlement humain et le coude à coude démographique. La patience d'une méditation, d'une réflexion sereine, de la sagesse, ne pouvait se concilier avec l'âge de la vitesse et la rapidité des solutions qu'exigeait la prolifération de l'homme sur la planète. Cette urgence condamnait au superficiel, sous menace de chute ; l'affrontement des idéologies se faisait au détriment de la pensée. Platon et Socrate appartenaient à l'âge des petits nombres.

C'étaient des moments de tristesse : le bonheur qui s'interroge sur sa nature sociale cesse dès qu'il devient honnête. Le seul mot que Danthès ne prononçait jamais était « décadence », et il avait raison. Il ne pouvait plus être question de décadence : c'était fini, tout simplement. Ceux qui parlaient de faire naître un monde nouveau se berçaient d'illusions : le monde nouveau était déjà né. La seule question qui se posait était celle de savoir ce qu'il fallait faire des ruines...

XXV

À Bayreuth, à Salzbourg, de Wagner à Richard Strauss, leur promenade dans le passé finit sous la pluie. Au bas des lacs bavarois et autrichiens, une brume mouillée régnait sur la mousse et les pins ; ils se réfugiaient dans les auberges pleines de genoux nus et de culottes tyroliennes. C'était le pays *kitsch* qui paraissait toujours s'imiter lui-même pour attirer les touristes. Ils passèrent leur dernière nuit ensemble au château des Drottingen, sur les hauteurs du Saltsee qui émergeaient des pins mouillés sur toutes les cartes postales. Cette vieille demeure de Götz von Berlichingen, où Grillparzer était venu chercher son inspiration, offrait maintenant aux visiteurs une discothèque dans la tour où le baron lépreux Rentz était venu cacher son visage pourri. Sa sœur et amante s'était enfermée de désespoir dans la tour ouest et y avait vécu ainsi cloîtrée vingt ans... En ce temps-là, on savait désespérer.

Sous la menue pluie qui tombait médiocrement, comme épuisée par des siècles de romantisme,

Erika, la tête contre l'épaule de Danthès, regardait la tour que tant de passion amoureuse avait jadis habitée.

— On était moins occupé, à cette époque, dit Danthès avec courtoisie, pour lui épargner sans doute cette méditation sur la grandeur de ce sacrifice amoureux qui semblait les laisser tous les deux loin du compte. De toute façon, aujourd'hui, pour s'enfermer vingt ans dans une tour de château, il faudrait avoir les moyens de payer un loyer exorbitant.

— Il y a encore des gens qui se suicident par amour.

— Oui, toujours ce goût de la vitesse...

À Vienne, ils assistèrent aux obsèques de Mozart — Erika avec une colère que le récit de Danthès finissait par exaspérer jusqu'à la muer en une indignation où se retrouvait sans doute celle des étudiants révoltés de 1848, et Danthès lui-même avec une expression d'éloignement à la fois triste et ironique : la tenue que revêtait toujours sa sensibilité, lorsqu'elle mettait le nez dehors. Il n'y avait vraiment pas grand monde, mais ils furent particulièrement frappés par la présence de Salieri, dont l'envie à l'égard des Mozart était pourtant à ce point notoire que Pouchkine, dans une œuvre inachevée, accusa l'Italien d'avoir empoisonné Wolfgang Amadeus. Des cinq ou six personnes qui s'étaient dérangées, pas une n'avait tenu jusqu'aux portes du cimetière, préférant un bon verre de grog chez Deiner, *Au Serpent d'Argent*. Le mécène Van Swieten s'était déplacé, mais sa générosité n'alla pas jusqu'à fournir ces quelques ducats qui auraient évité à Mozart la fosse commune.

— Sans le savoir, sans un pressentiment, dit Danthès, l'aristocratie et la bourgeoisie assistèrent là à leurs propres obsèques et à celles de l'Europe... Ce fut fini ce jour-là. Ceux qui avaient charge de culture n'y ont pris que du plaisir et ils n'ont jamais traité les créateurs que comme des fournisseurs. L'Europe est morte du privilège culturel. Le dédoublement de sa personnalité — la culture d'un côté, la vie des hommes de l'autre — cette schizophrénie, ne pouvait manquer de finir dans des crises meurtrières...

Ce fut le lendemain que les rapports d'Erika avec la réalité se gâtèrent de nouveau. Sans doute n'aurait-elle pas dû aller à Vienne, où la tendresse qu'elle avait toujours éprouvée pour Mozart la mena un peu trop près de ce royaume où l'appelaient toutes les flûtes enchantées. Et les semaines de bonheur qu'elle avait vécues dans un état d'exaltation que Jarde lui avait bien recommandé d'éviter, la rendaient, à l'approche de la séparation — Danthès devait rentrer à Rome — particulièrement réceptive à certains doucereux murmures... Ils étaient descendus à l'auberge de Zweinen où Danthès, comme toujours, avait pris deux chambres, par ce soin pointilleux qu'il mettait à éviter l'intimité des salles de bains partagées. Elle le soupçonnait de rechercher surtout des entractes de solitude et y voyait le signe d'un cœur un peu touché d'usure, et d'une secrète inclination au renoncement. Elle ne doutait pas qu'il l'aimât, mais sentait aussi qu'il préférait, peut-être sans le savoir, un climat plus tempéré que celui où chaque instant est chargé d'intensité... C'était malgré tout un homme qui écoutait Wagner avec un peu d'irritation et trouvait que la bataille d'*Hernani* fut perdue le soir où elle fut gagnée : il tenait décidément à son XVIIIe siècle. Plus près de nous, Saint-John Perse, Mallarmé, Valery Larbaud, Rilke... Il ne l'avouait pas, mais semblait avoir un penchant pour les fleurs de serre. Elle s'indignait de ces rapports réservés, distants, avec la vie et de cette notion que la culture avait surtout pour but d'atténuer, de modérer, de mesurer. Sans doute était-ce là moins une attitude délibérée, choisie, une disposition du caractère, qu'une fatigue de vivre. Était-il différent à vingt ans ? Ce fut en se posant cette question qu'elle eut pour la première fois la sensation d'un rendez-vous manqué. Il se retirait dans sa chambre comme pour cacher ses trois siècles d'âge. Sa cinquantaine était faite davantage de la vieillesse d'un monde que de la sienne propre. Trop d'Histoire, trop de musées, trop de livres et de musique, trop d'abstractions : la sensibilité disponible pour les rapports humains s'était amenuisée, devait être ménagée, protégée. On voyait qu'il avait beaucoup fréquenté les petites cours princières allemandes, les jardins raisonnables à la française, et en avait gardé ce goût de la politesse qui rend les rapports avec la passion très difficiles ; qu'il était plus attiré par la musique de chambre que par les grandes symphonies, par les petits maîtres que par le génie. C'était un intimiste. Ses élans étaient choix délibéré plutôt qu'abandon. Il se rangeait du côté de la passion amoureuse, mais un peu comme un aristocrate qui se rallierait à la révolution en choisissant de monter à la guillotine.

Erika se consolait en se disant qu'il la laissait seule pour mieux l'inventer, que ces séparations lui étaient nécessaires pour l'habiller d'imaginaire, sans être tenu à ce réalisme dans la création que la présence du modèle tend à imposer. C'était un homme qui avait horreur des pyjamas. Il la quittait comme pour respecter ces moments de silences faits de plénitude qui tombent entre les mouvements d'une symphonie. Elle s'était donc trouvée seule dans sa chambre aux poutres peintes, après leur dîner devant le feu dans la salle de l'auberge. Le mobilier était rustique avec application ; il ne manquait pas une cruche ; le lit avait trois étages de duvet. Sur l'abat-jour en parchemin de la lampe de chevet, les notes de musique étaient celles d'*Ach mein lieber Augustin*.

Elle venait de se lever pour aller prendre la carafe d'eau, lorsqu'elle vit une flûte posée sur le fauteuil. Il y avait une heure qu'elle était dans la chambre, et elle était sûre que la flûte n'y était pas un instant auparavant. L'angoisse déferla aussitôt, mais Erika tenta de se défendre. Une flûte n'avait rien d'inquiétant, c'était un objet gentil. Il n'y avait aucune raison d'avoir peur. Personne ne lui voulait de mal. Les mondes imaginaires ne venaient pas la saisir mais seulement lui rappeler amicalement qu'ils étaient toujours là, à sa disposition. C'était un clin d'œil, sans plus. Nul rapt ne se préparait, nulle puissance maléfique ne s'apprêtait à rompre ce lien d'amour qu'Erika avait enfin noué avec la réalité. Danthès était là, à côté : elle n'avait plus besoin d'un ailleurs. Lorsque la flûte se mit à jouer, bien qu'elle demeurât toujours posée sur le fauteuil, Erika recula un peu, s'assit sur le bord du lit, et se souvint de l'avertissement de Jarde : elle avait les nerfs très fragiles, devait éviter les émotions trop fortes. Elle sourit : sans doute fallait-il éviter l'amour. La mélodie de la flûte était insinuante et tendre, mais elle ne la reconnut pas. Elle se leva, sortit dans le corridor, entra dans la chambre de Danthès. Il n'y avait personne. Elle recula précipitamment, referma la porte : elle comprit soudain que Danthès n'existait pas, qu'il n'avait été qu'un diabolique entremetteur, un Don Juan émissaire de cet au-delà qui avait déjà cherché à plusieurs reprises à la séduire, à l'attirer dans sa nuit. Il n'existait pas plus que cette Europe dont il ne cessait de lui parler, pour tâcher de l'entraîner avec lui dans un pays sans retour. Appuyée contre le mur, le regard fixe, elle lutta contre la terreur et le désespoir. Il l'avait quittée délibérément afin que son absence la forçât à le suivre. Et pourquoi pas ? C'était un merveilleux compagnon de promenade. Il ne dépendait que d'elle que ce vagabondage ne prît jamais fin. Pourquoi fallait-il à tout prix continuer à tenir boutique sur terre ? Les liens qui vous attachent au monde sont trop douloureux. Danthès s'était évanoui et cet éloignement était un appel irrésistible. Il fallait le rejoindre. Il suffisait de se laisser aller à ce que Jarde appelait si cliniquement la « tentation de l'irréel ». Elle reprochait un peu à cet émissaire d'un autre rivage, à cet ambassadeur d'une Europe des Lumières qui les attendait tous les deux, quelque part au-delà des ténèbres, ce calcul froid qui l'avait poussé à disparaître afin d'être mieux suivi. D'avoir déployé tant de séduction pour le compte des royaumes sans retour, de n'avoir été qu'un démarcheur. Combien d'autres placeurs faisaient ainsi du porte à porte, avec leurs petits échantillons d'art, de beauté, de poème, proclamant l'existence d'un ailleurs où la Culture aurait entièrement réussi et où elle se serait réfugiée avec toutes ses richesses, ne laissant sur la rive qui l'avait fait naître, mais n'avait pas su égaler sa propre création, que ses échecs. Le corridor était baigné d'ombre, elle demeurait appuyée contre le mur. Quelqu'un passait, quelqu'un riait. Peut-être la civilisation exigeait-elle sa propre destruction, au nom de la survie de l'essentiel, et cet essentiel était, comme disait Nietzsche, de ne pas aller trop loin dans la compréhension pour ne pas en mourir. Pourquoi lui parlait-il tant de l'Europe ? Est-ce parce que l'Europe aussi finissait toujours par céder à la démence, brisant à chaque nouveau désespoir, à chaque nouvelle désillusion, ses liens avec la raison ? La réalité... Il lui avait dit un jour : « Vous savez, la vérité sur l'affaire Don Juan, c'est que la statue du commandeur n'a pas tenu sa parole et n'est pas venue à son rendez-vous avec le libertin... Point de damnation : rien que la médiocrité. Le malheureux ne fut point entraîné aux enfers, mais devint impuissant et tient aujourd'hui un *sex-shop*. Cette parole brisée, cette défaillance de l'honneur, cette fin des châtiments exemplaires, ce fut la naissance de la bourgeoisie. »

Elle revint dans sa chambre et vit avec soulagement que la flûte était toujours là, sur le fauteuil, et qu'elle continuait à jouer. Il ne fallait pas avoir peur. C'était une flûte douce, tendre, sans maléfice, sans aucun de ces accents insidieux, cyniques, démoniaques que l'on prête toujours à la folie. Elle existait vraiment. Elle se pencha sur elle, l'effleura des doigts. Il y avait des tourbillons, des jupons qui volaient, des robes de bal, rapides éblouissements qui ne parvenaient pas à se matérialiser et s'évanouissaient, fantomatiques, au son d'un menuet. Parquets miroitants, poudre et perruques, mouches piquantes sur la joue et faces-à-main, cordons et grands-croix, courtes épées aux gardes serties de diamants ; elle eut le cœur serré : c'était l'heure où Pouchkine écrivait sa dernière lettre avant d'aller se faire tuer en duel...

Lorsque le vrai Danthès entra dans la chambre vêtu de son habit à la française en soie bleu azur, elle se leva, alla vers lui et le regarda avec reproche :

— Pourquoi tant de précautions, tant de subterfuges ?

— Il y avait trop de témoins, Erika. Vous savez bien qu'on vous surveille. Ils vous auraient parlé encore de schizophrénie...

— Soyez tranquille, je sais jouer la comédie. Je sais garder un secret. Personne ne soupçonne rien... D'ailleurs, vous savez, ce n'est pas héréditaire. Le docteur Jarde lui-même me l'a affirmé vingt fois... Je ne risque rien. Je peux aller aussi loin que je veux, je reviens toujours. Mais si vous désirez que je ne revienne pas...

— Et votre mère ? Qui s'occuperait d'elle ?

Elle eut les larmes aux yeux.

— Je reviendrai donc, dit-elle.

— L'amour vous colle à la terre, n'est-ce pas ?

— Vous n'avez qu'à me dire : venez...

— Eh bien, venez...

Il la prit par la main. La musique était *tout simplement* merveilleuse. *It was lovely.* Boucher et Fragonard n'étaient pas des flagorneurs : ils disaient la vérité, ils peignaient vrai. Mais elle leur préférait encore et toujours Venise, la seule ville où le marbre n'eût pas fait faillite et c'était là qu'elle voulait aller. Elle adorait cet univers de pierres aux veines roses et bleues que l'Orient rouge et or venait adorer à genoux à chaque couchant. C'était la capitale de ce charlatanisme très chrétien, dont Casanova n'était qu'un humble fils spirituel et dévot : il y avait dans une salle à Saint-Marc une fiole remplie du sang de Jésus, une épine de la couronne, des clous de la Passion et, suprême miracle de la foi, du lait de la Vierge... Elle regardait Danthès avec ravissement. La perruque blanche, l'habit de soie bleu, la courte épée au côté... Il paraissait à présent extraordinairement jeune, comme si sa course à travers les siècles l'eût libéré des âges.

— Je croyais que vous aviez vieilli dans une bibliothèque de Hongrie, en écrivant vos Mémoires...

Il fit la grimace.

— Je vous en prie. La seule chose que j'admire chez Casanova, c'est son art de vivre entièrement dans le superficiel, là où l'on trouve le bonheur. S'il fascine encore tellement le XXe siècle, c'est qu'il fut en ceci son précurseur : il avait le génie de la médiocrité. Ce fut le premier consommateur... Beaucoup plus que Don Juan, lequel avait encore des problèmes de digestion, c'est-à-dire des borborygmes métaphysiques...

— Cagliostro ? Saint-Germain ?

Il riait.

— Erika, vous réduisez les grands siècles à de bien petites lectures... Venez.

Lorsque Danthès entra dans la chambre, Erika était partie. Il s'assit près de la cheminée, y jeta une bûche et perdit la notion du temps, don que le feu fait à ceux qui le regardent. Il était une heure du matin lorsqu'il s'inquiéta enfin. Le concierge avait vu Erika sortir deux heures plus tôt et bien qu'il fût surpris de la voir quitter l'hôtel en déshabillé et s'aventurer dans le parc par cette nuit d'octobre d'une humidité de *Schweinzeit,* il avait pensé que la *Fräulein* était assez jeune pour qu'il n'eût pas à la mettre en garde contre les rhumatismes, qu'il craignait lui-même par-dessus tout. Oui, elle était seule, mais... Il observa Danthès par-dessus ses lunettes. La *Fräulein* riait et parlait à quelqu'un. Le champagne, sans doute... Danthès courut dans le parc et n'y trouva que des bustes, des guirlandes et des fruits de pierre posés sur de hauts socles auxquels l'obscurité donnait des airs d'urnes funéraires. L'hôtel était à une heure de Vienne. Il prit l'auto et parcourut la route et les ruelles endormies du village de Floscheim. Erika avait disparu. À quatre heures du matin, il revint à l'hôtel et appela la police. Dans l'après-midi, un coup de téléphone l'informa qu'une jeune femme en négligé qui correspondait au signalement d'Erika avait été trouvée sur un banc au bord du lac de Floscheim par des motards de la gendarmerie ; elle paraissait souffrir d'une crise d'amnésie ; on l'avait transportée à l'hôpital. Danthès la trouva dans la salle commune, allongée sur le dos, marmoréenne. Quarante-huit heures plus tard, elle était toujours dans le même état, les yeux ouverts, les traits figés dans un sourire de pierre. Il téléphona à Jarde qui arriva l'après-midi même et fit transporter la jeune femme dans une clinique à Genève. Jarde hésitait devant l'électrochoc par un scrupule où Danthès crut reconnaître moins le souci du médecin qu'une secrète tendresse. Devant les insistances du psychiatre de la clinique, Jarde se réfugia derrière l'éthique médicale : il n'avait pas l'autorité légale pour prescrire un tel traitement. L'ambassadeur devait d'urgence rejoindre son poste, mais il était déjà trop profondément engagé dans ce combat dont l'enjeu lui paraissait être le sourire même de la vie. Il luttait contre l'autre rivage, celui où Erika avait abordé et où finissent par s'exiler souvent ceux dont la fragilité et la sensibilité s'accommodent mal de ce cynisme qui accepte ce qu'on appelle la nature des choses. Il se demandait ce qui, dans cette lutte, était amour et ce qui était un combat pour l'honneur d'être un homme, un refus de ce qu'à défaut d'un nom plus ignoble on appelle Destin. Et lorsqu'il caressait cette chevelure éparpillée, lorsque ses yeux erraient sur ces traits que la perfection avait épargnés et qui paraissaient faits de tendresse, il savait que son cœur d'éternel Européen ne s'accommoderait jamais d'une telle indignité.

Ce qui provoqua le retour de la jeune femme, ce fut peut-être un geste. Les mains d'Erika étaient sous la couverture. Lorsque, le troisième jour, l'infirmière la souleva pour faire une piqûre, Danthès, que d'habitude on priait à ce moment-là de sortir, était demeuré assis près du lit. Il avait pris la main d'Erika. Deux heures plus tard, il la tenait encore. Il sentit soudain que les doigts lui répondaient, que la jeune femme luttait, qu'elle demandait à être ramenée...

— Reviens, Erika, dit-il.

Ses yeux étaient grands ouverts et dans ce gris qui se striait d'ambre aux pupilles errait un petit ciel, plus gris encore, tombé de la fenêtre.

— Reviens.

L'infirmière avait pris l'air désapprobateur de tous les gens sensés lorsqu'on leur parle d'aimer comme si cela voulait dire guérir.

— Vous devriez aller vous reposer un peu, lui dit-elle.

— Voulez-vous me faire le plaisir de sortir ?

Elle s'éloigna, avec un dédain que seule l'horlogerie suisse pouvait avoir pour les conduites irrégulières.

Il se pencha.

— Je t'aime.

Ses lèvres répondirent ; il vit qu'elle pleurait et les larmes signifiaient comme toujours le retour à la vie...

XXVI

C'est ainsi que Danthès se laissa entraîner dans la partie qu'avait si minutieusement préméditée Malwina von Leyden, mais qui prenait une tout autre tournure. Ce jeu, où la part d'authenticité et de sincérité était devenue si grande qu'elle en transformait la nature, l'absorbait depuis quelque temps chaque jour davantage. Bien qu'il exerçât un contrôle rigoureux sur cet échiquier où Malwina paraissait avoir perdu sans le savoir sa pièce maîtresse — il ne doutait pas un instant d'Erika —, il y avait dans ce bouleversement même du schéma et du calcul, un côté d'improvisation et d'imprévu qui l'inquiétait alors qu'il se laissait aller à sa tendresse avec tant de confiance et de ferveur. L'élément inattendu avait cette fois joué en sa faveur, mais demain ? Et quelque chose se tramait, il en était sûr. Il se posait une autre question : avait-il le droit de se défendre ? Que ses redoutables partenaires cherchassent à le détruire dans un esprit de vengeance et de châtiment qui confinait à la folie, il le savait. Certes, cette machination qui sentait les pièges d'antan, les chaises de poste, les fioles de poison, les fidèles confidentes et les lettres de trente pages, était hors de proportion avec la faute qu'il avait commise, mais un homme digne de ce nom n'est-il pas coupable de *tout* ? Il avait du mal à se concentrer sur ses obligations professionnelles, et bien qu'il eût pris toutes les précautions pour que sa liaison demeurât inconnue, il était convaincu que « ça se savait », et croyait saisir dans l'attitude de ses collaborateurs, sous des airs de fausse aisance, une certaine gêne. Il sentait que la malveillance de Malwina et celle du Baron l'entouraient continuellement, et craignait un coup imprévisible sur l'échiquier, foudroyant et définitif, et à cette inquiétude correspondait le début de ses insomnies. Lorsqu'il s'assoupissait dans son fauteuil, il lui arrivait de voir les pièces en habit de cour descendre de l'échiquier, se disposer autour de lui et grandir, resserrant peu à peu leurs rangs noirs implacables, cependant que la Dame, au fond, l'observait avec un sourire moqueur par-

dessus sa guirlande d'orchidées et que la main du Baron se tendait déjà pour lui assener le coup final.

Ce fut au moment où il se tourmentait ainsi qu'Erika avait eu son grave accident psychique, au cours du week-end qu'ils passaient ensemble près de Vienne, sur le lac de Floscheim, et malgré l'angoisse abominable qu'il avait éprouvée au cours de ces heures qui paraissaient ne devoir jamais finir, il fut d'une manière qu'il ne parvenait pas à s'expliquer, rassuré par ce drame. Était-ce parce qu'il y avait fait face, malgré la police, les journalistes, et le risque du scandale ? Ou était-ce parce qu'elle avait désormais plus que jamais besoin de lui ?

La seule personne à qui il avait osé se confier était un homme qu'il respectait et admirait depuis son entrée dans la Carrière, l'ambassadeur Autin. C'était à présent un vieillard de quatre-vingt-sept ans qui avait pris sa retraite à Ferrare. Danthès lui rendit visite un samedi après-midi, dans sa petite maison parmi les vignes.

— Il y a une chose qui m'échappe dans tout cela. Bon, je comprends que Malwina veuille recommencer sa vie à travers sa fille. C'est une psychologie bien connue, classique chez certaines mères. Admettons aussi que je divorce et que j'épouse Erika. Où est la vengeance ? Où est ce châtiment terrible auquel elle m'a voué ? Erika est une jeune femme admirable. Je l'aime. Tout ce que je risque, c'est d'être heureux. Drôle de vengeance, celle qui fait le bonheur de l'homme que l'on veut détruire...

L'ambassadeur Autin était tout blanc : la blancheur des très vieux hommes et des jeunes cathédrales. Il ne répondit pas, soit par discrétion, soit qu'il n'y eut rien à répondre.

— Évidemment, dit Danthès, en caressant son verre de Spoleno, évidemment, il se peut qu'il s'agisse de quelque chose de plus subtil...

Il rit et but une gorgée de vin.

— On lui attribue — enfin elle s'attribue — des pouvoirs surnaturels... La légende des Rose-Croix, vous savez... Saint-Germain et *tutti quanti*... Peut-être ont-ils planté en moi une machine infernale dont j'ignore tout et qui se prépare lentement à me réduire en miettes, sans que je m'en doute... Le remords, vous savez... Le lent cheminement à peine perceptible de la flamme le long de la mèche...

De retour à Rome Danthès se réveilla au milieu de la nuit couvert d'une sueur froide. Il demeura désorienté, le cœur affolé, essayant de retrouver la raison de cette panique.

Il se rappela alors que l'ambassadeur Autin à qui il venait de rendre visite quelques heures auparavant était mort depuis deux ans.

Il ne lui fallut que quelques secondes pour dominer son affolement et comprendre ce qui s'était passé. Ni le Baron ni la pauvre Malwina ne détenaient le pouvoir terrifiant de le faire osciller, selon leur bon plaisir, entre le passé et le présent, dans une sorte d'apesanteur du Temps : il avait rêvé et venait de se réveiller dans sa chambre du palais Farnèse. Il n'avait jamais quitté Rome.

Il y avait cependant une leçon à tirer de ce petit malentendu : un excès de facilité dans l'usage immodéré de l'imagination finissait par conférer à cette admirable, mais parfois dangereuse faculté, une force qui tendait à la placer en situation de domination et comme d'autonomie, si bien que l'instrument se mettait à manipuler à son tour celui qui l'avait forgé. Ce n'était pas grave, à condition d'en prendre conscience, de s'en méfier, afin de ne pas se laisser *inventer.* Il sourit : à quand un petit traité, *Du bon usage de l'imaginaire,* par Jean Danthès ? Il essaya de se rendormir, mais il ne fallait pas trop demander à la nuit. De toute façon, il devait se lever tôt : c'était le jour de son départ pour cette fameuse « première rencontre » avec Erika, qui les avait fait tellement rire, tous les deux — il y avait plus d'un an qu'ils se connaissaient —, ce rendez-vous « fortuit » sur la route, près de la villa qu'il avait louée pour l'été dans les environs de Florence. Malwina, ayant appris par les journaux que l'ambassadeur de France allait occuper la vieille et illustrissime villa Flavia, s'était empressée de retenir la villa voisine : sans qu'elle s'en doutât, c'était, bien entendu, Danthès qui avait avancé à Erika le montant du loyer. Malwina avait tout prévu, sauf le prévisible : elle avait trop parlé à l'adolescente, puis à la jeune femme de cet « être infâme », certes, mais qui devait tout de même posséder quelque don de séduction extraordinaire pour avoir su inspirer une telle passion ; la curiosité avait ouvert la porte au rêve et l'amour rate rarement ses rendez-vous avec l'imaginaire.

Il était trois heures du matin : autant faire ses valises en attendant l'aube. Danthès se leva et alluma une cigarette. Il faisait étouffant, dans la chambre ; la sécheresse des boiseries, des vieilles draperies, la lourdeur des rideaux chargeaient l'air de cette vétusté où tout menace poussière ; l'ambassadeur se surprit à penser aux sarcophages et aux momies. Il alla à la fenêtre, tira complètement les rideaux, reçut en même temps sur le visage le clair de lune et un souffle venu du lac. La lune avait l'air d'une belle rousse déshabillée. Avec ces nuages autour, on eût dit des seins opulents qui débordent du corsage. Très chienne, et aussi très italienne. Il chercha, il ne savait guère pourquoi, à se rappeler son rêve — quelque chose de troublant, de bizarre, il en était certain — mais ne retrouva que quelques vagues bribes qui n'expliquaient pas ces battements de cœur précipités... Il laissa tomber. À quoi bon ? La réalité posait déjà assez de problèmes, s'il fallait encore s'occuper des songes...

Danthès sortit sur la terrasse et se tourna vers la villa Italia qui blanchissait au-dessus des troupeaux sombres du parc. On apercevait le balcon de l'étage noble et il crut saisir le mouvement d'une silhouette et un point rouge qui bougeait dans l'obscurité...

XXVII

Le Baron fumait son cigare, en pyjama, son chapeau melon gris sur la tête, afin de se garder des humidités nocturnes. Il se hissait sur la pointe des pieds, puis retombait sur ses talons, les pouces dans les échancrures de son gilet, qu'il ne portait du reste pas : il avait pris l'habitude du geste. Danthès se le représentait d'autant plus clairement qu'il ne pouvait le voir dans l'obscurité et à cette distance ; il fut surpris par cette tenue, qui contrastait tellement avec les airs gentlemanesques qu'il se donnait en plein jour. Ne se sachant pas observé, il se laissait saisir enfin par Danthès tel qu'il était vraiment, et ce n'était guère impressionnant : se balançant sur les talons, cigare au bec, pouces et chapeau melon, il ressemblait à un tenancier de *saloon* du Far West qui regarde monter les clients de ces dames, en comptant les passes. Cette vulgarité était rassurante : ce n'était pas un homme capable d'inventer un ambassadeur de France, et encore moins l'Europe et ses siècles de culture, ce qui sans être tout à fait concluant, tendait néanmoins à prouver que ceux-ci existaient vraiment, qu'ils n'étaient pas que Narration, affabulation, fiction. C'était capital, décisif même, du moins en cet instant, car Danthès, depuis un moment, qu'il ne pouvait situer dans le Temps — c'était peut-être maintenant, ou hier, ou dans une tout autre dimension horaire, *ailleurs* —, Danthès, donc, était aux prises avec cette sensation d'effacement, de perte de conscience, dont il était devenu coutumier. Son identité s'estompait dans une érosion foudroyante, comme sous l'effet d'un gommage vigoureux, perdait son contenu et ses contours pour devenir un magma informe d'où essayaient de se dégager quelques éléments reconnaissables, nom, prénom, qualité : ce furent les premières indications qu'il avait pu donner avant de perdre connaissance, après cet accident d'automobile. Quel que fût son état d'agitation, il demeurait assez lucide pour refuser catégoriquement d'admettre l'insinuation qu'*il n'existait pas,* qu'il était pensé, créé, inventé par un autre et n'avait, lui, Danthès, ambassadeur de France à Rome — « un des rares vrais Européens dans toute l'acception du terme », avait écrit *Le Monde diplomatique,* au moment de sa nomination —, aucune indépendance, autonomie ou même personnalité qui lui eussent été propres, qu'il était en somme un faux, une contrefaçon, une de ces œuvres que Malwina « authentifiait », dotait d'un pedigree, de lettres de noblesse, pour les écouler ensuite au meilleur prix à des parvenus toujours preneurs d'apparences, de cadres dorés et de faux-semblants.

Il était couvert d'une sueur glacée et n'avait même pas la force physique d'appeler au secours. Des éclairs fulgurants sillonnaient une obscurité intérieure où, d'une syntaxe chavirée, coulée et dispersée, émergeaient seulement, parmi les points d'interrogation et d'exclamation lumineux, des fragments d'épaves, des traces d'enfance, Big Jack Silver assis sur le coffre plein de bijoux de *L'Ile au trésor,* le visage de sa mère et des statistiques, soigneusement tenues et alignées en un ordre parfait et immortel, de tous les crimes, trahisons et ignominies que l'Europe avait connus et dont il était — lui, « homme d'une immense culture » — le premier responsable. Il vit venir le camion, mais ne put l'éviter, ou avait-il délibérément jeté la voiture vers cette masse qui déferlait ? Du L.S.D., probablement. Son fils en avait pris. Les mêmes symptômes. On l'empoisonnait... Ou alors, il fallait admettre, avec le siècle de Raison, le XVIIIe, que certains êtres possédaient bel et bien des pouvoirs maléfiques et surnaturels, ainsi que l'affirmait le comte de Saint-Germain, et que Malwina von Leyden était de cette confrérie-là et le tenait en son ténébreux et impitoyable pouvoir, par la vertu de certains rites qu'elle venait de pratiquer...

L'ambassadeur eut la force de se jeter dans la chambre, et se tapit contre le mur, derrière le rideau. Il avait nettement perçu une lueur, au-delà de la silhouette du Baron : Malwina se livrait sur lui à une de ses maudites sorcelleries. C'était incroyable, inimaginable, *et cela ressemblait donc beaucoup à la vie.* Il se sentait, même ainsi dissimulé derrière les lourds velours gris, et à cette distance, saisi par le regard du Baron, comparse certes, mais complice, et comme tel, chargé de quelque sinistre besogne, dont il était impossible de dire la nature exacte. Danthès *voyait* nettement le regard du Baron posé sur lui, observant son œuvre — une esquisse de l'ambassadeur Danthès — d'un œil satisfait.

La partie se déroulait sous un aspect on ne peut plus favorable pour le camp ennemi. Que Danthès fût réellement, personnellement coupable importait peu : il suffisait qu'il eût mauvaise conscience, ce à quoi on reconnaît la conscience tout court. Avoir bonne conscience signifiait simplement une absence de toute conscience. Sur cet échiquier-là, il n'y avait pas de défense possible. L'ambassadeur de France était perdant, surtout s'il se sentait innocent : c'eût été un aveu de son état de failli, d'égoïsme et d'*apartheid* moral. Il ne pouvait tirer son épingle du jeu qu'en affirmant que, tout étant absurde, on pouvait aussi bien violer les petites filles. Mais cette idée fit presque sourire le Baron et donna un goût encore plus savoureux à son cigare : Danthès était un homme d'une « immense culture ». Il ne pouvait donc échapper à la culpabilité.

Ce fut peut-être lorsqu'il se trouva confronté avec cette pensée dans la tête du Baron, que Danthès, sous le choc qu'il ressentit en découvrant un tel cynisme en lui-même, eut un sursaut qui lui permit d'abord de tenir, ensuite de durer et enfin de faire la liaison avec le *vrai* réveil et la lucidité. Il eut même la force de sortir sur la terrasse et de prouver ainsi son indépendance. Il n'était ni Capablanca ni Alekhine, mais il savait que la règle du jeu était d'abord de *vouloir gagner.* L'adversaire lui apparut aussitôt sous un aspect bien moins démoniaque. *Ein Hochstapler,* disait-on en Allemagne de ce genre d'individus et, tout en les invitant à dîner, car ils étaient amusants, on changeait la combinaison du coffre-fort.

Ce qui inquiétait surtout l'ambassadeur, c'était, derrière le Baron, à l'intérieur, dans une vacillante lueur de chandelle, la silhouette pâle en bonnet de nuit de dentelles, une couverture sur les genoux, levant le bras... Une carte à la main, Malwina von Leyden *faisait une réussite...*

Le Baron remua à plusieurs reprises son cigare, afin que ce point rayonnant qui bougeait dans la nuit rassurât l'adversaire : il eût été tout à fait fâcheux que, à cette étape encore préliminaire, Danthès fût pris de doute et découvrît prématurément quelque chose... d'inutile. Par exemple : que le Baron n'existait pas. Il eût été alors capable de se ressaisir et ainsi d'échapper au châtiment que Malwina von Leyden lui avait réservé : elle en avait réglé dans son esprit les rouages avec un soin dont on dit qu'il ne laisse rien au hasard, ce qui doit amuser le hasard, infiniment.

Un coup de tonnerre réveilla l'ambassadeur. Il s'était assoupi dans un fauteuil, près de la valise à demi remplie. Le rideau se gonflait de vent, il allait sans doute pleuvoir ; il se leva pour aller fermer la fenêtre. La place devant le palais Farnèse paraissait avoir été enduite — ainsi que les trottoirs, les façades et les toits des maisons — d'une substance très lisse, légèrement veinée de bleu. Danthès leva les yeux et vit ce qu'il prit d'abord pour un éclair. Mais il constata aussitôt l'immobilité absolue de cette ligne brisée : c'était un interstice, une fêlure. Elle scindait le ciel, coupait en diagonale les façades en face et la piazza elle-même, pour traverser ensuite la rue et... L'Ambassadeur regardait fixement la cassure qui courait sur son corps et le fendait en deux de sa griffe en éclair, le séparant de lui-même.

Il reçut en plein visage le clair de lune. Danthès, qui s'était sans doute assoupi, appuyé contre le mur, fit un effort pour se réveiller, pour mettre ainsi à l'épreuve le rêve — ou la réalité... Pendant quelques secondes, le cœur affolé, il eut la conviction qu'il n'était ni dans sa chambre à coucher de la villa Flavia, ni dans celle du palais Farnèse qu'il devait quitter le lendemain pour se rendre à Florence, mais dans un tout autre jeu, dans quelque tout autre cour barbare du Destin, où la main qui le tenait l'avançait d'une case à l'autre sur l'échiquier, hésitait, puis le faisait vite revenir à la position antérieure... Les trompe-l'œil l'entouraient de leurs pas de danse immobiles ; le parquet ramassait humblement des restes de lune. Danthès, qui s'était sans doute assoupi, appuyé contre le mur, écarta légèrement le rideau de velours et vit que le Baron continuait à fumer paisiblement son cigare sur le balcon. Derrière lui, dans une lueur vacillante de chandelle, une silhouette pâle coiffée d'un bonnet de nuit en dentelle blanche abaissait doucement une carte vers le jeu étalé sur la couverture. *La réussite était bien sortie.*

Danthès avait peur.

XXVIII

Il entendit quelque part, très loin, une petite toux sèche, chevrotante. La toux se rapprochait, insistait. L'ambassadeur ouvrit les yeux. Les rideaux de soie blanche avaient été tirés, la chambre était inondée d'une lumière qui le força aussitôt à baisser ses paupières brûlantes. La toux reprit et il vit son maître d'hôtel, le plateau dans les mains, qui le regardait avec une expression de tendre sollicitude et de reproche peiné : le lit n'avait pas été occupé. Le café fumait dans la tasse.

— Le bain est prêt, Excellence.

Le sac de voyage était à côté du fauteuil, là où il l'avait laissé. Quelques vêtements traînaient sur le tapis. Il avait dû les laisser tomber lorsqu'il avait été enfin saisi par le sommeil.

Danthès leva les yeux vers la tasse de café.

Il n'était pas question de soupçonner le vieux Massimo, qui était l'honorabilité même et avait voué toute sa vie aux « Excellences » et à la respectabilité. Pourtant, Danthès refusa de toucher au café. L'ambassadeur n'était pas particulièrement vaniteux, mais s'il y avait une chose dont il pouvait se targuer, c'était d'une tête bien faite : « raison garder » avait été sa règle de vie. Or, de toute son existence, il n'avait connu de troubles psychiques pareils à ceux dont il était victime depuis quelques semaines et qui avaient atteint leur summum au cours de la nuit assez atroce qu'il venait de vivre. Ne s'était-il pas vu, avec ce réalisme que savent si bien imiter les cauchemars, debout à l'affût des fantômes, dans la villa qui, un quart de siècle auparavant, avait abrité ses amours avec Malwina von Leyden ? Il y avait, dans ces déplacements fulgurants à travers le temps et l'espace, comme une manifestation de puissance hypnotique qui lui donnait le sentiment d'être le jouet d'une tout autre volonté, l'intolérable sensation d'avoir un maître. La lucidité qu'il venait de retrouver était, elle aussi, inquiétante : tout avait un excès de précision, de clarté apparente, de solidité, qui sentait quelque nouvelle tricherie, quelque ruse trompeusement rassurante. Et les insomnies elles-mêmes, pour ainsi dire ininterrompues ces derniers temps, s'étaient abattues sur lui brusquement, comme si elles eussent été déclenchées de l'extérieur, et paraissaient elles aussi, délibérément, artificiellement, et pour tout dire, *chimiquement* provoquées. Bref, et bien qu'il lui répugnât d'avoir ne fût-ce qu'envisagé une hypothèse aussi mélodramatique, il fallait bien se rendre à l'évidence : quelqu'un, dans son entourage, le droguait, et pour l'exprimer plus clairement encore : on essayait, Dieu seul savait pourquoi, de lui faire perdre la raison, ou tout au moins, d'ébranler profondément son équilibre psychique. Certes, il se savait porté vers les mythes — son engouement pour l'Europe, cette entité aussi dépourvue de réalité et de contenu que la divinité mythologique du même nom — en témoignait suffisamment, mais il y avait loin de la rêverie aux hallucinations. Bref, L.S.D. pour provoquer le délire, méthédrine, amphétamines à doses massives, pour l'empêcher de connaître le repos, ou peut-être les deux : quelqu'un, systématiquement, d'une manière qu'il restait à élucider, lui faisait absorber des produits chimiques hautement toxiques pour le système nerveux et dont les effets n'étaient déjà que trop évidents.

À moins que... Danthès regarda attentivement le plafond. Il venait de se rappeler le cas célèbre de Mrs Claire Booth Luce, ambassadrice des États-Unis à Rome, sous l'administration d'Eisenhower. Elle avait été empoisonnée par des poussières d'arsenic et de plomb qui tombaient du plafond peint par Tiepolo de sa chambre à coucher. Mais il était douteux que des produits hallucinogènes fussent mêlés aux peintures du palais Farnèse. Donc... Oui, mais qui ? Comment ? Et surtout, pourquoi ?

— Du café, Excellence ?

— Non, merci.

Il retarda son départ pour Florence de vingt-quatre heures : de toute façon, Erika et la « tribu » n'arriveraient que le surlendemain. Danthès voulait consulter le docteur Tuzzi, mais bien qu'il eût toute confiance dans le célèbre neurologue, cette perspective lui était désagréable. Il voyait mal un ambassadeur de France courant chez un médecin pour lui confier que quelqu'un cherchait à lui faire perdre la raison en mettant des hallucinogènes dans ses aliments. C'était peut-être tragique, mais ça ne faisait pas sérieux. Bien qu'il eût été en peine de dire pourquoi, il y avait là un manque de dignité : cela allait mal avec ses fonctions.

Danthès quitta Rome à la fin de l'après-midi. Il se sentit mieux, en arrivant à Florence, et retrouva avec un serrement de cœur la villa Flavia et ses souvenirs... Deux jours plus tard, à neuf heures du matin, comme entendu, il se rendait à son rendez-vous avec Erika.

XXIX

La robe qu'elle devait porter et qui attendait depuis vingt-cinq ans dans la naphtaline le jour et l'heure, avait appartenu à Cléo de Mérode. Ma l'avait achetée à l'Hôtel des Ventes lorsque furent dispersés les biens de celle dont Alphonse XIII disait qu'elle lui coûtait plus cher qu'une révolution. C'était un de ces aériens embarras de mousseline et de dentelle qui faisaient ressembler les femmes à des caravelles trop lourdement gréées à l'avant. Sur les photos des vieux numéros de *L'Illustration,* prises au pesage de Longchamp avant la guerre de 14, on voyait ces figures de proue, tout en bustes et en derrières, flotter parmi les chapeaux claque gris, dans des corsets serrés à mort, ce qui donnait à leurs croupes des cambrures de pouliches, si tentantes pour la cravache du cavalier. Ma avait choisi ce déguisement pour le grand bal chez Lady Mendl, à Versailles, qui devait célébrer, après l'entracte de la Seconde Guerre mondiale, le retour à la vie normale. Le compte rendu jauni du bal, où le nom de Danthès souligné au crayon rouge figurait entre ceux du maharadjah de Haïdarabad et du duc de Windsor, se trouvait parmi les papiers que sa mère trimbalait toujours avec elle. Il y avait aussi une très belle collection de lettres d'amour dont aucune n'était signée du même nom, un véritable *who was who* dans la vie de Malwina von Leyden. Une de ces lettres, particulièrement explicite, était ornée de dessins d'une précision qui ne laissait rien à l'imagination, une sorte de « qui avait fait quoi et à qui » ; Erika put ainsi apprendre dès l'âge de douze ans tout ce que le monde attendait d'elle. Elle fut moins surprise par le contenu brûlant de la correspondance que par le fait incompréhensible, à la lumière de cette lecture innombrable, d'être fille unique. La découverte d'une telle abondance dans le passé de sa mère accentua encore ce qu'il y avait pour elle d'impénétrable dans l'attitude d'absence et d'effacement absolu dont le Baron ne se départait en aucune circonstance. Erika ne put décider, même après avoir lu et relu cent fois ces billets, si son père était un homme qui avait énormément souffert, ou simplement un homme qui n'avait jamais manqué de rien. Pour le reste, elle n'avait cessé de répéter à Jarde, qui l'interrogeait patiemment sur son enfance, qu'elle n'avait ressenti aucun choc en apprenant que sa mère avait été une femme galante. Dans la décadence générale du vocabulaire, qui volait de plus en plus bas, on pouvait évidemment la qualifier d'un nom plus vulgaire. « Ta mère a d'abord été une pute et ensuite une maquerelle », lui avait gueulé l'usurier Azoff, lorsqu'il eut perdu définitivement l'espoir d'être remboursé. Tout cela était une question de classe, de style, de manière, et finalement, d'âme ; le Baron, si haut perché au sommet de son bel arbre généalogique, n'était pas un Jules, mais un « mari malheureux ». Quant à Ma, sa beauté lumineuse, son élégance, sa culture, la distinction des hommes qui l'entretenaient, l'art de la conversation qu'elle possédait au plus haut point et que l'on pratiquait dans son salon, où l'on ne tolérait pas les goujats et qui n'avait rien à envier à celui de Marie-Laure de Noailles, la mettaient entièrement à l'abri de ces jugements mesquins, qui ne s'élèvent jamais au-dessus du lit. L'Europe des esprits avait toujours été une Europe galante, le libertinage était à la liberté ce que la France était à l'Église : sa fille aînée. Si l'on devait juger Malwina von Leyden sur sa vertu seule, en négligeant tous ses autres attraits, autant dire avec Lénine que l'Europe n'avait existé que sur les tables bien mises où ses fruits ne pouvaient être savourés que dans une vaisselle d'or, que la fête de l'esprit se déroulait toutes portes fermées chez les *happy few,* petite élite qui mettait le nez dehors seulement pour aller au spectacle, soupirer au clair de lune, et dire « tenez, mon brave » en jetant une pièce au peuple. La culture était pour elle une loge à la Scala, une rêverie stendhalienne en Italie. L'Europe des Lumières ne fut qu'un souper fin pour palais de connaisseur : Diderot, Catherine de Russie. Si l'on devait, sans égards pour sa très grande classe, pour ce que sa beauté avait à offrir, même à ceux qui n'étaient admis à la contempler que de loin, traiter sa mère de poule de luxe, il fallait bien reconnaître que l'Europe elle-même n'avait guère été autre chose et qu'elle n'était jamais vraiment née, parce qu'elle était trop bien née. « Donc, cher docteur, disait-elle à Jarde, laissez-moi vous assurer que je n'ai subi aucun choc, aucun traumatisme qui eussent expliqué mes... petites ruptures avec la réalité, en apprenant que j'appartenais à — comment dire ? — à une très vieille famille, qui remonte à la Pompadour et à la Montespan, car ma mère est de cette lignée-là... »

Erika se souvenait que Jarde l'écoutait un peu tristement, comme s'il l'eût soupçonnée malgré tout de quelque secrète blessure, d'un déchirant besoin de pureté, d'une tout autre vie que rien ne pouvait satisfaire, et qui expliquait aussi pourquoi l'art des siècles regardait toujours ailleurs qu'à ses pieds. S'il avait été possible d'imaginer l'Europe comme une entité vivante, on eût pu alors méditer sans fin sur sa double personnalité, celle de sa réalité et celle de son imaginaire, schisme que d'aucuns expliquent par quelque faille biochimique congénitale chez l'homme et propre à la nature même de son cerveau, mais à laquelle d'autres cherchent à remédier par la révolution, ou par l'assassinat sanglant du rêve, fascisme ou stalinisme, et par la victoire d'une autre mythologie, qu'ils appellent une autre réalité... « Non, docteur, je vous assure... Je ne crois pas avoir souffert de cette révélation. Ma mère était ce qu'elle était, mais elle l'était admirablement. Bon, c'était une femme de petite vertu... Disons alors que l'autre vertu garde les oies, et que je ne me sentais pas l'âme d'une bergère... » Tout au plus aurait-on pu noter qu'après cette révélation, Erika était devenue légèrement amorale, peut-être même immorale, mais c'était surtout parce qu'elle n'avait encore jamais aimé. Elle ne fut point émue lorsque les bonnes sœurs du pensionnat de Sainte-Clotilde, à Vienne, se mirent à la regarder avec commisération, avant de la renvoyer. Elle avait déjà seize ans lorsque la mère d'une de ses amies interdit à sa fille de la fréquenter. Ma s'était depuis longtemps rendue célèbre par ce qu'elle appelait sa « mise en valeur » du château du vieux Lebenthau, et Erika n'avait plus rien à apprendre là-dessus. Le retour à Vienne après l'accident fut une erreur. Lorsque la bonne bourgeoisie rappela brutalement à Erika la raison de cet ostracisme, la jeune fille, dont l'esprit avait la précocité qui se manifeste parfois chez les enfants de très vieux parents ou de très vieille race, avait répondu qu'elle était enchantée de savoir que l'Armée rouge n'avait pas tout détruit, quand elle occupait Vienne, et qu'il restait encore quelque chose de la civilisation. Le « château », s'il posait la question de la morale, posait aussi celle du rapport du talent avec les bordels : la fleur de l'esprit s'y est toujours épanouie depuis la Grèce antique, et Arthur Schnitzler avait dit avec émotion du bordel de Ma que c'était « le rayon vert de l'Empire austro-hongrois ».

Elle avait donc mis la robe et, ouvrant les doubles portes qui menaient d'abord au salon et ensuite à la chambre où Ma l'attendait, elle fit une entrée souriante dans son vaisseau de dentelle blanche, baignée de la lumière italienne qui jouait avec le parquet ciré et avec sa chevelure sombre :

— Eh bien ?

— Ma fille, il ne tiendra pas une seconde. Il faut tout de même lui reconnaître une qualité : c'est un connaisseur. Avant la fin de l'été, tu seras ambassadrice de France. Il n'y a aucun doute là-dessus. D'ailleurs on vient de payer quatre millions de dollars pour un Titien à une vente de Londres.

— Je ne vois pas le rapport...

— Chef-d'œuvre pour chef-d'œuvre, tu vaux plus que ça.

— Est-ce que je dois te rappeler qu'il est marié ?

— Si peu...

— Mais marié tout de même...

— Il a fait un mariage d'argent. C'est toujours le premier mariage qu'on fait. Après quoi, on fait un mariage d'amour.

— Et si elle refuse le divorce ?

— Il paraît qu'elle l'adore. Elle ne refusera pas.

— C'est tout de même curieux, non, qu'une femme accepte de quitter par amour un homme qu'elle aime ?

Ma prit cet air légèrement doctoral qu'Erika connaissait bien et qui paraissait toujours se référer à une très vieille expérience, un rapport personnel intime avec la nature des choses...

— Quand un homme a déjà tout pris à une femme, qu'elle lui a déjà tout donné, tout ce qu'il peut encore lui demander, c'est de partir... La preuve suprême d'amour, quoi. On dit, avec des larmes dans la voix : « Je veux que tu sois heureux... » et on s'en va. Ton problème, c'est que tu es beaucoup trop intelligente pour comprendre l'amour. L'amour a le génie de la connerie. Les choses qu'une femme amoureuse est capable de faire dépassent l'entendement, ce qui veut dire d'abord que cela se joue quelque part hors de la portée de l'intelligence...

— Maman, dit Erika doucement, est-ce que tu me parles de toi ?

— Bien sûr...

Erika se détourna. Elle ne pouvait supporter de voir sur ce vieux visage trop maquillé une soudaine lumière venue d'un autre monde : celui des chimères. Elle savait que Danthès avait à peine connu sa mère, que ç'avait été une passade, qu'elle s'était inventé cet amour après son accident et vivait depuis vingt ans dans sa forteresse imprenable, plus romanesque, plus baroque, plus belle que tous les châteaux qu'avait bâtis la démence de Louis de Bavière.

— Bon, j'y vais...

— Sois sans pitié, dit Ma.

XXX

Danthès, qui s'était tourné vers le lac et les voiliers noirs qui troublaient la douce sérénité des pastels, ciel et eau, pensait que la dernière vague du XVIIIe siècle était venue mourir aux pieds de Malwina von Leyden et y avait déposé *Les Liaisons dangereuses,* pour suite à donner. Mais de ces jeux subtils et pervers, qui étaient aux salons et à l'oisiveté ce que *Les Veillées des chaumières* étaient à nos pieuses campagnes, de ce manuel de damnation pour petits enfers bien fréquentés où l'on cause, ne demeurait que le style, dont la musique exerçait une fascination bien plus prenante que tous ces pas de trois du vice et de la vertu bafouée, qui jouaient au frisson d'horreur, mais ne pouvaient que faire sourire Auschwitz. Le traité de séduction et de possession amoureuse dont Malwina s'inspirait afin de le détruire avait perdu son odeur de mal et ne sentait plus que la bonne littérature.

L'ambassadeur attendait la visite de sa femme et de son fils qui avaient annoncé par télégramme leur venue. Ils accouraient de Paris pour le « sauver », bien entendu, et, bien entendu, le sauver de lui-même. Car ces heures qu'il passait à rêver d'Erika et qui avaient ce goût de douceur — « *accoudé au balcon d'où l'on voit le chemin qui va des bords de Loire aux rives d'Italie sous un pâle rameau d'olive sa main plie la violette en fleur se fanera demain* » — n'étaient pas, et il le savait, sans péril dans leur enivrante coulée vers d'inconnus estuaires. Il souriait cependant, les poumons pleins de bonheur. Voiles gonflées, vent du large, proue de navire, fin du finir, illimités espaces, lentes durées, immobiles dérives, euphorie ponctuée de cigales et de quelques stries de libellules, premiers vols précurseurs, enchantement de toutes choses dures et lourdes, de droit commun, rendues à une éclatante invisibilité gorgée de lumière... Triomphait enfin tout ce qui en lui ne pouvait plus attendre d'impatients bonheurs et se libérait des convenances, conventions, des soucis de carrière, des liens familiaux et de tout ce que la raison vous murmure encore, alors qu'il ne lui reste presque plus de voix.

Il fut surpris, en quittant la terrasse, d'apercevoir sa femme et son fils : il ne les avait pas vus entrer. Ils se parlaient dans un murmure discret, comme dans une chambre de malade, sous une de ces tapisseries mythologiques du XVIIe qu'il n'appréciait guère et qui n'étaient recherchées, au fond, qu'en raison de leur rareté. La soucieuse compréhension sans reproche et, par souci de discrétion, à peine marquée de tristesse, que sa femme lui témoignait depuis le début de sa liaison avec Erika, l'irritait par son côté indulgent de garde-malade. Ils devaient parler derrière son dos du « cap de la cinquantaine » et de ces égarements dont sont victimes parfois les hommes mûrs, lorsqu'une « jeune aventurière » réussit à leur mettre le grappin dessus. Déclin et chute : « Ce malheureux Jean, quelle vulnérabilité ! » Lors de leur dernière rencontre à Paris, il avait entendu sa femme murmurer sur un ton qui lui rappelait celui de sa mère, lorsqu'il avait quelque fièvre : « Mon pauvre amour... »

L'ambassadeur baisa la main de sa femme sans un mot, prit une cigarette dans une boîte d'argent, et son fils lui offrit du feu. Danthès aspira la fumée et sourit :

— Bonjour. Tu ne me ressembles pas, fiston. Tu as bien de la veine.

Ce garçon de vingt-trois ans avait des épaules d'athlète et Danthès se dit en le regardant que l'hérédité était une garce moins impitoyable qu'on ne le croit généralement. Bâti en force, toujours au premier rang de ceux qui, dans les rues de Paris, se grisaient de grenades lacrymogènes, Marc avait fait quatre ans à Normale sup pour mieux apprendre à haïr ce qu'on lui apprenait.

— C'est gentil de venir me voir, Marc. La dernière fois, tu m'as crié si fort ton horreur des musées que je croyais que tout était fini entre nous...

— Je ne t'ai jamais fait porter le chapeau, tu sais. Ce sont vos penseurs, pas les nôtres, qui expliquent tout par la haine du père... La firme « Subconscient, Père et Fils », nous n'avons rien à en foutre...

Danthès s'efforçait de chasser de son visage cette expression d'humour que son fils lui avait si souvent reprochée : pour Marc, l'humour allait de pair avec une tolérance qui finissait par tout avaler, le tour de passe-passe d'une « transcendante » ironie qui permettait de mieux subir. En somme, l'humour était l'excuse de la passivité. Il était fait d'acceptation : l'art de désarmer la réalité pour son petit compte personnel, avec beaucoup d'esprit, mais sans y toucher. Ou encore — Marc était intarissable là-dessus — l'humour était une façon de prendre ses distances, qui permettait aux élites bourgeoises de s'arranger avec les situations sociales intolérables. La recherche du suprême réconfort, ou du confort tout court.

— Lorsque jadis un père disait à son fils : je voudrais te voir heureux, c'était une remarque personnelle. Aujourd'hui, cela veut dire : changer la civilisation... Mon Dieu, mon Dieu. Tout cela devient bien difficile.

Le jeune homme le regardait de ses yeux sombres où la sympathie naissait de ce qui, encore une fois, irritait le plus Danthès : la compréhension...

— Je pense tout de même que tu mérites autre chose que la rêverie...

— Mon cher Marc, lorsqu'on représente la France gaullienne, on représente forcément la rêverie.

— Puisque tu t'en rends si bien compte, pourquoi ne pas te réveiller ?

Il échangea un regard avec sa mère et parut gêné.

— Mais je ne suis pas venu de Paris pour te parler de tout cela. Je suis venu en copain.

— Ta mère t'a envoyé un S.O.S. ?

Les mains de sa femme étaient aux prises avec son mouchoir.

— Jean, Jean, dit-elle. Il faut essayer de lutter. Tu te laisses aller délibérément à... à cette chose, et avec une rare complaisance. Pense à ta carrière...

— Ah ça, comme argument...

Danthès fut heureux de voir enfin dans les yeux de son fils cette expression dont le sérieux avait toujours tant besoin : l'ironie...

— Je comprends très bien qu'au Quai d'Orsay on parle de folie. Que cela me coûte mon poste, c'est probable. J'essaye de sauver une jeune femme. Elle s'est attachée à moi. Je crois même que je suis son dernier lien avec la réalité. J'ai parlé à son médecin à plusieurs reprises. Il est convaincu qu'on peut encore l'empêcher de basculer... de l'autre côté. Il y a dans les maladies psychiques des états latents, des... excursions, qui ne vont pas nécessairement jusqu'au départ... définitif. On ne sait pas grand-chose là-dessus, mais il est certain que la volonté du sujet peut jouer un grand rôle... Dans un sens ou dans l'autre. Toute une école psychiatrique parle de choix, de retrait délibéré...

Il s'aperçut que sa femme pleurait, ce qui était étonnant chez une personne si bien élevée. Lorsque Marie-Antoinette s'apprêtait à monter dans la charrette, la comtesse de Lange, qui l'accompagnait dans ce voyage, éclata en sanglots. La Reine lui dit : « Cessez, je vous prie. Ça fait peuple... », justifiant ainsi la Révolution. L'aristocratie, qui aurait pu faire naître l'Europe comme la Grèce avait fait naître la démocratie, n'avait jamais, au fond, ni compris ni cru qu'elle pouvait servir à quelque chose. Marc paraissait horriblement embêté, ce qui était aller aussi loin qu'il en était capable dans l'expression de la tendresse filiale. Pour le reste, il y avait la brise qui venait du lac, une odeur de lilas, des meubles d'un autre temps, propices aux fantômes. Les aimables ruines d'Hubert Robert sur un paravent, le parquet si bien entretenu qu'il ressemblait à un étang d'ambre : on attendait les cygnes... Il y avait aussi, il fallait bien le reconnaître, une certaine gêne, une trace de honte, car il lui était encore difficile, malgré tout, d'éviter la lucidité dans ses rapports avec lui-même, ce qui effarouchait les chimères. Il n'était pas non plus dupe de sa ruse et savait qu'Erika avait moins besoin de lui que lui d'elle.

— Je ne peux pas te laisser seul, ici, dans cet état, dit sa femme.

— On me soigne fort bien. Deux domestiques, un chauffeur. Ce sont mes premières vraies vacances...

— Mais enfin, tout seul, dans cette immense maison, ce parc...

Danthès sourit. Les domestiques ne comptaient pas. Sa femme était très bien née, elle aussi. Il se surprit à avoir une pensée tendre pour les charrettes de la Terreur...

— Ma foi, dit Marc, tout compte fait, je préférais encore ton autre lubie : l'Europe... Ça n'avait pas plus de réalité, mais au moins, c'était accessible aux arguments. Tandis qu'à présent...

C'était étrange, à quel point ce grand salon XVIIIe, avec ses papiers peints, trompe-l'œil et miroirs, avec ses échos de rires engloutis, de murmures tendres derrière l'éventail, de clavecins et de chandelles, avait le pouvoir de conférer aux êtres réels, à sa femme, à son fils et à lui-même, quelque chose d'éphémère, peut-être parce que dans ce cadre ancien où tout parlait de durée, ils étaient si visiblement, tous les trois, des visiteurs de passage... Il eût été amusant de vivre ici encore une fois en costume d'époque, perruque et jabot, marivaudages... Pour toute idéologie : la pierre philosophale. Venir encore un peu plus près de l'invisible, s'effacer encore davantage, s'atténuer jusqu'à ne plus souffrir de l'impossible. Marc dirait : une élite qui ne croit même plus à sa comédie, et qui rêve de finir...

Il alla vers sa femme et voulut lui prendre la main.

— Je t'en prie, dit-elle. Je sais que c'est ta façon préférée de te débarrasser de quelqu'un...

— Mazette, dit Danthès. Je m'aperçois que je ne me suis pas suffisamment renseigné sur moi-même...

— Combien de temps cette situation risque-t-elle de durer ? demanda Marc.

— Son médecin estime...

— Je ne parle pas de cette créature mythologique, je parle de toi. Ce qui m'intéresse, là-dedans, c'est de savoir quelle est dans tout cela la part de la volonté délibérée et celle de l'aberration incontrôlable. Est-ce que c'est une entreprise consciente d'autodestruction ou vraiment, ainsi que tu l'affirmes, des vacances... celles de la légalité, comme on dit chez vous, c'est-à-dire, celles de la raison ? Est-ce que tu as l'intention de revenir, ou est-ce que tu te proposes de te séparer de tous tes biens terrestres et de te retirer définitivement dans ton ashram ?

— Le Département m'a accordé un congé de trois mois auquel j'ai droit. Je ne comprends absolument pas les raisons de votre sollicitude. Il n'y a pas de crise politique entre la France et l'Italie qui exigerait ma présence, que je sache. Charmel est un excellent chargé d'affaires... Alors ?

— Jean, est-ce que tu ne te rends pas compte que tu es en train de... déchoir ? Tu connais Rome... Les gens parlent...

Pour la première fois, Danthès s'inquiéta. Ce n'était pas son instinct de conservation qui jouait, mais son sens du devoir. Ce qui voulait dire, avant tout : ne pas faire souffrir. Il se sentait responsable de cet air défait, douloureux, sur le visage de sa femme. Elle avait quelques années de moins que lui, et tout ce qui, dans leur union, était fait de raison et dénué de passion, joint à une vie qui allait d'abri en abri depuis sa naissance, la faisait paraître beaucoup plus jeune que son âge. L'approche de la cinquantaine n'était pas encore passée aux aveux. On la tenait pour l'une des femmes les plus élégantes de Paris, ce qui va toujours de pair avec l'absence de soucis. Peut-être l'avait-elle aimé, comme elle faisait tout : avec discrétion et retenue. Au début, il avait un peu souffert de son excès de distinction physique, dont elle ne savait pas se départir même dans l'étreinte, ce qui finissait par poser jusque dans le lit la question des bonnes manières. Il avait été séduit par sa beauté et ne manqua pas de lui rendre cet éternel hommage que les hommes rendent aux femmes, lorsqu'ils parent leur froideur d'un air de mystère. Sur ce visage si bien gardé — on disait d'elle qu'elle évitait les expressions trop vives, les jeux de physionomie et même le rire, pour ne pas déranger ses traits en les exposant à ces perturbations favorables aux rides — il voyait maintenant les marques de l'âge. La vérité se faisait jour : l'humiliation et l'inquiétude lui avaient ouvert la porte. Cesser d'aimer une femme avec le passage des ans a un côté indigne, vulgaire et mufle. Danthès savait que le petit monde diplomatique de Rome retentissait d'échos de son « aventure ». L'ambassadeur de France était trop en vue pour que sa liaison pût échapper à l'attention de toutes ces princesses et comtesses dont l'oisiveté et le goût pour les ragots n'avaient rien à envier à ceux des harems. Sa femme devait être accueillie partout avec cet excès de sympathie que l'on manifeste aux épouses dévalorisées parce que vieillissantes. Le départ du mari ou de l'amant pour « cause d'âge » ajoutait ainsi, au chagrin vraiment humain, le souci d'une perte de valeur marchande. On pouvait n'avoir que mépris pour les critères de ce marché au bétail mondain, mais il est toujours facile de se consoler par des jugements objectifs, lorsqu'il s'agit de la souffrance des autres. Que peut donc signifier : souffrir pour de fausses raisons, lorsque la souffrance est réelle ? Danthès se tourna vers son fils.

— Vivement la révolution, dit-il.

— Merci, p'pa. Tu crèves d'humour...

— Mais je crois que nous nous sommes déjà dit tout cela à Rome...

— Firmin, fit Marc, reconduisez Monsieur et Madame...

Danthès n'avait pas revu son fils depuis deux ans... Que devenait-il ?

La fenêtre penchait légèrement vers l'intérieur, avec la grâce d'une aile blessée. Sur les papiers peints des murs couraient d'étranges fantômes d'architectures où l'on pouvait lire de futurs palais, pareils aux symphonies silencieuses qui montent des partitions après le départ de l'orchestre. Épures aux harmonies pointillées en bleu pâle, petits méridiens et parallèles de quelque demeure princière, qu'avait empêché de prendre corps et suspendus à jamais dans ces nimbes géométriques la fin de la taille et de la gabelle. Dans son cadre de velours violet, Julius, seigneur de Beringhen, posait une pointe de son compas sur le Bonheur et l'autre sur la Mort : c'était une reproduction du tableau allégorique de Van Veikgt, au Rijskmuseum d'Amsterdam.

Il entendit la voix de sa femme :

— Je ne te fais aucun reproche. Aucun. Il n'est

peut-être plus possible pour nous de reprendre la vie commune... Tu as mis entre nous trop de rêveries. Je ne me suis jamais sentie à la hauteur de ton imagination. Je voudrais simplement que tu finisses par te rendre compte que cette pauvre fille... Enfin, elle n'est pas vraiment de ce monde, tragiquement condamnée à une autre dimension... Tu penses bien que j'ai pris mes renseignements, aussi discrètement que possible, sois-en sûr... C'est un triste cas psychique. Elle a aussi peu d'existence, de réalité que ces pointillés sur les murs, ces fantômes de palais qui n'ont jamais vu le jour...

— Très curieux, dit Danthès. Les peuplades primitives prêtaient à ce qu'on appelle les fous un caractère sacré, mais notre civilisation, elle, leur a toujours dénié tout caractère humain et même toute existence... Ils sont traités encore plus durement que les lépreux.

— Ce n'est pas du tout ce que j'ai voulu dire...

— Et qu'as-tu voulu dire, au juste ? Que je suis attiré par l'impossible ? Admettons. Je te répondrai en m'inspirant de ce que le Hollandais Huizinga a écrit dans son *Déclin du Moyen Âge* : « Si l'humanité s'en était tenue à la réalité seule, il n'y aurait jamais eu de civilisation... » Qu'est-ce qui a inspiré au dernier Congrès des Écrivains soviétiques ces foudres contre les « phantasmes » et la « débauche de l'imagination » ? La peur du changement. Le rêve est l'ennemi de tout ce qui existe, et un créateur d'avenir... Tout ce qui est devenu réalité, tout ce qui a été bâti, a été arraché à l'imaginaire...

— J'ai toujours su que tu ferais un très grand ambassadeur, p'pa : dans l'art de se dérober, tu n'as pas ton pareil. À quand Londres et Washington ? Comme représentant de la France qui mousse, celle des apparences et du champagne de l'esprit — les meilleures marques, depuis Voltaire — tu y feras merveille... Personne ne peut égaler les belles autruches bourgeoises lorsqu'elles cachent leur tête dans les nébuleuses idéalistes. Vous vous êtes toujours élevés d'autant plus haut que ça allait mal plus bas, au niveau des réalités sociales. L'Europe, pourquoi pas ? Elle n'a jamais existé, et n'existera jamais : alors, on peut tout attendre d'elle... Les petites cours princières éclairées du XVIIIe, l'Europe monstrueusement individualiste des *Pléiades* de Gobineau, oui... Il y a eu en effet l'Europe de quelques-uns. Mais le peuple, tout ce qu'il a connu de cette Europe-là, c'est la merde, l'ignorance et les tranchées tricolores...

— Est-ce que je peux faire encore quelque chose pour vous ? demanda Danthès. J'ai donné des instructions à mon avocat : puisque te voilà préoccupé par les vrais problèmes...

Mais il savait qu'ils allaient continuer à le harceler. Il venait de quitter Rome et déjà, le remords. Ce qu'on lui demandait, en somme, c'était qu'il lâchât Erika par souci de la Carrière, comme il avait jadis lâché sa mère.

Il alla vers la table et relut le télégramme : sa femme annonçait son arrivée avec Marc pour le lendemain, mercredi. Ils allaient venir par la route. Il fallait laisser les choses suivre leur cours. On verrait bien. Il ne fallait plus y penser. Toutes ces répétitions ne faisaient que l'exténuer.

XXXI

Il se servit un peu de porto et, le verre à la main, parcourut pour la première fois depuis son arrivée les grandes pièces de réception de la villa Flavia. Elles étaient pour la plupart vides, sauf la bibliothèque et le salon des glaces remis en état et meublés d'époque par la municipalité communiste, grâce aux dons de quelques grandes familles florentines. Les deux villas allaient devenir musées, mais en attendant, la municipalité les mettait à la disposition du plus payant : la restauration et l'entretien coûtaient cher.

Il y avait un quart de siècle, presque jour pour jour, il était venu ici passer trois semaines avec Malwina. La demeure était alors dans un état d'abandon pitoyable. Les graffiti obscènes, les traces de défécations et de balles rappelaient le passage de la soldatesque qui y avait campé et s'était vengée de la défaite et de son mépris pour elle-même en saccageant tout ce qui, ici, lui rappelait une haute civilisation. La pauvreté de l'Italie d'après-guerre lui avait permis alors de louer la villa pour une somme qui était dans ses moyens d'attaché d'ambassade. Malwina se souvenait parfaitement, prétendait-elle, d'avoir passé une nuit ici en 1620, alors que son carrosse avait eu l'essieu brisé sur le chemin de Parme à Florence, où l'attendait le poète Scevola.

Ils y avaient mis un divan, apporté quelques objets nécessaires, et ne sortaient que pour aller chercher des provisions. Le reste du temps, ils s'enfermaient à double tour dans cette atmosphère un peu trouble et comme vénéneuse, mais complice de tous les égarements des sens, celle des terrains de jeu secrets et des jardins abandonnés derrière de hauts murs qui ont protégé tant d'autres murmures fiévreux et tant d'autres silences. Malwina avait décidé de se déguiser pendant leur séjour d'une manière qui ne pouvait manquer d'émouvoir les fantômes. Ils avaient donc loué à Florence des costumes de théâtre, ceux des Borgia et des Médicis, ainsi que des habits du XVIIIe, en hommage à la comtesse de Lure qui avait décrit ces lieux dans ses récits de voyage. Ainsi vêtue, et dans cette ambiance qui lui allait à merveille, Malwina paraissait avoir rajeuni de quelques siècles. Elle devait déjà avoir à cette époque près de quarante ans, mais avait décidé d'en paraître vingt. À Danthès qui se penchait avec étonnement sur ce visage radieux de jeunesse, elle parlait avec un sourire mi-rêveur mi-moqueur de certains philtres qu'elle tenait de son ami, le comte de Saint-Germain, et de pouvoirs plus obscurs que lui avait conférés une initiation dont elle n'avait pas le droit de divulguer la nature exacte, et qui lui permettaient de se mouvoir à travers les âges et de revivre telle ou telle vie qu'elle avait traversée. Elle ne s'en privait point, assurait-elle, piquant ici et là ce qu'il y y avait de meilleur, un jour, une heure, un moment, choisissant son époque selon la mouche qui la piquait et son bon plaisir, non sans en avoir demandé, bien entendu, l'autorisation à qui de droit. Danthès riait, il aimait le culot avec lequel cette adorable aventurière se livrait à ces petits jeux auxquels elle finissait par croire à demi ; il devinait aussi, derrière cette apparence capricieuse et fantasque, une secrète nostalgie. Elle éprouvait, disait-elle, quelque remords à n'utiliser ses pouvoirs que pour satisfaire son propre goût des voyages. Elle songeait donc sérieusement à s'établir comme voyante et, quoiqu'elle eût horreur de ce terme vulgaire qui témoignait si bien de la chute et de l'abâtardissement du vocabulaire, il fallait se résigner à cette étiquette, si elle voulait aider les autres à lever le voile de l'avenir. Car il ne pouvait être question de révéler son vrai nom dans la suprême hiérarchie.

— Je n'ai jamais entendu quelqu'un mentir avec plus de sincérité que vous, lui disait Danthès, en effleurant de ses lèvres ce front qui cachait de telles chimères.

— À vingt-cinq ans, on n'a pas vu grand-chose.

— Je vous ai vue, je vous vois, me voilà aussi vieux que le rêve...

Elle l'implorait parfois, avec une anxiété où venaient finir tous ces pouvoirs surnaturels dont elle se targuait :

— Vous m'aimez, n'est-ce pas ? Ou est-ce que vous avez pris goût seulement à cet art que j'ai acquis dans ce qu'on appelle la débauche ?

Il n'ignorait plus rien de son passé, mais il reconnaissait qu'il y avait entre la volupté et la culture, entre la beauté et l'impureté, des liens qu'il était impossible de trancher sans détruire tout ce qui, dans une civilisation, se crée et s'épanouit à partir du plaisir. Le libertinage mettait la liberté à l'épreuve, tâtait la confiance qu'elle avait en elle-même, la morale ne s'offensait que lorsqu'elle manquait de certitude, les excès étaient le prix que payait la mesure pour demeurer fidèle à elle-même, et éviter de devenir excès à son tour en sévissant. Dans la déraison même, il entrait comme la nostalgie d'une raison supérieure. C'était le rapport entre la fête des fous et les certitudes sacrées qu'elle profanait, pour révéler ainsi à tous leur miséricordieuse, sereine et souveraine puissance.

Dans les égarements auxquels Malwina s'était jadis laissée aller, Danthès retrouvait tout ce qui, de l'Antiquité à Byzance, d'Aphrodite aux lettres d'amour de la religieuse portugaise était, dans son humus et dans sa sève, inséparable des plus hauts éclats de la civilisation. Les chefs-d'œuvre meurent seulement lorsqu'ils ne peuvent pas naître, et il suffit pour cela d'une société qui a peur de ces mises à l'épreuve que la liberté, par sa nature même, lui fait subir. Ce que les pierres de Florence continuaient à chanter devait tout aux sens et à la volupté et rien à Savonarole. Comment allait-il réconcilier sa carrière diplomatique avec ce besoin insatiable qu'il avait de la présence de Malwina ? Il ne pouvait plus se passer d'elle et voulait l'épouser.

— Mais vous êtes obligé de demander l'autorisation du Quai, n'est-ce pas, pour vous marier avec une étrangère ?... Et j'ai ce qu'on appelle une réputation, et qui a fait toute l'Europe...

— Je démissionnerai.

— Quand vous aurez quarante ans, je serai une vieille femme.

— Eh bien, vous demanderez à votre ami Saint-Germain une nouvelle fiole de ce fameux élixir...

— C'est sérieux, vous savez...

— Très.

Ce fut à leur retour à Paris, où il venait d'être nommé à la direction d'Europe, que le conflit prit un aspect nouveau et le somma de choisir sa ligne de vie. Ce n'était plus une question de défi au « monde » et à la « bonne » société, mais de dignité personnelle. Il était prêt à quitter le Quai et à orienter autrement son existence. Mais s'il était disposé à sacrifier, il n'était pas disposé à succomber. Tout accepter pour se laisser aller à la sensualité comme si celle-ci eût été sa véritable vocation n'était plus un choix : c'était une capitulation. Pour un homme qui se voulait un Européen, avec tout ce que ce mot signifiait pour lui en tant que devoirs, responsabilité et honneur, tout immoler à l'hédonisme et même à l'amour, était une trahison de ce qu'il appelait Europe, et bien que nul ne sût mieux que lui qu'il s'agissait là d'une entité purement imaginaire, il en tirait des règles de vie auxquelles il entendait demeurer fidèle. Choisir l'amour, la volupté et même le bonheur personnel, quel qu'en fût le prix en termes de respect humain, avait un autre nom : décadence... Car cette fois il ne s'agissait plus seulement du passé de Malwina.

Il refusa d'abord d'admettre qu'elle pût avoir en même temps que lui d'autres amants. « Renseignez-vous », lui lança avec dédain le directeur du Personnel, au cours d'une entrevue, après que l'autorisation de mariage lui eut été refusée. Il s'informa : ce ne fut pas difficile. Malwina était entretenue par un banquier de Düsseldorf et, chose tout à fait incompréhensible, mais que l'on expliquait par le chantage que l'homme exerçait probablement sur elle, en raison de quelque obscure complicité dans le passé, elle était également la maîtresse d'un personnage plus que douteux, guérisseur, psychanalyste sans titre, astrologue et escroc mondain notoire, du nom de Julio Amedeo Nitrati.

Danthès fut en proie à un tel désarroi que, pendant plusieurs jours, il fut incapable de *sentir*. Lui eût-on appliqué un fer brûlant sur la main qu'il n'eût pas réagi. Il continuait à fonctionner, assistait aux réunions de service, rédigeait des notes : la mécanique bien réglée continuait à tourner, mais c'était celle d'un automate.

XXXII

Le jeune homme se trouvait encore dans cet état de choc, lorsqu'un soir, au club Interallié, où il était venu lire ses journaux auprès du feu, en levant les yeux, il vit un individu qui le contemplait avec un curieux petit sourire. Le personnage fut presque aussitôt rejoint par un huissier qui s'inquiéta de la qualité — membre ou invité — qui l'eût autorisé à se trouver dans ce lieu.

— J'ai été convié par M. Danthès, dit l'homme avec un fort accent italien. Je vous prie de ne pas nous déranger.

L'huissier jeta un regard à Danthès, lequel hésita un moment, ce qui permit à l'intrus d'affermir ses positions.

— Vous voyez, dit-il, et l'huissier s'éloigna.

L'intrus, très mince, âgé d'une quarantaine d'années et vêtu avec élégance, avait un visage dont les traits et le regard n'étaient pas dépourvus de cette finesse qui suggère la rapidité et la ruse de l'esprit ; Danthès jugea cependant aussitôt qu'il y avait quelque chose de pourri dans le petit royaume de cette physionomie. Les narines d'un nez recourbé et sensuel avaient l'ampleur palpitante qui évoque les oiseaux de proie et les voluptés olfactives du cocaïnomane ; les yeux luisaient de quelque huile avariée ; les cheveux s'entrouvraient à l'arrière en deux ailes noires de corbeau ; le sourire pouvait passer pour subtil, mais n'était sans doute que cruel. Il avait la manie de toucher continuellement ses boutons de manchette, comme pour s'assurer qu'il ne les avait pas perdus, et sa pochette pendait dans un débordement de soie bleue à pois rouges qui accentuait encore, bien que Danthès n'eût pu dire pourquoi, ce qu'il entrait de vulgarité dans cette élégance qui se voulait de bon aloi.

— Je m'excuse de vous déranger, cher monsieur, dit l'homme. Je suis venu ici uniquement par égard pour votre extrême jeunesse. Les talents dont les dieux vous ont comblé, et l'avenir qui s'ouvre devant vous...

— Que me voulez-vous ? demanda sèchement Danthès.

L'individu tira de la poche de son gilet une carte de visite et la lui tendit. Danthès lut...

— Nitrati, dit l'homme. Julio Amedeo Nitrati. Peut-être connaissez-vous ce nom par notre amie commune, la baronne von Leyden ?

Le jeune homme leva les yeux vers lui avec tout le calme qu'il s'efforçait d'apprendre dans l'exercice de sa profession.

— Non, dit-il, et il jeta le bristol dans le feu.

Le sourire du *signor* s'accentua.

— Vous ne paraissez pas vous en souvenir, mais nous nous sommes croisés, sans du reste avoir été présentés l'un à l'autre, dans la galerie d'art de M. de Saint-Germain... Aucun rapport avec son illustre homonyme du XVIIIe siècle, bien que le cher homme se réclame de cette parenté... Mais passons.

Il se tut un instant et toisa Danthès attentivement, presque vicieusement. On n'est jamais à son avantage lorsqu'on est abordé avec hostilité par un homme debout alors qu'on est enfoncé dans un fauteuil.

— Je viens vous épargner des malheurs, dit Nitrati. Devant un homme de votre culture et de votre éducation, je ne me permettrai pas de me prévaloir de certains dons de lire l'avenir — pouvoirs télépathiques aujourd'hui scientifiquement reconnus — que j'ai reçus du ciel. Mais si vous continuez à vous obstiner à faire perdre la tête à ma maîtresse, vous aurez beaucoup d'ennuis. Que vous soyez son amant ne me dérange nullement, au contraire : j'aurais même pris du plaisir à assister à vos débats. Je suis très... curieux de nature. J'ai toujours accueilli avec sympathie la procession de ses amants innombrables, d'autant qu'elle n'a jamais lésiné, pour les pourcentages qu'elle m'accordait sur ceux que je lui procurais. Ce banquier de Düsseldorf, par exemple... Passons. Seulement, cette fois, c'est sérieux. Elle envisage de tout quitter, de *me* quitter, ce qui est grave, très grave. J'ai le plus grand besoin dans mes affaires des talents de cette femme exceptionnelle. L'entendre parler de tout plaquer, de se refaire une vie — de faire une fin, comme on dit — et de vous assister dans votre carrière en vous épousant, me donne froid dans le dos, et pourtant, croyez bien que mon dos... il en a vu d'autres et je le pensais à toute épreuve. Je viens donc vous demander de rompre avec mon amie. Au cas où vous y répugneriez, ou si, par folie, vous vous laissiez aller à l'épouser, je n'hésiterais pas à vous détruire, ce qui m'est bien facile, étant donné certains documents en ma possession...

Il sortit une liasse de photos de sa poche, et les jeta sur le journal qui couvrait les genoux de Danthès. Le jeune homme ne les toucha pas. Il avait peur.

— Regardez-les bien, étudiez-les, dit Nitrati. Pénétrez-vous-en. Je vous rends un immense service...

Danthès prit les photos. Il ne sut jamais où il trouva la force et le contrôle de lui-même pour les regarder l'une après l'autre jusqu'au bout, sans se mettre à hurler d'horreur, sans fuir. Il n'y avait plus en lui que le vide, et, dans ce néant, une chute sans fin du cœur. Les photos le représentaient avec Malwina dans des étreintes et des positions qui, ainsi figées en blanc et noir, et privées de tous les pardons de l'amour, devenaient des pièces à conviction irréfutables dans un procès en ignominie. On le reconnaissait parfaitement et, en examinant les décors dans lesquels se déroulaient ces corps à corps, il put se rendre compte que le photographe avait eu accès à leurs lieux de rendez-vous les plus secrets. Nitrati dut lire dans l'expression du jeune homme un doute soudain et atroce...

— Non, dit-il rassurant. Je n'irai pas jusqu'à suggérer que Malwina fut complice. Mais j'ai une grande expérience de ce genre d'opérations. On a fait souvent appel à mes services dans les causes politiques les plus nobles, et notamment sous le fascisme ; j'ai donc pris l'habitude de me constituer ces dossiers... Puis-je vous éviter de poursuivre plus longtemps cette contemplation, si pénible, pour un jeune homme qui a encore fort peu vécu, en vous disant simplement que vous n'avez pas le choix ?

Danthès jeta les photos dans le feu, bien qu'il ne fût pas dupe de la naïveté de ce geste. Les maîtres chanteurs sont des gens prévoyants. Nitrati rit silencieusement.

— Évidemment, dit-il. C'est toujours la première réaction... Je puis vous assurer que si vous rompez avec la baronne von Leyden, je vous remettrai les négatifs. Je ne vous donnerai pas ma parole d'honneur : je suis un homme sérieux. Vous comprendrez que je n'ai aucun intérêt à porter un tel coup, et gratuitement, à la situation sociale d'une femme dont je tire les plus grands profits... Mais je vois à votre pâleur que vous avez besoin du recueillement et de la solitude propices à la méditation et aux décisions sages. Je vous salue donc bien, monsieur. Je suis désolé d'avoir eu à user de tels moyens, mais en dehors même des affaires, il y a l'amour... Ah ! l'amour ! que de crimes on commet, et caetera, et caetera...

Il s'éloigna. Danthès fut nommé à Pékin, puis ce fut une succession d'autres postes et il n'entendit plus jamais parler de Julio Amedeo Nitrati. Il y eut même des moments — mais ce fut plus tard, lorsque le remords se mit peu à peu à creuser et à élargir une fissure secrète, fissure qu'il attribua à sa lâcheté, mais dont les neurologues consultés lui dirent qu'elle devait exister bien avant —, il lui arriva de mettre en doute la réalité de sa rencontre avec Julio Amedeo Nitrati et même l'existence de ce dernier. Lorsque la culpabilité se cherche des excuses, elle hésite rarement dans le choix des moyens. L'entrevue du Cercle Interallié avait été si brève et si foudroyante, elle avait eu un caractère si étrangement maléfique, qu'il en venait à se demander, mais sans trop d'insistance, — afin d'éviter la confrontation avec ce que la réponse, quelle qu'elle fût, ne pouvait manquer de lui révéler sur ses ruses intérieures — si le maître chanteur italien et ses photos obscènes n'avaient pas été une hallucination habilement provoquée par lui-même pour justifier la rupture. Il se savait irrésistiblement porté à la rêverie, à ces états secrets où le rêveur est libre de choisir son monde, où il organise, compose, supprime et réarrange ce qu'il ne peut supporter ou convoque et conjure ce qu'il désire par-dessus tout. Non, il n'avait jamais rencontré Julio Amedeo Nitrati, les photos ignobles n'avaient jamais existé. La preuve, c'est que l'Italien ne s'était plus manifesté, et pourtant les maîtres chanteurs ne lâchent pas facilement leurs victimes, surtout lorsque la carrière de celles-ci se pare de telles réussites, en même temps qu'elle les rend particulièrement vulnérables à tout ce qui menace leur façade de respectabilité. Mais si Nitrati n'existait pas, alors il ne restait que l'ignominie, le remords et l'évidence d'une tricherie assez abjecte, d'une faiblesse dont un nom plus exact était bassesse.

XXXIII

Danthès demeura quinze ans sans avoir de nouvelles de Malwina.

Puis un jour il reçut une carte postale datée d'Allemagne. Quelques lignes à peine : *Cher Jean, j'espère que vous allez bien, je pense souvent à vous. Il m'arrive de lire dans les journaux les échos de votre grande réussite. J'ai en ce moment quelques ennuis de santé, ce qui me donne beaucoup de loisirs et ouvre la porte aux souvenirs... Un mot de vous me ferait plaisir.* Suivait l'adresse. Danthès eut l'impression de se libérer brusquement d'une carapace. La carte signifiait pour lui avant tout qu'il était pardonné. Il écrivit et ne reçut pas de réponse. Quelques semaines plus tard, une nouvelle carte lui parvenait : elle répétait mot pour mot le texte de la première : *Cher Jean, j'espère que vous allez bien, je pense souvent à vous. Il m'arrive de lire dans les journaux les échos de votre grande réussite. J'ai en ce moment quelques ennuis de santé, ce qui me donne beaucoup de loisirs et ouvre la porte aux souvenirs... Un mot de vous me ferait plaisir.* Danthès télégraphia, écrivit, terrifié à l'idée que l'absence de réponse — la lettre s'était manifestement perdue — pouvait être interprétée comme une muflerie suprême. Malwina n'accusa pas réception. Un mois plus tard, une troisième carte postale reproduisait mot pour mot les textes des deux premières. Danthès eut une impression de cauchemar. Il vérifia l'adresse, s'assura auprès des secrétaires du départ du courrier, écrivit encore... Lorsqu'une quatrième carte en tout point pareille aux trois précédentes lui parvint, il demanda quelques jours de congé et prit l'avion pour Hambourg.

Il trouva, au bord du petit lac de Seel, la rue exacte à la sortie du village et la maison qui correspondait à l'adresse, et arrêta son auto. La campagne était couverte d'une de ces brumes où la pluie semble avoir été saisie en vol, immobilisée et concentrée en une humidité opaque et stagnante. C'était une bâtisse de deux étages, grise et sale, genre château-banquier, avec quatre tours pointues. Le lierre échevelé grimpait un peu partout et semblait avoir besoin du coiffeur. Sur la porte, il y avait une petite plaque métallique avec l'inscription : *Klinika San Agnese, Dr Kurtler.* Il sonna. Le portail fut ouvert par un homme au visage sans expression, impeccablement vêtu d'un costume prince-de-galles, gilet canari et gants. Il avait une petite moustache grise posée comme un papillon sur sa lèvre supérieure. Un sourcil était levé très haut, ce qui donnait à la fixité du regard bleu porcelaine une expression d'attention soutenue et légèrement critique.

— Je voudrais parler à la baronne von Leyden.

L'homme le fit entrer. Un médecin — il portait une veste blanche et tenait un stéthoscope à la main — sortit du corridor et avança dans l'antichambre en souriant. Son visage parut vaguement familier à Danthès, mais il ne put dire avec certitude où il l'avait déjà rencontré. Il crut se rappeler que c'était dans la galerie d'art du comte de Saint-Germain, où Danthès avait à plusieurs reprises acheté des tableaux du XVIIIe siècle qu'il affectionnait particulièrement, et que le marchand trouvait encore moyen de découvrir dans tous les coins d'Europe, au cours de ses voyages.

— Vous voulez parler à la baronne von Leyden ? Je suis le docteur Kurtler...

— Jean Danthès...

Le médecin le regarda curieusement...

— Ah oui, je sais, bien sûr... Elle vous a écrit à plusieurs reprises, vous avez répondu... Malheureusement, nous n'avons pas pu lui remettre vos lettres. Voyez-vous... C'est assez délicat...

Il leva les lunettes sur son front.

— Voulez-vous vous donner la peine d'entrer dans mon bureau ? Je vous expliquerai...

Danthès le suivit. C'est ainsi qu'il apprit que Malwina faisait des séjours de plus en plus fréquents dans des cliniques psychiatriques et que cette fois son état paraissait s'être aggravé dangereusement.

— En ce moment, elle n'a qu'une demi-heure de lucidité par jour...

Le médecin regardait Danthès avec un sourire un peu triste.

— Et pendant cette demi-heure de lucidité qui lui reste... elle parle toujours de vous. Et elle vous écrit une lettre... Toujours la même... Il y a quelques mois, elle a retrouvé en effet votre trace dans le journal.

— Je ne savais pas où la joindre, dit Danthès, d'une voix étranglée. J'ai fait des recherches, mais en vain...

— Oui, dit le médecin, cela se comprend. Comme beaucoup de malades psychiques, elle a conscience de son état ; et elle préférait que vous gardiez d'elle... un autre souvenir.

Danthès n'arrivait pas à contrôler sa respiration. La sensation d'étouffement et de poids sur la poitrine ressemblait à une crise brutale d'asthme.

— Nous ne pouvions évidemment pas lui communiquer vos réponses, parce que le choc...

Danthès entendit sa voix toute petite, éloignée, venant d'ailleurs.

— Je comprends...

Il se tenait raide, les mains agrippées aux bras du fauteuil. Il put dire enfin :

— Est-ce que je pourrais la voir ?

Le psychiatre faisait tournoyer les lunettes dans sa main.

— Je ne puis vous autoriser à vous laisser apercevoir d'elle. Il ne saurait en être question. Ce serait un choc dangereux. Je vous l'ai dit, il ne lui reste qu'une demi-heure de lucidité par jour, vers onze heures du matin environ, ou vers six heures de l'après-midi. Si vous y tenez absolument, je pourrais vous laisser aller dans le jardin. Vous n'auriez qu'à vous dissimuler derrière les feuillages et, au moment de la promenade...

Danthès avalait le vide.

— Mais je vous le déconseille formellement, dit le médecin. Je vous le déconseille dans un esprit d'humanité... envers la baronne von Leyden...

Il fixa son regard sur Danthès, brutalement.

— Elle a énormément changé. Vous avez connu une femme de... quoi, trente-sept, trente-huit ans, aujourd'hui vous verrez une schizophrène qui a dépassé la cinquantaine. Que cela risque de vous bouleverser, c'est votre affaire. Mais je m'en voudrais un peu d'exposer la baronne, qui manifestement continue à vous aimer profondément, à être vue par vous dans sa condition physique actuelle... C'était une très belle femme, me dit-on... Je suis sûr qu'elle préférerait que vous en restiez aux souvenirs...

— Oui, dit Danthès sourdement.

Il y eut un silence dans le petit bureau obscur aux fenêtres grillagées.

— Je vous laisse cependant le soin de décider, dit le docteur Kurtler. Mais... C'est un peu une question de... respect humain. Alors ?

— Vous avez raison, murmura Danthès. Je n'ai pas le droit de la voir dans cet état. C'est impensable. Qui s'occupe d'elle ?

— Elle a une fille.

— Ah ? Je ne savais pas...

— Oui, je crois qu'elle la faisait élever loin d'elle pour des raisons que...

— Je vois.

— Mais elle est encore toute jeune, une enfant... Il y a surtout quelques amis... Naturellement, nous ne sommes pas exigeants, c'est une affaire d'humanité... Un jour, la jeune fille nous remboursera.

Danthès éprouva de nouveau tout le lâche soulagement de la facilité :

— Écoutez, docteur, je tiens absolument à me charger de tous les frais d'entretien et de soins, et à vous verser une provision d'avance... Un an, deux ans... Tout ce qu'il faudra. Dites une somme.

Il signa un chèque de cinq millions et s'en alla, soulagé. Il se promit de revenir régulièrement pour prendre des nouvelles de Malwina, mais il fut à ce moment-là changé de poste, dut aller en mission à Washington et n'eut le loisir de se rendre à Hambourg que six mois plus tard. Il fut surpris de constater que sur la porte la plaque de la clinique et le nom du docteur Kurtler avaient disparu. Il sonna. Une vieille femme obèse en bigoudis et armée d'un balai lui ouvrit.

— Le docteur Kurtler ?

— Connais pas.

— Mais il y avait ici une clinique...

La bonne femme le dévisageait avec la méfiance qu'elle réservait manifestement aux gens trop bien habillés.

— Une clinique ? Quelle clinique ? Vous vous trompez d'adresse. Je m'occupe de la maison depuis onze ans...

Danthès sortit un mouchoir de sa poche et s'essuya le front.

— Vous n'avez jamais loué cette maison à personne ?

— Oh, ben oui, les patrons, quand ils s'en vont en vacances... Une ou deux fois, je crois...

— Il y a six mois environ ?

— Peut-être bien...

— Et il n'y a jamais eu ici de médecin ou de clinique ?

— Mais qu'est-ce que c'est que cette histoire, à la fin ? dit la bonne femme en élevant la voix.

Elle lui claqua la porte au nez.

De retour à Paris, Danthès examina ses vieux chéquiers : le talon d'un chèque de cinq millions y figurait bel et bien.

Il sourit, puis se mit à rire. L'aventurière allait bien : elle semblait même au mieux de sa forme. Cinq millions ! Il y avait longtemps qu'il ne s'était senti aussi heureux.

Ce fut seulement un mois plus tard, en vérifiant les relevés bancaires, qu'il y eut le choc : *la somme n'avait jamais été débitée. Le chèque n'avait jamais été présenté.*

Malwina von Leyden l'avait mis à l'épreuve, lui avait tendu un piège dans lequel il était tombé, mais n'avait aucune intention de le laisser s'en tirer à si bon compte.

XXXIV

Erika connaissait bien cette expression de triomphe sur le visage de sa mère. Buvant une tasse de thé qu'elle tenait dans ses longs doigts avides et pointus, faits pour manipuler les jetons et les cartes, et qui allaient si bien avec les tapis verts, savourant la boisson qu'elle prenait sans sucre, par petites gorgées réfléchies, Ma l'œil méditatif, le regard perdu dans l'avenir, procédait dans sa tête à des rangements, séparait les destins, remédiait à certaines situations, certaines souffrances qui avaient trop duré pour être encore intéressantes, mettait de l'ordre dans toutes sortes de petites révoltes d'êtres microscopiques qui levaient leurs poings vers elle, réclamant tantôt l'immortalité, tantôt simplement le bonheur. Elle tirait tous les fils, les démêlait pour les renouer ensuite en d'autres et plus ingénieux arrangements, sans jamais recourir aux ciseaux de la Parque, car elle n'avait que mépris pour ces consœurs dont les liens avec la tragédie grecque relevaient de la plus banale facilité. Erika savait que sa mère avait toujours considéré la Mort comme un manque d'imagination. Elle avait trop le goût de l'intrigue, du théâtre, de ces petits potins de rien du tout, mais divertissants, divertissants, dont ce pauvre Balzac faisait si grand cas dans *La Comédie humaine*, et dont Proust, qui se serait noyé dans une goutte d'eau, faisait tout un univers... Ma voyait la Mort comme la fin de quelques ragots. Pourtant, elle perdait régulièrement au jeu, ce qui aurait dû au moins l'inquiéter quant à l'étendue de ses pouvoirs. Mais l'illusion lui était aussi indispensable que l'air et la lumière. Lorsque, après son accident, elle s'était installée à Paris comme voyante extralucide — boule de cristal, tarots, corbeaux, Baron qui faisait partie du décor, marc de café, révélations ésotériques, Troisième Pyramide, Osiris ou Isis, Yin ou Yang, Quatrième Venue, l'ascenseur est en panne, prenez le troisième escalier à droite, montrez-moi votre paume, le secret de Fatima, je vois un homme en blanc, méfiez-vous des jeudis — tout cela, certes, leur permettait d'abord de surnager financièrement, mais signifiait pour sa mère bien plus qu'un moyen de gagner sa vie : sans y croire, elle y croyait sans se l'avouer. Elle était convaincue que le véritable pouvoir, une toute-puissance réelle, attendait quelque part, au bout du chemin, les charlatans qui avaient une confiance absolue en eux-mêmes et dans leur imposture et que les plus grandes civilisations étaient sorties de cette inébranlable foi. Sa mère était probablement le seul être au monde à avoir imaginé avec un tel cynisme une si pure métaphysique. Il était difficile d'aller plus loin dans la croyance en l'homme. Dieu — et qui donc pouvait s'intéresser encore à une si mauvaise affaire ? — ne s'occupait guère de ce genre d'histoires, c'était un peu comme si on lui avait demandé de tenir la rubrique des cœurs dans les revues féminines.

— Promets-moi en tout cas de ne pas tomber amoureuse de lui, fillette. Ni de personne. Il faut que tu sois d'abord heureuse, l'amour, c'est pour après, quand tu auras le nécessaire... En général, j'ai toujours estimé qu'une jeune fille ne doit jamais tomber amoureuse de quelqu'un avant d'être mariée. Les maris vous aident beaucoup dans le domaine du cœur. La plupart des grandes amoureuses que j'ai connues étaient des femmes mariées. Et leurs maris n'étaient pas nécessairement beaux. Mais ils donnaient à leur femme une affection solide, une sécurité sentimentale et des loisirs qui favorisaient les plus tumultueuses liaisons. Il y a quelque chose de merveilleux dans ces retours au port après une tempête, lorsque votre maison, votre époux, vos enfants sont là pour vous accueillir. C'est un moment de détente tout à fait indispensable. On repart ensuite vers un nouvel amant avec une fraîcheur d'émotions que seule peut vous rendre la vie de famille. Non, vraiment, je ne conçois pas comment on peut aimer avec passion sans les conforts et les réconforts du mariage, à condition évidemment que votre mari ne se mette pas en tête toutes sortes d'inepties sur l'égalité des sexes et qu'il n'aille pas considérer sa femme comme son égale, ce qui est la plus grande menace que la muflerie des hommes fait planer sur la féminité.

Assise dans sa robe blanche sur un tabouret d'osier, Erika caressait en souriant les cheveux de sa mère.

— Maman, nous ne vivons plus dans ton siècle. Je ne sais au juste si c'était le XVIIe ou le XVIIIe — tu n'as aucune mémoire des chiffres — mais nous n'avons plus aucune chance d'échapper à l'égalité avec les hommes... Elle est là. En Amérique, les hommes ont même inventé un mouvement spécial, le Mouvement de Libération de la Femme, qui est une sorte de cinquième colonne masculine, dont le but est de démystifier la femme et de la faire tomber ainsi à leur niveau... Brr !

— Ma chérie, il y aura encore de beaux jours, dit Ma en avalant une gorgée de thé, résolument.

Elle parut se perdre dans la contemplation de ces radieuses perspectives.

— Ce qu'il faut créer, c'est un grand mouvement populaire qui s'efforcerait d'encourager toutes les formes de mystification, dit-elle. Évidemment, une mythologie vaudrait mieux, mais il faut pour cela le vrai génie, et à ma connaissance, seul Malraux a tenté cela avec les peintres. Si on n'arrive pas à remystifier l'humanité, ça va finir encore une fois à Auschwitz. Tu sais ce que c'était le nazisme, le fascisme ? Une démystification de l'homme. Un moment de vérité. Du réalisme. J'ai assisté au début de cette affaire au XVIIIe siècle, avec la guillo...

— Maman, je t'en prie, dit Erika en riant. Il n'y a

pas de témoins. Ce n'est pas la peine de monter sur tes grands chevaux.

Sa mère lui jeta un regard sévère.

— Il faut d'abord savoir se mentir à soi-même, si on veut arriver à convaincre les autres et à créer quelque chose de valable. Ce qu'on appelait de mon temps l'Europe des Lumières, la civilisation, c'est une très jolie histoire que les hommes, et surtout les Français, se racontaient sur eux-mêmes. Il y a dans chaque être civilisé une part qui est faite de beaux mensonges, et si on la détruit, ce qui reste, c'est la bête. L'illusionnisme a été la plus grande, la seule entreprise culturelle de l'Histoire. Je ne te parle pas de Cagliostro, je l'ai connu, c'était un peigne-cul. Je te parle aussi bien d'Homère, de Pétrarque, que de Shakespeare : il n'y a pas un mot de vrai là-dedans, mais ces affabulations ont créé une vérité qui nous protège tous. Une civilisation qui se dépouille de ses voiles de mythes ne mène pas seulement à la nudité : elle mène à l'invisibilité. L'homme devient invisible : on ne le reconnaît qu'au cadavre. On ne peut détruire cette part d'illusion — liberté, égalité, fraternité, dignité, honneur — sans se retrouver dans un univers concentrationnaire ou à quatre pattes en train de bouffer de la merde, comme je l'ai vu faire à Maupassant dans son asile. Le tout est de viser haut et ferme dans l'imposture, avec génie. L'intendance suivra. Si Dieu doit naître un jour, c'est que nous aurons su l'inventer. Sans compter qu'il n'y a aucune preuve, aucune, que la réalité existe. La terre et l'humanité, c'est peut-être la littérature de quelqu'un. Ma fille, il faut toujours s'embarquer pour les Indes Occidentales inexistantes pour découvrir l'Amérique. Nostradamus — je l'ai très bien connu, il fut le premier à me parler de De Gaulle — me disait que, pour lui, le grand drame du XXe siècle serait la démystification. Il se faisait un mauvais sang du tonnerre — c'était un grand nerveux, tu sais — parce qu'il voyait le XXe siècle s'adonner aux vérités scientifiques, une véritable catastrophe, il s'arrachait les cheveux — car l'humanité risquait d'y perdre ses raisons de vivre. Il prédisait un ennui mortel suivi de destructions épouvantables, par haine de la réalité. Il y avait toutes sortes de choses qu'il n'osait même pas annoncer par écrit, parce qu'elles étaient justement trop *vraies :* ce n'était pas à lui qu'il fallait demander d'ouvrir les yeux aux hommes, ça, c'était une tâche pour des monstres comme Hitler et Staline. Le comte de Saint-Germain le savait parfaitement, et lorsqu'il annonçait la venue de l'âge de la Raison, il entendait par là que la science saurait enfin à quel moment elle devrait passer la main à l'art. Je ne te parle pas de n'importe quel margoulin, bien sûr, comme Casanova, qui n'était qu'un zizi, mais d'authentiques mystificateurs, ceux qui ont vraiment, d'abord inventé et ensuite fait circuler pendant des siècles et même des millénaires, d'admirables courants spirituels. Qu'est-ce que tu veux que ça me foute, la vérité sur Jésus ? A existé, n'a pas existé, a dit, n'a pas dit, le Fils de Dieu, un illuminé ?... C'est du café du Commerce : ce qui a compté, c'est le christianisme. Nostradamus me parlait également de Mao avec une très grande estime et même avec des trémolos dans la voix, car voilà un charlatan qui était devenu un dieu vivant au nom de la réalité socialiste et qui avait bâti une Chine nouvelle avec l'œuvre d'un juif occidental, en même temps qu'il prohibait tout ce qui venait de l'Occident, y compris Beethoven. Admirable jonglerie, quelle classe, quelle maîtrise !

Danthès souriait dans le crépuscule, la main posée sur le lourd rideau gris, doux au toucher, et la brise qui portait vers lui l'amitié du jardin faisait vivre sur son visage les derniers instants des lilas d'août. Les confidences d'Erika qui lui revenaient à l'esprit en cette heure de couchant étaient toujours aussi un peu celles de Malwina, et la voix de la jeune femme ressemblait tellement à celle de sa mère qu'il se revoyait, petit attaché d'ambassade, debout dans ce même salon, alors en ruine, écoutant les leçons de cette femme trop versée, peut-être, dans les subtils arcanes du vivre pour qu'on pût se fier entièrement à son jugement par trop professionnel :

— Il y a des mensonges qui ont été féconds et des vérités qui n'ont été que destructrices... Nostradamus...

— Je vous en prie...

Elle riait.

— ... Enfin, bon... La Rochefoucauld me disait : L'homme disparaîtra peut-être un jour de la terre dans un éclair d'effroyable compréhension, à laquelle il ne pourrait survivre, parce que les illusions... deviendront impossibles.

— Il y a la fin, mais il y a aussi la décadence... Tout ce qui parle de point final et sans suite refuse simplement de changer...

Il savait que nul homme, peut-être, plus que lui, n'était tenté par cet au-delà que Malwina appelait charlatanesque, mais qu'il appelait Europe. Pendant cinquante siècles, toutes les raisons de vivre avaient été hors de la vie, elles le demeuraient encore sous le nom de culture, qui avait désormais charge d'âmes et d'hommes, mais cette dimension où s'effectuait la thésaurisation des chefs-d'œuvre demeurait encore celle de l'évasion et du plaisir et n'annonçait aucune résurrection. L'Europe des cathédrales comme celle des musées et des symphonies continuait à exiger la métamorphose, à éclairer de ses lumières tout ce qui était laideur, horreur, monstrueux égoïsme : tout ce qui était et ne cherchait pas à devenir. Mais cet espoir n'avait jamais mené plus loin qu'une fête de l'esprit. La génération nouvelle rejetait les pactes avec toute réalité, communisme, bourgeoisie, fascisme. Mais cette génération ne s'apercevait même pas qu'elle demandait seulement aux idées révolutionnaires ce que la bourgeoisie attendait de l'art, et que ces idées passaient ainsi dans la culture, c'est-à-dire qu'elles ne touchaient plus à rien. Danthès avait dit à Erika : « Votre mère et moi, chacun à notre façon, nous cherchons à démystifier la réalité dont on essaye en ce moment de faire un nouveau mythe. En ce sens, c'est sans doute mon fils trotskiste qui a raison lorsqu'il voit, dans l'Europe et dans toute la culture occidentale, l'alibi et le refuge des élites en état de siège, qui se sentent condamnées parce qu'elles n'ont rien d'autre à offrir... »

— Maman, tu devrais rentrer. Tu frissonnes...

— Apporte-moi mon châle.

Erika alla chercher le cachemire fauve et enveloppa les épaules de sa mère. Elle demeura un instant penchée sur elle, sa joue contre la sienne.

— Je ne sais pas ce que j'ai, ce soir, dit Ma, mais je me sens un peu triste. Il est certain qu'après ton mariage, nous ne pourrons plus vivre comme auparavant. Tu auras à tenir ton rôle d'ambassadrice de France, et je suppose que je ne pourrai plus donner mes consultations. C'est dommage, cela me manquera. J'adore prédire l'avenir des gens qui n'en ont pas, qui ne font que continuer. Au fond, ils ne viennent pas tellement pour connaître l'avenir, mais dans l'espoir qu'on va arranger ça pour eux. Il y a toujours dans l'esprit de mes clients l'idée qu'une grande voyante est comme cul et chemise avec le Destin et qu'elle peut donc intervenir en leur faveur. Il est du reste vrai que le Destin est un vieil ami, je l'ai connu, en 1720 chez le comte de Saint-Germain. Saint-Germain recevait très bien, quoiqu'il ne touchât jamais à la nourriture lui-même, et le Destin avait chez lui ses petites habitudes. D'ailleurs, c'est le contraire d'un gourmet : c'est un gros mangeur. Je pense qu'il tient cela de famille, de son cousinage avec la Mort. Cette race-là, ça bouffe tout, sans aucune discrimination. Saint-Germain mettait le Destin au bout de la table, parce qu'il détestait ses manières. Finalement, c'est un très petit monsieur. Les Grecs en faisaient grand cas, bien sûr, mais il faut dire que lorsqu'on a Sophocle, Euripide, etc., pour vous habiller, on a évidemment toujours grande allure. En fait, le Destin, qu'est-ce que c'est ? Une espèce de souffleur dans un théâtre où les acteurs ne savent jamais leur rôle. Ça traîne partout, se contente de n'importe quoi, même d'un accident d'automobile...

Erika imaginait la tête que faisaient les clients de Ma lorsqu'elle leur tenait ce langage, dans le petit salon où elle les recevait et où elle était entourée des souvenirs de toutes ses vies passées, et de portraits dédicacés de ses meilleurs amis, dont celui de Giacomo Casanova, qui avait écrit en français : « À mon inoubliable amour Malwina von Leyden, son fidèle... » Le plus étonnant de ces portraits était une photo jaunie de Nostradamus, car on ignorait en général que celui-ci non seulement prédisait l'avenir, mais aussi le fréquentait, et sa photo, la seule qui existât en dehors d'une autre, conservée à la Bibliothèque nationale, le représentait en compagnie de Ma, de D'Annunzio et du Destin, chez Mussolini, en 1930. Lorsque les visiteurs se révélaient incapables de comprendre comment Malwina von Leyden avait pu se trouver chez Voltaire à Ferney, en 1730, alors que le maître n'y habitait pas encore, et parfois aussi pour éviter les crises d'hystérie des dames qu'affolait la photo de Ma assise aux côtés de la Mort à une répétition de *L'Aiglon*, sa mère leur expliquait, pour rassurer ces pauvres petites vies, qu'il s'agissait de photos de théâtre et de bals costumés. Erika avait été élevée dans ce cadre cent pour cent autobiographique que Ma reconstituait dès qu'elle se fixait quelque part, au cours de leurs pérégrinations à travers l'Europe, mais il était évident que pour une âme simple, qui ignorait tout des secrets de la Troisième Pyramide, du Triangle des Rose-Croix, des formules contenues dans le livre du Frère Visiteur, et qui se trouvait brusquement en présence d'une vieille femme aux allures de chouette trop maquillée lui parlant de sa vie à la cour des Borgia, c'était une expérience inquiétante, si bien que personne jamais, parmi les clients de Ma, n'avait osé discuter le prix de la consultation. Jarde était venu voir le cabinet de travail de Ma et en était ressorti convaincu que ce musée de tout ce que les rêves ne pouvaient accomplir pour l'homme expliquait en partie les troubles psychiques d'Erika, bien que les mots « troubles psychiques » fissent sourire cette dernière : ils témoignaient, chez le jeune docteur, d'un attachement assez méprisable à la grammaire, la syntaxe, et tous les verbes réguliers du réel. Que Ma fût ou non née Machka Borowski, à Rostock, ainsi que l'affirmait un article d'une revue spécialisée dans la bassesse, était aux yeux de sa fille strictement sans importance : sa mère était capable de n'importe quel faux et s'était sans doute dotée de ces origines très communes par prudence, à une époque où la démocratie se faisait particulièrement menaçante. Au moment du scandale financier de Joanovici, auquel Ma fut mêlée au lendemain de la guerre, un journal anglais avait publié sa photo avec cette légende : « Malwina von Leyden a toujours su éviter la prison. » Elle faillit faire au journal un procès en diffamation, car, disait-elle, ce sont des titres d'honneur que d'avoir été embastillée par Louis XIV et d'avoir passé un mois à la Conciergerie sous la Terreur. Cela fit beaucoup rire les imbéciles, mais fut une excellente publicité pour la voyante extralucide. Danthès, lui, savait que c'était vrai, que Malwina avait été bel et bien guillotinée sous la Révolution, après avoir été brûlée deux siècles auparavant comme étant possédée du démon ; il savait que cette infirme se mouvait entre le domaine des songes et celui de son fauteuil à roulettes avec la plus grande facilité.

XXXV

Le crépuscule, ce petit maître intimiste qu'il préférait aux grands épanouissements goethéens du jour et aux mélodrames hugoliens de la nuit, effaçait l'excès des contours et des contrastes, grattant ici et là ce qu'il y avait d'un peu excessif dans le jeu des couleurs, modérant les bleus éclatants de ce ciel italianissime aux bravoures de ténor. C'était un ciel de gestes grandiloquents et de main sur le cœur, qui semblait avoir gardé le souvenir de douze mille opéras créés à Venise seule au siècle des Lumières, un ciel de scherzos et d'*arias* qui éveillait des soucis d'acoustique plutôt que d'infini. Le soir glissait doucement avec ses vaisseaux fantômes, fumées, légèreté des brumes, derniers rayons, cercles miroitants dans l'eau autour de quelque chute d'insecte et de lumière, curieux instant éphémère qui se glisse dans les lourds rouages du Temps et ne cesse de finir, bref passage d'une quiétude où se mêlent la fraîcheur de l'eau et la dernière chaleur de la terre, courte amnistie du cœur et pitié pleine de tendresse de la Vierge Sérénité. Il était presque l'heure d'aller rejoindre Erika pour leur promenade en barque, mais il s'attardait dans son effacement, dans cette lente errance du Temps où rien n'était ni achevé ni commencé. C'était l'heure de la sensibilité où s'atténuent les couleurs et les interrogations. La sensation d'être sorti, en laissant derrière vous quelques petits objets personnels et juste ce qu'il fallait de vous-même pour vous permettre de vous retrouver. Il resta un moment encore à attendre, à peine esquissé entre les papiers peints des murs qui jetaient dans les glaces leurs diagrammes pointillés ; le vide l'entourait de son architecture, plans, angles, lignes droites sans hésitations ni détours, — chorégraphie méticuleuse et ordonnée de l'absence, tableau de Chirico où toutes les questions informulées de l'angoisse d'exister étaient posées par un mannequin à tête sans visage, dressé sur les dalles de pierre d'une implacable géométrie. Sa femme et son fils devaient arriver le lendemain et il répéta encore une fois dans sa tête ce qu'ils allaient se dire.

Erika ôta le plateau des genoux de sa mère et alla le poser sur la table à côté du Baron qui reconstituait sur un échiquier la partie à distance de Capablanca contre Alekhine, gagnée par ce dernier en 1931. « Putzi » ne semblait relever de la condition humaine que par son air de mystère, mais Erika était persuadée que ce masque intéressant ne cachait que le vide. L'apparence du Baron, bien qu'elle fût faite d'une élégance uniquement vestimentaire, paraissait couvrir de tels trésors de dignité, qu'il ne manquait jamais de trouver un protecteur : on aimait avoir ça à côté de soi. On se sentait secrètement flatté par sa présence, comme si on se fût procuré à bon compte un Albert Schweitzer, — ce qui permettait ensuite à la canaille d'être fière de l'espèce à laquelle elle appartenait. Le visage du maroufle était légèrement cramoisi, ses joues gonflées ; il tremblait un peu sur ses assises comme s'il essayait de retenir un rire homérique qui eût été incompatible avec son imposture de secret insondable et de gravité. Peut-être pensait-il, ainsi posé au bord de l'hilarité, à la phrase que Jean-Jacques Rousseau avait écrite à Malwina, dans sa dernière missive : « Il n'y a plus de Français, d'Anglais ou d'Allemands, il n'y a que des Européens », parlant ainsi des caniches de salon et oubliant entièrement ces humbles bâtards, les masses populaires, où Voltaire, Diderot et Rousseau lui-même recrutaient simplement leurs domestiques. Le peuple répondit à ces jeux futiles en passant à quelque chose de sérieux : il coupa la tête des premiers Européens...

Danthès imaginait Erika en train de se préparer à la promenade, en même temps qu'il gardait un œil sur le père adoptif. Il se demandait pourquoi il était à ce point fasciné par ce personnage. On pouvait évidemment traiter d'imposteur et de parasite ce Proclamateur, mime d'une Dignité impérissable, Cultivateur de majuscules et Rédempteur des mots, ce Grand d'Espagne de Notre Noblesse Essentielle, Annonciateur d'Ultime Arrivée, Récitant muet, dans le secret absolu de son cœur, de l'infaillible supériorité de l'homme sur tout ce qui lui arrive, Porteur du Message, Estafette du Salut, auquel des milliers de croyants à travers les âges avaient offert couvert, gîte et chemises propres. Il était cependant difficile de ne pas admirer l'extraordinaire persévérance qu'il déployait dans son numéro, malgré tout ce que la réalité faisait depuis des millénaires pour le démystifier et le démasquer, de massacre en massacre et de persécution en persécution.

Un sourcil levé, avec les légers frémissements chaplinesques de sa petite moustache grise, le Baron contemplait l'avenir radieux de l'espèce à laquelle il faisait mine d'appartenir, d'un œil quelque peu vitreux. La seule trace de caractère humain qu'il présentait était une haleine fortement marquée par un whisky d'honnête qualité. Avant que Ma l'eût recueilli, après la mort du petit chien *mops* que Catherine de Russie lui avait donné, le Baron avait déjà beaucoup servi. Danthès avait dit à Erika qu'il était apparu pour la première fois à la Renaissance, à la cour des Médicis, bien que certains historiens croient découvrir déjà sa trace dans la notion de chevalerie, et il avait été le compagnon inséparable d'Érasme, lequel en parle à plusieurs reprises avec estime dans son *Éloge de la folie.* Sur les tableaux de l'époque, on le trouve en compagnie de toutes les allégories aux fesses abondantes, Vertus, Europes emportées sur le dos du Taureau Jupiter, fêtes de l'Esprit en compagnie des Muses, Gloires ailées et festins d'Épicure, et sa ressemblance est particulièrement frappante avec le philosophe penché sur son écritoire dans le célèbre tableau de Rosencranz, à la Pinacothèque de Munich, où l'on voit le Baron écrire un traité sur l'immortalité de l'âme, à la lumière d'une bougie, cependant qu'autour et au-dessus de lui froufroutent toutes les Vérités qui éclairent le Monde. Danthès prétendait que le plus grand effort et la plus grande réussite du Baron, dans cette permanence de l'imposture qu'il assurait à travers les âges, fut de se maintenir aussi propre qu'au premier jour de la foi en l'homme. Ma avait songé à l'installer sur un autel, dans le cabinet où elle recevait les clients, ce qui lui eût permis d'augmenter ses honoraires, mais elle y renonça par égard pour les anciens : l'Église traversait des heures difficiles, et ce n'était pas le moment de lui faire de la concurrence. Le Baron était en tout cas un merveilleux Arlequin sur le chemin étoilé de l'universelle dérision, inséparable de toute foi authentique qu'elle mettait à l'épreuve, et sa présence était pour Ma d'un grand réconfort moral. Il mimait l'aristocratie essentielle de l'homme, le mépris des contingences simplement historiques, l'attente, patiente et inébranlable dans la certitude, de l'Utopie ; on le sentait toujours prêt à enjamber encore quelques millions de cadavres et, la main levée en visière au-dessus des yeux, à contempler par-dessus Auschwitz l'Europe future, malgré tous les chiens hurlants de la réalité accrochés à ses basques. Il y avait belle lurette que l'homme s'était élevé à lui-même cette admirable statue. Il suffisait de l'entretenir.

Erika enfouit la tête dans ses bras et se mit à rire. Tricheur au jeu, maquereau, trois ans de prison pour fausse monnaie, chèques sans provision, dettes envers l'imaginaire que l'humanité n'arrivera jamais à payer... Le rire devenait hystérique et il ne fallait pas inquiéter Ma. Mais elle sentait que Danthès veillait sur elle et ce fut lui, en effet, qui mit fin à ce rire au bord des sanglots. Elle se dit qu'elle devait cesser de jouer à la poupée, d'habiller son angoisse de personnages ; les déguisements flottaient sur le vide et les masques finissaient toujours par tomber, n'ayant pu cacher ce qui n'avait ni forme ni visage ; Pierrot, Arlequin et Colombine vous aidaient quelques instants de leur aérienne légèreté, mais ils s'essoufflaient et s'effaçaient très vite : montaient alors de tous côtés les tourbillons d'invisible et les sifflements de la peur. C'était, grommelait Jarde, de fâcheuses habitudes ; elle devait s'arranger avec la banalité : vivre et aimer, c'était l'art de transiger ; si on laissait grandir impunément tous les nounours de l'enfance, ils finissaient par devenir des monstres effrayants. À sept, huit ans, on peut bavarder sans danger avec le Prince Charmant, aller au bal avec le Chat botté ; à vingt-trois, la fête de l'imaginaire risque de vous garder pour toujours et vos jouets finissent alors par vous emporter. Mais il était difficile de se résigner. Bon, Ma n'avait été qu'une pute de grande classe et puis une maquerelle, avant de devenir

« conseillère d'avenir » à cent francs la passe de l'illusion ; le Baron n'avait d'autre mystère que tout ce qui pousse les hommes à boire ; oui, il fallait se résigner ; a, b, c, d, l'alphabet, la grammaire, la syntaxe de vivre ; la ponctuation de rêver un peu, d'aimer un peu et le point final de mourir. Il fallait, disait Jarde, apprendre à accepter la fraternité de tout ce qui est peur dans le cœur des hommes et ne peut être expliqué ; il y avait, pour lutter contre cette effrayante absence de sens, les consolations de la musique, de la poésie, des chefs-d'œuvre : oui, il fallait accepter de vivre avec moins que rien. Mais déjà le sourire de défi à la fois coupable et amusé revenait aux lèvres d'Erika ; ce que ce cher docteur ne comprenait pas, c'est que ses excès d'imagination venaient peut-être d'ailleurs, qu'ils étaient le fruit d'une *autre* imagination. Bonne fée, petite fée, douce fée, il ne suffit pas de savoir que tu n'existes pas pour douter de ton existence. *Savoir* était une véritable folie, une incroyable prétention, une conspiration rassurante *de tous ceux qui ne savaient pas.* Eugène Onéguine avait toujours été un de ses personnages préférés ; elle eût aimé rencontrer Pouchkine, et s'il était absurde de rêver d'une telle rencontre, c'est que l'absurde avait du plomb dans l'aile ou même n'existait plus, c'est qu'il était devenu cohérence, logique implacable et qu'il avait succombé sous le poids de deux et deux font quatre. Mais d'abord, il fallait tirer le fauteuil de Ma à l'intérieur et fermer les portes du balcon, car il montait du lac au crépuscule une humidité que son pauvre corps immobile ne supportait guère. Erika se leva, poussa le fauteuil dans la chambre. La famille était une fois de plus réunie. Une famille d'escrocs : c'était notoire. Mais de tous les trois, c'était elle la plus douée.

— Je veux aller chez le coiffeur demain, dit Ma. Est-ce qu'il y en a un de convenable dans le village ? J'ai tous mes baumes avec moi, mais cela demande des heures et des heures de soins, je me fatigue facilement. J'aurais dû ouvrir un salon de beauté : avec mes secrets, j'aurais fait fortune.

— Nous irons à Florence très tôt le matin, si tu veux. Avant mon « accident de vélo... ».

— C'est un grand jour. Je tiens à me sentir en pleine forme...

Elle parlait comme si elle devait tirer elle-même les fils du Destin, et que ce ne fût pas là un travail des plus faciles.

— Et si ça ne marche pas ? S'il passe à côté ?

— Ab-surde. C'est déjà fait. Je vais te dire, mon petit : même si nous n'étions pas venus ici, même si nous n'avions pas arrangé ce rendez-vous, il t'aurait rencontrée et il t'aurait épousée.

— Le Destin ?

— Oui, tu sais, il a envers moi quelques dettes. Bien sûr, nous sommes un peu en froid, depuis mon accident. Mais il y a des choses qu'un cœur de mère...

— Maman, je t'en prie. Ça fait peuple.

— Et depuis quand le peuple est-il une mauvaise affaire ?

— « Le cœur d'une mère », c'est dans les bidonvilles. Nous n'y avons plus droit. Nous n'avons plus droit qu'aux choses de l'esprit...

Sa mère ne répondit pas, et Erika se retourna, étonnée par ce silence : Ma tenait toujours à avoir le dernier mot. Elle fut bouleversée de voir des larmes dans ses yeux où finissait le jour.

— Oh maman, *please*... Je te demande pardon...

— Ça ne fait rien, va. Mais il est très difficile de vivre dans un fauteuil d'infirme, Erika. Cela demande pas mal d'illusions. Il faut se moquer un peu de tout, pour ne pas se prendre au tragique. Quant au peuple, ce n'est pas encore, que je sache, un corps mystique. Si l'on doit en parler toujours avec respect et à genoux, autant lui bâtir des cathédrales. L'irrespect est la seule épreuve dont ce qui est respectable sort toujours victorieux. Diderot écrivait dans une lettre à Sophie Volland que la vertu « permet à l'imagination ses écarts », et qu'un mot ne lui déplaît « que quand il est trop chargé de respect »... Tu sais, naturellement, qui était Sophie Volland ?

— Bien sûr, dit Erika doucement. C'était toi.

Elle posa un instant la main sur l'épaule de sa mère, puis sortit.

XXXVI

Le soir qui venait épargnait encore les glaces où le ciel, face au balcon, jouait au rose et bleu ; le parquet ne craquait pas sous les pas des fantômes, des Guarnari, Baldini, Sforza, qui venaient ici jadis bercer leurs loisirs, mais sous les morsures de cette heure humide où s'alourdissaient les senteurs et les regrets ; Danthès n'arrivait pas à rompre avec les ombres. Cette grisaille glissait sur lui comme une gomme maternelle, l'aidait à exister moins, à s'atténuer ; le monde matériel retournait à un état d'esquisse ; ses clameurs finissaient dans la musique du silence ; les grands rythmes respiratoires n'étaient plus qu'un souffle ; la conscience glissait lentement au fil des moments oubliés par le Temps et dans une immobilité de l'instantané frappé d'éternel : celle de la longue chevelure noire d'Isis se muant en fleuve, sur le tableau de Clémentius Ghelrode, à Berne. L'imagination n'arrivait ni à finir son œuvre en l'imposant au monde visible ni à se contenter de ses croquis immatériels. Il voyait la lourde Mercedes décapotée, le profil de Malwina au volant ; ses larmes. Il avait rompu avec elle quinze jours plus tôt et n'aurait pas dû aller à ce bal arrogant de Versailles : il avait manqué d'égards envers son propre chagrin. Mais à vingt-cinq ans, alors qu'il venait de sacrifier un amour scandaleux à sa carrière, il lui fallait étourdir sa honte dans le bruit, cacher le sentiment de sa médiocrité et de sa petitesse d'âme sous un air de fête ; fuir dans l'élégance, habit et orchidée, oublier cette impression de faillite que lui avait laissée, malgré toutes les raisons qu'il se donnait, cette rupture avec la passion au nom d'une éthique imposée par les poids et mesures des autres... Il était arrivé à Versailles dans les premiers. Il ne s'attendait pas à trouver Malwina parmi les invités de Lady Mendl. Pourtant il savait que la superbe Anglaise avait peu de préjugés et qu'elle n'en avait aucun lorsqu'il s'agissait d'une fête vénitienne. La réputation scandaleuse de Malwina, consacrée par son rôle au « château » de Lebenthau, était connue de tous, mais pour une fois elle jouait en sa faveur : Lady Mendl n'hésita pas à la convier à son bal costumé de Venise au XVIIIe, enchantée de pouvoir donner au thème de sa fête cette touche ironique d'authenticité que lui conférait la présence d'une maquerelle de haut vol. Il vit Malwina déguisée en diseuse de bonne aventure, entre l'ambassadeur d'Angleterre Duff Cooper en gondolier et Marie-Laure de Noailles, qui était venue sans déguisement, ce qui était pour cette grande dame de l'imaginaire le déguisement suprême. L'Anglais, qui était un homme d'amour et qui avait pour la beauté tous les pardons, connaissait, comme tout le monde à l'époque, la passion que Malwina avait vouée à un assez quelconque attaché d'ambassade. Danthès crut se trouver devant la statue du Commandeur qui le foudroyait du regard : Duff n'aimait pas les petites natures. Malwina s'écarta, alla se perdre dans la foule où les Turcs, les Dalmates, les Levantins cherchaient à reconstituer l'atmosphère du *Broglio* au son d'un orgue de Barbarie sur lequel s'agitait un petit singe au visage noir qui tirait le billet où l'on pouvait lire le Destin. Danthès la vit disparaître parmi les laquais qui portaient la livrée du doge Luigi Mocenigo et les généraux américains, aussi peu convaincants que possible dans la dentelle et la soie, qui avaient l'air de détectives privés mal déguisés chargés de veiller sur les bijoux.

— Je ne suis pas de ceux qui croient que plus on vole bas et plus on va loin, dit Duff Cooper.

Danthès ne fut jamais sûr que l'ambassadeur lui avait vraiment lancé cette phrase, mais il l'avait entendue. Duff lui avait tourné le dos et parlait à Marie-Laure. Le jeune homme fut bouleversé par cette estocade ; car enfin, quel était l'homme du monde qui n'avait jamais abandonné ? Il alla échanger quelques mots avec Voizel, qui était son chef à la direction d'Europe et qui bavardait avec Louise de Vilmorin.

— Vous avez remarqué qu'il n'y a pas un seul Casanova dans la foule ?

C'était absurde : il fallait en finir avec ce sentiment de culpabilité qui donnait aux propos les plus anodins un écho de persiflage et d'allusion.

— Je crois qu'il y a au contraire un Casanova ou plusieurs, dit Louise, mais on les confond avec les laquais. Imaginez dans cette foule un homme en costume de flanelle : il aurait l'air d'un revenant...

Il y avait là trois cents personnes : il lui fut facile d'éviter Malwina au cours de la nuit. Mais ce qu'il ne pouvait guère éviter, c'était ce sentiment d'échec : à l'aube de la vie, il avait pris une décision sage, raisonnable, il s'était rangé. Il ne se serait fait nul reproche s'il avait rompu avec Malwina pour avoir cessé de l'aimer : ce qui meurt n'a pas à s'excuser. Mais il l'avait quittée comme un épicier fait ses comptes, il avait pesé le pour et le contre, alors qu'il l'aimait profondément, et seule la lâcheté pouvait avoir ce courage-là. D'abord, on lui avait dit : « Attention, mon petit, elle a douze ans de plus que vous... c'est de la folie. » Et puis, les noms des amants, une vie d'aventurière... « Vous êtes complètement fou. » Mais elle avait une beauté extraordinaire et sans âge, ou plutôt une beauté sur laquelle tous les âges avaient glissé sans l'avoir ternie. Dans l'immensité intérieure de ses yeux gris dont la couleur avait avec sa chevelure noire des rapports de subtile alliance, il y avait des éveils du regard, d'une gaieté, d'un bonheur et d'une pureté qui lui avaient interdit de sourire lorsqu'elle murmura : « C'est la première fois. » Diderot avait dit de la Volney : « Pour qu'une femme eût tant d'amants, il fallut qu'elle fût sans amour. » En quelques mois, elle lui fit le plus grand don que l'amour peut offrir : l'impression qu'il ne fait que commencer. Lorsque Danthès la quittait, il ne se sentait jamais seul : la solitude est trop jalouse, trop exigeante pour supporter que tout en elle vous parle d'une autre.

Malwina avait un passeport autrichien et, pour l'épouser, il fallait l'autorisation du Quai. Bien avant d'avoir soumis sa demande de mariage au Département, il avait été convoqué à la direction du Personnel. Le ministre plénipotentiaire qui l'avait reçu se piquait de littérature et d'originalité : deux grands caniches accueillaient les visiteurs dans son bureau. Il était de cette génération qui avait suivi de quelques années celle de Paul Morand et s'habillait encore chez les mêmes tailleurs.

— Mon petit, faites ce que vous voulez, mais cessez de vous afficher. Vous êtes tombé dans les filets d'une aventurière. On murmure que vous prenez cela très au sérieux... Vous ne pouvez pas songer sérieusement à donner votre nom à ces restes de l'Europe galante. Elle a été la maîtresse de tout ce qui, à notre époque, est encore capable de se ruiner pour une femme. Mais ce n'est pas le plus grave. Vous avez entendu parler du comte Lebenthau ?

— Pas depuis les croisades, dit Danthès.

— Oui, eh bien, voilà. Lorsque la vieille noblesse décide de se convertir au goût du jour, en général elle n'y va pas par quatre chemins. Le château de Lebenthau est devenu une maison de passe, et même tout simplement un bordel, et c'est Malwina von Leyden qui dirige ça...

Danthès s'était caché derrière un sourire. Elle ne lui avait encore rien dit.

— La culture a toujours eu de très mauvaises fréquentations, monsieur le Ministre, dit-il. Est-ce que vous croyez qu'on peut séparer l'idée de l'Europe du libertinage ?

— Curieuse, cette conception de la débauche éclairant le monde, à votre âge... Pour ouvrir une petite parenthèse, je vous signale que l'Europe n'a jamais existé. Il n'y a eu que des esprits européens... Plutôt que de poursuivre cette muse du côté du cardinal de Bernis et des *Liaisons dangereuses*, on peut se tourner du côté de Descartes ou de Pascal...

— Me faudra-t-il démissionner ?

— Allons, allons, mon petit. Vous n'allez pas faire cette connerie ?

Il chercha des excuses et les trouva là où on en trouve toujours : dans une certaine philosophie. Cette femme qui lui parlait des siècles qu'elle avait connus, mais en riant, pour qu'il ne mît pas en doute sa raison, lui avait apporté plus qu'elle-même : la compagnie de tous ceux dont le présent sait doter le passé, à la lumière d'une connaissance historique que le passé n'avait pas de lui-même, et à l'aide d'un talent qui permet de donner à ce qui n'avait jamais existé, ou avait existé autrement, plus pauvrement, parfois plus salement, une somptueuse présence. Cette façon qu'elle avait d'évoquer ses « fréquentations », de la Renaissance à Nietzsche, le plongeait dans un enchantement où il se plaisait à présent à reconnaître une rêverie aristocratique, un goût de tout ce qui, en parlant de ces magnificences, ne parlait jamais ni de misère ni de souffrance, ni de cette indifférence, sinon de cette pitié que les élites éprouvaient pour le peuple, uniquement parce qu'il manquait d'esprit. Danthès feuilleta mentalement, avec une attention scrupuleuse, page par page, tous les chefs-d'œuvre dont s'enorgueillit l'intelligence : d'Érasme à Racine, et de Pascal à Voltaire, il ne trouva rien qui fût, dans les rares références à la souffrance populaire, autre chose qu'une occasion de philosopher aimablement ou profondément. Les feux d'artifice sont toujours des divertissements, ceux de l'esprit comme ceux du surintendant Fouquet. Si, plus tard, après l'aveu, il n'avait jamais éprouvé le moindre dépit lorsque Ma lui parlait si franchement de ses aventures, y avait-il dans cette absence de reproche et d'amertume un signe de grandeur d'âme, ou simplement un goût de la fête, de cette fête que fut — elle ne fut rien d'autre — l'Europe, et qui s'accompagne toujours d'une tolérante compréhension ? Mme de Pompadour procurait à Louis XV des fillettes de neuf ans, dans ce fameux Parc-aux-Cerfs, quitte à les marier ensuite avec de belles dots, et cela s'appelait douceur de vivre. Jacques Bonhomme crevait dans la crasse, mais c'était avec Jacques le Fataliste que s'entretenait Diderot. La culture était née dans les délices et s'épanouissait dans les plaisirs : c'était le début de la grande dichotomie, pour ne pas dire de la schizophrénie, dont le monde ne s'était jamais remis et dont devait naître la lutte des classes. Il se força à reconnaître que l'Europe n'avait jamais été pour lui autre chose qu'un jardin de délices, et que *Les Désastres de la guerre* signifiaient avant tout à ses yeux la beauté de Goya. *Les Voix du silence* de Malraux, plus peut-être que toute autre œuvre, montrent avec génie tout ce qui dans le génie se suffit à lui-même et ne débouche sur rien d'humblement humain : l'ivresse des sommets demeure sur les cimes, et si Choderlos de Laclos et Baudelaire furent les premiers à s'assurer délibérément la collaboration littéraire du Mal, d'Érasme à Voltaire, celui-ci n'avait jamais été traité par la Culture comme une réalité sociale, mais comme une ombre intéressante au tableau. Personne ne se montra plus éloigné d'un tremblement de terre que Voltaire lorsqu'il philosophait sur celui de Lisbonne. Ce qui attirait le jeune attaché dans l'amoralisme et le charlatanisme de Malwina von Leyden, c'était bel et bien tout ce bonheur que la Culture se contentait d'offrir en elle-même, sans jamais remédier au malheur des hommes...

Il fallait rêver autrement pour lutter et pour bâtir.

À l'époque, Danthès s'était bien gardé de chercher ce qui, dans ces généralisations, lui servait simplement à couvrir sa fuite : à titre de dédommagement envers l'honneur, il avait fait vœu de s'oublier, de ne plus avoir de vie personnelle. La culture n'était pas possible avant la fin du privilège culturel. Personne ne pouvait se réclamer d'elle avant le partage. L'Olympe était un ghetto. On avait fait trop pour les dieux qui n'avaient rien fait pour les hommes et ne s'intéressaient à eux que pour recevoir de nouveaux tributs et s'enrichir encore davantage de leurs offrandes de génie. Vingt ans plus tard, Danthès comprenait admirablement son fils lorsque celui-ci parlait de la « pute-culture », disait qu'on allait au musée comme au bordel, dénonçait l'humanisme et ses grands concerts, cette musique de chambre égoïste et intimiste qui avait toujours ignoré la rue pour se réfugier dans les salons. Pour l'heure, ayant pris cette décision de rompre avec tout ce qui était le souci de son propre bonheur, le jeune homme se trouva en excellente forme pour rompre avec Malwina. Il s'était à ce point bercé de son petit opéra moral qu'il ne vit aucune contradiction entre cette nouvelle vocation au sacrifice et la promotion au grade de secrétaire d'ambassade, vite arrivée, dès qu'il eut retiré sa demande d'autorisation de mariage. Sa rupture avec Malwina eut lieu dans les jardins du Palais-Royal, ce qui relevait encore d'une habile diplomatie : en tête à tête, entre quatre murs, sans souci des passants, c'eût été insupportable. Il ne lui avait pas donné signe de vie depuis trois semaines et, pendant tout ce temps-là, elle ne l'avait pas appelé une seule fois : elle avait trop vécu pour croire aux coups de téléphone.

Elle vint vers lui, dame à la voilette, ombrelle et mouchoir, avec un naturel étonnant dans sa façon toujours délibérément démodée de s'habiller, comme si elle eût cultivé son propre fantôme. Il se souvenait d'une écharpe mauve et de ce grand chapeau aux larges bords qui faisaient vivre ses yeux dans une grotte ; il se sentait sec, raide, mécanique, déshumanisé. Il tenait à la main un bouquet de violettes, mais ne le savait pas. Les quelques mots de banalité polie qu'il murmura étaient un réflexe de caniche de salon.

— Si je comprends bien, vous venez fleurir ma tombe...

Ils parlaient allemand. Danthès aimait mieux faire ça dans une langue étrangère.

— Ce n'est pas une rupture avec vous, Malwina, mais avec tout ce qui, dans la rêverie et dans le bonheur, finit par être une île...

— Oui, je vois, ce n'est pas une rupture, c'est une révolution... Je comprendrais beaucoup mieux si vous quittiez le Quai pour entrer au parti communiste.

— Je ne peux plus me contenter de moi-même, c'est tout...

— On m'affirme que vous êtes nommé en Chine ?

— Si vous voulez imaginer que les soucis de carrière ont joué un rôle dans mon renoncement...

— Jean, ne me dites pas qu'on se retire dans la Carrière comme on s'enferme à la Trappe... Peu importe, j'ai douze ans de plus que vous, pour ne pas compter en siècles, j'ai eu beaucoup d'amants et j'ai délibérément choisi une... profession qui ne doit rien à la morale, je le reconnais. Le Quai d'Orsay a d'ailleurs tort de négliger cette qualité essentielle aux futures ambassadrices : je sais recevoir...

Elle avait décidé de s'habiller d'ironie.

— Vous avez peut-être eu tort de ne pas m'avoir parlé plus tôt de... Vienne.

— Vous aimez la vérité ? Depuis quand ?

— ... Bref, je suis un franc salaud.

— Oh non, je ne dis pas cela, je reconnais volontiers que vous avez fait une prise de conscience... sociale. Je ne veux pas non plus vous parler de snobisme, de morale bourgeoise, d'apparences. On peut très bien être un rêveur et fuir avec horreur dès que le songe menace de devenir réalité. On peut très bien rêver de l'Europe du libertinage et des lumières amorales, et puis comprendre brusquement qu'au fond, on n'aimait que les lectures... Ce sont des siècles à lire et à relire, mais de là à leur être fidèle...

— Je ne sais quoi vous dire d'autre, sinon que je vous ai aimée très tendrement.

— Je vous en prie, évitez le mouchoir.

— Tous les amours à notre époque deviennent des amours coupables, dit-il. Il suffit de regarder autour de soi...

— Oui, bien sûr, la misère du monde. C'est une jolie façon de se consoler. Se réfugier derrière les millions d'hommes qui crèvent de faim sur terre pour rompre avec une femme. N'en jetez plus.

— Je veux être de mon temps.

— Essayez, vous m'en direz des nouvelles.

— Je ne cherche pas à me justifier.

— Non, seulement à faire ça avec élégance...

Il dit, d'une voix sèche qu'il ne reconnut pas :

— Est-ce que vous vous rendez compte que nous

succombons une fois de plus à l'art de la conversation ?

Elle le regardait. L'ombre du chapeau s'entêtait à cacher ses larmes.

— Je ne vois rien autour de nous, Jean, qui offre un autre choix qu'entre l'illusion et le mensonge. Je vous souhaite de réussir votre métamorphose sociale.

Elle sourit :

— C'est bien la première fois qu'on aura vu ça au Quai...

Elle se détourna. Il la laissa partir avec le sentiment ignoble que cela s'était très bien passé.

XXXVII

L'ambassadeur chercha dans la poche sa pipe ; il avait l'impression que quelqu'un d'autre accomplissait ce geste, que quelqu'un d'autre était chez lui, dans ses vêtements de tweed gris, avec la pâle lueur du ciel qui venait des glaces. Sa vie, depuis, fut d'une inutilité parfaite ; ce ne fut pas une illusion : ce fut un mensonge. Elle avait eu raison, et elle avait eu raison de lui. Il avait fait une carrière exceptionnelle, qui n'avait rien apporté à personne : en somme, il avait continué à briller dans l'art de la conversation. Il ne souffrait pas d'avoir menti, mais de ne pas avoir réussi son mensonge. Il n'était pas de ces hommes qui font les révolutions, mais peut-être un de ces hommes dont l'existence les prépare. Son fils... Toujours des excuses. Il n'essayait même plus de s'inventer, mais depuis qu'il avait vu pour la première fois Erika, depuis qu'elle lui était apparue, si semblable à sa mère — les mêmes yeux, les mêmes traits, la même beauté qui échappait à la froide perfection par une variété infinie d'expressions, la même voix, la même démarche qui paraissait à chaque pas offrir quelque chose à la terre — il s'était mis à rêver d'elle, à l'inventer avec tout le talent qu'il n'avait pas su mettre à se créer lui-même. À combien d'hommes la vie a-t-elle offert une deuxième chance ? Cette fois, il n'allait plus s'incliner devant les lois de la réalité, il n'allait plus manquer d'imagination.

XXXVIII

Le bal chez Lady Mendl eut lieu quinze jours après la rupture. Vers trois heures du matin, alors que la fête finissait dans cette lassitude où les costumes se défont comme les visages et prennent cet air mal ficelé qui semble réclamer le retour au magasin d'accessoires, alors que, sans voiture, il attendait au vestiaire Louise de Vilmorin qui lui avait offert une place dans la sienne, une main se posa sur son épaule : Malwina...

— Voulez-vous que je vous ramène ?

Il ne pouvait même pas se permettre d'hésiter. Il se retrouva assis à côté d'elle, aussi gêné qu'il était possible à quelqu'un dont le métier consistait à ne l'être jamais. Il se taisait, et le silence finissait par devenir une présence lourdaude, un propos d'une effrayante banalité. Elle n'essaya même pas de l'aider. Elle conduisait trop vite. Ses phares éblouissaient avec arrogance, sans appel de code. Et puis il entendit clairement, il en était sûr, bien que la violence du choc eût laissé un trou dans sa mémoire, ce mot qu'elle lança soudain d'une voix enfantine et aiguë :

— Et voilà !

Il demeura sans connaissance pendant quelques heures, et ne put venir la voir à l'hôpital que dix jours plus tard. Il ne fut pas reçu. État critique, entre la vie et la mort, disaient les médecins. Colonne vertébrale... Après beaucoup d'insistance, il put pénétrer enfin dans cette chambre qui sentait les piqûres. Elle le reconnut. L'infirmière lui dit quand il fut sorti, que c'était la première fois qu'elle parvenait à prononcer quelques mots :

— Je retourne chez moi... J'ai beau voyager, le XVIIIe siècle est celui que je préfère... Nous nous retrouverons peut-être, bien que je doute que vous ayez assez de talent...

Dans le couloir, il dit au docteur :

— ... Non, ce n'est pas du délire : c'est seulement une femme qui sait vraiment mentir... Poussé à ce degré, le mensonge devient une œuvre de civilisation...

Il lui écrivit, essaya de la voir. On lui signifia qu'il ne pouvait en être question.

Si elle avait voulu le punir, elle avait admirablement réussi. Quand elle avait lancé sa voiture contre le camion, il y avait encore, dans ce geste de vouloir l'entraîner avec elle dans la mort, une espèce de pardon. Depuis, elle avait été sans pitié. Elle le condamnait au remords, un petit remords grignotant, à peine une grimace de dégoût. Mais à présent qu'il avait Erika, c'était fini. Tout, dans le Destin, prenait une extraordinaire cohérence, tout avait été soigneusement préparé, calculé ; cette rupture au Palais-Royal ne venait pas de lui : il fallait que cela fût, pour lui permettre de rencontrer Erika.

Il entendit la porte s'ouvrir et se retourna : son fils revenait.

— Quand finiras-tu de jouer au crépuscule des dieux ?

La main de Marc cherchait le commutateur.

— Il y a la grève, tu ne sais pas ?

— Je croyais que la municipalité communiste t'aurait épargné. En général, ils protègent les musées et les vestiges... Et Firmin, qu'est-ce qu'il attend pour allumer les chandelles ?

— Firmin, lequel s'appelle d'ailleurs Giuseppe, a pris sa Fiat et son après-midi.

Il distinguait à peine la silhouette de Marc dans les clairs-obscurs.

— Pourquoi es-tu revenu ?

— Les pères ne sont pas nécessairement exclus de l'humanité...

— Bon, alors ?

— Je n'aime pas le suicide.

— Trois mois de suicide n'ont jamais fait de mal à personne. Ce n'est pas plus dangereux que le Club Méditerranée.

— Tu ne reviendras pas, dit Marc.

Quelqu'un jouait du piano, très loin, assez loin pour que ce fût du Chopin. C'était la seule musique que l'éloignement rapprochait, rendant plus perceptible tout ce qui était nostalgie, absence, et plus inaccessible peut-être la Pologne perdue...

— Je n'ai pas l'intention de demander le divorce.

— Je ne parle pas de ça.

Un col roulé blanc dans le fauteuil Louis XV...

— Marc, je trouve que pour un trotskiste, tu abuses du privilège filial. L'autorité du fils ne me paraît pas plus valable que l'autre...

— Tu as entendu parler de ce que Sartre appelle les « encultivés » ?

— Oui, les rapports de Sartre avec lui-même sont très intéressants. Ils finissent dans la culture. C'est une contribution importante à notre patrimoine.

— La question est très simple, tu sais. Comment transformer Mozart, Giotto, Mallarmé en une société ? La bourgeoisie n'a même pas essayé : elle s'est contentée de se délecter. Mais chez les natures... d'élite, cette délectation s'est transformée en remords... L'Europe... enfin, dans la mesure où cela veut dire quelque chose, c'est avant tout l'*apartheid* : la culture d'un côté, la réalité sociale de l'autre. Une seule réponse possible : la révolution permanente, celle qui fait de la culture une réalité et de la réalité nouvelle, une culture nouvelle. Tout le reste est schizo. Mais le révisionnisme soviétique a choisi la réalité en rompant avec la culture, et la bourgeoisie « éclairée » choisit de plus en plus la culture contre la réalité... Ce qui est ton cas. La culture a toujours été aliénée, dès qu'elle ne fut plus religion, comme la chrétienté ou l'hindouisme. À partir du moment où elle a cessé de servir Dieu, elle a cru cesser de servir l'au-delà métaphysique, mais elle est devenue elle-même un au-delà, une métaphysique. C'est particulièrement frappant dans *Les Voix du silence* de Malraux, une apologie mystique de l'au-delà culturel, que Nietzsche avait déjà prévue : la bourgeoisie à la recherche d'une nouvelle foi... Ce qu'on entend de la première page à la dernière de ces *Voix du silence,* c'est le silence de la réalité...

Danthès croisa les bras.

— Qu'est-ce que tu me conseilles, exactement ? Me renseigner sur les centres de rééducation pour bourgeois récupérables ? La Chine ne me tente pas... J'ai noté quelque part cette « confession d'un bactériologiste » publiée par le très officiel *Quotidien du peuple : « Ayant trop écouté la musique classique bourgeoise occidentale, après avoir goûté de nombreuses fois la* IXe Symphonie *de Beethoven, j'ai commencé à avoir de grandes illusions sur les idées d'amour universel, d'humanitarisme bourgeois dont la partie chorale de la symphonie chantait les louanges... J'ai été contaminé.* » Ridicule ? Atroce ? J'ai vu tomber cette phrase, à l'ambassade, du bulletin de l'agence *France-Presse.* Ce n'est pas une fabrication, Marc, c'est la voix de la « réalité » marxiste-léniniste. C'est aussi celle de Goering quand il disait : « Lorsque j'entends le mot culture, je saisis mon revolver. » Alors, c'est bien simple, puisque c'est de cela que tu te réclames...

Il ne savait même plus si c'était sa voix qui tremblait ou les notes de Chopin dans le lointain : une banalité de désespoir, une sensibilité qui se délecte de sa propre fragilité...

— ... C'est bien simple, et je sais comment cela finira : Mussolini aussi était anarchiste et traduisait Bakounine en italien, avant de fonder le fascisme. J'aime mieux me dire : je n'ai plus de fils...

— La culture ne recule devant aucun sacrifice, dit Marc. Et c'est une tactique habile. Un fils, c'est beaucoup trop de réalité...

— Je n'ai pas à comparaître devant toi... Encore une façon, cette volonté des fils révolutionnaires d'éduquer leurs pères, ce paternalisme à l'envers... C'est en quelque sorte un triomphe posthume de la famille. Nous avons gagné sur toute la ligne.

— Je ne suis même pas là, dit Marc. Rappelle-toi que c'est toi qui penses. C'est vraiment trop commode. Tu fais du monde entier un chagrin intime. C'est une attitude qui a déjà tout donné, dans la musique et le poème. Je voulais simplement te dire que personne n'a réussi à émigrer, à s'exiler dans la culture sans la trahir, justement... La culture, aujourd'hui, c'est le Coblence des bourgeois. Je te souhaite de réussir, mais j'en doute fort. La culture va te gommer, t'effacer peu à peu... Il ne restera que quelques exquises feuilles sèches entre les pages d'un livre...

Danthès sentait le regard de la vieille sorcière posé sur lui, le lisant comme dans la boule de cristal. Lorsque Malwina était jeune, sa beauté devait la faire ressembler à une fée, mais lorsque les fées se laissent surprendre par l'âge, leur mystère devient celui des sorcières. La vie n'a pas à tenir les promesses de Giotto et de Mozart et condamne ainsi ces illustres au charlatanisme. Il savait mot à mot ce que Marc lui dirait demain, mais la seule question qui se posait encore était de savoir s'il allait lui répondre ou même le recevoir : sa certitude était celle des initiés.

— Toutes les réalisations de l'imaginaire finissent dans ce paradoxe : l'art crée ce qui ne peut être *fait*... Nous avons crié : « Le pouvoir à l'imagination », nous n'avons pas crié : « Pouvoir à l'imaginaire ! » Ça, c'est le mot de passe, le cri du cœur, l'aveu des élites capitalistes... Personne ne peut nier que jusqu'au marxisme-léninisme, l'imagination s'est réfugiée dans l'imaginaire et ne s'est pas mesurée avec la réalité : elle n'a utilisé la réalité que comme matériau artistique pour écrire des romans et des poèmes, pour créer des chefs-d'œuvre, pas pour les *faire*...

Il y avait si longtemps que ce débat durait en lui que Danthès ne pouvait s'empêcher, en souriant, d'admirer un peu l'honnêteté avec laquelle il offrait des armes à l'adversaire. Il n'était du reste pas question de tricher, à un moment où sa décision allait signifier sans doute un départ sans retour. Mais tous les excès de foi ont laissé dans leur sillage des victimes et l'on pouvait fort bien démissionner de la réalité, tout en lui demeurant fidèle dans son esprit. Le grand paradoxe de la révolution culturelle, c'est qu'elle était née de la culture sans âge, celle des musées, des symphonies et des poèmes : Mao ou Marcuse, c'était toujours la voix de Giotto qui exigeait le changement du monde... Danthès sentait revenir tout son courage, toutes ses certitudes. La culture, c'est ce qui, dans la beauté abstraite de Mallarmé, se met à lutter aujourd'hui contre les taudis, c'est ce qui, chez Rembrandt, chez Vermeer, chez Cervantès, rend, pour ceux qui ne manquent de rien, la situation des masses affamées du tiers monde incompatible avec l'œuvre de Rembrandt, de Vermeer, de Cervantès... La culture est un changement des œuvres par le progrès social, qu'elle exige et auquel elle parvient : elle obtient des monstres sociaux de Balzac qu'ils perdent leur société, comme les Vierges de la Renaissance ont perdu leur Dieu sans cesser d'être adorées. La culture, c'est la lutte contre tout ce qui fait de l'art un luxe et de la beauté une aliénation et une provocation : c'est la naissance de l'éthique à partir de l'esthétique... La culture, c'est ce qui tire les œuvres d'art de leur aliénation en attaquant toutes les réalités sociales encore indignes des chefs-d'œuvre...

— *Le vase où meurt cette verveine...*

Il se tourna vers l'ombre.

— Quoi ? Qu'est-ce que tu dis ?

— *Le vase où meurt cette verveine d'un coup d'éventail fut fêlé...* Tu connais ? *N'y touchez pas, il est brisé...* À demain.

Danthès haussa les épaules, il ne manquait que ça : dans le jardin s'élevait la voix d'un rossignol. Délices fragiles de Chopin, clichés exquis des rossignols, fragrances pourpres des roses endolories, tutus des nuages : une sorte d'ironie ambiante l'entourait de *kitsch*. Il y avait un autre *Werther* à écrire : celui d'une élite sociale choisissant le suicide, par excès de cette distinction aristocratique de la sensibilité qui ne s'accommode plus des vulgarités du vivre. On se mettait à rêver de bifteck tartare, comme tant de gourmets aux palais trop raffinés : rien n'était alors plus facile à comprendre que le ralliement au stalinisme des grands peintres abstraits et des poètes de l'inintelligible.

XXXIX

Il sortit sur la terrasse et s'étonna de découvrir qu'il avait vu autour de lui plus d'ombre et de soir que n'en dispensait cette heure enlisée où tout paraissait profiter de l'absence du Temps pour durer. Le vieux maître était parti, les instants insouciants, avec le sérieux des enfants qui jouent aux grandes personnes, se donnaient des airs de lourdes minutes et de grosses heures. La lumière n'en finissait plus de finir. Dans le ciel, le désordre des hirondelles ; il s'en retourna à la balustrade. Un heurt de bourdon contre la joue ; dernières castagnettes des cigales ; coccinelles. La nuit commençait à accumuler ses ruines obscures sous les cyprès et dans l'épaisseur des floralies touffues où les jaunes, les rouges et les blancs se fondaient dans une myopie qui brouillait les couleurs et les formes ; lourdes senteurs ; l'air se chargeait de tous les messages de la terre ; profusion de vies murmurantes, crissantes, et dont parfois une chute invisible irritait l'ordre limpide du lac ; de l'autre côté, au-delà de l'îlot minuscule de Santa Teresa, dans l'inconnu de ce qui n'était plus ni cyprès ni verdure, mais une simple défense faite à l'œil de franchir, la brise courait en laissant derrière elle une fugace inquiétude, un frémissement argenté. À gauche, face au grand escalier calme, au-delà des bataillons sombres de piétaille végétale, comme frappés d'immobilité en plein assaut, la villa Italia dressait la blanche géométrie de ses colonnades sous le toit en triangle, légèrement posé, que l'Occident néo-classique avait moins emprunté à l'Acropole qu'à sa propre nature : il était aux coupoles et aux sphères de l'Orient ce que les pointes précises d'un compas et la règle à calcul sont à la métaphysique. Il y avait des allées et des statues et des roses ; les buissons de lilas avaient l'opulence et les débordements féminins des bacchantes mauves de Rubens ; les roses étaient sauvages avec art, dans un abandon savamment calculé et qui prenait la pose ; toute cette sauvagerie recherchée n'en pouvait mais contre leur parfum de boudoir, de billets doux et d'aveux murmurés ; il y avait des guêpes silencieuses et appliquées et des mouches aux éclats furtifs d'émeraude qui répandaient leurs rumeurs. Danthès attendait que le Temps reprît en main ses aiguilles et rendît aux instants dispersés leur progression en colonnes de fourmis ; ce crépuscule multiplié dans une immobilité qui ne cessait de s'évanouir, tenait le jardin comme dans un filet de rêve où se débattaient, captives, les secondes-papillons. Le Temps avait perdu la mémoire. Il vit alors que le parc, l'eau et le ciel, loin de s'assombrir, commençaient à s'éclairer, et que la lumière revenait dans un mépris souriant des lois, un capricieux refus d'obéissance et que le soleil lui-même cédait à cette frivolité, tel un amant se prêtant à des jeux enfantins dans un souci de plaire. Le ciel, les eaux assoupies, la frontière confuse et sombre de l'autre rive, s'unissaient dans une rose et jaune complicité et, devant cette fin de la rigueur, dans ce désordre qu'il partageait, le soleil, cessant d'être César, devenait Arlequin. Il comprit alors, dans ce retour à lui-même que commandait la montée des lumières, que la nuit avait déjà eu lieu et que cette durée des clairs-obscurs avait été une longue rêverie à demi éveillée ; la marche du Temps n'avait pas cessé son cérémonial ; le vieux monarque n'était pas sorti de son Escurial pour se laisser bander les yeux et jouer à colin-maillard avec le jour et la nuit.

Il ne l'avait pas vue venir. Lorsqu'il entendit son rire qui se mêlait aux premiers chants de l'aube et qu'il se retourna, elle était au pied de l'escalier, vêtue d'un peignoir noir qu'elle paraissait avoir pris à la nuit. Elle tenait un plateau chargé de fruits. Du café, du pain, dans un miroitement d'argent, l'éclat du cristal, les guêpes qui abandonnèrent aussitôt les roses pour le sucrier.

— Vous devez avoir faim, non ? Seul, sans domestique...

— Je suis désolé, désolé... Je n'ai pas pu venir... J'ai été retenu...

— Par qui ? Par quoi ?

Il se passa la main sur le visage fait de petit matin et de fatigue.

— Je ne sais pas. Je ne me souviens pourtant pas d'avoir dormi. Mais c'était sans doute un de ces sommeils astucieux où l'on rêve que l'on ne dort pas...

— Vous venez peut-être de trouver la clef du mystère... Un jour, quelqu'un va se réveiller vraiment et le monde n'aura pas existé. Venez. Le petit déjeuner est servi. Je ne peux pas monter jusqu'à vous : on aperçoit la terrasse de l'appartement de maman et elle ne quitte pas ses jumelles... On veille sur vous. Rappelez-vous : nous ne nous sommes pas encore rencontrés...

Il descendit.

— Que vous êtes donc beau dans votre habit de cour ! Cet escalier très XVIIe vous va à ravir...

Vaguement inquiet, il regarda ses tweeds... Elle riait.

— Non, ne craignez rien, je ne fais pas une nouvelle crise...

— Je vous en prie.

— Mais on n'a pas idée de s'habiller comme vous le faites, au XVIIe siècle. Maman m'a dit que lorsque vous avez passé ici avec elle votre... lune de miel, vous vous étiez amusés à porter des vêtements d'époque... Vous devriez vous louer une garde-robe du Piccolo qui est en ce moment à Pérouse — ils ont un festival de Goldoni — pour respecter ces lieux... Ne voyez-vous pas que les murs vous regardent sévèrement ? Avec vos tweeds, vous avez l'air d'une usine à gaz au milieu de la place Saint-Marc. Je suis heureuse que vous ne soyez pas venu, hier soir.

— Ah bon, voilà qui me soulage...

— Je vous ai attendu. Et puis, comme vous tardiez, je vous ai fait venir.

— Vêtu de cour ?

— ... Exactement. Ce fut une nuit inoubliable. Vous avez été à la hauteur de mon imagination. Vous avez une absence... sublime. Merci.

— Eh bien, voilà qui est rassurant. À présent que me voilà comparé à mon double d'époque, je me sens une lourdeur de cent tonnes. Maladroit, plein de présence, un empêcheur, un fâcheux...

— Rassurez-vous. Je vous invente très bien, même lorsque vous êtes là. Goethe a dit que c'est ça, l'amour : quand on peut être avec quelqu'un sans cesser de l'imaginer. Dès qu'on le voit tel qu'il est, on peut fort bien continuer à l'aimer, bien sûr, mais seulement parce qu'il vous rappelle l'autre, le vrai, celui que l'on ne cesse d'inventer...

Danthès regardait l'escalier, où il n'y avait personne. Devant la première marche, là où il avait fait apparaître Erika, le gravier était une foule de spectateurs aux têtes minuscules que cet homme mûr se laissant aller à une telle débauche de chimères devait remplir d'ébahissement. Sous le tumulte de la chevelure sombre, le regard d'Erika montait vers lui avec une telle intensité qu'il se demanda, avec la complicité de l'épuisement favorable à ses états hallucinatoires dont l'art tire parfois ses plus belles réalisations — s'il existait lui-même, si c'était bien lui qui imaginait ou s'il était rêvé par elle. Peut-être n'y avait-il personne, ni Erika, ni lui, rien que l'angoisse et le besoin d'amour d'un rêveur qu'il ne connaissait pas, un appel qui montait d'une autre solitude, et tout ce qui en lui se croyait vivant et libre n'était peut-être que le songe de quelqu'un. Les instruments à cordes d'un orchestre invisible que ne dirige personne, où errent sur des cordes de vide des doigts qui ne sont pas là, quelque chose qui se rêve jardin, quelqu'un qui se rêve homme, ni aube ni crépuscule ni nuit, mais des limbes qui appellent la naissance, et pour le reste, quelques miettes d'un autre univers, quelques pâles reflets d'un tout autre amour, ni cygnes sur le lac, ni rumeurs d'insectes, ni ciel d'où s'égoutte l'émail d'une aube liquide rose et bleue, ni cette villa-musée que n'habite personne, oui, quelqu'un de différent, quelque part ailleurs, et ici, une terre qui recueille les échos lointains d'un langage authentique, des échos déchus d'un amour dont nous faisons seulement d'humbles civilisations... Dans ce regard qui le modelait, il se sentait enfin devenir lui-même, tel que ni lui ni personne ne pouvait s'accomplir en pleine connaissance de soi. Rêvé, inventé, vécu et pensé ainsi, heureux d'avoir été créé avec ce parc où battaient les cigales, il sortait de cette esquisse, aux trois quarts solitude, que tout homme et chaque femme demeurent tant qu'ils n'ont pas échangé leurs chimères. Puis, après quelques millions d'années où tout n'était que donnée première et où tout ne parlait de rien à rien et personne à personne, où tout était en pure perte, par ce choix très simple entre rêver ou mourir, l'homme s'était tourné vers ce qui n'était pas et l'avait peuplé de ses songes. Il y eut alors quelques civilisations, une sorte d'Europe, et à présent, sous ce regard qui le créait, mais qu'il avait peut-être inventé lui-même, sous ce regard d'amour, Danthès s'abandonnait à cette autre aube qui montait autour de lui et qui ne devait plus rien aux jeux futiles et éphémères du soleil avec la terre, mais était une véritable création du monde où tout s'éclairait de sens, et où toutes les questions sans réponses perdaient leur venin de néant.

— Chère Erika, ne me regardez plus ainsi ou je vais me mettre à croire beaucoup trop sérieusement à moi-même.

— Quel effet cela fait-il de se sentir passionnément aimé ?

— Dites-moi, Erika, quel effet cela fait-il de se sentir passionnément aimée ?

— Vous d'abord...

— ... L'impression de poser pour le portrait d'un autre. Et vous ?

— Une certaine tristesse à l'idée que je suis seulement encore en train de rêver...

Elle tenait sa tête penchée sur les genoux de sa mère dans le crépuscule qui s'insinuait, pointe des pieds et jeux de grisaille, dans le grand salon aux boiseries arrachées des murs, que l'on soupçonnait de cacher des fresques de Tiepolo. Ma caressait doucement la chevelure d'Erika de ses longs doigts si minces et si crochus sous de lourdes bagues-talismans qu'ils semblaient manquer de pitié. Quand sa fille posait ainsi sa chevelure sur ses genoux pour combler le vide que le vieux chat Malin y avait laissé pour toujours, Ma savait qu'elle demandait à rêver et l'aidait en la caressant de ses mains aux deux bagues, dont l'une lui avait été donnée par Nostradamus et l'autre venait d'un être dont il ne lui était pas permis de divulguer les vingt-trois noms. Elle avait toute une collection de ces anneaux magiques, fabriqués à Hanovre, et les vendait à ses clientes à des prix dont seuls pouvaient apprécier la modicité les amateurs d'éternité. Elle passait les mains dans les cheveux d'Erika et murmurait d'une voix un peu rauque, un peu masculine, aux échos de grandes salles de châteaux et de rudes seigneuries :

— Rêve, ma fille, rêve. Ça donne vie.

Le Baron se tenait derrière eux, très droit, devant la bougie — les communistes avaient coupé le courant — et, de ce trio de charlatans que toutes les polices du réel n'étaient pas encore parvenues à dépouiller de leurs songes, le Baron était certainement le plus résolu à ne pas se compromettre dans un contact quelconque avec la nature des choses, et à ne pas laisser quelques plumes de sa dignité dans l'aveu de son caractère pauvrement humain. Il tournait les pages d'un livre dont toutes étaient rigoureusement vierges, signifiant ainsi, peut-être, sa confiance dans quelque chef-d'œuvre futur, qui allait tout illuminer de mensonges immortels. Le sourcil droit légèrement levé, l'œil bleu porcelaine étincelant d'une absence de regard sans doute tourné vers ses trésors intérieurs, il paraissait mijoter quelques civilisations nouvelles, avec cet air de distinction indispensable dans la réussite de toutes les grandes escroqueries. Si, avec un tel complice,

Ma n'était pas encore riche à millions, la raison en était que toutes les bonnes affaires étaient déjà prises, et aussi que le monde entier manquait de plus en plus d'honnêteté, ce qui rendait la vie extrêmement difficile aux forbans.

— Je crois que je l'ai très bien réussi, dans la grisaille du soir, parmi les miroirs et les trompe-l'œil, dit Erika. C'est très beau. J'ai envie de recommencer...

XL

Le crépuscule, ce petit maître intimiste qu'il préférait aux grands épanouissements goethéens du jour et aux mélodrames hugoliens de la nuit, effaçait l'excès des contours et des contrastes, grattant ici et là ce qu'il y avait d'un peu excessif dans le jeu des couleurs, modérant les bleus éclatants de ce ciel italianissime aux bravoures de ténor. C'était un ciel de gestes grandiloquents et de main sur le cœur, qui semblait avoir gardé le souvenir de douze mille opéras créés à Venise seule au siècle des lumières, un ciel de scherzos et d'*arias* qui éveillait des soucis d'acoustique plutôt que d'infini. Le soir glissait doucement avec ses vaisseaux fantômes, fumées, légèreté des brumes, derniers rayons, cercles miroitants dans l'eau autour de quelque chute d'insecte et de lumière, curieux instant éphémère qui se glisse dans les lourds rouages du Temps et ne cesse de finir, bref passage d'une quiétude où se mêlent la fraîcheur de l'eau et la dernière chaleur de la terre, courte amnistie du cœur et pitié pleine de tendresse de la Vierge Sérénité. Il était presque l'heure d'aller rejoindre Erika pour leur promenade en barque, mais il s'attardait dans son effacement, dans cette lente errance du Temps où rien n'était ni achevé ni commencé. C'était cette heure de la sensibilité où s'atténuent les couleurs et les interrogations. La sensation d'être sorti, en laissant derrière vous quelques petits objets personnels et juste ce qu'il fallait de vous-même pour vous permettre de vous retrouver. Il resta un moment encore à attendre, à peine esquissé entre les papiers peints des murs qui jetaient dans les glaces leurs diagrammes pointillés ; le vide l'entourait de son architecture, plans, angles, lignes droites sans hésitations ni détours, une chorégraphie méticuleuse et ordonnée de l'absence, tableau de Chirico où toutes les questions informulées de l'angoisse d'exister étaient posées par un mannequin à la tête sans visage, dressé sur les dalles de pierre d'une implacable géométrie. Il s'éloigna encore, l'obscurité l'effaçait doucement, l'oubli se creusait et grandissait, s'enrichissait de ce vague où tout est en puissance, où toutes les lois perdent leur rigueur dans un repos bien mérité, un délassement, une détente de l'univers, le grand pardon du réel à l'imaginaire, cette fin de l'impossible que célébraient jadis sur leurs pyramides les Incas, et dont l'Occident perd toujours les secrets avec ceux de l'enfance. Il traversa l'enfilade des salons vides, et l'entrée où les marbres lunaires retentissaient des rires des invités et des échos de quelque fête dont aucun fantôme ne vint lui dire le siècle ni la raison, et descendit dans la cour pavée où la valetaille et les carrosses commençaient à s'ébranler. Mais, pris de court par la puissance instantanée du songe et n'ayant eu le temps de se mettre en règle et de lui obéir avec la rapidité qu'exigeait cette capricieuse sommation à comparaître, tout ce monde n'avait qui un demi-visage et point de corps, qui perruque mais point de gueule, qui une belle trogne de laquais et déjà une voix appelant son maître non encore matérialisé, cependant que le reste du maroufle venait se disposer autour, tel autre à peu près assemblé moins le jarret gauche et l'œil droit qu'il cherchait autour de lui à la hâte, un tel, déjà matérialisé et ma foi de fort belle allure, sautant en selle, mais incapable de s'y tenir, n'ayant encore reçu son compte, dans ce retour en arrière où l'on attelait à toute vitesse des chevaux encore transparents à des carrosses encore sans roues, d'où descendaient déjà des bustes impeccables que cherchaient à rattraper à toutes jambes les moitiés inférieures de leur individu. Danthès salua au passage la tête du comte Mosca, lequel s'excusa, ayant des maladresses faute de cou et d'épaules, et sortit sur le chemin poudreux, favorable à la lune dont il accueillait l'éclat argenté. La forêt dormait dans le grand silence des arbres que n'avait pas encore rejoint un certain vent qu'il a été impossible de retrouver, mais déjà volaient et accouraient de toutes parts les oiseaux et les bêtes dont les voix s'étaient tues depuis si longtemps et dont le souffle s'était perdu dans de tels lointains, qu'il fallait non seulement le talent, mais aussi beaucoup de patience au restaurateur pour rendre à l'œuvre toute son authenticité et vie évanouie. C'était le monde bleu et vert de *La Bataille d'Alexandre,* d'Altdorfer. Le paysage avait certes perdu de sa valeur marchande, pour retrouver une présence qui ne pouvait être chiffrée à sa juste valeur, car le génie du peintre ne s'en était pas encore emparé. Il vit sous un sapin une silhouette biscornue dont la taille, qui lui parut trop petite pour être celle d'un homme, se trouva pourtant être exactement cela, car la nature, qui aime philosopher, n'a pas manqué de saisir cette occasion pour rappeler à une espèce démesurée dans ses ambitions qu'il n'est point de petitesse qui ne lui sied bien. La silhouette se révéla être celle du nain provençal Gastembide, que le comte de Saint-Germain avait ramené, à l'en croire, d'un voyage qu'il avait fait au XIIIe siècle pour se procurer un certain petit vin dont le secret s'était perdu depuis. Danthès, qui se gardait bien de qualifier de mensonges ces aimables fantaisies du cher comte — lequel n'hésitait point à offenser le sens commun en prétendant qu'il pouvait se déplacer dans le Temps —, se dit, raison gardée, qu'il s'agissait d'un nain contemporain, c'est-à-dire du XVIIIe, ramassé probablement en Espagne, où la cour s'égayait fort en telle compagnie. Il trouvait aussi que Saint-Germain la baillait parfois un peu trop belle dans ses mystifications, et que ses succès auprès des crédules lui faisaient un tantinet oublier la différence qu'il y avait entre un authentique charlatan et un vulgaire saltimbanque. Le comte se devait plus de style, en laissant certains de ses abracadabras à Cagliostro, car cette façon un peu facile de briller de tous les faux carats du mystère le menait parfois dangereusement près de paraître un simple amuseur. Le nain parlait d'une voix criarde et paraissait fort indigné, ce qui était sans doute un trait de naissance parfaitement compréhensible.

— Eh bien, Monseigneur, on se fait attendre ! s'exclama-t-il, et Danthès lui dit qu'il s'était assoupi et avait perdu la notion du temps.

Saint-Germain l'attendait dans son carrosse, en fort aimable compagnie, et bien qu'il n'y eût point de chandelles, car ce genre de rendez-vous était fort mal vu des autorités, la lune, qui venait de se dévoiler avec l'empressement d'une maquerelle toujours prête à offrir ses services pour forcer une belle à mettre bas son masque, lui permit de découvrir un visage admirable, aux yeux gris immenses et au sourire d'une finesse si enjouée, qu'il eût volontiers jeté à la lune ses deux écus, si un tel geste n'eût risqué d'être mal pris par la souveraine. Saint-Germain se garda bien de lui présenter la jeune femme, car ce professionnel avait l'habitude de cultiver le secret en toutes choses, ne dissipait jamais les ténèbres, voilait tout ce qui pouvait avoir un air d'évidence et cultivait l'obscurité. C'était là sans doute le parti d'un homme d'affaires fort avisé qui savait les profits que l'on peut tirer de la curiosité, mais Danthès n'oubliait pas non plus que le comte était un artiste véritable, entendez par là qu'il ne répugnait pas, à l'occasion, de se duper lui-même, et qu'il ne pouvait supporter cet excès de lumière crue dont, disait-il, allait naître le siècle du désespoir, le XXe. Malgré toutes les ombres qui se mêlaient aux traits du visage, mais dont se moquait bien le regard, d'un éclat d'au moins vingt carats, Danthès n'eut aucune peine à reconnaître, — à l'émotion même qu'il éprouvait, mais aussi, il faut bien l'avouer, pour avoir recueilli quelques-unes de ces rumeurs répandues que Saint-Germain se gardait bien de contredire — qu'il s'agissait de la fameuse baronne Malwina von Leyden, dont à Paris, à Londres, à Venise et à Saint-Pétersbourg, on disait tant de mal ou tant de bien, selon le jugement que l'on portait sur le plaisir ; quant à lui, il estima préférable de s'en tenir à la seule certitude que nul ne pouvait mettre en doute et qui était son extraordinaire beauté.

— Eh bien, eh bien, mon cher ambassadeur, ma patience est sans limites — les siècles passent bien lentement, croyez-moi — mais je me disais déjà que je n'allais jamais faire votre connaissance et que notre grande amie, que vous voyez ici — je vois à votre soudaine pâleur que la nuit a failli à sa tâche — je me disais déjà, dis-je...

Malgré son émotion, Danthès, qui attachait du prix à la concision et qui ne détestait rien tant chez un homme d'esprit que ce moment redoutable où l'art de converser sombre dans le radotage, se demanda si le comte, avec l'excuse de tous ces siècles derrière lui, n'était pas, malgré toute sa science, atteint par la pomposité, ainsi que par cette propension bien connue des vieillards à pousser leurs phrases bien au-delà de ce qu'elles ont à dire.

— Où en étais-je ?

Danthès soupira avec compassion : il est toujours pénible de voir les pouvoirs surnaturels s'incliner devant les lois de la nature.

— Ce n'est rien, dit Malwina von Leyden. C'est un moment d'usure... Je ne sais si vous connaissez cette loi de la physique moderne qu'on appelle *entropie* : le déclin de toute énergie... Savez-vous que les mauvais esprits prétendent que le Diable lui-même a subi les rigueurs de cette règle universelle et qu'il n'est plus capable que de quelques jongleries de foire ? Quant à l'autre toute-puissance, dont, par respect filial, je tairai le nom, sa perte d'énergie a été telle qu'il n'est question partout que de liberté et d'égalité et que nos bonshommes vous parlent tout crânement de prendre leur destin dans leurs propres mains...

Saint-Germain s'était retrouvé.

— Je vous demande pardon, le roi Stanislas Leszczynski m'appelait de Pologne, j'ai dû le prier de patienter... Enfin, vous voilà donc, mon cher ambassadeur, et vous savez à quel point j'ai besoin de certains conseils que vous seul êtes en mesure de me donner...

— Je peux vous rassurer, dit Danthès. Vous avez fort bien choisi vos placements. Les pierres précieuses ont traversé les âges victorieusement, elles n'ont fait que monter, elles atteignent des chiffres qui enchanteront votre âme de poète...

Saint-Germain s'était penché vers lui et lui posa une main sur le genou d'une manière qui fit soudain comprendre à Danthès pourquoi cet homme entouré toujours de jolies femmes avait la réputation de n'avoir point connu l'amour.

— Vous êtes sûr ? Vous êtes sûr ?

— Conservez vos émeraudes, vos diamants et vos rubis et vous n'aurez absolument rien à craindre de l'avenir, dit Danthès. Votre collection de tableaux est justement célèbre dans toute l'Europe, et là aussi, vous ne pouvez pas vous tromper. À la dernière vente de Londres, chez Christie's, un Velasquez est parti plus cher que cent châteaux. Bref, entre vos joyaux et vos tableaux, vous pouvez aborder le XXe siècle en toute confiance...

Saint-Germain paraissait ému. Sur son visage quelque peu féminin et peut-être, à y regarder de près, légèrement fardé, l'expression et le sourire retrouvèrent leur célèbre mystère.

— Mon cher ambassadeur, vous avez mis fin à toutes les inquiétudes qui dévoraient mon âme. Vous savez combien notre siècle est porté à la philosophie et quelle fortune Voltaire s'est acquise en spéculant sur les assignats. Toute ma vie a été la longue recherche d'une certitude philosophique. Me voilà donc rasséréné, ma quête touche à son terme ; grâce à vous, je connais cette paix de l'esprit que donne la certitude. Ma réputation est désormais à l'abri : n'ai-je pas été le premier à proclamer qu'il n'est point de plus noble expression du pouvoir de l'homme que l'art, et qu'à défaut de pierre philosophale, les pierres précieuses détiennent un pouvoir sur l'âme humaine qu'elles ne perdront jamais ? Vous avez, mon ami, dissipé mes dernières inquiétudes. Et pour vous remercier, tenez...

Il sortit des profondeurs que l'obscurité dissimulait, mais qui semblaient avoir soudain acquis toute la dimension insondable de l'âme humaine et du mystère de l'être, une petite fiole couleur vert-de-gris :

— C'est souverain contre la pellagre, le ver solitaire, les rhumatismes, la colique, le lumbago, la chaude-pisse et les sueurs nocturnes... Je ne voudrais pas que vous me quittiez sans emporter avec vous dans l'âge d'où vous venez la preuve tangible des pouvoirs surhumains de celui que ce siècle aura connu sous le nom du comte de Saint-Germain et que le vôtre connaîtra sous bien d'autres noms auréolés de gloire, car vous me retrouverez, permettez-moi de vous le prédire, souverain dans tous ces domaines, idées, politique, philosophies, gouvernement, où s'épanouit la foi inébranlable de l'homme en l'homme...

Les ombres flottaient autour de lui, chargées de la chaleur que le jour avait oubliée entre ces murs hautains d'une époque où la noblesse élevait ses plafonds et les poètes leur âme, et où les sommets paraissaient les seules demeures dignes de l'homme. Les rougeoiements du couchant animaient au fond des glaces la Commedia dell'arte des trompe-l'œil peints sur les portes : l'Arlequin bondissant recueillait le dernier rayon du soleil dans ses mains de jongleur, Colombine tenait dans ses bras un mouton qui n'était qu'un nuage, Pierrot, déjà noyé d'obscurité, unissait ainsi sa tristesse à celle de la fin du jour. Les diagrammes pointillés des palais futurs s'éteignaient sur les papiers peints, qui reproduisaient les épures de Piranèse : fantômes des architectures à venir, ils se faisaient fantômes des fantômes. Danthès revenait le sourire aux lèvres de sa promenade secrète au cœur de l'Europe ; ce n'était pas un cœur populaire, mais, pour brillant et séduisant qu'il fût, seulement celui d'une aristocratie pour qui la pensée était un jeu de l'esprit tandis que la recherche de la pierre philosophale finissait dans les collections de pierres précieuses.

XLI

Les ombres flottaient autour de lui et il se laissait porter par cette heure immatérielle dont il goûtait infiniment la paix mesurée dans le calme des sens, une heure civilisée, à mi-chemin entre les excès de lucidité et l'obscurantisme nocturne, entre les règles d'or, compas et équerres français qui règnent dans la clarté, mais ont horreur du rêve, et les brumes germaniques enclines aux rêves d'absolu, aux chants de sirène et aux tumultes. Tout s'estompait dans la tolérance crépusculaire, dans un demi-effacement complice de l'âme qui mettait fin aux excès de raison et à la torture des aspirations sans limites. C'était une heure féminine. Danthès se sentait entouré d'un sourire de tendresse, comme si le monde autour de lui eût pris cette expression de charité et de pitié que le génie de la Renaissance prêtait aux traits de la Vierge. La miséricorde du soir glissait sur toute chose, se chargeait de tout ce qui était dureté et pierre, fermait les paupières sur les regards trop brûlants et touchait de fraîcheur les fronts où régnait le chaos des questions sans réponses. C'était une œuvre de réconciliation où s'atténuaient les excès de laideur et les excès de beauté et qui était déjà comme un début de justice. Ni veille ni sommeil, mais un tiers monde, où la pauvreté d'exister sans illusions et la couardise d'une fuite dans les illusions seules interrompaient leurs jeux de bascule et où était accordé à la respiration ce rythme régulier qui était certes loin des plénitudes, mais sauvait de l'étouffement.

Il sortit sur la terrasse et s'étonna de découvrir qu'il avait vu autour de lui plus d'ombre et de soir que n'en dispensait cette heure enlisée, où tout paraissait profiter de l'absence du Temps pour durer. Le vieux maître était parti, les instants insouciants jouaient aux grandes personnes et se donnaient des airs sérieux de lourdes minutes et de grosses heures. La lumière n'en finissait plus de finir. Dans le ciel, le désordre des hirondelles ; le lac reposait dans la nudité des couvertures tombées pendant le sommeil ; la brume paressait encore sous les roseaux ; il s'appuya à la balustrade de pierre, à côté d'une statue de Diane chasseresse à l'arc tendu ; un heurt de bourdon contre la joue ; dernières castagnettes faiblissantes des cigales ; coccinelles. La nuit commençait à accumuler ses ruines obscures sous les cyprès et dans l'épaisseur des floralies touffues où les jaunes, les rouges et les blancs se fondaient dans une myopie qui brouillait les couleurs et les formes ; lourdes senteurs ; l'air se chargeait de tous les messages de la terre ; profusion de vies murmurantes, crissantes et invisibles, dont une chute minuscule irritait parfois l'ordre limpide du lac. De l'autre côté, au-delà de l'îlot, dans l'inconnu de ce qui n'était plus ni cyprès ni verdures, mais une simple défense faite à l'œil de franchir, la brise courait en laissant derrière elle une mouvance de formes, une brève inquiétude, un frémissement argenté. Les buissons de lilas avaient l'opulence et les débordements féminins des bacchantes mauves de Rubens ; les roses étaient sauvages avec art, dans un abandon savamment calculé et qui frisait la pose. Toute cette jungle recherchée ne pouvait mais contre son parfum de boudoir, de billets doux et d'aveux murmurés. Il y avait des guêpes silencieuses et appliquées et des mouches aux éclats furtifs d'émeraude, qui répandaient leurs rumeurs. Danthès attendait que le Temps reprît en main ses aiguilles et rendît aux instants dispersés leur progression en colonnes de fourmis ; ce crépuscule multiplié dans une immobilité qui ne cessait de s'évanouir, tenait le jardin comme dans un filet de rêve où se débattaient, captives, les secondes-papillons. Le Temps avait perdu la mémoire. Il vit alors que le parc, l'eau et le ciel, loin de s'assombrir, commençaient à s'éclairer et que la lumière revenait dans un mépris souriant des lois, un capricieux refus d'obéissance et le soleil lui-même se soumettait à cette frivolité, tel un amant qui se prête à des jeux enfantins dans un souci de plaire. Le ciel, les eaux assoupies, la frontière confuse et sombre de l'autre rive s'unissaient dans une rose et légère complicité et, devant cette fin de la rigueur, dans ce désordre qu'il partageait, le soleil, cessant d'être César, devenait Arlequin. Il comprit alors, dans ce retour à lui-même que commandait la montée des lumières, que la nuit avait déjà eu lieu, et que cette durée des clairs-obscurs crépusculaires avait été une longue rêverie à demi éveillée ; le Temps n'avait pas cessé son cérémonial : ce vieux Prussien n'interrompait jamais le défilé de ses régiments.

Il ne l'avait pas vue venir. Lorsqu'il entendit son rire qui se mêlait aux premiers chants de l'aube et qu'il se retourna, elle était au pied de l'escalier de marbre, qui lui ouvrait ses bras, vêtue d'un peignoir noir qu'elle paraissait avoir pris à la nuit. Elle tenait un plateau chargé de fruits. Du café, du pain et un miroitement d'argent, l'éclat du cristal et les guêpes qui abandonnèrent les roses pour le sucrier.

— Vous devez avoir faim, non ? Seul, sans domestique.. Venez. Le petit déjeuner est servi. Je ne peux pas monter jusqu'à vous : on aperçoit la terrasse de l'appartement de maman et elle ne quitte pas ses jumelles... On veille sur vous.

Il descendit.

— Je suis désolé, désolé... Je n'ai pas pu venir... J'ai été retenu...

— Par qui ? Par quoi ?

Il se passa la main sur le visage fait de petit matin et de fatigue.

— Je ne sais pas. Je ne me souviens pourtant pas d'avoir dormi, mais c'était sans doute un de ces sommeils astucieux où l'on rêve que l'on ne dort pas. J'ai d'ailleurs le sentiment bizarre que j'ai déjà vécu cela, que vous étiez ici, au bas de l'escalier, avec ce plateau... Ah, l'insomnie !

Elle secoua la tête et dit avec le plus grand sérieux, mais qui avait un air de fausse innocence :

— Eh ben. Je crains que ce ne soit encore maman qui vous joue des tours...

Danthès respectait les réputations péniblement acquises et il se contenta de sourire. Depuis qu'il avait retrouvé la trace de Malwina, il était venu à son secours à plusieurs reprises, au point que les créanciers s'adressaient directement à lui. Les poursuites n'étaient pas intentées et Malwina affichait cet air mystérieux qui suggérait discrètement une haute et toute-puissante protection veillant sur elle.

— Prenons la barque...

Il se chargea du plateau et ils marchèrent vers le lac. Les voiliers noirs avaient disparu, avec tous les autres papillons de la nuit. L'aube, le ciel, les fleurs avaient à présent la gentillesse souriante des fables et de l'enfance. Il y avait autour comme une présence de La Fontaine. C'était un parc aimable où l'on s'arrêtait tous les dix pas pour priser du tabac et échanger des propos sur l'immortalité de l'âme, où l'on s'asseyait sur un banc pour philosopher agréablement et ramener l'éternité et l'infini à la divertissante dimension d'un jeu de quilles. La mort était renvoyée dans les communs ; on n'en parlait pas. Le peuple n'existait que comme sagesse populaire et valet de comédie ; on savait que l'art de vivre consistait à éviter les désagréments et à choisir sa compagnie. Le mot « révolution » évoquait uniquement le mouvement des astres. La barque glissait sur l'eau ; Danthès ramait avec une pensée pieuse pour Barbizon, les déjeuners sur l'herbe et Guy de Maupassant. Erika défendait sa grappe de raisin contre une guêpe maniaque. Elle remplit de café une tasse et Danthès lâcha ses rames. Le beurre fondait, la marmelade devait être arrachée à l'ennemi bourdonnant, on mettait les doigts à l'eau pour les laver et la confiture de fraises devait être maniée avec des ruses de Sioux pour éviter les guêpes.

XLII

L'îlot de Santa Teresa où ils abordèrent dans un froissement des roseaux que la nature avait peut-être inventés dans un moment de complaisance afin d'offrir aux fabulistes et aux poètes une métaphore commode de fragilité blessée, avait une réputation étrange. Sa végétation ébouriffée cachait les ruines d'un petit théâtre inspiré par celui de Vicence, dont il ne demeurait que le proscenium, criblé de ces graffiti, dates et initiales, dont l'éphémère s'empresse toujours si comiquement de marquer tout ce qui a quelque chance de durer. On y avait joué jusqu'au *Risorgimento* des divertissements d'amateurs et pendant plus de vingt ans, selon les archives locales, la troupe de Gozzi et celle de Paolo Lucci y avaient donné des représentations de Goldoni et même de Shakespeare et de Ben Jonson. Lucci lui-même, que le siècle considérait comme le plus étonnant Arlequin depuis l'apparition du faquin, y avait joué pendant plusieurs saisons, dont une fois devant Casanova, un *Arlequin poli par l'amour* et un *Arlequin serviteur de deux maîtres* et avait enchanté par ses tours et ses fourberies les invités du comte Godi, le noble Magyar qui avait acquis quelque temps auparavant toutes les terres et les villas en bordure du lac. Mais la véritable célébrité du petit théâtre avait une origine beaucoup plus scabreuse. L'auteur inconnu qui signait à l'époque ses libelles du pseudonyme de Lucullus, faisant ainsi sans doute allusion aux réputations succulentes dont il se délectait en les mettant en pièces, et que Barcini croyait avoir identifié comme étant le médecin Udolini de Pérouse, raconte sur trois pages ce qu'il appelle *la vérité extraordinaire concernant certaines possibilités vocales féminines.*

Erika avait vaguement entendu parler de la maîtresse de Godi, dont la voix sans pareille aurait remporté un triomphe à la Scala, si seulement les moments où elle donnait le meilleur d'elle-même eussent été un peu moins... intimes. Selon l'anonyme Lucullus, en effet, cette jeune personne découverte par Godi à quatorze ans dans un lupanar, avait été dotée par la nature d'une particularité aussi rarissime qu'admirable. Il était difficile de parler plus clairement que l'auteur du libelle : « Cette créature, au moment où elle atteignait au paroxysme du plaisir, se lançait dans un chant de bonheur d'une telle beauté lyrique que celui qui la baisait, se sentant le fier auteur de pareille merveille, s'épuisait à la tâche, revenant à la charge audelà des forces humaines, afin de faire monter encore une fois et encore et encore cette musique unique dans ses vocalises et dans la pureté des sons et de l'harmonie, paraissant s'élever jusqu'aux portes de quelque paradis dont il détenait la clef entre ses jambes. » Il était certain que Godi était un grand amateur d'opéras et un mécène amoureux des arts ; il est donc probable qu'il fut plus que tout autre séduit par ce trésor vocal d'accès si facile qu'il avait découvert, et dont il s'était empressé de s'assurer la possession. Il était également dans la nature des choses que cet amateur, ayant déjà franchi la quarantaine, se fût très vite épuisé dans des labeurs dont le fruit unissait les délices des sens à ceux de l'âme, le physique au spirituel. Le corps tout entier ayant déjà atteint les limites du bonheur, l'oreille continuait cependant à jouir et, se substituant au reste, devenait un organe aux fonctions jusqu'alors insoupçonnées. C'est dans la tournure que prit cette poursuite du chef-d'œuvre et dans l'enchaînement implacable de cause à effet que se situe souvent le drame de la condition humaine, déchirée entre ses aspirations à la beauté et les moyens auxquels il convient parfois de s'abaisser pour y parvenir. Devenu très vite impuissant, le comte Godi ne put se résigner à cette double perte où l'oreille ne prenait plus la succession du reste. Cet amateur d'art et mélomane invétéré se transforma alors en mécène dont la générosité ne connut bientôt plus de limites. C'est par centaines, affirme Lucullus, que les amants vigoureux étaient conviés par le comte à la couche de la petite Thérèse. Pendant que ceux-ci jouaient l'un après l'autre de leur instrument, le comte, assis sur un banc de marbre, se laissait aller à la griserie de ce chant admirable dont nul n'avait sans doute jamais entendu le pareil et qui eût multiplié la fortune du Magyar, si celui-ci avait été moins désintéressé et s'était laissé tenter par le goût de lucre.

Godi, toujours selon Lucullus, passait le plus clair de son temps à chercher dans les tavernes des musiciens vigoureux, capables de fournir aux cordes sensibles de son rarissime violon l'archet dont celui-ci avait un insatiable besoin. Comme tous les vrais chercheurs d'absolu, le Magyar ne put bientôt se contenter d'écouter cette voix divine sans lui offrir l'accompagnement qu'elle méritait. D'abord, il se borna à jouer lui-même de la flûte, puis il engagea un clavecin et un violon et pour finir, deux ou trois ans plus tard, bien que déjà frappé de plusieurs attaques d'apoplexie, il installa sur la scène du petit théâtre un orchestre, dont chaque membre fut choisi avec le plus grand soin. Pendant que l'admirable Thérèse, étalée à tout venant sur une peau d'ours, donnait le meilleur d'elle-même, l'orchestre accompagnait les mélopées de cette miraculée dont la voix semblait monter directement au ciel, comme pour lui rendre en gratitude le don qu'elle en avait reçu. La musique suivait sans faillir toutes les grisantes circonvolutions vocales, sans cesse recommencées, de cette enfant habitée par le génie.

Lucullus affirme que lorsque le comte Godi mourut enfin d'un ultime coup de sang en plein bonheur de l'âme, Thérèse s'enfuit pour vivre à Crémone, où elle aurait rencontré le jeune Paganini, alors âgé de quatorze ans. C'est dans ses bras et en l'écoutant que celui-ci aurait acquis cette prodigieuse finesse d'ouïe, de sensibilité musicale et de toucher qui devait faire de lui le plus grand violoniste du siècle. De tous les biographes de Paganini, seul Kulder se réfère à l'histoire ou à la légende du comte Godi, de l'enfant bénie des dieux, Thérèse, des soirées musicales dans l'île et de la rencontre entre le maître de Crémone et celle qui lui aurait communiqué à la fois son bien et son mal, dont le violoniste avait fini par mourir.

Danthès et Erika ne pouvaient s'empêcher de trouver au petit théâtre déchu qu'ils contemplaient en se tenant par la main un air de nostalgique tristesse, comme s'il eût conservé le souvenir et le regret des heures artistiques glorieuses qu'il avait connues.

XLIII

Saint-Germain frottait délicatement l'énorme diamant qu'il portait à l'index et où son regard plongeait avec une curiosité aiguë, attentive au moindre détail. Par la vertu de ce que lui révélait cette eau transparente, il avait pu suivre Danthès jusqu'à l'île bien que celui-ci ne s'y fût encore point rendu. Danthès lui-même s'amusait de cette ruse que son imagination jouait à un mage aussi illustre et aussi habile dans le maniement des songes, auxquels il devait toutes ses richesses, sa réputation et jusqu'à son existence... Danthès, donc, qui se tenait dans le salon des glaces, sentait son canot, malgré le travail des rames, pris dans une immobilité absolue, saisi par le marbre, comme si le Temps, dans un capricieux laisser-aller propre aux filles légères plus qu'à une si auguste seigneurie, se fût livré à une lubie, par un goût mondain et tout à fait inattendu de repos et donc de durée, à moins que ce ne fût pour illustrer Zénon, ce cruel Zénon, Zénon d'Élée, qu'avait percé de sa flèche ailée qui vibre, vole et ne vole pas, le poète Paul Valéry. Planait cependant sur eux sans déplaisir, bien au contraire, le regard non dépourvu de moqueuse malveillance de celle qui les inventait tous, peut-être, et leur faisait subir sa volonté, si bien que la barque immobile de Danthès lui semblait figée dans cette profondeur gris angora où se mêlaient autour des pupilles, les siècles passés, les diagrammes pointillés des architectures de Piranèse sur les papiers peints des murs, le mannequin de Chirico sur les dalles de l'infini, et, dans une lointaine clameur des rires d'autrefois, des menuets que dansaient aussi, descendus des trompe-l'œil, Arlequin et Colombine, faisant leurs pas de deux sur le lac lisse aux eaux paralysées. Et qui donc pouvait dire, songeait Danthès, se débattant avec une lenteur enlisée dans la toile d'araignée de mille sommeils avortés et de faux réveils saisissants d'apparente authenticité — gestes qui rêvaient de s'accomplir et ne faisaient que s'esquisser, liens solides et pourtant inexistants, tournoiements, élans libérateurs hors de ces pièges, mais qui finissaient sous les paupières infranchissables, vers une lumière du jour toute proche et inaccessible, — qui donc pouvait dire le vrai nom et le vrai visage de celui qui les burinait tous dans un matériau de néant et de pierre ? Le lac était veiné de délicates marbrures dont l'une avait échappé aux intentions et courait où bon lui semblait, s'aggravait dans le ciel en une cassure, un interstice irréfutable, poursuivant ensuite impunément sa marche sur toutes choses, en l'absence d'autorité légitime, et Danthès fit un effort comme pour l'épousseter d'un geste de la main, croyant au premier abord à quelque souillure. Car, nullement satisfaite de son tracé inanimé et par là même encore excusable, la fêlure s'enhardissait jusqu'à le parcourir lui-même de son éclair béant, bien qu'il tînt encore joints, non sans effort, les deux bords de sa conscience, que séparaient déjà pourtant quelques millimètres de noirceur. Le vieux Massimo, ce domestique si bien stylé, revenait, échine pliée, courbettes, avec un faux sourire, présentant la tasse de café mortel sur le plateau d'argent, puis reculait, foudroyé par le regard de l'ambassadeur, pris en flagrant délit, traîné devant le juge, et pourtant ne cessant d'avancer et de reculer, en proie, nul doute, à deux volontés aux prises, dont l'une était celle de Malwina, et l'autre, qui le forçait à battre en retraite avec son breuvage fatal, celle d'Erika qui ne pouvait laisser s'accomplir un tel crime. Quel poison, quel acide hallucinogène, paralysant la volonté, quelle drogue privant à la fois de sommeil et d'éveil, quelle substance chimique vénéneuse, pourquoi, sur ordre de qui ? Malwina ? Elle disposait de bien plus terribles et efficaces pouvoirs. Se présentait alors l'hypothèse selon laquelle, rusant avec sa conscience, il s'intoxiquait lui-même, afin de perdre la raison, s'il le fallait, au moment opportun, nullement pour se débarrasser de sa culpabilité — grotesque supposition, car en quoi lui, Danthès, pouvait-il être tenu pour responsable de ce qui n'était ni culture, ni Europe, ni Occident, mais ignardise, crimes, bassesse, vulgarité, cadavres et fin d'homme ? — mais pour éviter ainsi de perdre Erika, en se tenant prêt à la rejoindre à tout moment dans les mondes *autres* qui la guettaient et où elle avait déjà fait de si fréquents séjours. Qu'elle fût irrésistiblement tentée de s'y réfugier, il le savait si bien qu'il détruisait délibérément son propre psychisme, afin de ne pas se retrouver un jour séparé de celle qu'il aimait par-dessus tout et dont il ne cessait de rêver.

Le Baron se félicitait de cette œuvrette et de la maîtrise dont il avait fait preuve, en semant le désordre et la confusion dans le camp de l'adversaire. Il avait saisi cette occasion de se mesurer avec le Temps et de lui montrer ce que la toute-puissance créatrice de l'homme, celle de ses visions intérieures, était capable d'accomplir. Ni le passé, ni l'avenir, ni la simultanéité, ni l'ubiquité n'étaient hors de portée de cette faculté qui échappait à toutes les règles, aux interdits, impératifs, flèches directionnelles, arrogances à prétentions d'irréversibilité et autres mornes caporalismes de l'ordre des choses établi. Le moins divertissant n'était pas que Saint-Germain, dans sa vanité de vieux professionnel de toutes les roueries, y compris celle de rouler son monde, et dans la confiance illimitée qu'il avait en lui-même, ne se rendît nullement compte de sa dépendance, de cette existence qu'il n'avait point, si ce n'est par procuration et délégation, et qui lui était conférée d'une manière plus que fugace par le bon vouloir de quelqu'un d'autre. Le Baron, donc, leurré à son tour par cette solidité, cette apparence d'identité et de contours précis qui n'était chez celui qui l'inventait que simple souci de réalisme, se sentait fort en confiance, joueur et point joué, maître des heures et des lieux, qu'il brassait selon la mouche qui le piquait, remplaçant tel siècle par tel autre, plus seyant à son humeur. Pas trop mécontent, en somme, et plutôt satisfait de celui qu'il croyait être, il fumait son cigare inexistant par petites bouffées, observant, la tête légèrement penchée de côté et, en quelque sorte, le pinceau à la main, son œuvre qui représentait Danthès dans l'embarcation figée au milieu du lac, Danthès abordant dans l'île, assis dans le bureau de son ambassade à Rome, et Danthès aux prises avec ce crépuscule intérieur où erraient les fantomatiques présences de la réalité, alors même qu'il se tenait debout, sur le parquet miroitant du salon des glaces, en habit de cour à la française, perruque blanche et bas de soie, dans la grisaille du soir ou de l'aube qui était aussi celle du regard de Malwina, d'où il s'efforçait de dégager sa barque enlisée.

XLIV

Danthès cependant, le vrai, celui qui venait d'aborder dans l'île, et toujours, pourtant, saisi dans l'immobilité absolue de toutes choses, cherchait à dégager ses rames et même ses bras du marbre aux veinures grises fort délicates — ce qui, par son impossibilité évidente, paraissait bien prouver qu'il s'agissait d'une œuvre d'art. Danthès, donc, libéré par cette violence et n'éprouvant nulle anxiété et seulement du plaisir à contempler cette peinture sur pierre, comprit que le Temps, lui aussi, s'était laissé tenter par la beauté de la scène et de l'instant et, cédant à ce dilettantisme blasé et capricieux fréquent chez les virtuoses qui se lassent d'accomplir ce qui leur vient trop facilement, avait décidé de s'arrêter et de créer ainsi cette petite chose. Danthès, donc... Il se voyait multiplié par les glaces dans son apparence de statue, ce qui renforça la sensation qu'il avait d'être une œuvre : il fit quelques pas sur le parquet afin de se prouver son autonomie et, par ce mouvement, rompre son écrin de marbre. Que Saint-Germain ne fût point le maître du jeu, il en était certain, mais bien qu'au cours de leur rencontre qui n'avait pas eu lieu, dans la forêt qui n'existait pas, il eût vu clair dans tous les aspects de la situation, sachant que lui, Danthès, et nul autre, se permettait là un impromptu narquois et légèrement fantasque, afin d'amuser Erika par le récit qu'il se proposait de lui en faire, rien ne lui paraissait à présent moins sûr. Les replis du Temps sur lui-même ou ses gels capricieux en une dureté de pierre, étaient également sujets à caution. L'explication de cette difficulté en apparence insurmontable qu'il éprouvait à toucher terre et d'abord à s'arracher avec sa barque au marbre gris du regard qui les tenait prisonniers, devait être cherchée dans le sourire faux et mielleux — véritable aveu — de Massimo, son maître d'hôtel, et dans cette tasse de café qu'il ne cessait de lui présenter et qui contenait sans aucun doute un hallucinogène puissant. Incapables de le détruire moralement, ses ennemis avaient entrepris sa destruction physique. L'usage du poison était chose courante au siècle dont se réclamait Malwina von Leyden, et à Florence. Ce fut donc cette fois sans émoi et avec détachement que Danthès contempla ce mannequin qui avait pris sa place au milieu du salon et que les glaces multipliaient à l'infini, par le jeu des plus banales lois optiques, bien moins inquiétantes que ces tracés au fond assez mystérieux, sur les papiers peints des murs, schémas, diagrammes, épures, chiffres, compas ouverts et règles à calcul, signes évidents de quelque obscure préméditation qui le concernaient peut-être plus qu'il n'avait cru au premier abord. Mais ce répit qui lui permettait enfin de s'orienter dans le complot et de procéder, en toute lucidité, à quelques constatations inéluctables, fut de courte durée. Bien qu'il n'eût point cette fois goûté au breuvage criminel que lui tendait son maître d'hôtel, lequel, ainsi démasqué, s'était évanoui aussitôt, le poison qu'il avait sans doute absorbé au cours des semaines précédentes se remit à agir, et il ne resta rien de ses légitimes terreurs. Les choses retrouvèrent leur sereine, et par là même si dangereusement trompeuse, apparence. Il se vit posant les rames et aidant Erika à prendre pied dans l'île. Cependant, et bien qu'à nouveau cela ne fît que l'amuser, car il n'y avait là que l'effet divertissant des jeux qu'il se plaisait lui-même à inventer pour faire sourire Erika, il entendit la voix narquoise du comte de Saint-Germain, si satisfaite d'elle-même :

— J'ai choisi pour publier ce libelle le pseudonyme de Lucullus, car je trouve que c'est là une de mes créations les plus savoureuses. J'ai toujours eu beaucoup de goût pour ce que les simples mortels appellent la postérité : je tenais donc à ce que la voix de l'adorable Thérèse échappât à l'oubli et que son souvenir éveillât dans ce siècle morose — je considère le XXe siècle comme une véritable calamité — un écho de divin libertinage et d'émerveillement. J'ai assisté à plusieurs reprises aux « concerts » que le cher Godi donnait dans sa petite île et, s'il me fut assez pénible de voir toute cette valetaille qui se succédait sur un corps aussi charmant, il faut bien reconnaître que l'art ne saurait se nourrir uniquement de pureté et qu'il est obligé quelquefois de puiser ses forces dans le populaire. Ce fut du reste moi-même qui, par la vertu d'un certain élixir magique dont je tiens la formule de l'arrière-grand-mère maternelle du Chevalier du Temple, ai doté les cordes vocales de Thérèse de leur pouvoir enchanteur, unissant ainsi le plaisir et le génie, lesquels ne font pas toujours bon ménage. Je me suis beaucoup amusé à donner cette petite preuve de talent et j'ai jugé la réussite parfaite de mon œuvre digne d'être notée par écrit...

Le carrosse cahotait dans la nuit sans heures avec la lenteur de tout ce qui échappe aux machines du Temps. Le nain Gastembide dans son costume de bouffon sommeillait, la tête baissée sur la poitrine. Sa marotte était tombée à ses pieds et les petites clochettes que les fous du roi agitent pour appeler l'attention et annoncer quelque calembredaine tintaient doucement avec la lointaine tristesse du sommeil et de la pitié. La baronne von Leyden avait ouvert la boîte à bonbons offerte par Catherine de Russie, alors qu'elle hantait sa cour, après avoir fui le tumulte d'une certaine malheureuse affaire de poison à Paris, et elle écoutait les yeux mi-clos la musique du menuet que dansaient, sur le couvercle d'or serti de rubis, deux figurines de Dresde, habillées à l'allemande.

— Mon bon ami, que d'efforts gaspillés en pure perte... Au lieu de vous targuer comme vous le faites sans cesse de vos grands pouvoirs, vous feriez mieux de vous donner à vous-même quelque preuve de cette puissance dont vous nous rebattez les oreilles. Les mauvaises langues affirment que vous ne faites point l'amour, et qu'il ne s'agit point là d'abstention délibérée, de quelque ascétisme d'anachorète, mais d'une... impossibilité, dans laquelle votre volonté ne joue aucun rôle. De là viendraient tous ces efforts pour éblouir vos contemporains par les manifestations de votre « puissance ». Un de mes amis, que le monde entier connaîtra un jour sous le nom de Freud, vous expliquerait qu'il s'agit là de ce qu'il nommera « compensation », et que cette vertu extraordinaire que vous prétendez avoir conférée à la voix de votre petite bergère n'est que l'aveu assez affligeant, pour ne pas dire piteux, d'une nostalgie qui se nourrit douloureusement de ce qui vous manque...

Le Baron eut un léger frémissement et dans son œil dansait une lueur qui n'était point le reflet de la chandelle sur ce bleu vitreux, mais le signe d'un rire intérieur difficilement retenu. L'effort qu'il faisait pour ne pas pouffer gonflait ses joues et raidissait son corps. Il tenait une plume d'oie à la main, mais nulle trace d'écriture n'apparaissait sur les pages blanches du grand livre relié de maroquin ouvert devant lui. C'était un homme entièrement voué aux encres invisibles des écritures intérieures. L'œuvre qu'il ne cessait de créer et dont, sous le nom de vie, faisaient les frais tous les mondes habités, n'était souillée d'aucun contact avec les domaines perceptibles. La nature de son génie était de se refuser à la facilité et à la vulgarité d'une Narration par trop apparente. Il refusait d'exprimer, car, depuis qu'il cheminait, de siècle en siècle, il avait fini par comprendre que *dire* était déjà participer, et il entendait demeurer entièrement étranger à cette affaire, que son compagnon d'aventure, le picaro Lope de Vega, avait appelée l'« affaire Homme ». Il ne voulait avoir rien de commun avec une condition où sa noblesse reconnaissait les vagissements des temps préhistoriques. Les complicités du Temps avec l'éphémère, la grande loi du non-retour, le règne — stupéfiant par sa grossièreté — du deux et deux font quatre, toutes ces grammaires inflexibles aux ponctuations de mortalité, étaient à ses yeux une barbarie, dont la mainmise sur toute chose démontrait clairement que l'homme tel quel était un phénomène prématuré et qui attendait encore sa véritable naissance. Le Baron essayait de ne pas pouffer de rire, car ces pensées elles-mêmes étaient une dérision et rien ne lui paraissait plus divertissant que de parodier ces prétentions qu'il faisait mine de nourrir. La seule chose à laquelle il croyait vraiment était l'amour, mais dans ce domaine, il avait déjà tout donné et s'était même endetté. Pour le reste, il se plaisait à inventer quelques mondicules pour se divertir, et Danthès l'amusait, ainsi que Saint-Germain, lequel était à présent installé marchand de tableaux — quoi d'autre ? — rue du Faubourg-Saint-Honoré, et ne revenait au XVIIIe que pour refaire ses réserves. Le Baron reconnaissait que le masque d'absence, qu'il ne quittait en aucune circonstance, était lui-même une tromperie, mais qui lui permettait d'intéresser, d'intriguer, et ainsi de se faire entretenir dans un certain confort par les crédules. Si, de cette plume d'oie que sa main tenait, mais qui savait s'abstenir, il se fût laissé aller à perpétuer sur les pages du livre les êtres et les événements auxquels il se divertissait en ce moment à prêter vie dans son for intérieur, il se serait rendu coupable d'une véritable collaboration avec l'ennemi, c'est-à-dire avec tout ce qui existe. Cette racaille n'aimait rien tant que se parer de beauté, par la vertu de ces quelques œuvres que les hommes appellent « immortelles », et dont le néant se targue ensuite avec tout le goût du vainqueur pour les trophées.

La petite flamme orange de la chandelle dansait sa danse du ventre, le salon baignait dans la lumière à demi obscure de La Tour, mais il était douteux que ce peintre si proche des vies simples et honnêtes eût accepté de prêter son pinceau à ce campement de romanichels. La chevelure d'Erika touchait terre, sa mère la caressait d'un geste qui paraissait sans fin et leurs deux regards allaient vers celui dont elles rêvaient et qui rêvait d'elles, dans cet échange où se donnent à vivre les unes aux autres les solitudes faites d'amour et de nostalgie, mais qui ne se sont jamais rencontrées. On entendait quelque part, très loin, de murmurantes coulées de ce qui restait du fracas de l'histoire, épopées, tragédies, sang et lumières, sacrifices inutiles et par là même exemplaires, dont la Narration recueillait la substance nourricière, que d'aucuns appellent culture. Le regard du trio dépassait triomphalement tous les murs que tentait de dresser autour d'eux le réalisme horrifié qui parfois se prétendait socialiste. Rien ni personne ne pouvait empêcher le triomphe créateur de ce qui n'était pas, mais permettait d'être. Quelqu'un rêvait de quelqu'un et lui prêtait vie ou le libérait de ses chaînes. Le Temps rôdait avec des allures furtives de chien battu, la queue basse. Le sommeil aidait ceux qui savaient faire provision de songes pour affronter le réveil. Le silence parlait à ceux qu'il aimait et auxquels il pouvait faire confiance. C'était un silence hors la loi, celui où s'élaboraient, menaçantes pour l'ordre établi, les créations futures. Un silence soupçonné de subversion, accusé de couvrir des associations interdites et fouillé depuis toujours et toujours en vain, par toutes les polices de l'ordre des choses établi. On savait qu'il abritait des songes dangereux, armés de bombes aux mèches d'art, où cheminent lentement les feux du rêve et que rien ne peut empêcher de faire sauter à la fin tout ce qui se croit une fois pour toutes. C'était un silence fait d'imprévu, qui vise tous les conforts et que craignent comme la peste tous les possédants du définitif. On entendait seulement claquer quelques portes de prison, éclater quelques fusillades, quelques pauvres Congrès d'Écrivains soviétiques déjà à titre posthume, mais où l'on clamait encore que la réalité avait déjà eu lieu. Retentissaient aussi très loin du compte quelques fureurs idéologiques, qui s'efforçaient en vain de donner le change, de détourner le silence à leur profit, d'obtenir son adhésion ou de le faire parler d'une voix mensongère de ventriloque, sous peine de lui dénier toute signification, et jusqu'au droit d'être silence. C'était un silence qu'aucune clameur de haine ne pouvait faire taire... Le Baron se raidit encore davantage et son visage se fit encore plus indéchiffrable. Lorsqu'on cache en soi de tels trésors, il est nécessaire de s'entourer de blindage et de se verrouiller. Le Baron était un collectionneur averti, mais un peu méfiant, qui gardait toutes ses pierres précieuses enfermées en lui-même, non qu'il fût avare de partage, mais parce qu'il savait qu'il leur fallait parfois demeurer invisibles pour briller de tout leur éclat.

XLV

Un regard non sans douceur tenait dans sa souriante clarté ce que Danthès inventait peut-être dans une fixité de marbre où étaient saisies les eaux du lac et lui-même, et le lac n'était peut-être qu'un autre regard. Les miroirs s'entre-dévoraient, et dans ces puits le mannequin en habit de cour sombrait sans fin et demeurait pourtant à la surface. Des visages apparaissaient, qui se prêtaient à toutes les volontés, pour peu qu'elles fussent soucieuses d'art, et les événements qui avaient déjà eu lieu se plaisaient à se répéter, pour peu qu'ils eussent été goûtés, ou à se défaire et à se reproduire autrement et ailleurs, s'ils avaient déplu, dans un cadre plus propice, avec ici et là une touche nouvelle, dans une mouvance constante et créatrice d'elle-même, se pliant ainsi avec courtoisie et compréhension à tout ce qui, dans l'imagination, ne pouvait se contenter d'être une fois pour toutes. Le soleil grésillait de mille voix de cigales et la chaleur entretenait avec la terre des rapports qui, en ce mois d'août, étaient déjà plus proches du pourrissement que de la sécheresse. Il montait de la végétation des senteurs intérieures essentielles, chlorophylles au bord du poudroiement et de la poussière, comme un sang sur le point de se muer en cristaux, et il s'y mêlait ces arrière-odeurs de certaines fétidités humaines, dont la décomposition n'avait pas encore entièrement triomphé et qui, pour aussi répugnantes qu'elles fussent, n'en éveillaient pas moins un inavouable plaisir que le dégoût exaspérait, par la vertu de ce musc odieux que l'on eût voulu fuir, mais qui stimulait pourtant, en avivant par sa blessure ce qu'il y avait d'un peu blasé dans les sens. Des bandes de mouches vertes avaient ici leurs habitudes et les mûriers, dans leurs emmêlements hérissés et aigus, entouraient le couple de leurs squelettes végétaux. C'était une heure trop nue dans sa dureté pour être celle des amours tendres, mais qui n'était pas sans inciter à certains déchaînements, par la crudité de la lumière, de la nature et des matières. Erika l'entraîna dans l'herbe et s'abandonna à des désirs satisfaits aussitôt que murmurés, dans une excitation fébrile et étrangement exaspérée par la répugnance. À chaque inspiration se mêlaient les bouffées âcres d'une décomposition qui montait des pourrissements dont la jeune femme en venait à se pénétrer délibérément, tant ce qui était ignoble accentuait de ses épices la pureté du délice. Danthès, qui ne l'avait encore jamais connue si acharnée dans la recherche de ce que le dégoût pouvait ajouter au plaisir, se plia à ces déchaînements, où ce qui était exigé et donné était aussitôt rendu dans la même soumission, et où chacun détenait sur l'autre une autorité immédiate, tyrannique et impétueuse, qui soumettait et qui faisait subir, puis se soumettait et subissait à son tour. Les mots qu'elle murmurait avec une vulgarité qui semblait emprunter à la nature en chaleur, aux pourrissements de la terre et des matières décomposées un écho du néant tout proche, et qu'elle ne cessait de répéter avec délectation, les yeux agrandis et fixes, les traits révulsés dans une complaisante recherche de l'abaissement, jetaient sur toutes les plaies du plaisir un petit sel d'apocalypse. Il se plut à l'exaspérer par ce que sa cinquantaine lui facilitait dans le refus de l'accomplissement, la forçant par sa lente durée en elle à se recommencer, ou ne lui accordant pas la grâce de finir. Ces râles de petite agonie, cette mort figée des lèvres tordues qui moulaient un cri captif, cette obscénité des mots qui invitaient à salir davantage, ces retournements soudains du corps s'offrant à une pénétration plus brutale encore, la puanteur qui violait le souffle et s'insinuait jusque dans les baisers, ces lèvres si pures qui recherchaient avec avidité toutes les souillures et s'éternisaient dans une caresse dont l'abjection délibérée et continuée à froid, dans la paix des sens, était privée de l'excuse du délire, toujours plus loin et plus loin dans l'innommable, tout ce qui ne pouvait même être pensé, mais seulement accompli dans une complicité scellée par l'abjection, faisait de l'acte un sacrifice, une immolation, où l'abaissement et la profanation étaient offerts et acceptés comme la preuve d'une adoration sans limites. C'était le chemin qu'avaient emprunté toutes les hérésies et les démons ricanaient, les mains pleines, interceptant ce qui était destiné à Dieu.

Sur l'heure, Danthès n'eut conscience que d'un vague malaise dont le tumulte des sens l'empêcha de saisir d'abord la raison souterraine, un trouble que la folie sensuelle balayait aussitôt, le mettant à l'abri de toutes les mainmises de la lucidité. Lorsqu'il revenait à lui-même, c'était en patrouille fourbue qui rejoint le camp retranché de la conscience, après une exploration fiévreuse d'une tout autre dimension. Le vide alors était tel qu'il ne restait de la bête d'angoisse qu'une chaîne rompue pour témoigner de sa présence évanouie et le corps était une niche abandonnée que seul hantait le vague pressentiment d'un effrayant retour du monstre. Dans l'acharnement des étreintes, dont il cessait d'être le maître, il n'apercevait le visage d'Erika que d'une manière fugace, au hasard des mouvements qu'elle commandait entièrement, et leurs yeux ne se rencontraient qu'en une brève confrontation, celle des lutteurs qui changent de prise. Il avait un sentiment du déjà vu, du déjà éprouvé, d'une autre vie qu'il aurait vécue ici même et de cette même façon frénétique, seconde par seconde, et, dans le néant où s'entassent de pareils instants, allait déjà fouiller sa mémoire. Un souvenir confus rampait vers lui et sans réussir encore à le rejoindre, envoyait des signaux qu'il ne parvenait pas à lire, mais dont l'insistance même se muait en alarme. Il se sentait pris dans une obscénité ambiante où la nature desséchée et aiguë aux innombrables épines et les émanations des matières qui n'avaient pas de nom et n'avaient pas encore fini dans la poussière, l'assaillaient de leur immondicité. La pulsation incessante des insectes, les murmures déchaînés d'Erika, ignobles mais grisants, et qui devenaient seulement morbides dès que le corps calmé cessait de recevoir le pardon indulgent que la volupté dispense à tous les égarements, tout cela et l'écrasement solaire, finissaient par le rejeter vers une réalité simplement démentielle, clinique, où le mal cessait d'exister comme une épice de soufre et n'était plus que maladie. La complicité rompue le transformait en spectateur ; les sens éteints, la métamorphose que leurs feux font subir à tout ce qu'ils brûlent s'achevait dans une chute soudaine hors du domaine exalté d'Éros : le jugement froid venait tuer alors ce qui restait de magie. Erika elle-même paraissait à l'abri de ces fins du monde, lorsque l'assouvissement apporte avec lui un réveil impitoyable du regard critique, et qu'il ne reste plus trace, soudain, de cet au-delà fouetté de sang où chaque dépassement appelle un dépassement nouveau, où tout est permis, sauf de finir. Il cherchait son visage, mais ne le voyait pas sous le vol noir de la chevelure qui le balayait ; les caresses n'étaient plus que scie mécanique, la fraîcheur des lèvres n'était plus que salive ; le chant des cigales, qu'une humiliante raillerie, et lorsque, remontant sur les genoux, elle mit les mains sous sa tête, la souleva et enferma son visage entre ses cuisses, cependant que les mots où se retrouvait l'écho d'on ne savait quelle ignoble clientèle, l'invitaient à *faire* avec une crudité qui excluait tout ce qui, dans la tendresse, avait seul droit à une telle soumission, ce n'était plus un don qui s'accomplissait dans l'adoration, ne laissant pas de place au dégoût parce que le dévouement le transcende, mais une luxure frénétique et grossière, dans la mort de la sensibilité.

Ce fut au cours d'un de ces moments arides et sur terre ferme, alors qu'on n'est plus porté par les flots de sang gonflés qui font de la conscience une barque chavirée et quand tout n'est plus que savoir-faire, qu'il se surprit à jeter sur le visage d'Erika un regard de froideur auquel ne peut survivre ce qui vit de feu et dure autant que lui. Il éprouva de nouveau cette sensation de déjà vu, d'où Erika était pourtant étrangement absente. Le masque de la volupté qui se cherchait et était sur le point de se trouver, l'approche de l'assouvissement que l'on retarde pour s'enivrer de son imminence, alors que, assise sur ses talons, le corps en proie à une fébrilité qui n'était plus mouvement, mais torsions musculaires, cambrée, la tête en arrière, paraissant offrir son plaisir au ciel et au soleil, les traits révulsés, les yeux fixes et les lèvres rentrées jusqu'à n'être plus qu'éclat de dents serrées et rictus, insoucieuse d'être saisie dans cette grimace de rut, MALWINA VON LEYDEN SE TRAHISSAIT DANS L'AVEU IRRÉSISTIBLE DU SPASME, OUBLIANT DANS LE DÉCHIREMENT DU PLAISIR TOUTES CES RUSES DIABOLIQUES PAR LESQUELLES ELLE S'ÉTAIT FAIT PASSER POUR ERIKA. CAR CE N'ÉTAIT PLUS LA TENDRE ET FRA-

GILE ERIKA QUI SE DRESSAIT, ASSISE SUR SON VISAGE, ENFERMANT SA BOUCHE ENTRE SES CUISSES RUISSELANTES, BAISSANT PARFOIS DES YEUX AVIDES VERS SON SEXE POUR NE RIEN PERDRE DE L'ACTE AVEC UN SOURIRE EFFRAYANT DE DÉLECTATION : C'ÉTAIT MALWINA. Ici même, parmi les mêmes fétides senteurs, elle s'était livrée déjà sur lui à cette poursuite chevauchée du plaisir, accompagnée du même murmure obscène, celui des professionnelles, rompues à tous les arcanes habiles de leur métier et où s'expriment aussi et s'assouvissent leurs fureurs vengeresses. Il avait alors vingt-cinq ans et sa jeunesse avait goûté avec tout le délice de l'horreur ces débridements où rien ne recule devant rien parce que tout est amour. Ces moments, il était en train de les revivre et de les observer en même temps, avec une lucidité qui ne laissait plus de place au doute. Ce fut alors que l'angoisse abominable revint dans un bouleversement de la raison et de cette lucidité qui la faisait naître. ERIKA N'AVAIT JAMAIS EXISTÉ. Les magies noires ne sont qu'un rêve désespéré des hommes torturés par leurs limites et nul n'avait souri plus que lui-même des aimables lubies de Malwina von Leyden, lorsqu'elle évoquait, sans trace de gêne, la compagnie de Cagliostro, de Saint-Germain, de Karmazy et de savants alchimistes dont on ne pouvait dire le nom, car ils vivaient toujours. Mais toute la puissante absence de foi de cette fin du XXe siècle ne pouvait à présent nier l'évidence : ERIKA N'EXISTAIT PAS. MALWINA L'AVAIT INVENTÉE ET PAR SES POUVOIRS LUI AVAIT PRÊTÉ UNE RÉALITÉ BOULEVERSANTE DE

TENDRESSE ET DE DOUCEUR. ELLE S'ÉTAIT PRÉSENTÉE DEVANT LUI VINGT-CINQ ANS PLUS TARD SOUS CETTE APPARENCE DE BEAUTÉ FRAGILE ET SI VULNÉRABLE POUR SE VENGER DE LUI. À PRÉSENT QUE LE SOLEIL LA FRAPPAIT EN PLEIN VISAGE CE N'ÉTAIT PLUS SEULEMENT UNE RESSEMBLANCE C'ÉTAIT UNE IDENTITÉ ABSOLUE. ENTRE LES PANS OUVERTS DU PEIGNOIR LES SEINS DRESSÉS QU'ELLE LE FORÇAIT À TORTURER DES DOIGTS EN TENANT SES MAINS SUR LES SIENNES DANS UN GESTE DONT IL GARDAIT UN SI PRÉCIS SOUVENIR ÉTAIENT BIEN CEUX DE LA « CHÂTELAINE » ET CE VISAGE PRESQUE MEURTRI DANS UN RICTUS DE VOLUPTÉ C'ÉTAIT AU MÊME ENDROIT DANS LA MÊME ATTITUDE ET À L'EXTRÊME DE L'HEURE SOLAIRE CELUI DE MALWINA. IL N'ÉTAIT PAS POSSIBLE D'HÉSITER C'ÉTAIT BIEN LA VIEILLE : ERIKA N'AVAIT JAMAIS EXISTÉ.

Danthès se sentit défaillir ; le sexe qui l'étouffait, les deux mains pressant impitoyablement son visage contre le bas-ventre de la sorcière, l'empêchaient de respirer ; son cœur n'avait plus de rythme, rien que des arrachements ; il sut qu'il allait mourir pour avoir perçu des secrets innommables et que la Mort accourait à la rescousse du mystère, car elle avait horreur des explications. Il perdit conscience.

XLVI

Le Destin prenait un moment de repos, en reproduisant pour se distraire la partie à distance que Capablanca perdit contre Alekhine, en 1931. Il déplaçait des pièces invisibles sur l'échiquier de sa mémoire infinie et goûtait d'autant plus le jeu que celui-ci confirmait, noirs contre blancs, sa propre maîtrise, car il n'y avait pas un mouvement qu'il n'eût imposé. Le Destin avait le génie des échecs et aimait tendrement ce mot qui lui rappelait toutes ses victoires. C'était une journée splendide, d'une immuabilité solaire où le monde paraissait abandonné à lui-même et où les hommes oubliaient un instant leurs craintes, comme toujours lorsque le patron est occupé ailleurs. Le Destin bougea son cavalier f3 e5, ce qui donnait à la partie son caractère irrévocable et assurait la défaite de Capablanca, bien que ce dernier refusât de se rendre, avec l'obstination tout à fait comique, mais assez émouvante à tout prendre, de celui qui croyait jusqu'au bout à la possibilité — admirable expression, qui faisait la joie du Maître — « de prendre son Destin en main ». Les restes du petit déjeuner qu'il avait préparé lui-même traînaient sur le plateau, et le Baron se sentait un peu irrité, comme chaque fois qu'il cédait à la vulgarité de se nourrir. Il repoussa l'échiquier et alluma un cigare. Il portait une robe de chambre vert bouteille, et un bonnet de nuit noir parsemé d'étoiles de nécromancien : un cadeau de Nostradamus. Le Baron entretenait avec ce dernier des rapports continus et l'informait des principaux événements de ce monde, afin de lui permettre d'éblouir par ses prophéties. Nostradamus était bien incapable de prédire l'avenir, dont il ne connaissait point le déroulement funeste par la vertu de quelque don surnaturel, mais uniquement grâce à l'obligeance du Baron, lequel se portait charitablement au secours du vieil apothicaire de Salon, qui se morfondait dans la tour qui lui servait d'observatoire. Il n'y avait, hélas ! pas d'autre pouvoir supérieur que celui de l'art, et le Baron se rappelait que Goethe lui-même avait délégué à Faust sa créature Méphisto, pour lui donner la jeunesse éternelle, en échange d'une chose dont le maître de Weimar avait du reste le plus grand besoin pour nourrir son œuvre littéraire. Et c'était vrai que le *Faust* de Goethe n'avait point vieilli.

Il termina la partie — Capablanca avait fini par concéder la victoire — et reprit son *in-folio* aux pages vierges, ouvertes à l'imagination. Il plongea sa plume d'oie dans l'encrier et l'y abandonna. Le Destin n'aimait pas laisser ses empreintes digitales. Le Baron se sentait heureux, comme chaque fois qu'il réussissait à se débarrasser du noir sur blanc et du deux et deux font quatre. Rien de ce qui avait lieu ne pouvait échapper à la raison et aux solides analyses, et tout devenait alors d'une médiocrité insupportable. Seuls quelques très grands charlatans réussissaient parfois à jeter dans la nuit quelques étoiles, de toc, certes, mais qui éclairaient quand même, et à placer sur le chemin de l'humanité, de réalité en réalité, quelques oasis d'imaginaire, où elle pouvait apaiser sa soif et trouver la force nécessaire pour durer jusqu'à la mort du système solaire, par la seule vertu de quelques très beaux chants. Le Baron tirait sur son cigare avec satisfaction, se demandant avec un peu d'inquiétude s'il n'était pas sur le point de céder à la tentation du sérieux, ce qui allait mal avec son genre de beauté. L'essentiel, en tout cas, était de ne pas se trahir par quelque irrépressible éclat de rire, que l'on n'eût pas manqué de prendre pour du cynisme. Il se domina, malgré un léger tremblement provoqué par cet effort, et reprit son combat silencieux avec l'ennemi. Lorsqu'il se mettait à lutter ainsi contre l'assaut du réel, le Baron n'y allait pas de main morte. Les galaxies en fuite s'arrêtaient pour écouter la musique de Mozart ; le Temps se figeait, béat d'admiration, dans les salles du Louvre, et, chapeau à la main, s'inclinait devant les chefs-d'œuvre. Au philosophe affirmant qu'il n'y avait que le néant au cœur de l'homme, le Baron répondait tranquillement en peuplant le néant de quelques nouvelles civilisations. Il allumait son cigare aux nébuleuses, laissait pisser son chien sur la Voie lactée et faisait pleurer la matière à chaudes larmes, en lui parlant de l'immortalité de l'âme. Il se savait recherché par plusieurs polices, mais savait aussi que la preuve de son escroquerie était extrêmement difficile à faire, car il avait en main des témoignages d'authenticité en apparence irréfutables et n'avait qu'à les puiser au hasard dans les musées. Bien qu'il ne fût point dupe et sût qu'il s'agissait là aussi d'une illusion, et que le génie de l'homme, ne pouvant être apprécié que de ce dernier, ne pouvait non plus lui apporter rien d'autre que lui-même, le Baron était toujours prêt à se référer à cette grandeur universellement admise, échappant ainsi à toutes les polices, aussi bien celle du fascisme que celle du réalisme socialiste. Il se taisait avec une résolution implacable. Rien de ce qu'il avait à dire ne pouvait être exprimé autrement que par la voix de l'avenir, qui montait du fond invincible de la culture. L'œil fixé sur son nouvel océan originel où s'opéraient de prodigieuses transfusions et des foisonnements encore imperceptibles, il attendait la nouvelle naissance d'une nouvelle fiction de l'homme, qui allait à son tour déposer peut-être quelque civilisation digne de ce nom dans son sillage. Pour le reste, le Baron n'existait pas et demeurait en suspens, dans l'attente d'une dignité que les conditions préhistoriques dans lesquelles il se trouvait pris rendaient pour l'instant impossibles. Il n'avait pas encore d'identité, mais uniquement des empreintes digitales, et si on pouvait certes utiliser ces dernières contre lui pour étayer toutes les accusations, on les retrouvait également sur d'innombrables chefs-d'œuvre, lesquels témoignaient déjà en sa faveur et assureraient un jour sa réhabilitation.

Étendu dans l'herbe, parmi les mûriers qui entouraient le rêveur de leur méfiance hérissée, les paupières écrasées de lumière mais entièrement voué aux grandes visibilités intérieures, Danthès, pour la première fois depuis le début de cette partie, fut pris d'une certaine sympathie pour ce divin Arlequin plus subtil et aussi plus habile dans sa subversion que celui qui faisait depuis des siècles les délices du parterre. Il commençait à prendre du plaisir en sa compagnie et éprouvait quelque peine à s'en séparer, malgré les brûlures pressantes du soleil sur son visage. L'ambassadeur souriait dans son sommeil, respirant régulièrement. On exagérait beaucoup les dangers de cet au-delà dont on disait qu'il risquait de vous garder pour toujours. Il y avait là de la bonne compagnie, et celui, par exemple, qui avait pris du plaisir à converser avec Stendhal dans sa loge à la Scala, à ironiser avec le cardinal de Bernis en glissant dans sa gondole sur le Grand Canal, ou à s'entretenir avec le prince de Ligne, avec Liszt, ou le charmant comte von Thal de cette Europe des esprits qui ne se connaissait pas de frontières, ne pouvait guère s'adresser ailleurs. Depuis qu'il avait rencontré Erika, il s'était plu à explorer ce royaume, où il était prêt à la suivre à tout moment et au besoin sans retour, plutôt que de la perdre. Il lui parut qu'à cette idée le Baron fit un petit signe approbateur et même encourageant, et qu'il y eut presque sur son visage une trace de sourire. Mais d'autres rôdeurs moins visibles et porteurs de sens plus funeste agitaient cependant Danthès d'une angoisse dont il ne vit à la fin d'autre issue que le réveil.

XLVII

Il ouvrit les yeux et regarda autour de lui : nulle trace d'Erika. Danthès n'en fut point surpris, en ces premiers instants de conscience encore tout englués de cauchemar : la mégère avait repris ses traits véritables et, tendant l'oreille, il crut percevoir, au travers de l'épaisseur chorale des cigales, un rire moqueur qui s'éloignait. Il sentit alors le billet que ses doigts serraient et lut, d'une écriture qu'il connaissait trop bien, pour qu'il pût encore être question de quelque noir subterfuge : *Je t'aime, je t'aime. N'oublie pas notre « première rencontre » — pauvre maman, j'ai un peu honte de la tromper ainsi — à neuf heures demain, sur la route, comme entendu. Erika.* Il se leva, alla vers l'eau et fut surpris de découvrir que la barque était toujours là. Il crut qu'Erika était encore dans l'île, mais alors qu'il s'apprêtait déjà à la chercher, il aperçut le peignoir noir jeté sur les roseaux. Elle lui avait laissé l'embarcation et était rentrée à la nage.

Danthès se mit aux rames.

Il avait entièrement renoué avec lui-même et

c'est en toute lucidité qu'il dirigeait sa barque sur la villa Italia, afin de tirer les choses au clair et mettre un point final au complot qui se tramait contre lui. Qu'on l'eût drogué ou non — et il entendait bien soumettre Massimo à un interrogatoire impitoyable, bien qu'il ne pût être question de saisir la police, pour éviter le scandale — ce qui s'était passé dans l'île ne pouvait être entièrement mis au compte des phantasmes. Selon le mot de Dante — au fait, presque son homonyme, comme aussi d'Anthès, le tueur de Pouchkine — selon le mot de Dante au retour des Enfers dans sa propriété d'Eboli : *J'ai vu ce que j'ai vu et mon regard en fut changé à tout jamais.* Qu'une fille ressemblât presque trait pour trait à sa mère, cela pouvait bien arriver, mais justement, tel n'était point le cas : il s'agissait d'une absolue *identité.* Il se souvenait avec trop de précision de ce visage qui s'était soudain révélé à lui, dans l'abandon total de la luxure : la ressemblance n'était pas seulement celle des traits ou de l'expression, mais encore celle de tous les démons intérieurs. C'était bien le visage de Malwina. En vérité, la métamorphose avait été si complète, elle était allée si loin dans l'aveu, qu'il y avait là comme un échec du subterfuge et du complot même : Malwina pouvait jouer et ruser avec tout, sauf avec sa sensualité. Elle s'était trahie, irrémédiablement. Mais le plus élémentaire sens commun, sans parler même de la clarté d'esprit de celui dont on disait au Quai qu'il avait « la tête si bien faite que le cœur devait s'arracher les cheveux », l'empêchait évidemment de croire aux possessions démoniaques, toutes, finalement, plus proches du domaine clinique que de celui de la sorcellerie. La mainmise psychique de la mère sur la fille avait beau être totale, il y avait loin de là à une identité *physique.*

Il ramait debout dans un bruissement d'eau régulier et paisible, interrompu parfois par le crissement des roseaux froissés. Il entendait bien mettre fin à ces tourbillons d'incertitude où se formaient, s'écroulaient et se reformaient encore des échafaudages de soupçons qui ne parvenaient jamais à la cohérence d'une construction accomplie. Encore une fois, l'explication, la clef, se trouvait à la villa Italia, vers laquelle Danthès dirigeait fermement sa barque : il tenait à voir la mère et la fille *ensemble.*

XLVIII

Il y avait chez le Baron, lorsqu'il faisait ainsi jouer ses dons artistiques — Danthès dans sa barque immobile, les rames prises dans le marbre, Danthès prisonnier des glaces dans le salon de la villa Flavia, Saint-Germain penché sur son diamant dans le carrosse qui cahotait sur le chemin des siècles, naissance d'une nouvelle civilisation à la gare de Perpignan, encore un musée, quelques symphonies, un Shakespeare par-ci, par-là — il y avait donc chez le Baron, saisi en pleine petitesse, une façon de regarder gravement son œuvre parfaitement futile et de régner sur cette absence absolue d'essentiel, le sourcil droit levé d'un air critique, qui faisait beaucoup rire Erika, ce qui n'était déjà pas si mal, alors que ce qui avait été d'abord une sourde appréhension se muait depuis quelques heures en une véritable peur. C'était un moment où elle éprouvait une profonde affection pour son père adoptif. Elle se mettait alors à jouer avec lui à son tour, et l'envoyait faire des provisions d'éternité sur une certaine galaxie où l'éternité tenait boutique, et

Erika regardait en battant des mains de plaisir cet aimable aventurier sortir quelque menue monnaie de son gousset, payer ses deux sous d'immortalité et repartir, très content de lui, avec un petit Vermeer sous le bras. Ou bien, pour obéir à la rêveuse, vêtu en médecin de Molière, il se mettait à lutiner la Mort assise sur ses genoux, l'auscultant là où il ne convient point, comme dans le tableau de Tinero. Le Baron se prêtait de bonne grâce à ces divertissements, et n'hésitait pas, lorsqu'elle le commandait, à faire un pas de danse sur la petite boîte à musique de Ma, petit singe en frac offrant le bras à une guenon miniature en robe de bal émeraude, aux accents d'un menuet désuet. Le brave « Putzi » était prêt à tout pour la distraire et lui faire oublier un peu la menace qui planait sur elle et dont l'ombre, depuis quelques jours, semblait grandir : elle entendait autour d'elle de murmurantes présences. Elle avait longuement parlé à Jarde, à la veille de son départ pour Florence, et le médecin s'était montré rassurant, la mettant cependant en garde contre les fatigues et les émotions trop fortes. Il avait ajouté que ses peurs ne faisaient que précipiter les « crises » et qu'elle devait résister à tout prix à la tentation de cet « ailleurs », en prenant conscience du fait qu'elle sollicitait délibérément ces états. Erika ne savait guère ce que signifiait le mot « crise » en termes de réalité vécue, car elle ne gardait aucun souvenir de ces absences, au cours desquelles elle devenait, semblait-il, quelqu'un d'autre, et se comportait d'une manière dont elle ignorait tout.

Erika observait Danthès, qui était en train de ramer, debout dans sa barque. Il paraissait venir de l'îlot de Santa Teresa, dont il lui avait souvent parlé à Rome, mais où elle n'avait pas encore eu le temps de se rendre. Malgré la légende scandaleuse, c'était, disait-il, un endroit sauvage et charmant. Danthès lui avait promis une promenade dans l'îlot, après leur rencontre sur la route, qui devait avoir lieu le lendemain.

Elle fut surprise de voir que Danthès dirigeait sa barque vers la villa Italia et qu'il y avait autour de lui, au-dessus du lac, une extraordinaire profusion d'anges ; ils avaient ces visages joufflus et ces derrières roses et dodus des tableaux de Raphaël. Erika avait horreur de cette peinture et Danthès le savait : il aurait pu lui épargner cette taquinerie. Elle mangeait des cerises, seule dans la pièce aux dalles de marbre bleu, aux boiseries arrachées et posées contre les murs, lesquels n'avaient livré aucun trésor de fresques cachées — Tiepolo, bien entendu — malgré tous les efforts des restaurateurs. Elle se sentait beaucoup mieux, depuis quelques instants, et commençait même à éprouver un sentiment de merveilleuse anticipation, comme si elle allait retourner à la fête. La seule chose qui la troublait, c'était, sur le lac, tous ces sinistres voiliers noirs. Leur nombre augmentait presque à vue d'œil. Ils bougeaient à peine, ou plutôt palpitaient sur place, lourds, comme gavés, les voiles curieusement gonflées pour un jour sans vent, et qu'on sentait gorgées de Dieu sait quoi, d'on ne sait quels désespoirs. Brrr !

Elle entendit un bruit de pas et se tourna vers la porte : Danthès venait d'entrer. Il était très pâle et paraissait avoir vieilli. Elle fut un peu contrariée de découvrir dans son regard une fixité angoissée, car elle venait de décider d'avoir avec la vie des rapports d'insouciance et de nonchalance amusée. Elle mordit dans une cerise et lui sourit :

— C'est très imprudent, lui dit-elle. Si Ma vous voyait... Rappelez-vous : nous ne nous connaissons pas encore...

Danthès essaya de parler, mais ne put trouver sa voix. Ce qu'il voyait était évidemment une simple coïncidence et il était absurde de la tenir pour une preuve, une confirmation du soupçon qui s'était emparé de lui lorsque, au milieu de leur étreinte, il avait regardé le visage d'Erika et avait cru reconnaître celui de Malwina. Cependant. CEPENDANT...

ERIKA ÉTAIT ASSISE DANS LE FAUTEUIL D'INFIRME. MALWINA N'ÉTAIT PAS LÀ.

— Qu'est-ce qu'il y a ? Pourquoi me regardez-vous ainsi ?

Il sentit qu'il lui faisait peur et s'efforça de sourire.

— Rien. Votre mère n'est pas là ?

— Vous teniez à la voir ?

Danthès s'entendit dire d'une voix un peu rauque et qu'il ne reconnut pas pour sienne :

— Non, vraiment pas...

Elle l'observait attentivement, cruellement presque, en croquant sa cerise, et il y avait dans son regard une petite lueur d'ironie. La garce, pensait

Danthès. Il se rappela soudain le lieutenant Hermann, face à la vieille sorcière dans *La Dame de pique.* Hermann était devenu fou et la vieille était morte de peur. Il n'y avait jamais eu de sorcière.

— Alors, pourquoi êtes-vous venu ici ? C'est très imprudent...

— Je me suis trouvé tout seul dans l'île et...

— Et ?

— J'étais inquiet.

— Pourquoi donc ?

— Je ne sais pas. Je m'étais endormi. Lorsque je me suis réveillé, vous étiez partie... Pourquoi n'avez-vous pas pris la barque ? L'eau est glacée, vous auriez pu vous noyer... Quelle idée, de revenir à la nage...

Elle s'arrêta de grignoter sa cerise.

— Je ne comprends pas.

— J'ai dit simplement que j'étais inquiet en me réveillant, de découvrir que vous m'aviez quitté et...

Elle secoua la tête.

— Mais voyons, dit-elle doucement. Voyons, voyons... Je n'ai jamais mis les pieds dans cette île. C'est vous qui deviez m'y emmener. Vous avez dû rêver... Nous devons faire cette promenade demain soir, après notre première rencontre... Souvenez-vous. Et comment voulez-vous que je sois revenue à la nage, de là-bas ? Je ne sais pas nager... Qu'est-ce qu'il y a, Jean ? Qu'est-ce qu'il y a *vraiment* ? Vous me regardez comme si je vous faisais peur... Que s'est-il passé ?

Danthès était sans voix, puis retrouva enfin quelque chose qui lui ressemblait :

— Où est Malwina ?

— Maman est sortie ce matin en voiture et n'est pas encore revenue.

Elle se mit à rire.

— Je ne m'inquiète pas trop de son retard, car elle comptait aller loin... Figurez-vous qu'elle prétendait avoir reçu un message du comte de Saint-Germain, lequel avait hâte de la voir pour une affaire pressante, et comme il n'avait pas le temps de venir jusqu'ici aussi vite que les circonstances l'exigeaient, paraît-il, il avait donné rendez-vous à maman à Venise, au bal chez le comte Doria, en 1835... Ne faites pas cette tête-là.

Elle prit encore une cerise et y mordit délicatement.

— Vous connaissez maman. Elle est incorrigible. Je crois qu'elle ne pourrait pas vivre sans ces airs de mystère qu'elle se donne. D'ailleurs, cela lui est très utile dans son métier de voyante extralucide... Pardon, de « conseillère d'avenir ». Elle dit que c'est tout ce qu'elle est capable de faire, à présent : prédire l'avenir à des vendeuses et à des bonniches en mal d'amour. Il parait qu'avec le passage des siècles, les pouvoirs magiques, même ceux des plus grands initiés, déclinent et ils sont obligés de se contenter de peu. C'est la théorie de l'« entropie », déclin de toute énergie, déclin et chute de pratiquement tout le monde... Prenez le cher « Putzi », par exemple. Ma prétend qu'au XVIe siècle, il était le grand Maître Initiateur des Rose-Croix, et comme tel, chargé des destins les plus illustres : il avait des secrétaires et des domestiques qui s'occupaient de ceux du commun des mortels. Aujourd'hui, il n'est même plus capable de faire pleuvoir. D'ailleurs, cette perte de puissance l'a plongé dans une telle morosité qu'il a définitivement laissé tomber le monde. Il ne veut plus s'en occuper. Ne touche plus à rien, laisse faire. Complètement écœuré. Tenez, l'autre jour, il y a eu un raz de marée au Chili. Eh bien, il n'avait rien fait pour l'empêcher. Une sorte d'attitude... Comment dire ? « Puisque c'est comme ça, merde. » Je crois que son dernier effort pour utiliser ce qu'il lui reste de dons surnaturels fut de jouer à la roulette de Monte-Carlo, il y a quelques années. Il a tout perdu. Mais je suis sûre que vous connaissez la réputation de la famille, cher Jean. Nous sommes une tribu de charlatans. Les journaux ont même écrit que ma mère s'est spécialisée dans l'abus de confiance...

La voix était un peu aiguë, saccadée. C'ÉTAIT LA VOIX DE MALWINA.

Danthès avait reculé. La terreur hurlait en lui, bête enragée, encagée : son cœur. Le dos contre le mur, les lèvres tordues, il regardait celle qui n'était pas Erika et qu'il avait surprise DANS SON FAUTEUIL D'INFIRME DANS SON FAUTEUIL D'INFIRME alors qu'elle n'avait pas encore eu le temps de reprendre sa véritable apparence, mais que trahissaient déjà, s'il fallait d'autres preuves, sa voix et ce ton faussement nonchalant et narquois qu'il connaissait si bien. Pendant quelques instants encore, il sut qu'Erika n'existait pas, qu'elle n'avait jamais existé, que dès leur première rencontre au palais Farnèse, c'était Malwina qui était venue le trouver pour le reprendre en son pouvoir. Il n'y avait jamais eu qu'une seule femme et par il ne savait quel jeu cruel d'imagination, de drogue ou même — il fallait savoir regarder les choses en face — de quelque puissant et terrifiant pouvoir hypnotique, il la voyait maintenant encore sous l'aspect de l'adorable jeune femme qui se tenait, souriant innocemment devant lui et croquant des cerises, dans le fauteuil du flagrant délit. IL N'Y AVAIT JAMAIS EU D'ERIKA COMME IL N'Y AVAIT JAMAIS EU D'EUROPE IL N'Y A JAMAIS EU QU'UNE VIEILLE ET CYNIQUE SORCIÈRE QUI RÊVAIT DE PUISSANCE DE POSSESSION ET DE DESTRUCTION PHANTASMES FAUX-SEMBLANTS ILLUSIONNISME AU NOM DE CULTURE BEAUX MASQUES BEAUX MASQUES ÉTAT DE CRIME FOLIE puis ce fut fini, victorieusement, et sa tendre fidélité trouva enfin la force qu'il lui fallait pour se sauver de cette chute vertigineuse dans ces abîmes intérieurs, aux échos de désespoir et de néant. Peut-être fut-il aussi aidé, sauvé même, par la musique qui venait de s'élever dans le lointain, sans doute sur l'autre rive du lac, et dans laquelle il reconnut le nouveau concerto de Mozart, que celui-ci venait de composer. Il y eut aussi comme un éclair de lucidité dans le ciel et, bien qu'il ne fût point dupe et sût qu'il ne s'agissait là que d'une autre sorte d'illusion, il reconnut la calme lumière du regard de Valéry. Il essaya de sourire et sentit, à ce piteux effort, à cette crispation musculaire, à quel point ses traits étaient défaits.

Il fit un pas en avant :

— Erika, il faut lutter...

Elle abaissa sur ses genoux ses mains pleines de cerises.

— Pour quoi faire ?

— Ne vous laissez pas aller à ces tentatives de fuite... Vous savez bien qu'il y a en vous, en ce moment même, une petite complicité avec ce qui est pour vous si dangereux et si tentant à la fois. Vous rusez, vous jouez à cache-cache avec vous-même... Me permettez-vous d'appeler le docteur Jarde ?

— Et d'abord, pourquoi portez-vous cet absurde déguisement ?

Il passa la main sur le revers de son veston, sourit :

— Oui, oui, je sais, mes tweeds vont fort mal à ce cadre d'un autre âge...

— Mon cher comte, en voilà assez...

Elle se leva.

— Je vous aime, dit-elle. Je ne puis me passer de votre compagnie. Je sais aussi que vous ne pouvez révéler votre secret au premier venu. D'ailleurs, vous fûtes diplomate, et on dit que Louis XV vous avait chargé de missions à l'étranger. C'était donc une excellente idée de réapparaître, en ces temps vides que vous avez choisi de fréquenter — peut-être par curiosité, mais surtout par calcul, afin de retourner ensuite dans votre siècle et éblouir vos contemporains par vos dons prophétiques — sous l'aspect de l'ambassadeur de France à Rome, et j'avoue, mon cher Saint-Germain, que le palais Farnèse vous va à ravir... Mais n'essayez plus, maintenant, je vous prie, de me tromper, moi qui vous aime...

Sa voix trembla. Et Danthès sut que pour la forcer à revenir, pour que cet exil ne fût que temporaire, comme tous ceux qui l'avaient précédé, il ne devait pas la contrarier, il ne devait pas la renforcer dans son obstination en lui refusant sa complicité.

— Vous savez très bien que je suis à vos ordres, vous n'avez qu'à commander...

— Je veux simplement que vous vous débarrassiez de ce ridicule déguisement, sans doute rassurant pour vos domestiques, et que, lorsque le comte de Saint-Germain reviendra me voir, il m'apparaisse tel que ma mère me l'a si souvent décrit...

Danthès s'inclina et sortit. Il voulait retourner au plus vite à la villa Flavia, saisir le téléphone et appeler Jarde au secours, avant qu'il ne soit trop tard. Il regarda sa montre : midi. Avec un peu de chance, le médecin pouvait être à Florence dans la soirée.

XLIX

Le Baron se tenait assis dans un fauteuil près de Malwina, étendue sur le lit conjugal où le jeune prince Boldini et sa maîtresse de quinze ans, Maria Spinelli, fille de paysans, s'étaient donné la mort par le poison il y avait plus de deux siècles. Malwina avait les yeux ouverts, et souriait dans l'attente. Le Baron, la main devant le visage de celle qui ne dédaignait pas, malgré ses pouvoirs, d'avoir recours à quelques humbles artifices, faisait des passes magnétiques, art pauvre mais honnête, et que tout ce qui vit de rêve ne pouvait se permettre de négliger.

La fête battait son plein au palais Doria et les gondoles glissaient sur le Grand Canal, amenant les derniers invités. Il y avait là tous les Arlequins et toutes les Colombines d'usage ; Guardi et Longhi étaient odieusement plagiés par de nobles dames masquées et par des gentilshommes en tricorne et cape noire qui paraissaient sortir par dizaines de leurs tableaux et se regardaient en chiens de faïence, offusqués par cette multiplicité de déguisements identiques, alors qu'ils avaient cru faire preuve d'originalité dans le choix du costume. C'était la première fois que le tsar de Russie mettait le pied à l'étranger, sous le nom de comte Bobroff, en tenue de noble polonais d'après le célèbre tableau de Rembrandt. Les cinq Colonna d'Istria, métamorphosés en Borgia, dans un esprit de famille exemplaire, s'entretenaient amicalement avec Savonarole — aimable réconciliation du vice et de la vertu — soucieux seulement de la grandeur de Florence. Richelieu discutait avec Mazarin devant le buffet qui s'ornait d'une nouveauté : le *chachlik* à la russe, que chaque invité faisait griller lui-même sur des épées, avant de le livrer aux soins dépeceurs de la valetaille. La Russie était à la mode : on parlait du poète Pouchkine qui venait de se faire tuer en duel et du poète Lermontov qui allait également être tué en duel, quelques années plus tard, ce qui devait ravir toutes les âmes sensibles d'Europe : elles avaient toujours su que la poésie était intimement mêlée à la mort. Le XVIIIe siècle avait traité ses littérateurs et ses philosophes en amuseurs, ses peintres en fournisseurs ; en ce début de XIXe bien entamé, on leur donnait plus de poids et plus de destin, en quelque sorte : on aimait sentir peser sur eux une fatalité, et on trouvait qu'en allant mourir en Grèce, Lord Byron avait fait plus pour la poésie que pour la cause de l'indépendance grecque. Certains déguisements offusquèrent : le comble du mauvais goût, de l'avis unanime, fut atteint par Malwina von Leyden, qui était venue costumée en une de ces créatures du XVIIIe siècle auxquelles Venise imposait les bas rouges et défendait de porter le masque. Elle ne fit point scandale, car les scandales ne se faisaient plus : c'eût été manquer à cette attitude d'indifférence à peine ironique dont la mode commençait à venir d'Angleterre, et que l'on qualifiait de *dandysme*. Dans la salle du fond, afin de ne pas gêner par des accents mélancoliques ceux qui choisissaient avant toute chose la gaieté, un jeune violoniste de Crémone, signor Paganini, au physique étrange, mains énormes et nez fort laid, jouait des airs déroutants et comme vénéneux, avec une virtuosité qui faisait délicieusement peur. On disait qu'afin d'acquérir cette maîtrise, le signor avait vendu son âme au diable, mais Lord Douglas fit remarquer qu'il y avait belle lurette que le diable avait renoncé à ce genre de marché, vu l'abondance extrême de marchandise qui lui était offerte et qu'il payait à vil prix, avec de la menue monnaie. Malwina allait parmi les invités, un verre de champagne à la main, cherchant dans la foule celui qui lui avait donné rendez-vous et qui paraissait avoir pris du retard. Elle l'aperçut enfin, entrant en toute hâte, sans déguisement, puisqu'il lui suffisait de porter ses propres vêtements pour paraître costumé : le comte de Saint-Germain avait pris du poids, la finesse de ses traits, sous cet empâtement, s'était quelque peu perdue, et Malwina trouva qu'il commençait à ressembler à Louis XVI. Le nain Gastembide se tenait à ses côtés, l'air extrêmement contrarié et inquiet, car, ne possédant pas les dons prémonitoires de son maître, il ne connaissait aucun des personnages présents et lorsqu'il en identifiait quelques-uns, comme le Grand Inquisiteur et l'affreux Savonarole, il lui venait des glaçons dans le dos : ils lui rappelaient tous les ennuis qu'il avait eus avec ces ennemis acharnés des Francs-Maçons, dont il était Deuxième Seigneur.

— Je vous ai obéi une fois de plus, dit Malwina. Ce fut un dérangement, car j'étais occupée à tout autre chose, un petit compte à régler... Mais je n'ai rien à vous refuser. Que me voulez-vous ?

Saint-Germain prit son mouchoir et s'épongea le front.

— Je vous ai priée de venir pour vous inviter à mettre fin, justement, à ce que vous appelez un « petit compte à régler », dit-il. Vous vous acharnez contre un homme qui m'a rendu des services éminents. Comme vous savez — ou peut-être ne le savez-vous pas — j'ai l'intention de m'établir au XXe siècle pour quelque temps, afin de faire un certain nombre d'observations et de recueillir des renseignements scientifiques qui me seront plus tard, à mon retour, d'une valeur incalculable dans l'exercice de mes pouvoirs. J'ai donc décidé de me fixer comme marchand de tableaux en 1972, rue du Faubourg-Saint-Honoré. Votre ami m'a donné des informations qui me permettront de faire une fortune colossale, dont j'aurai le plus grand besoin pour payer mes espions dans les milieux scientifiques. Or, personne ne m'a jamais accusé d'ingratitude et, prévoyant jusqu'où vous entendez aller dans votre vengeance, je vous demande de mettre fin à vos manigances. Épargnez mon ami. Sinon, je fais un rapport à qui vous savez. Vous voilà prévenue. Vous pouvez repartir maintenant, car je sais que cet état dans lequel vous avez été plongée par les soins de votre mari — si j'ose dire — ne saurait se prolonger indéfiniment sans causer certains dégâts au système nerveux.

— Mon bon ami, je n'ai point d'ordres à recevoir de vous, dit Malwina. Certes, vous avez été placé à un rang très supérieur au mien dans l'Illustre Hiérarchie, et je vous ai toujours obéi, lorsqu'il s'agissait de questions d'intérêt général. Mais vous savez très bien que les Rose-Croix n'ont pas de pouvoir les uns sur les autres, dans tout ce qui a trait à leur vie personnelle. Tenez-vous-le pour dit.

Saint-Germain sortit sa tabatière et calma la nervosité de ses doigts en prisant.

— Ma jolie, dit-il non sans vulgarité, il est vrai que j'interviens en faveur d'un ami. Mais d'une part, je n'abuse nullement de mes pouvoirs, puisque je n'exige point, mais demande fort poliment...

— Vous m'avez fait venir ici, ce qui était bel et bien un ordre, et cet ordre me fut donné pour une affaire *personnelle,* dit Malwina.

— ... Et d'autre part, s'il s'agit bien de mon ami, il y va aussi et surtout de votre fille. Vous mettez en jeu sa santé et même sa vie...

— Je vous prie de vous expliquer sur-le-champ, dit Malwina.

Le comte de Saint-Germain porta son face-à-main à ses yeux.

— Baissez la voix, on nous regarde... Vous sous-estimez mes dons divinatoires. Je sais ce que vous mijotez, et je vois les conséquences qui vont en résulter pour votre fille, je les vois même très clairement, alors que vous, ma chère, ne jouissant point des vertus de cette vision supérieure, n'en avez nul pressentiment. Au cas où vous refuseriez de vous plier à ce qui n'est point un ordre, mais un conseil paternel, je vais être obligé d'intervenir personnellement...

Les yeux de Malwina jetaient des flammes et sa voix prenait un éclat qui rappelèrent à Saint-Germain qu'il l'avait recrutée dans un lupanar.

— Il y avait, là d'où je viens, une chanson où il était question de chats châtrés qui se mettent à donner des conseils d'amour, dit-elle. Je ne sais quel est le philtre qui vous manque, ou si vous en réservez les vertus aux autres, mais nous savons tous que vous n'avez jamais goûté à celui de l'amour, ce qui vous met à l'abri des égarements et explique sans doute pourquoi nos Maîtres ont placé une telle confiance en vous. J'ai aimé cet homme — dois-je avouer que je l'aime toujours ? — avec plus de folie qu'il n'en est au monde... Vous vous êtes dérangé pour rien.

Elle disparut. Saint-Germain, après avoir regardé prudemment autour de lui, murmura quelques formules rapides. Il lui fut répondu qu'il ne pouvait être question de troubler l'ordre des choses pour une affaire aussi mineure et qui relevait des plus plates banalités humaines. Il avait certes le loisir de s'en mêler à titre personnel, car les Pouvoirs respectaient, dans ces domaines intimes, la liberté de ceux qui les servaient si bien. Un valet se présenta avec un plateau chargé de hors-d'œuvre. Saint-Germain, qui ne mangeait jamais rien en public, l'écarta d'un geste, mais le nain Gastembide se jeta dessus avec une grossièreté toute moyenâgeuse. Le comte sortit sa montre du gousset.

— Eh bien, ça va être un long voyage, murmura-t-il.

La grisaille gagnait, au fond des miroirs bougeait quelque chose d'indiscernable. Sur la grande porte d'entrée, les trompe-l'œil d'Arlequin et de Colombine recueillaient encore un rayon, mais Pierrot s'était déjà perdu parmi les ombres. La grisaille gagnait, au fond de lui-même bougeait quelque chose d'indiscernable. Doucement il s'estompait, s'atténuait, puis reprenait conscience, une certaine visibilité, des contours assez distincts, à chaque retour de marée respiratoire. Veille épuisée au bord du sommeil, impossibilité de finir. Les diagrammes sur les murs s'étaient éloignés dans la grisaille qui gagnait, les règles et les équerres, les fils à plomb et les compas luttaient en vain contre l'imprécise fin du jour. Un craquement du parquet, la porte entrebâillée, quelques chuchotements : des domestiques ? Doucement il s'effaçait, se faufilait, disparaissait presque, déjà, déjà, sur le point de réussir, mais était repris, ramené et rendu à lui-même à chaque retour de marée respiratoire. Le Temps ne bougeait pas, les rames s'enlisaient dans le marbre. Danthès était assis à côté du téléphone, l'écouteur silencieux à la main. Au fond des miroirs bougeait quelque chose d'indiscernable. Chuchotements, silences louches, suspects, grisaille où était tapi quelque chose d'insaisissable. Quelqu'un avait placé au milieu du salon un mannequin, dans une attitude de joueur de luth, Danthès était assis immobile près du téléphone.

L

Elle ne s'attendait pas que le *vrai* Danthès revînt si vite et cette fois libéré de ses déguisements qui lui seyaient si mal. Lorsqu'il lui était apparu, quelques instants auparavant, avec son irritante sollicitude, cette obscure « compréhension » que l'on doit aux malades mentaux, elle avait cru qu'il l'avait trahie, et qu'il avait accepté de participer au complot des médecins, de ses amis, de tous ceux qui conspiraient avec la réalité et voulaient l'empêcher de s'en évader. Elle se jeta vers lui avec un élan qui était déjà comme le premier pas du grand départ. Elle leva la main et caressa en souriant tendrement ce visage assez dur, mais que les yeux éclairaient d'une rassurante douceur, et, bien qu'elle n'eût pu tenir pour certain que cet habit de soie bleue aux manches de dentelles, ces souliers à boucles d'argent, la perruque et les bas blancs, la haute canne au pommeau incrusté de diamants étincelants, fussent des indices et qu'elle pût en déduire leur destination, le but de leur voyage, le siècle, le pays, elle espérait bien qu'il allait l'emmener à cette fête dont Ma lui avait tant parlé, cette fête de l'esprit où l'Europe brillait encore d'un si prometteur éclat. Danthès parut avoir deviné ses pensées et compris son regard suppliant, car il sourit et secoua la tête.

— Non, dit-il. Je ne vous propose aucune limitation. L'Europe a connu d'autres moments. Je dis « moments », car ses fêtes furent éphémères et ses splendeurs s'éteignirent vite de n'avoir pas été partagées. L'Europe n'a jamais su devenir ce qui aurait pu la faire naître : une concrétisation vécue de son imaginaire. Elle n'a jamais su donner à vivre à ses chefs-d'œuvre, laissant la musique à la musique, le poème au poème, l'esprit à l'esprit. Elle les a ainsi condamnés à un exil que plus tard, au XXe siècle, on appellera aliénation. Je ne vous emmènerai donc que dans un voyage aux instants : un livre, un visage, une œuvre, une musique, et puis rien, personne : ce n'est que du plaisir. J'ai établi un programme, un peu au hasard. Un brin de causette avec Voltaire, à Ferney : ses conseils financiers méritent d'être écoutés. Ensuite Venise, et la Comédie Italienne, où l'on joue la première pièce d'un certain Goldoni. Ceux qui l'ont lue en disent le plus grand bien, mais ce sont évidemment ses amis et il faut se méfier d'un tel bouche à oreille. Nous jugerons par nous-mêmes. Descartes, Montaigne, Pascal, et j'en passe : ils sont prévenus, on nous attend. J'ai prévu aussi une rencontre avec Lope de Vega, dont les œuvres innombrables m'enchantent moins que l'homme lui-même, car jamais une vie de libertinage ne fut couronnée de plus de réussite et de bonheur... Nous ferons une vingtaine d'autres arrêts. Sur le chemin du retour, je vous propose un divertissement à ne pas manquer : voir Balzac goinfrer au *Procope*... Venez.

Il lui prit la main. Elle entendit dehors des aboiements rageurs : la réalité outragée retrouvait sa voix. Il y avait autour d'elle des nuées de couleurs et des passages de présences immatérielles, des flots d'invisibles qui aspiraient à naître, mais qui n'osaient pas se manifester trop ouvertement, car ils devaient encore se méfier un peu d'elle, ou peut-être y avait-il de la censure dans l'air, quelque police secrète, qui veillait aux outrages aux bonnes mœurs, dont il n'est de pire que de mettre en cause ce qui est, cette déchéance de l'imaginaire. Les murs de la villa Italia vibraient de cette façon qu'a le marbre de chanter, pour ceux qui comprennent la tendresse rêveuse des vieilles pierres. Il y avait aussi des vols de phalènes qui venaient avant leur temps, car la clarté était encore intense, aveuglante même, et sa source se dépensait sans compter, comme si dans la grande chute des interdits qui avait lieu, les portes se fussent ouvertes sur ce domaine d'une prodigieuse et invincible irréalité où s'élabore la naissance des sociétés nouvelles.

— Venez, Erika...

Il l'entraîna.

LI

Dès qu'il fut de retour à la villa Flavia, Danthès, qui comprenait bien le péril auquel son double imaginaire exposait Erika, saisit le téléphone et demanda Paris. Il n'avait plus aucun doute sur l'état de la jeune femme et il fallait que Jarde vînt à Florence sans délai. Il était peut-être encore possible de toucher son instinct de conservation et de freiner sa volonté de départ : il entrait dans ce genre de retrait hors du réel une bonne part de volonté, de choix. Danthès ne comprenait pas que Malwina pût ignorer l'état de sa fille. Ce qui l'inquiétait par-dessus tout, c'était que les vagabondages d'Erika dans les phantasmes s'accompagnaient presque toujours de vagabondages réels, ainsi qu'il en avait fait lui-même l'expérience, au cours de cette nuit brumeuse de Floscheim. Dans l'état où elle se trouvait, la jeune femme pouvait être victime de n'importe quelle abomination.

Il s'impatientait au téléphone, mais en vain : les standards faisaient grève, seul fonctionnait l'automatique, il lui fut impossible d'atteindre Paris. On eût dit que tout conspirait contre lui. Cette grève des syndicats devenait plus qu'une lutte de classes : un état de siège.

Il chercha fébrilement dans l'annuaire les numéros de ses amis à Rome, auxquels il eût pu demander le nom d'un psychiatre à Florence, mais rien ne remplaçait la connaissance que le médecin traitant a de l'histoire de la malade. Il griffonna un télégramme et le remit à son chauffeur, mais Alberto secoua la tête d'un air peiné, supplia « Son Excellence de prendre un peu de repos » ; il avait lui-même essayé à plusieurs reprises de joindre le médecin, mais avec cette maudite grève...

Danthès prit alors une décision qui était bien plus le résultat de ses nuits sans sommeil et de son anxiété que d'un raisonnement : il décida d'aller voir Malwina et de lui parler. Il n'était certes pas question de lui révéler ce qu'elle ignorait si manifestement : que sa fille était menacée par la folie. Il eût été d'une atroce ironie que, à vingt-cinq ans de distance, ce fût encore Danthès qui lui portât ce deuxième coup, plus terrible peut-être que le premier. Mais il fallait empêcher à tout prix Erika de quitter la maison et d'errer en pleine crise dans une ville où, en dehors de tous les autres risques, sa beauté et son délire la mettaient à la merci du premier venu. Il sortit et pénétra dans la villa Italia par l'entrée principale. Une femme de chambre nettoyait des souliers au pied de l'escalier, en chantonnant. *Si, la signora* était bien là, il n'avait qu'à monter... Danthès grimpa l'escalier et frappa à la porte du salon.

— *Come in,* cria une voix féminine qu'il ne reconnut pas.

Il entra. Là où tout à l'heure il y avait le fauteuil à roulettes où s'était tenue Erika, il vit un divan sur lequel une dame d'âge mûr était allongée en lisant un magazine. Elle ne ressemblait en rien à Malwina : grassouillette, courtaude, pouponne, frisée, blondasse, avec une mèche de cheveux coupée droit sur le front comme les caniches, elle avait cette vulgarité de l'argent démuni de tout le reste. Il y avait aussi un homme dans la pièce et, bien qu'on pût à la rigueur lui trouver une légère ressemblance avec le Baron, c'était surtout en raison de sa tenue vestimentaire, car il portait comme le père adoptif d'Erika un costume gris à carreaux et un nœud papillon. Son visage était du reste difficile à identifier derrière les cordes d'une harpe que le personnage effleurait du bout des doigts, sans paraître en mesure d'obtenir de cet instrument céleste autre chose que d'assez pénibles miaulements. La dame posa son magazine et se tourna vers Danthès.

— *What do you want ?* demanda-t-elle, et ensuite, passant à un français de touristes, *Paris by night,* elle demanda :

— Qu'est-ce que c'est ?

Danthès s'était arrêté à la porte. Il ne comprenait plus rien. Erika ne lui avait jamais dit que sa mère avait sous-loué un étage de la villa à des Américains. De toute façon, et bien que le mobilier de la pièce fût différent en effet de celui qu'il avait contemplé tout à l'heure, il était à peu près certain que la villa n'avait qu'un seul étage, mais si le but de toutes ces manœuvres était de le désorienter et de le faire douter de sa lucidité, leurs auteurs — dont, à coup sûr, le Baron, ce maître illusionniste — pouvaient se vanter d'avoir réussi : il était à ce point effaré de se trouver devant ce couple d'Américains, qu'il ne pouvait même plus affirmer avec certitude que dans la même pièce il avait vu Erika en train de manger des cerises, assise dans le fauteuil d'infirme de Malwina. Il suffisait d'ailleurs de sortir pour s'assurer que la villa avait bien un seul étage, ainsi qu'il en était convaincu. Mais Danthès se déroba. Le tumulte d'anxiété qui l'avait poussé à faire cette visite s'était vidé à demi par ce début d'exécution. L'indécision revenait, avec cette ruse à laquelle la faiblesse a toujours recours lorsqu'elle vous murmure : *après tout, j'ai essayé.* De toute façon, il ne pouvait être question de révéler à Malwina le véritable mobile de sa visite : il lui avait fait déjà assez de mal. Et la rencontrer pour la première fois depuis tant d'années dans de telles circonstances était impensable. Son devoir était de l'épargner, de prendre les mesures nécessaires sans qu'elle le sût, faire rechercher la jeune femme par la police, à défaut d'autres moyens. Il s'excusa auprès des Américains et sortit, poursuivi par les miaulements de la harpe.

Il avait descendu quelques marches lorsqu'il crut entendre, par la porte qu'il avait laissée entrouverte, un éclat de rire. Il n'y avait là en soi rien d'inquiétant, rien d'anormal, mais, soit que son état d'extrême agitation prêtât à cette voix des accents qu'elle n'avait pas, soit qu'il s'agît vraiment d'un rire singulièrement désagréable, cynique et moqueur d'une façon presque sifflante, son cœur se glaça et Danthès se figea dans l'escalier, une main sur la rampe de pierre : *c'était le rire de Malwina.* De là à penser que c'était bien Malwina von Leyden qu'il venait de voir, et que celle-ci s'était transformée en cette petite bestiole américaine par un acte de sorcellerie, il y avait un pas que, fort heureusement et bien qu'il n'ignorât rien du pouvoir redoutable de contagion des maladies mentales, son imagination refusa de franchir. Plus exactement, son imagination franchit ce pas, mais sans être dupe d'elle-même. Il retourna à la villa Flavia et se retrouva dans le salon avec le curieux sentiment — mais auquel il était à présent habitué — de ne pas l'avoir quitté.

Malwina von Leyden riait, allongée sur le sofa, cependant que le Baron s'efforçait en vain de tirer des cordes de la harpe quelque chose qui ne fût plus, comme tout à l'heure, un minable appel à des puissances de ténèbres. C'était extraordinaire de voir quel rôle infâme cet instrument jadis angélique était à présent forcé de jouer, dans quelles mains il était tombé, et à quel hideux festin présidaient parfois les dons divins échus à l'homme. Le Baron avait toujours estimé que la voix de la harpe, dans son lyrisme débridé et ses glouglous nostalgiques, exprimait à merveille certains bêlements de l'âme humaine : c'était incontestablement un instrument qui vibrait d'idéal, et on ne pouvait concevoir de meilleur accompagnement à tous ces soupirs et à ces promenades sentimentales au clair de lune d'où sont nées quelques-unes de nos plus belles élégies.

— Eh bien, dit Malwina, et cette fois Danthès, qui se tenait derrière la porte, bien qu'il ne se souvînt pas d'être revenu dans l'escalier de la villa Italia, n'eut aucune hésitation à identifier sa voix, voilà sans doute notre cher rêveur plongé dans la plus grande stupéfaction. Je n'aurais peut-être pas dû me laisser aller à cette petite démonstration car, le premier moment d'ahurissement passé, il commencera sans doute à se demander s'il n'a pas été mené par le bout du nez depuis le début de cette affaire, avec l'aide de ce maître d'hôtel — comment déjà ?... Ah oui, Massimo — et d'un certain petit philtre que je me suis procuré. Je ne tiens nullement à réveiller sa méfiance, laquelle est, comme vous le savez, le plus grand obstacle que nous rencontrons dans notre métier ! N'est-ce pas un joli tour, cette idée de placer ce couple américain en plein cœur de la villa Italia ? Après tout, c'est mon métier de prédire l'avenir, et pourquoi refuserais-je mes services à notre chère Europe ? Voilà qui est fait.

Danthès fut irrité de se surprendre lui-même à écouter aux portes, mais il s'aperçut au même instant qu'il n'avait pas quitté le salon aux miroirs de la villa Flavia : ses ennemis continuaient, diaboliquement, à se jouer de lui. La voix de Malwina lui parvenait, par quelque habile trucage électronique, avec une ampleur assourdissante, multipliée par des échos de chambre sonore. Quelqu'un, en même temps, par un procédé technique qui restait à élucider, s'appliquait à nouveau à l'effacer, à le gommer, le privant de contenu, dans une grisaille qui montait de toutes parts, alors que s'accentuaient au contraire les affolantes clameurs, dont le but évident était d'empêcher le raisonnement, brisant toute syntaxe dès qu'elle était sur le point de prendre forme, charriant des points d'interrogation verts et rouges et des points de suspension sans fin aux fulgurances électriques, dans une crue et une décrue sonores qui se succédaient avec rapidité, interdisant toute articulation de la pensée et ne laissant enfin plus de place qu'à une sorte de vie animale. Il essaya d'arracher ses rames au marbre, mais elles paraissaient à jamais saisies dans les glaces éternelles. Quelqu'un avait placé au milieu du salon, là où Danthès croyait se trouver lui-même, le mannequin sans visage de Chirico, assis dans une attitude de joueur de luth. Au fond des miroirs bougeait quelque chose d'innommable.

Danthès eût sans doute perdu la raison, sous l'effet accumulé du L.S.D. dont on lui avait sans nul doute, depuis des semaines, administré des doses monstrueuses, si ses ennemis, rendus imprudents par leur réussite qu'ils croyaient totale, n'avaient commis une grave erreur. L'ambassadeur était sur le point de se jeter dehors et de fuir, fuir, en hurlant, ce qui eût sans doute mis fin à sa carrière, lorsque la porte s'ouvrit : il vit, avec un soulagement immense — car il avait délibérément laissé ce gredin à Rome — le maître d'hôtel Massimo entrer dans le salon, le sourire aux lèvres, portant son sempiternel plateau d'argent, où fumait agréablement une tasse de thé. Cette apparition d'un homme à qui il avait formellement interdit de le suivre à Florence, cette tasse de thé où la canaille avait sans nul doute versé la potion quotidienne qu'il lui servait, étaient profondément rassurantes : ce misérable pion l'avait rejoint dans sa retraite, exécutant servilement les ordres de sa Dame. Mais il s'était trop avancé et Danthès recevait ainsi, presque *in extremis,* la preuve matérielle du complot que Malwina avait ourdi et dont le but était de le détruire, en faisant passer pour fou, aux yeux de tous, l'ambassadeur de France à Rome. D'un seul coup, il retrouva dans toute leur netteté ses contours psychiques. Prirent fin l'effacement, la chute dans les miroirs, les hallucinations. Il revenait de loin, aidé probablement par la fin de l'effet de la drogue : la preuve en était que ce coquin au service de Malwina était venu exprès de Rome pour lui en resservir la dose quotidienne.

— Qu'est-ce que vous faites ici ? Je vous avais dit de rester au Farnèse.

Le sourire du maître d'hôtel donna quelques signes d'inquiétude. Il était pourtant difficile de faire plus « fidèle serviteur » que ce gros chat aux cheveux blancs et à l'allure de Père Noël, avec ses ronrons d'« Excellence ».

— Excellence, le chauffeur m'a téléphoné... Il n'y avait personne pour s'occuper de vous ici, apparemment, et il avait cru... Une petite tasse de thé, Excellence, *per piacere...* Vous n'avez, dit-on, rien pris de chaud depuis votre arrivée ici et...

— Rentrez immédiatement à Rome. Vous êtes congédié. Vous avez de la chance que mes fonctions s'accommodent mal de scandale public et de police... Laissez ce thé ici, sur la table. Je tiens à vous prévenir que je le ferai analyser...

Le maître d'hôtel avait pâli. Le plateau tremblait dans ses mains. Mais il ne le lâchait pas et reculait vers la porte... La canaille essayait de faire disparaître les preuves. L'ambassadeur avança et, d'un geste vif, saisit la tasse.

— Foutez-moi le camp d'ici. Et estimez-vous heureux de vous en tirer à si bon compte...

— Excellence...

Danthès serra les poings et son regard avait dû se charger d'une telle fureur que le maître d'hôtel s'évanouit en reculant par la porte entrebâillée, entre Arlequin et Colombine. Danthès était à ce point soulagé par ce qui, à présent, n'était plus un simple soupçon, mais une évidence, qu'il se mit à marcher de long en large dans le salon, les mains dans les poches de son veston, en chantonnant. Les menaces réelles ne lui avaient jamais fait peur. Les plus dangereuses et les seules impitoyables étaient les menaces imaginaires. Il entendit un frôlement derrière lui et se retourna : son chauffeur venait d'entrer, la casquette à la main et le visage décomposé :

— Pourquoi avez-vous dit à Massimo de venir à Florence ? Je viens de le congédier.

— Mais, Excellence...

— Eh bien ?

— Mais, Excellence... Je ne lui ai rien dit. Il n'est pas ici, Excellence... Il est à Rome.

Danthès ne l'écoutait plus. Par la porte entrebâillée, toujours entre Arlequin et Colombine, il aperçut un visage qu'il connaissait : Jarde.

LII

Le docteur était un homme d'une quarantaine d'années, aux lunettes méditatives. Son visage au premier abord frappait surtout par une absence de traits particuliers, pour ne pas dire de personnalité, ce qui n'était pas sans avantage, car il se présentait ainsi sous un aspect rassurant. Il s'était expliqué là-dessus un jour devant Danthès : comme il était impossible de prévoir quelle expression sur le visage de son psychiatre pouvait inquiéter le malade, et l'opinion ou le jugement que ce dernier y découvrirait risquant toujours d'être fort mal pris, Jarde s'était appliqué à tirer le maximum d'une certaine insignifiance et passivité de ses traits. Leur vacuité lui évitait des erreurs et se prêtait mal aux manies interprétatives du patient.

— Justement, je cherchais à vous joindre au téléphone...

— Vous m'avez déjà téléphoné hier matin en me priant de venir... Vous vous souvenez ?

— Tiens ? Il est vrai que tant de choses sont arrivées depuis... Erika est en pleine psychose. Une crise grave... Peut-être définitive...

Le médecin porta les mains à ses lunettes, ce qui était sa façon de montrer qu'il écoutait avec attention.

— Sa conduite est totalement incohérente et tout ce qu'elle dit montre qu'elle perd de plus en plus le contact avec la réalité. Elle vit en compagnie de je ne sais quels êtres imaginaires... dont moi-même !

— Eh bien, nous reparlerons de tout cela, dit le docteur. J'ai oublié de vous dire que je ne suis pas venu seul. Votre femme et votre fils vous ont prévenu, je crois, de leur visite, et ils m'ont prié de les accompagner. Ils sont en bas.

Danthès fut un instant interloqué. Il se souvenait parfaitement du télégramme qui annonçait la venue des siens, mais il ne savait pas qu'ils connaissaient ses rapports avec Jarde et, de toute façon. cette idée d'amener un psychiatre avec eux...

— Mon Dieu, si je comprends bien... J'inquiète ?

Jarde eut un geste vague de la main.

— Mettez-vous à leur place... Vous faites savoir à vos collaborateurs que vous prenez quelques jours de congé et vous disparaissez pendant deux semaines...

Cette fois, Danthès se sentit prodigieusement irrité.

— Qu'est-ce que c'est que ces sornettes ? Je suis arrivé ici il y a vingt-quatre heures...

— Peu importe, dit Jarde. Le temps passe plus

ou moins vite et quelquefois on en perd la notion complètement. Ça peut arriver à tout le monde.

L'ambassadeur se mit à rire.

— Dites-moi, cher ami... Vous cherchez à me rassurer ?

Jarde ôta ses lunettes, ce qui lui rendit son regard. Danthès fut surpris de cette transformation soudaine du visage : la banalité avait disparu. Le médecin avait un teint curieusement basané pour un homme de cabinet et ses traits, ainsi que du reste toute sa physionomie, avaient quelque chose d'un peu inquiétant. Ce visage lui rappelait *quelqu'un d'autre* : Jarde. Mais c'était cette ressemblance justement qui déroutait : on eût dit que l'homme qui était devant lui *en profitait*. Ce que Danthès entendait par là, au juste, il ne le savait pas lui-même, mais il décida de demeurer sur ses gardes, tout en cachant sa méfiance. Au poste de haute responsabilité qu'il occupait, il pouvait se trouver soudain en butte à toutes sortes de machinations : Malwina n'était pas dépourvue d'amis, pour ne pas parler de complices. Il ne faisait par exemple aucun doute que l'attitude de Jarde — à supposer que ce fût vraiment lui — avait changé à son égard. Elle manquait de sincérité. Elle était un peu pateline, rassurante. Le regard était un peu trop attentif. Bien sûr, il venait, accompagné de son fils et de sa femme, mais l'avaient-ils déjà rencontré auparavant ? Et sa famille elle-même, en ce moment, ne mijotait-elle pas quelque chose pour éviter le « scandale » ?

— Vous faites une dépression nerveuse, monsieur l'ambassadeur, et la meilleure façon de commencer à en sortir, c'est d'abord d'en prendre conscience. Le personnel de l'ambassade n'est au courant de rien et, de toute manière, c'est aujourd'hui chose courante, et qui ne peut plus nuire à une carrière.

— On parlera de moi plus tard, si vous voulez bien. Vous êtes d'abord le médecin d'Erika. Il faut essayer de la sauver.

Jarde parut sur le point de dire quelque chose, fit tournoyer un instant ses lunettes puis alla s'asseoir dans un fauteuil. Danthès hésita, essayant de contrôler l'indignation qui montait en lui devant une telle indifférence. Rien ne lui paraissait plus méprisable qu'un médecin qui a, en quelque sorte, « trop l'habitude », qui « connaît tout ça par cœur », et que la multiplicité des cas cliniques sur lesquels il s'est penché finit par insensibiliser, si bien que le plus beau métier du monde perd sa beauté pour n'être plus qu'un métier. C'était la première fois qu'il voyait le psychiatre sous ce jour, peut-être s'agissait-il d'une attitude voulue, d'un masque : il se pouvait que malgré toutes ses années de pratique, une certaine timidité le retînt devant un ambassadeur de France, et l'empêchât de parler comme il l'eût souhaité. Danthès finit tout de même par aller s'asseoir en face de lui. Le gros chat de cuisine gris et gras se glissa par la porte entrouverte, sauta sur ses genoux et se mit à frotter ce qui lui restait d'oreille contre son bras.

— Décidément, vous ne paraissez pas très pressé, docteur... Cette jeune femme...

Jarde appuyait le menton contre ses mains jointes d'où pendaient les lunettes.

— Bien, dit-il. Je vais donc aller au plus pressé. Je pense que le moment est venu pour vous de faire face à la vérité. Votre sentiment de culpabilité me paraissait à ce point hors de mesure avec votre version de ce fameux accident, que j'ai pris mes renseignements. Il existe un rapport de gendarmerie, et je l'ai eu entre les mains. D'abord, *c'était bien vous qui conduisiez*... Ce que vous refusez d'admettre même dans vos tête-à-tête avec vous-même. Ensuite, ce n'est pas avant l'accident que vous avez rompu avec cette femme, mais *après l'accident.* Vous avez été frappé d'horreur à l'idée de vous charger, à l'âge de vingt-cinq ans, d'une infirme de douze ans plus âgée que vous, et dont la réputation venait de vous être révélée dans tous ses détails. Vous saviez qu'une telle union signifiait la fin de votre carrière et un poids écrasant dans une vie qui s'annonçait pleine de promesses. Vous vous êtes fait discrètement nommer attaché d'ambassade à Pékin, où vous vous êtes, disons le mot, enfui, laissant l'infirme paralysée sur son lit d'hôpital. Je vous parle délibérément avec brutalité, car vous vous faites le plus grand mal par ce jeu de cache-cache avec vous-même... Vous avez échangé un poids qui vous paraissait insupportable contre un autre, qui l'est peut-être encore davantage et qui est sur le point de vous briser...

Ces paroles eussent sans doute paru abominables à Danthès, s'il n'avait été frappé par un changement encore plus marqué sur le visage de Jarde.

Les traits semblaient avoir modifié leurs proportions et leurs rapports, pour devenir aigus et durs, mais c'était surtout le regard qui justifiait tous les soupçons. Il avait beaucoup trop de goût pour céder à la platitude de l'expression « yeux de braise », mais que ce regard qui le toisait, le jugeait et le menaçait peut-être de quelque « châtiment », fût plein d'hostilité et même de haine, voilà qui ne pouvait être nié. Il n'était certes pas question de parler de conspiration et de forces diaboliques, mais que connaissait-il du médecin, au juste, qui était-il vraiment ? Sans verser dans le saugrenu et dans les phantasmes, encore une fois, il était certain que Malwina von Leyden avait des amis très puissants — il se souvenait parfaitement d'avoir déjà eu cette pensée — dans tous les milieux, et quelques-uns d'entre eux pouvaient être de vrais médecins, mais en même temps de redoutables charlatans. Il tenait à préciser, à répéter, dans ses propres pensées et devant lui-même qu'il ne cédait nullement à quelque tendance paranoïaque, ne se sentait nullement persécuté et ne croyait pas un instant aux forces occultes, mais il était trop versé dans les affaires du monde pour ignorer qu'il se manifeste parfois au fond des choses de secrètes et hostiles puissances qui sont, d'une certaine façon, il faut bien le reconnaître, acoquinées avec le Destin.

Il se leva, souriant, très à l'aise, très détendu, presque euphorique, comme on l'est toujours lorsque les choses s'éclairent d'une totale compréhension.

— C'est tout ce que vous avez à me dire ?

Les mains jointes, Jarde détourna son regard.

— Non. Ce sentiment absurde de culpabilité — vous avez fait preuve de faiblesse, sans doute de lâcheté, mais qui donc peut demander à un jeune homme d'être, dès les premiers pas dans la vie, un chevalier de l'honneur ? — ne grandissait pas en vous uniquement parce que vous avez abandonné une femme que vous prétendiez aimer au moment même où, par votre faute, elle était frappée de malheur. La raison est moins simple. Vous vous êtes fait, monsieur l'ambassadeur, une idée si haute de la culture, c'est-à-dire de l'Europe — pour vous, c'est une équation parfaite de l'un = l'autre — que vous étiez devenu à vos propres yeux, en raison de la « bassesse » dont vous aviez fait preuve en cette tragique circonstance, l'exemple vivant de cette dichotomie qui met la culture d'un côté et la société de l'autre. D'une part, l'Europe avec laquelle on communie dans l'élévation de la pensée et des sentiments, bref, dans la dignité, et de l'autre l'Europe réelle, vécue, celle de l'égoïsme, de la haine, des beaux mensonges et des camps d'extermination que vous avez vous-même connus et qui vous ont marqué à jamais, sans doute, de leur *évidence.* Tout le monde admirait vos qualités morales, votre « humanisme », vous paraissiez avoir hérité du patrimoine spirituel des âges, mais à vos propres yeux, vous personnifiiez ce dédoublement qui met la culture d'un côté, et de l'autre le comportement de la société bourgeoise qui, pourtant, s'en réclame sur tous les tons. Ce déchirement constant, déjà évoqué dans presque toutes ses œuvres par cet autre Européen « éclairé », Thomas Mann, vous est devenu à ce point intolérable, que vous vous êtes mis à vous adonner de plus en plus à la création et à l'exaltation de mondes imaginaires — de mythes, si vous préférez, mais d'aucuns diraient de phantasmes — dont vous attendiez qu'ils vous aident à transcender ce sentiment de duplicité, d'hypocrisie et de mensonge dans lequel vous viviez. Comme ambassadeur, vous parliez avec une émotion sincère de tout ce qui, de Montaigne à Camus, était « France, douce patrie humaine », pendant que votre gouvernement vendait des armes à l'Afrique du Sud raciste et faisait exploser des bombes nucléaires en Polynésie. Double visage, double vie, cassure... Ce en quoi, soit dit en passant, vous n'étiez différent des autres « Européens » — gros ventres de collectionneurs, villas sur la Côte d'Azur, mais opinions gauchistes, pieux petits cris de sensibilité pour le Biafra ou le Bengale, mais bagnole d'abord, nobles élans par écrit sans le moindre contenu d'action — que par cette honorable prise de conscience. Je dirais même que plus vous vous sentiez indigne de votre Europe bien-aimée, pour avoir failli à l'action qu'exige un tel royaume imaginaire, et plus vous étiez hélas ! un Européen dans toute l'acception du terme, membre de plein droit de la société dite « occidentale », laquelle se caractérise par cette absence de généreuse circulation de ce plasma nourricier et fécond que devrait être la culture, assumée et vécue dans l'action, dans le dynamisme de l'élan social.

L'art n'a de sens que s'il est vécu, avez-vous écrit dans un petit texte que vous avez publié, il doit être générateur de transformations, dans une poursuite incessante, afin que la vie des communautés humaines se tende tout entière et sans fléchir dans la direction de cet au-delà que lui désignent les chefs-d'œuvre. L'ayant écrit, vous vous êtes retiré à nouveau tranquillement dans le luxueux confort de votre ambassade : ce ne fut que de l'imprimerie. Il était donc normal, dans un tel contexte, que la cassure s'accentuât, que vous vous soyez, à la fin, désintégré psychiquement, que vous ayez été gagné par l'irréalité, au point d'éprouver parfois — n'est-ce pas ? — cette sensation d'être effacé physiquement, de perdre le sentiment de votre identité, de votre *réalité,* dévoré que vous étiez de plus en plus par des abstractions. Voilà. J'ai tenu à vous mettre face à vous-même, monsieur l'ambassadeur. Je ne pouvais le faire sans... dureté : vous voudrez bien m'excuser. Ce choc m'a paru nécessaire. Quant à cette adorable jeune femme... Nous verrons cela par la suite. Vous pouvez tout pour elle, cela est certain. Vous exercez sur elle une emprise totale. Vous êtes le seul à pouvoir la sauver : elle vous écoutera et vous obéira. Encore faut-il pour cela que vous fassiez d'abord la paix avec vous-même...

— Voilà un traité de paix qui me semble n'avoir jamais été conclu par personne, dans toute l'histoire diplomatique, dit l'ambassadeur.

Il se savait trop cliniquement observé pour se laisser aller à un égarement de geste ou de propos qui eût simplement apporté de l'eau au moulin de ce spécialiste de toutes les ruses psychiques. Car Danthès s'était ressaisi : il se sentait compris, tiré au clair, exposé impitoyablement à la lumière. Et, comme toujours lorsqu'il cherchait à prendre ses distances sans donner l'impression de se dérober, il choisit l'humour.

— On reproche beaucoup à la psychiatrie moderne d'avoir une surabondance de clefs abstraites, mais de manquer de remèdes, dit-il. Je ne sais cependant si votre analyse ferait plaisir aux structuralistes ou même à tous les démodés de papa Freud. Ou encore au magisme verbomaniaque de Lacan. Il me semble en effet que votre exposé — très intéressant, croyez-le bien — vous fait paraître plus proche du romantisme des philosophes allemands fin de siècle, du genre Schelling, et même de Nietzsche — culture en tant que religion, vous vous souvenez ? — que des tenants de cette révolution continue que vous semblez prôner. Nous sommes cependant d'accord sur l'essentiel : vous voyez comme moi dans la culture un plasma nourricier mais, comme moi, c'est en vain que vous cherchez autour de vous un cordon ombilical... Le passage revivifiant dans la réalité, dans la société, ne se fait pas...

Il se leva. Jarde obéit à l'allusion du geste, en visiteur bien élevé. Debout, il remettait ses lunettes et rhabillait ses traits de banalité.

— Encore un mot, dit Danthès en souriant. Si ce que votre analyse implique est vrai, je ne pense pas que vous puissiez attendre grand-chose d'elle en termes de résultats pratiques... Encore, s'il s'agissait d'une névrose... Mais vous n'êtes pas loin de me placer dans la catégorie des schizophrènes, et dans ces cas-là, n'est-ce pas...

Il haussa les épaules. Il se voyait dans la glace qui occupait la moitié du mur opposé, grand, un peu voûté, sur ce fond de diagrammes et de façades des palais futurs qui ne verraient jamais le jour et que les papiers peints plaçaient autour de lui avec un sens admirable de l'à-propos. Dans ce cadre vaguement métaphysique, il se sentait pris entre tous les compas et équerres d'une impossible connaissance...

— Je vous parle de lucidité et d'intelligence, dit Jarde. C'est tout. Vous en êtes admirablement pourvu, mais pour revenir à l'essentiel, je répète que l'avenir de cette jeune femme dépend de vous : ce n'est qu'une question de volonté... Vous ne pouvez pour elle que ce que vous pouvez pour vous-même.

— Et pour finir, dit Danthès, et puisque vous attribuez à mon imagination... morbide, de tels pouvoirs, si j'en étais au point où vous me croyez, il me serait facile de me débarrasser de vous d'un seul et magnifique élan délirant, en vous chassant de mon esprit, et tout serait comme si vous n'étiez jamais venu, comme si vous n'existiez pas...

— Je crois que c'est une solution à votre portée, dit Jarde, mais ce serait dommage...

— Le monde perdrait en effet en vous un psychiatre de très grande valeur...

Jarde le regardait avec amitié.

— Je ne parle pas de moi, dit-il. Ce serait dommage pour vous... C'est-à-dire pour cette jeune femme qui vous obsède si tendrement...

Danthès le raccompagna. En ouvrant la porte, il lui lança :

— Un instant. Vous comprendrez, je crois, qu'après un entretien de cette... nature, je préférerais ne pas revoir en ce moment ma femme et mon fils. D'autant que je leur ai dit tout ce que j'avais à leur dire... et les ai écoutés attentivement... en leur absence. Car nous nous sommes expliqués sur tout cela mille fois. Je préférerais donc qu'ils retournent à Florence. Je les verrai demain, s'il le faut absolument. Rendez-moi le service de présenter la chose comme un conseil... médical de votre part. Je ne voudrais pas les blesser. Ni trop mentir.

— Soyez tranquille, dit Jarde. Je m'en charge. Je vous laisse une ordonnance à l'entrée... Question de pure forme.

Danthès demeura un instant près de la porte, souriant.

Jarde pouvait à présent venir. L'ambassadeur se sentait prêt à l'affronter.

LIII

Danthès alluma sa pipe. Il éprouvait un sentiment de maîtrise, de contrôle parfait sur toutes choses, une sereine nonchalance dont la raison lui apparut aussitôt, accompagnée d'un sourire discret. Le cher Jarde ne manquait pas de pertinence et il fallait bien reconnaître que ce professionnel était admirablement versé dans ces tours subtils que les mondes intérieurs se jouent parfois à eux-mêmes. Erika ne risquait rien. Il se garda bien d'aller jusqu'au bout de cet aveu, car il eût fallu alors en tirer toutes les conséquences et non seulement rompre avec la jeune femme, mais encore renoncer à tous les stratagèmes qui lui permettaient de s'éviter lui-même. Il fut heureux de cette objectivité avec laquelle il s'observait, car ce que Jarde n'avait manifestement pas compris, c'est qu'il était demeuré entièrement maître de son domaine psychique, dont il contrôlait à volonté tous les recoins et organisait les manifestations extérieures avec une parfaite cohérence. Et, habileté suprême, lorsque sa création se révélait à ceux qui l'étudiaient comme une aberration, ces observateurs ne se doutaient même pas à quel point ils étaient trompés par ces tours de passe-passe, car ce dérèglement et cette confusion étaient un but qu'il recherchait délibérément, pour se soustraire à lui-même.

Il y avait cependant quelques précautions à prendre afin de se couvrir. Il téléphona à l'ambassade et s'entretint longuement avec Charmel des affaires courantes. Danthès montra le souci qu'il convenait en apprenant que, sans aboutir à une grève générale, les consignes syndicales faisaient régner le chaos en Italie et, pour des raisons qui cette fois ne lui parurent pas très claires, l'idée de se sentir entouré de chaos lui procura une bizarre satisfaction. Les néo-fascistes attaquaient les défilés de gauche et les bagarres venaient de faire un mort à Palerme. Il dit au chargé d'affaires — celui-ci semblait un peu nerveux et presque trop attentif à ce que son ambassadeur lui disait, comme s'il cherchait au-delà des propos de ce dernier quelque signe qu'il eût interprété, naturellement, dans le sens le plus critique, peut-être même pour en référer ensuite à Paris — il lui annonça donc qu'il entendait prolonger son congé de quelques jours encore, mais qu'il rejoindrait immédiatement son poste si la situation s'aggravait. Il raccrocha avec une petite grimace de mépris à l'égard de tous ceux, dont le nombre grandissait à vue d'œil, qui le guettaient de près ou de loin avec animosité, et bien qu'il ne pût pour l'instant être question d'une conspiration de ses collaborateurs immédiats, il fallait se méfier de ces petits ennemis dont tout homme un peu différent des autres et peut-être un peu supérieur est toujours entouré.

Il passa dans la bibliothèque et s'y fit servir le déjeuner, bien qu'il n'eût pas faim, pour se plier à toutes les routines d'une vie parfaitement normale. Il s'entretint familièrement avec Alberto, qui lui apporta le repas lui-même, s'enquit de sa famille et de divers détails domestiques. Alberto, que l'incident avec le maître d'hôtel congédié avait sans doute rendu un peu nerveux, répondait en bafouillant, et, le café servi, s'attardait, comme s'il ne voulait pas laisser l'ambassadeur seul.

— Qu'est-ce qu'il y a, Alberto ?

— Excellence...

— Eh bien ?

— C'est... c'est au sujet de vos... de vos vêtements...

— Qu'est-ce qu'ils ont, mes vêtements ?

— Excellence... Les gens du village, vous comprenez... Les fournisseurs...

Danthès haussa les épaules avec quelque humeur.

— Mon bon Alberto, en signant le contrat de location, je ne me suis pas engagé à m'habiller en costume d'époque. Je sais qu'avec mes tweeds je choque sans doute un peu, dans ce cadre très Renaissance, mais la villa n'est pas encore un musée, que je sache, et c'est vraiment un peu excessif que de vouloir me transformer en spécimen du XVIe siècle, je n'ai aucune intention de me déguiser en prince Dario, par respect pour l'esprit des lieux.

S'ils s'attendaient à voir l'ambassadeur de France en habit de cour, ou peut-être en condottiere, avec un faucon sur le poing, dites-leur que, désolé, mais je ne suis pas venu ici pour enchanter les touristes...

Alberto ne disait rien. Il regardait l'ambassadeur assez stupidement, en clignant des yeux.

— Bien sûr, bien sûr, Excellence...

Danthès demanda les journaux et ralluma sa pipe. Il se détendit. L'atmosphère de la bibliothèque, avec ses livres rares, ses vieilles mappemondes, les cartes de Mercator et les instruments d'astronomie qui dataient des premiers rapports de la Renaissance avec un ciel qui n'était plus celui de Dieu mais de Galilée, lui procurait une agréable sensation de dépaysement et domestiquait le Temps, lui conférait un caractère de bon chien couché aux pieds du maître, et qui se repose après des courses folles. Il y avait sur un mur toute une collection de stylets, de dagues et de poignards qui dataient des Borgia et des Médicis ; dans de grands cabinets de verre, des costumes de condottiere dont deux avaient appartenu, à en croire l'étiquette, à Orsini et à Malatesta, lui offraient leur compagnie presque vivante et il parvenait à distinguer assez nettement, en tirant sur sa pipe, les visages cruels mais non dépourvus de beauté de ces rudes mercenaires. Sur un secrétaire, toute une collection de fioles qui avaient jadis contenu ces poisons dont la vilenie, après tant de siècles, avait perdu sa monstruosité pour acquérir un charme romantique et désuet. C'était une atmosphère propice à la lecture des *Chroniques italiennes,* à l'évocation de toutes les intrigues palpitantes et sanglantes dont se délectaient les princes dans leurs cités, à un moment où la politique, le vice et la poésie, le mécénat et le crime, l'art, la peste et la soif de puissance commençaient à marquer l'âme de l'Europe de ce sceau de dualité où il y avait d'un côté Pétrarque et Laure, Michel-Ange et Leonardo, Donatello et Cimabue, Greco, Dürer et un rayonnement d'une richesse inépuisable, et de l'autre, les poignards dans la nuit et les poisons des sorcières. C'était un héritage qui n'avait jamais interrompu son cheminement de siècle en siècle, le long de ses deux voies parallèles — qui passaient par l'Europe d'Hitler, de Staline et de Prague, et par celle de Mallarmé, d'Apollinaire, de Matisse et de Valéry. Les psychiatres traditionnels parlaient de schizophrénie comme s'il se fût agi de quelque dérèglement chimique du cerveau, alors que ceux qui en paraissaient atteints ne faisaient que refléter dans leur sensibilité une situation où aux exigences de la culture répondait la bassesse d'une société qui, à toutes ces sommations, ne réagissait que par des aberrations meurtrières. Pauvre Erika... Ceux qu'on appelait « schizophrènes » étaient des témoins et des accusateurs, pionniers et victimes de leur effort désespéré pour accomplir la soudure entre la réalité et l'imaginaire. Il entendit, il ne savait trop pourquoi, peut-être à cause de toutes ces fioles de poisons, les cris de la vieille nourrice penchée sur le corps de Juliette. Il se leva, chercha dans la bibliothèque les *Chroniques italiennes*, tourna quelques pages, mais se reprit à penser à Jarde, à son extraordinaire pénétration, puis referma le livre et sourit, se demandant si c'était bien le moment d'aller rejoindre Erika. Il n'était pas sûr que leur « première rencontre », celle que Malwina von Leyden avait machinée avec tant de soin, et qui devait avoir lieu le lendemain matin, fût bien utile et qu'il fallût vraiment se prêter à cet enfantillage ; peut-être valait-il mieux l'effacer du livre sur lequel du reste rien n'était écrit, et il rit en voyant le Baron, cet admirable comédien, la plume d'oie à la main, coiffé de son bonnet étoilé, le regard perdu dans le vide, acharné à le penser, et à l'inventer, lui, Danthès, selon son bon plaisir. La musique de Mozart qu'il entendait convenait peu au siècle qu'évoquait cette ambiance italienne et Danthès estimait que le Baron aurait pu choisir quelque chose de plus seyant, peut-être du Vivaldi. Il fut content de constater que le Baron était du même avis, car la musique de Vivaldi, bien qu'un peu étouffée par les murs de marbre et l'épaisseur des livres, vint aussitôt lui procurer un agréable délassement. De cette lutte avec le Baron, où chacun inventait l'autre dans un déploiement de maîtrise, il était difficile de prévoir le vainqueur. À moins que la réalité ne reprît le dessus, en s'imposant à l'un comme à l'autre, les effaçant tous les deux avec leurs créations d'art, leurs mondes invisibles, pour ne laisser autour de cette absence de l'humain que l'ordre implacable des villas vides et la lucidité limpide du lac, et le parfum des roses et des lilas cesserait alors d'exister, faute de connaisseurs. Et, dans l'hypothèse la plus cruelle, il n'y aurait au palais

Farnèse qu'un ambassadeur de plus, et dans un hôtel meublé, encore un Nostradamus de foire dont le chapeau pointu ne serait plus que ce bonnet d'âne dont la société coiffe les têtes de ces mangeurs d'étoiles. Comme les nazis frappaient de l'étoile jaune les rêveurs juifs, pour punir ces usuriers qui n'ont cessé de prêter à la société des trésors d'imaginaire, musique, philosophie ou religion, réclamant en échange un intérêt exorbitant en monnaie de progrès, de révolutions et d'amour universel...

LIV

Il perçut un vague bruit, suivi d'une toux discrète, et se retourna. Un homme se tenait à l'entrée de la bibliothèque. Il avait laissé la porte ouverte et gardait encore la main sur la poignée, prêt à s'esquiver au premier coup de pied qu'il attendait visiblement car, à en juger par son attitude, son sourire obséquieux et craintif, toute sa vie n'avait dû être qu'une longue habitude d'en recevoir. Il portait un paletot noir beaucoup trop long et trop large, sans rapport avec la saison, et un pantalon usé, qui avait sans doute orné jadis l'arrière-train de quelque majordome. Le manteau entrouvert laissait apercevoir la flanelle d'un maillot de corps crémeux et malpropre. L'homme était coiffé d'un chapeau melon, et son visage aux sourcils très fins, aux yeux mobiles et noirs pareils à des crottes de bique luisantes, capitulait humblement devant un nez inattendu dans ses arrogantes proportions, aux narines retroussées et avides, suggestives d'odeurs douteuses et troubles et de voluptueux reniflements : un nez qui régnait en maître sur l'insignifiance générale des traits, et paraissait avoir été chargé par le reste de la physionomie de tous les pouvoirs d'expression. Il tenait à la main un de ces plateaux de bois tapissés de velours sur lesquels les marchands ambulants de Florence exhibent des bagues, des boucles d'oreilles, des camées et agrafes d'un pauvre métier offerts aux touristes par ces héritiers de tant d'admirables orfèvres qui s'étaient succédé autour du Pont-Vieux. Danthès fut frappé par la curiosité avec laquelle l'homme le regardait.

— *Scusi, signore, scusi,* balbutia cette désagréable apparition, avec un sourire et une courbette qui communiaient dans la bassesse. La porte était ouverte... Je me suis permis... J'ai là quelques-uns de ces articles qui ont fait de tout temps la gloire de Florence dans le monde et que je prierai respectueusement Votre Excellence d'examiner avec une indulgence que l'on doit à un père de famille nombreuse, onze *bambini,* une femme qui exige les plus grands soins...

Il leva en l'air sa camelote, tout en reculant légèrement dans une nouvelle courbette et jeta rapidement un regard derrière lui, conscient du danger auquel il exposait son cul, au cas d'apparition intempestive de quelque domestique.

— Veuillez sortir d'ici, dit Danthès, avec une irritation dont l'intensité le surprit un peu lui-même : d'habitude, il avait plutôt de la sympathie pour ces chiens errants des rues de Florence.

Mais il y avait dans cette intrusion quelque chose de légèrement menaçant, en raison d'abord de ce que l'homme avait de vulgaire et d'insinuant, mais surtout parce que Danthès se méfiait du jeu de l'adversaire et n'oubliait pas un instant le Baron penché sur son échiquier ; il était impossible de savoir quelle pièce ce tricheur allait soudain sortir de sa manche.

Il fit un pas dans la direction de l'intrus, et le colporteur s'évanouit *comme par enchantement* : Danthès se rendit compte aussitôt de ce que cette expression pouvait signifier, lorsque venait la libérer du cliché le sourire malveillant de Malwina von Leyden. Il suivit le bonhomme dans le salon, afin de lui poser quelques questions, mais le prétendu colporteur avait déjà disparu. Il flottait encore dans l'air une petite odeur d'ail et de vinasse plutôt rassurante dans sa matérialité, car la rapidité avec laquelle le visiteur s'était évanoui avait légèrement inquiété Danthès. Il tenait à choisir ceux qu'il lui plaisait d'inventer, mais redoutait par-dessus tout de se trouver à la merci de l'imagination d'un autre. Si cette soudaine apparition d'une pièce nouvelle sur l'échiquier était l'œuvre de l'adversaire, il fallait s'efforcer de découvrir à quoi elle correspondait dans la stratégie adoptée par ce dernier, et y parer au plus vite. Le Baron cherchait peut-être tout simplement à le dérouter et le vrai danger pouvait bien être ailleurs. Tous les joueurs connaissent ce moment où, dans l'échafaudage des combinaisons à vingt, trente mouvements à venir, le génie d'un des adversaires se manifeste brusquement par une manœuvre inattendue, qui change entièrement le caractère de la partie.

Il se tenait seul parmi les architectures du salon qui cherchaient dans les glaces une multiplicité infinie, comme si elles se fussent acharnées à compenser ainsi leur état d'esquisses, ne parvenant pas à sortir des diagrammes et du pointillé pour accéder à la plénitude d'une œuvre accomplie. Danthès se sentait pris lui-même dans cette inexistence. La fatigue, sans doute, le rendait flou, lui faisait une fois de plus perdre ses contours. Le vide l'entourait de sa géométrie, plans, angles, lignes droites sans hésitations ni détours, une chorégraphie méticuleuse et ordonnée de l'absence, et il se savait l'objet d'une mathématique tâtonnante, à la recherche d'une définition, d'une formulation précise, recherche à laquelle, simple donnée lui-même, il ne pouvait participer. Le crépuscule effaçait autour de lui les contours et les contrastes, l'apaisait en le prenant dans son vague, grattant ici et là avec une application de petit maître intimiste ce qu'il y avait de trop prononcé dans le jeu des couleurs, modérant les derniers tralalas de ce ciel italianissime, aux bravoures de ténor, glissant doucement avec ses vaisseaux fantômes, ses nefs des fous qui avaient forme de nuages. Fumées, légèretés des brumes, derniers rayons tombés dans le lac, et qui ne se relevaient plus, cercles miroitants sur l'eau autour de quelque chute minuscule, et puis rien, personne, pas même lui, souffles en suspens, instants fugaces aux airs d'immuabilité qui se glissent dans les lourds rouages du Temps et le frappent dans ses œuvres vives, dernières chaudes caresses de la terre, seins maternels avant la chute des voiles, courte amnistie du cœur et des pensées, pitié pleine de tendresse de la Vierge Sérénité. Il était presque temps d'aller rejoindre Erika pour leur promenade en barque, mais il s'attardait dans son effacement, dans cette lente errance du Temps qui passait et revenait avec la calme majesté des cygnes. Il se quittait, s'éloignait de lui-même, ne laissait derrière lui, parmi les diagrammes, qu'un mannequin posé sur le parquet dans une attitude de joueur de luth. Au fond des miroirs bougeait quelque chose d'indiscernable. Une œuvre s'élaborait dans ce lent, secret et prudent brassage, dont il n'était pas encore possible de prévoir la nature. Parfois se formait dans cette mouvance, du reste non dépourvue de tendresse et même de douceur, un sourire de miséricorde, lequel n'était peut-être qu'une œuvre d'art, car la pitié avait tendance à échouer.

LV

Le Baron, une gomme à la main, contemplait l'univers, en effaçait un coin ici et là, quelques galaxies mal venues, quelques profondeurs dont le mystère devenait par trop angoissant, les excès de réalité et de dureté et une absence de pardon qui s'accordaient mal avec la nature de l'œuvre, laquelle traitait de l'homme. Danthès se sentait entouré d'une tolérante compréhension, car c'était une heure féminine. Ce n'était peut-être du reste qu'une Vierge de Raphaël. Il se laissa ainsi pardonner, longuement, le visage offert à cette souriante tendresse. Alors il sortit sur la terrasse et s'étonna de découvrir qu'il avait vu autour de lui plus d'ombre dans le soir que n'en dispensait cette heure enlisée. La fraîcheur du lac, elle aussi, lui parut signe de miséricorde, et sous ces doigts immatériels qui effaçaient la fièvre de son front et de ses tempes, il s'affermit. Dans le ciel, le désordre des hirondelles, sur la terre, le lac reposait dans cette nudité des couvertures rejetées dans la chaleur du sommeil, la brume paressait encore sous les roseaux ; il s'appuya à la pierre ; un heurt de bourdon contre son visage ; dernières castagnettes faiblissantes des cigales, dernières coccinelles ; phalènes. Il attendait que le Temps reprît en main ses aiguilles et rendît aux instants dispersés leur ordre et leur progression en colonnes de fourmis ; ce crépuscule qui durait dans une immobilité qui ne cessait de s'évanouir tenait le jardin dans un filet de rêve où se débattaient, captives, les secondes-papillons. Le Temps avait perdu la mémoire. Il vit alors que le parc, l'eau et le ciel, loin de s'assombrir, commençaient à s'éclairer et que la lumière revenait dans un mépris souriant des lois, un capricieux refus d'obéissance ; le soleil lui-même se soumettait à cette frivole féminité comme un amant soucieux de plaire. Le ciel, les eaux assoupies, la frontière confuse et sombre de l'autre rive s'unissaient dans une rose et légère complicité de Boucher, d'escarpins et de balançoires, et, devant cette fin de la rigueur, dans le désordre qu'il partageait avec un empressement indigne de son rang, le soleil cessait d'être César pour devenir Arlequin. L'ambassadeur comprit alors, dans ce retour à lui-même commandé par la montée des lumières, que la nuit avait déjà eu lieu et que cette durée crépusculaire avait été une longue rêverie à demi éveillée.

Rien encore n'avait pris forme. Les terreurs nocturnes n'avaient été qu'une œuvre qu'il aurait dû coucher par écrit.

Il ne l'avait pas vue venir. Lorsqu'il entendit son rire qui se mêlait aux premiers oiseaux de l'aube, et se retourna, elle était au pied de l'escalier de marbre qui lui ouvrait ses bras dans un geste un peu dramatique, vêtue d'un peignoir blanc qu'elle paraissait avoir emprunté aux premières brumes de l'aube. Elle tenait un plateau chargé de fruits, de café, de pain, dans un miroitement d'argent et dans l'éclat du cristal sous le ballet des guêpes, qui avaient abandonné aussitôt les roses pour le sucrier.

— Vous devez avoir faim, non ? C'est encore l'heure où dorment les domestiques... Venez. Le petit déjeuner est servi. Je ne peux pas monter jusqu'à vous : on aperçoit la terrasse de l'appartement de maman, et elle ne quitte pas ses jumelles... on veille sur vous. Rappelez-vous : nous ne nous sommes pas encore rencontrés...

Il descendit et ils s'assirent tous les deux sur les marches. Le café brûlant, les toasts qui révélaient les dents d'Erika, d'une blancheur presque enfantine, les égards polis pour les guêpes, le miel... Il hésita, car il la voyait si libérée des ombres et de tous les voiliers noirs qu'il redoutait un peu de lui rappeler ses affolements de la veille, cette crainte de la voir perdue à tout jamais.

— Vous m'avez fait un peu peur, hier...

Elle posa la main sur son bras.

— Je sais, n'en parlons pas, voulez-vous ?

— Pardon.

Elle s'assombrit un peu, lui disant les soucis que lui causait sa mère. Elle était bien obligée de reconnaître qu'il y avait des traces de folie dans cette obsession qui donnait à une histoire vieille d'un quart de siècle une présence de tous les instants. Ma ne cessait de revivre son amour pour Danthès et cet accident, dans lequel il n'était pour rien, puisque c'était elle qui conduisait. Cette accusation de bassesse, de lâcheté qu'elle formulait constamment et avec une telle injustice, devenait à la fin insupportable. C'était vraiment une invention monstrueuse, puisque son jeune amant avait rompu avec la « châtelaine » bien avant l'accident.

Danthès buvait le café à petites gorgées. Il hocha la tête.

— Il est très difficile de comprendre toutes les voies obscures de l'âme, dit-il. Oui, ce n'est pas moi qui conduisais, et en effet, de toute façon, j'avais rompu avec votre mère bien avant...

L'ambassadeur tira son mouchoir et s'essuya le visage et le cou d'une main qu'il s'efforçait d'empêcher de trembler. Il voulait lui crier la vérité, sortir du mensonge, mais il était totalement incapable de franchir une barrière psychique à ce point solide qu'elle paraissait avoir été bâtie par la main d'un maçon.

— Et pour en finir une fois pour toutes...

Il essaya de se retenir, mais ne parvint qu'à retarder l'instant d'ignominie, en buvant encore une gorgée de café.

— ... Je ne sais si je vous ai dit la raison véritable de notre rupture...

Elle eut un rire un peu triste et un vague mouvement de la main.

— Oh, vous n'avez guère besoin de le faire. Je connais le passé de maman. Le château de Lebenthau... C'était le meilleur bordel d'Europe, mais un bordel tout de même. Ma était une maquerelle. Je m'étonne souvent que cela ne m'ait pas marquée davantage... Mais qui sait ?

Elle regardait ailleurs, vers le lac, tristement.

— Ce que Jarde appelle mes moments de fuite, ces états... d'absence, suivis d'oubli... d'amnésie, si vous préférez, s'expliquent peut-être, justement, par ce que j'ai appris trop tôt ou trop vite... À douze ans, on s'était chargé de m'éclairer sur le métier de maman...

Danthès éprouva une véritable haine pour le Baron et peut-être pour lui-même. Il lui semblait que ce salopard manœuvrait les pièces sur l'échiquier avec un machiavélisme inutile, pour le seul plaisir de sentir sa virtuosité, et sans se soucier des larmes.

— Ce que je veux dire, Erika...

— Je sais ce que vous voulez dire. Vous avez rompu avec maman parce qu'elle avait d'autres amants en même temps que vous.

Danthès était complètement désarçonné. Comment le savait-elle ? Il ne lui en avait jamais parlé. C'eût été ignoble...

— Je ne vois pas pourquoi nous sommes en train d'évoquer tout cela, dit-il.

— Eh bien, je pense que c'est plus fort que nous...

Elle le regarda, et l'aube fut couverte de buée.

— Ne pleurez pas, Erika. Je vous en prie.

— Je crois aussi que nous ne pourrons jamais surmonter cela, petit ambassadeur. Vous savez qu'elle veut que je vous épouse, mais que je dois me refuser à vous et prendre des amants pour vous humilier ? Parfois, je la déteste. C'est une vengeance qui n'est plus de ce temps et qui sent vraiment les damnations de salon et les perversités de tous les oisifs des *Liaisons dangereuses*... Je la soupçonne de mijoter quelque chose d'encore plus horrible...

Elle se détourna, puis ses yeux revinrent vers lui et elle sourit.

— Au fond, elle voudrait que je vous pousse au suicide... La vérité est qu'elle est folle et que c'est... héréditaire...

Elle posa doucement la tête sur son épaule, et il se jeta dans cette chevelure où paraissait s'être réfugiée la première innocence du monde. Elle ne le quitta plus, pendant toutes ces lentes heures que dispensait la montée au zénith du soleil, en ce mois d'août italien. Dans la chambre, derrière l'épaisseur des murs, sous le vol immobile des divinités bleues et pourpres du plafond, sur le lit d'ombre que les lourds rideaux gardaient de ces excès de visibilité qui rendent trop crues les étreintes, il connut une douceur, une gentillesse qui estompèrent dans sa mémoire le souvenir de cette autre femme qu'il n'avait pas tenue dans ses bras sur l'îlot au milieu du lac, où il n'était pas allé. Lorsque les caresses venaient donner à son corps une vie limpide et mouvante, elles paraissaient courir à la surface du Temps lui-même et rejoignaient dans l'immatérialité tout ce qui n'avait été jusque-là que pesanteur. Danthès n'était plus que sillage d'une chevelure, chair des lèvres aux fruits toujours nouveaux, collines et sillons qui vivaient sous ses doigts, et il suffisait, pour que cette existence hors de lui-même, dans ce souffle qui se mêlait au sien, fût frappée de durée, qu'il retardât indéfiniment cet éclatement qui n'était plus bonheur, mais seulement plaisir. C'était une heure où vous était épargné tout ce qui commande, exige, insiste, se fait obéir. Plus tard, alors que leurs souffles s'étaient remis à vivre d'une vie séparée et que les heures retournaient à leurs affaires, elle s'écarta un peu pour mieux retrouver son regard, puis se jeta de nouveau contre sa poitrine, se serra contre lui, l'enferma dans ses bras.

— Il faut m'aider, dit-elle. Il ne faut pas me quitter. J'ai peur de ces absences...

— Aucun souvenir ?

— Aucun. Vous m'êtes apparu une ou deux fois sous des déguisements d'un autre âge, puis... je ne sais plus... Il me semble que je vous rencontre partout, mais je ne sais rien de plus. Et comme cela dure parfois des jours et des jours... il m'est arrivé de me retrouver dans quelque coin de Paris, couverte de saletés et mourant de faim...

Il lui prit les poignets, les serra dans ses mains.

— Il faut m'aider aussi à vous défendre.

— Je crois que Jarde me cache la vérité. Comment voulez-vous lutter contre quelque chose qui est dans vos gènes ?

— Les gènes ont bon dos. Il y a aussi la volonté...

Elle écarta la couverture, ramassa quelques épingles, alla jusqu'au miroir et sa chevelure coula en arrière, fuyant avant de se soumettre et de s'assagir.

— N'oubliez pas, dit-elle. C'est pour aujourd'hui, neuf heures...

Elle s'enveloppa dans le peignoir et s'approcha de la porte. Avant de sortir, elle se retourna avec une expression presque suppliante, *comme si elle savait,* et disparut. Danthès se leva, se versa un verre de porto, et appela Jarde. Il fut surpris lorsque celui-ci, après avoir promis au téléphone de quitter Paris dès qu'il le pourrait, entra dans le salon quelques minutes plus tard.

Danthès se passa la main sur les yeux. Le médecin le regardait fixement, durement.

— Qu'y a-t-il, monsieur l'ambassadeur ? Vous paraissez étonné.

— Vous avez fait vite...

— J'attendais votre appel.

Danthès se ressaisit.

— J'ai beaucoup admiré vos dons d'analyse, tout à l'heure, docteur, mais il vous manque un élément essentiel. Puisque vous parlez de culpabilité... Il est vrai que nous n'étions que deux dans la voiture, mais il y a une chose que le procès-verbal de gendarmerie ne vous aura pas appris : *Malwina attendait un enfant de moi au moment de l'accident.* Elle était dans son quatrième mois de grossesse et, naturellement, elle a perdu l'enfant dans le choc. Je vous laisse le soin de méditer sur l'accumulation de ces petits détails dans le subconscient d'un homme qui n'a pas su demeurer fidèle à ses propres exigences...

Jarde se leva.

— Eh bien, dit-il, il était temps...

Danthès raccrocha et demeura désorienté, s'efforçant de comprendre comment Jarde avait pu venir si vite de Paris, être là, devant lui, alors qu'il venait d'entendre sa voix au téléphone, puis il comprit qu'il avait simplement gardé le récepteur à la main pendant la conversation et que tout était parfaitement normal. Jarde lui avait parlé de Paris.

Il restait encore une heure à attendre et il songea à prendre quelques précautions utiles pour éviter certaines rumeurs qui risquaient de se répandre quant à son état de santé. Rien n'était plus dangereux pour une carrière que ces mauvaises langues qui se saisissent du moindre prétexte pour nuire. Il téléphona à l'ambassade et s'entretint longuement avec Charmel des affaires courantes. Il montra le souci qui convenait en apprenant que, sans aboutir à une grève générale, les manifestations syndicales créaient le chaos en Italie et, sans qu'il pût dire pourquoi, l'idée de se sentir entouré de chaos lui procura une bizarre satisfaction. Le fascisme remontait à l'assaut et multipliait ses sièges aux élections. Il annonça au chargé d'affaires qui paraissait un peu nerveux — Charmel tenta à deux reprises de se référer à une conversation téléphonique précédente, que l'ambassadeur ne se souvenait pas d'avoir eue avec lui — qu'il rejoindrait immédiatement son poste si la situation s'aggravait.

— Ainsi que je vous l'ai mentionné tout à l'heure, dit Charmel, il y a eu un mort à Palerme...

— Quels sont les mots d'ordre syndicaux ?

— Augmentation des salaires, horaires réduits, meilleures conditions de travail dans les usines...

Il raccrocha.

Sous les pharaons, dans la Haute-Égypte, le peuple descendait dans la rue pour réclamer aux prêtres l'immortalité. Salaire, niveau de vie... Le désespoir se domestiquait.

Il s'habilla, appela son chauffeur et alla faire un tour dans Florence. Ce qu'il aimait par-dessus tout en Italie, c'était cette qualité des pierres rongées par l'âge, et pourtant si singulièrement vivaces, qui éveillaient dans le regard une sorte d'appétit vorace, une volonté tyrannique d'aller, au-delà de ces murs, retrouver vivante l'histoire qui les avait nourries. Il surveillait attentivement sa montre, et s'amusait d'avance, avec un peu de gêne, de cette petite comédie qu'Erika et lui-même allaient jouer tout à l'heure, pour obéir aux exigences d'une vieille excentrique qui croyait pouvoir manipuler le Destin et les élans du cœur de ses doigts lourds de bagues. À huit heures et demie, il prit le chemin du retour. La villa Italia apparaissait déjà au sommet de la colline parmi les cyprès, et à gauche, il y avait la tranquillité du lac que la chaleur semblait avoir touché de sa pesanteur.

LVI

Erika était couchée au milieu de la route, à côté de la bicyclette renversée. Sur sa longue robe de mousseline blanche l'immense nœud jaune de la ceinture était un papillon géant qui semblait palpiter de pitié sur le corps renversé d'une danseuse de ballet russe. Danthès avait fait arrêter la voiture ; il était sorti et se penchait sur ce visage d'une incroyable beauté. Rien ne ressemblait moins à un accident que cet arrangement de fleurs digne des maîtres japonais. Il effleura la robe des doigts...

— C'est la robe que votre mère portait lors de notre première rencontre chez Rumpelmayer, il y a vingt-cinq ans...

— C'était donc vrai ? Je croyais qu'elle l'avait inventé... Mais quelle mémoire, petit ambassadeur !

— Imaginez cette apparition d'un autre temps dans un salon de thé parisien... Il y a des choses qui ne s'oublient pas. Elle paraissait sortir d'un roman de Tourgueniev : Kissingen, 1865... Je m'étais levé, foudroyé...

— Vous prenez décidément tous les risques, petit ambassadeur. Les risques littéraires, j'entends. L'image est osée. Car enfin, lorsqu'on est foudroyé, on ne se lève pas, on s'écroule...

— ... Je me suis levé, foudroyé. Elle était très belle... Je veux dire par là qu'elle vous ressemblait.

— C'est merveilleux ça, tomber amoureux de la mère, parce qu'elle ressemble à sa fille, qui n'est pas encore née... Je ne suis pas sûre que j'apprécie.

— Elle avait aussi un parfum qu'elle affectionnait particulièrement... Le comte de Sainte-Croix le fabriquait pour elle seule.

— Sainte-Croix ? Celui de l'affaire des poisons ? La Brinvilliers...

— Vous avez une excellente mémoire...

— Oui, ma mère m'a fait visiter le XVIIe.

— Bravo. Il faut toujours faire semblant de mentir, lorsqu'on lance une vérité contraire au bon usage du réel... La Brinvilliers, oui...

Il hésita... Elle posa ses doigts sur les lèvres de Danthès.

— Ah non, ne me dites pas que Ma ressemble à la Brinvilliers...

— Je ne prétends pas qu'elle *ressemble* à la Brinvilliers. Je prétends qu'elle *est* la Brinvilliers.

— Quelle horreur ! C'était une abominable empoisonneuse... Pourquoi inventer des vilenies pareilles ?

— Elle a soudoyé mon maître d'hôtel qui m'a fait absorber je ne sais quelle drogue...

— ... Car sans ce philtre d'amour, vous ne m'aimeriez point ?

Il voyait des larmes dans ses yeux. Mais y étaient-elles vraiment ? Ne les y mettait-il pas lui-même, pour se sentir si tendrement aimé ? Le chauffeur s'était approché, la casquette à la main. L'ambassadeur avait mis un genou en terre et parlait sans retenue.

— Excellence, il y a des voitures qui passent, on vous regarde...

Danthès lui jeta un coup d'œil sévère.

— Un ambassadeur de France, Alberto, ne doit jamais avoir honte de ses élans amoureux... C'est excellent pour le teint. Pour le teint de la France, je veux dire. Cette très grande dame ne sera plus capable de rien, le jour où elle ne sera plus capable d'indulgence envers ceux qui aiment...

Les automobilistes freinaient, s'esclaffaient...

— Qu'ils sont donc ridicules, dit Erika.

— Que voulez-vous, c'est une époque profondément réaliste. Un peu de pitié pour ces sans-illusions-sur-rien, faites semblant de ne pas les voir...

Il se coucha sur la route à côté d'elle.

— Jean ! Ce sera dans le journal et vous serez révoqué...

— Jamais de la vie. Je crois encore à ce que je représente et ce n'est pas seulement Descartes ou Pascal : c'est aussi *Aimez si m'en croyez, n'attendez à demain...*

— Oui, *Ronsard me célébrait du temps que j'étais belle...* Ma prétend avoir couché avec Ronsard aussi.

— Eh oui, elle a toujours bu la poésie à la source.

— Chut ! C'est dégoûtant.

Ils étaient allongés sur l'asphalte, se tenant par la main, regardant les Tiepolo du ciel.

— Nous parlons trop de Ma, dit-elle. Jamais seuls...

— Il faut bien. Nous sommes ici pour lui obéir.

— J'ai un peu honte de la trahir. Elle voit en moi une complice fidèle qui vous hait et qui veut vous détruire...

— Vous le faites très bien.

— *Quoi ?* Je vous détruis ?

— Il ne reste plus grand-chose de moi, Erika. Encore un petit effort et il n'y aura plus d'ambassadeur de France au palais Farnèse. Ce sera merveilleux. Il y a si longtemps que je cherche à me fuir... Grâce à vous, je suis sur le point de réussir. J'ai parfois la sensation de n'être plus que le rêve de quelqu'un...

— Je rêve à vous, petit ambassadeur, même lorsque je suis avec vous...

— Continuez, Erika. Inventez-moi bien, avec tout votre talent. Je ne sais où l'on pourrait vivre mieux que dans les rêves d'une femme. C'est ainsi seulement que l'homme peut se réaliser entièrement. Hors de là, il n'est qu'esquisse, échec, confuse aspiration, lancinante nostalgie d'une authentique naissance. Etre rêvé par une femme, c'est être enfin créé, accompli... Un très grand amour, ce sont deux rêves qui se rencontrent et, complices, échappent jusqu'au bout à la réalité. Vous avez ainsi des couples merveilleux qui vieillissent ensemble, un homme et une femme qui vivent côte à côte sans cesser de s'inventer et qui restent fidèles à cette œuvre d'art, malgré tous les pièges du tel quel... Rien n'est humain qui n'aspire à l'imaginaire. Un homme ne trahit jamais une femme sans se trahir lui-même en tant que créateur : changer d'amant, changer de maîtresse, n'a jamais été autre chose qu'une faillite de l'imagination...

— Vous avez pourtant abandonné ma mère...

— Oui, j'étais jeune, je n'avais aucune expérience de la vie : je croyais donc au réalisme... Je n'avais pas su inventer Malwina avec assez de talent. Je l'avais donc vue telle quelle : une... châtelaine. J'étais un médiocre. Vous savez, le talent ne vous vient parfois qu'avec beaucoup d'expérience...

— Et moi ? Savez-vous m'inventer vraiment ?

— Vous ne seriez pas là, vêtue de cette robe, couchée sur cette route, si j'étais incapable de vous créer comme seuls savent créer ceux qui aiment une femme de toute leur solitude...

Elle ne souriait plus. Il y avait dans son regard le sérieux de ces instants très brefs et sans fin dont le Temps, en passant, se fait des provisions de bouche, mais qu'aucune pierre ne peut égaler dans la durée.

— Oh, Jean...

Un camion arriva à vive allure, ralentit. À côté du chauffeur, le maire communiste d'Espoletta jeta un regard de mépris à l'ambassadeur de France étendu sur l'asphalte, vêtu d'une manière si excentrique, et qui parlait d'amour en s'adressant au ciel.

— Tous complètement pourris, dit-il. La dinguerie, c'est le dernier refuge des autruches bourgeoises... Le peuple souffre, mais pour eux, c'est toujours le carnaval... la fête... la *dolce vita*...

Il se pencha et brandit le poing :

— Vive la révolution ! gueula-t-il, et il accéléra.

— Excellent, ça, dit Danthès. J'ai le sentiment du devoir accompli : j'ai bien joué mon rôle social dans la lutte des classes. Il faut les aider à nous haïr, se conformer au texte. Leur révolution — celle qui se fera contre eux — me devra beaucoup.

Erika se leva. C'était cette heure dure de la journée où le soleil inquisiteur exige et obtient la vérité et où ne s'épanouit que la nudité prostrée de l'asphalte. Le jour rampait. Midi, ce grand maître de l'ordre des choses établies, donnait la chasse aux ombres furtives et dédaignait même l'aide de la police. Inventaires ; flagrants délits ; diagnostics ; fiches et dossiers ; notariat ; tous les évadés étaient repris et ramenés dans les geôles du réel ; il y avait dans cette impitoyable lumière d'interrogatoire une crudité qui mettait fin aux secrets et aux demi-teintes, menaçant tout d'obscénité...

Erika lui tendit la main, et il y avait dans cette silhouette de Renoir — dame à la voilette, ombrelle et chapeau immense, camée, douceur de lumière admirablement saisie, bords de la Loire aux eaux polies — et dans l'expression du visage qui s'éclairait d'ironie, un fantomatique rappel d'un temps où rien n'était encore démenti. Il demeura un moment au milieu de la route, devant la Lincoln noire, et avant de disparaître sous le grand porche ocre de la villa Italia, elle se retourna, dans un mouvement de la taille qui en souligna l'extraordinaire finesse, leva le bras et Danthès lui répondit d'un signe de la main qu'il regretta aussitôt, comme si c'était ce geste qui venait de l'effacer...

Il remonta dans sa voiture. Le balancement doux de la Lincoln invitait à la somnolence. Éclaboussements de lumière, mille réveils et pas de sommeil. Un pion blanc tenta de fuir g2 sur l'échiquier et tomba sur une des dalles noires de sa chambre du palais Farnèse, qui l'avala. Parfois les pièces s'assemblaient, le regardaient, chuchotaient et reprenaient ensuite leur position, celle de l'entrée d'Ulanova dans *Le Lac des cygnes.* Il y avait des chutes vertigineuses, mais qui se brisaient au bord de l'oubli et restituaient l'ambassadeur souriant et bien habillé aux apparences, cependant que défilait devant ses yeux encore touchés de néant la sombre verdure de la campagne toscane. Ses paupières se refermaient, mais il ne savait pas s'il s'épuisait à les garder ouvertes ou à maintenir joints les deux fragments de lui-même, afin que l'interstice ne se laissât deviner qu'à la faille qui le parcourait en zigzag, de la tempe droite au côté gauche du corps. Il pensait non sans humour — ce dernier souffle du savoir-être — qu'il fallait choisir dans cette ubiquité, comme à la devanture de la boutique de curiosités du signor Zampa, à Rimini, celui qu'il était vraiment parmi tant d'autres objets — Danthès : Danthès, assoupi dans son fauteuil au palais Farnèse, Danthès posé sur les coussins de la voiture, Danthès debout sur la terrasse de l'aube et guettant la vieille Hispano qui grimpait, papillon ocre et noir le long du poignet d'Erika... Il y avait aussi les cyprès où grésillaient les cigales, et Danthès transformé en Titan sur la façade côté cour de la villa Flavia, qui maintenait jointes enfin une fois pour toutes, dans une allégorie qui allait bien avec les trésors artistiques de Florence, la Culture et la Réalité, l'homme et son noble imaginaire, ne laissant en surface qu'une faille à peine perceptible, afin de mieux faire apprécier la grandeur de l'effort accompli par la civilisation et pour donner au guide une occasion de réciter son boniment. Ce torse de Titan, imitant Michel-Ange, avait été ajouté, avec le balcon qu'il soutenait, par les Renzi, à la fin du XVIIIe siècle ; la sculpture aspirait à la force, mais ne parvenait qu'au maniérisme. Il se souvint brusquement que la Brinvilliers avait essayé d'empoisonner sa propre fille, dont la beauté et la douceur la rendaient rageusement jalouse.

Le soleil avait avec le paysage des accouplements d'une brutalité où la volupté ne trouvait guère son compte. Les femmes de ménage étaient en train de laver et de balayer la surface lisse du lac, sur laquelle les peintres commençaient déjà à tracer les carrés blancs et noirs d'un damier géant. Quelques pièces particulièrement assidues, parmi lesquelles cinq pions blancs et deux cavaliers noirs, examinaient la nature du terrain ; d'autres faisaient des exercices à la barre, sous le regard de Diaghilev que la municipalité avait fait venir à grands frais, bien qu'il fût assez endommagé, notamment dans sa partie centrale, où se laissaient entrevoir certains viscères et autres détails intimes bleus et pourpres, comme dans les tableaux de Tchelitchev. L'ambassadeur, les yeux fermés, le menton sur la poitrine, se demandait pourquoi on n'avait pas fait appel à Balanchine, à Boulez ou à Saint-John Perse, car il ne manquait pas de grands talents pour assurer la pérennité de ce qui ne devait à aucun prix mourir, quelles que fussent les contingences somme toute assez éphémères, les famines, les exécutions et les Tchécoslovaquie. La permanence de ce qui comptait par-dessus tout devait être résolument assurée, d'autant que les nuits devenaient déjà fraîches. Il y avait aussi abondance de petits insectes invisibles, mais rongeurs, rongeurs, sous le tapis.

LVII

Elle entra en coup de vent, se jeta sur un fauteuil dans un grand vol de cheveux noirs et éclata de rire, les yeux au plafond, la tête appuyée contre les velours.

— Ça a marché comme sur des roulettes.

Malwina grignotait une cuisse de poulet accompagnée d'un peu de champagne. Sur le plateau, il y avait une rose dans un verre d'eau, et dans une minuscule cage dorée, un rossignol mécanique : il ouvrait les ailes et chantait, regardait sa maîtresse de ses yeux bistre, chaque fois que celle-ci appuyait sur le bouton au sommet de la cage. C'était un cadeau que Malwina avait reçu de l'impératrice Tze-Shi, quelques semaines à peine avant la grande rébellion que Tze-Shi manigançait à l'époque. Son mari, l'ambassadeur d'Allemagne Odin von Leyden, avait trouvé la mort pendant le siège de Pékin, alors qu'il revenait d'une audience au palais. Malwina avait gardé un souvenir inoubliable de cette guerre de cinquante-cinq jours, dont elle évoquait souvent pour Erika, lorsque celle-ci était encore enfant, les admirables cruautés, toutes ces têtes coupées qui roulaient à vos pieds pour un oui pour un non. Erika s'était à ce point habituée aux affabulations de sa mère qu'elle en était venue à les considérer comme faisant partie de l'existence quotidienne et familière, et lorsque Ma lui contait ses amourettes avec Diderot, ou ses promenades avec Descartes, lequel, à l'entendre, ne savait pousser ses avantages auprès des dames autrement que par de rigoureuses méditations cartésiennes, elle se sentait tout à fait chez elle dans les salons de cette immortalité faite de visages illustres et de meubles d'époque. Le Baron avait posé sur la tête de Malwina la perruque rousse qu'elle avait choisie pour ce jour-là ; ses éclats cuivrés faisaient ressortir la blancheur enfarinée du visage où les pommettes et les lèvres avaient un rouge, et les paupières un bleu qui n'étaient pas sans rappeler les masques d'Ensor et les expressionnistes allemands. Seuls les yeux régnaient victorieusement sur tous ces artifices, avec une fraîcheur et une jeunesse émouvantes, comme si, en dépit de tout ce qui dans ces traits menaçait ruine, ils avaient su imposer aux mufleries du Temps un halte-là ! auquel même ce vandale ne pouvait se permettre de désobéir.

Le Baron flottait dans le vide, au fond de la pièce : son absence était plus fortement marquée encore que d'habitude. Il fixait l'échiquier invisible de cette partie jouée à l'aveugle d'une absence de regard qui paraissait cette fois empreinte d'une trace d'anxiété, comme s'il eût pressenti que le contrôle des pièces et des situations allait lui échapper. Il s'était à ce point enfoncé dans les abstractions du jeu qu'il eût fini par perdre toute consistance et réalité, comme la culture elle-même, si l'imagination de Danthès ne l'eût fermement maintenu dans ses contours essentiels. « Putzi » était inquiet. Il s'attendait à quelque coup bas de la part de son créateur, peut-être même à quelque tricherie, dont il ne pouvait du reste désapprouver le principe, car lorsqu'il s'agit d'art, ainsi que l'avait dit Picasso : « Tout va... » Il éprouvait donc une appréhension grandissante, connaissant bien toutes les ruses du psychisme auxquelles un homme aux abois n'hésite pas à recourir. C'était pour le Baron une situation d'autant plus désagréable qu'il avait horreur du tragique et était un ferme partisan de la comédie italienne. Il se tenait donc sur ses gardes, guettant d'un œil extrêmement méfiant la main de Danthès déjà levée au-dessus d'Erika. L'ambassadeur s'était affaissé sur le siège arrière de la Lincoln, les yeux fermés, la tête renversée en arrière. Il souriait à ce stratagème qui venait de se former dans son esprit et qui allait lui permettre enfin de se débarrasser de lui-même.

... La grisaille gagnait, au fond des miroirs bougeait quelque chose d'innommable.

LVIII

Erika entra dans la chambre en coup de vent, se jeta sur le fauteuil dans un grand vol de cheveux noirs et éclata de rire, les yeux au plafond, la tête appuyée contre les velours champagne.

— Ça a marché comme sur des roulettes.

— Raconte-moi ça.

— Il se laisse manipuler en tout petit garçon. Croirais-tu, par exemple, qu'il s'imagine réellement que tu ne sais rien, que pour toi, nous venons de nous rencontrer pour la première fois, que tu ignores tout de nos rapports, de nos voyages, de notre tendre amitié...

Malwina fit taire le rossignol.

— C'est un homme tellement imbu de lui-même qu'il ne lui vient pas à l'esprit une seconde qu'il puisse être dupé, dit-elle. Mais il faut reconnaître qu'il a beaucoup de charme. Est-ce qu'il a demandé le divorce ?

— Je sais qu'il y pense et qu'il a consulté des avocats, mais il y a chez lui, évidemment, ce côté gentlemanesque de l'homme qui ne-veut-pas-abandonner-une-femme-après-tant-d'années. Dangereuse pitié, comme disait Stefan Zweig.

Les longs doigts aigus de Malwina déchiquetaient une tranche de pain.

— Oui, eh bien, il aurait pu faire preuve de cette élégance à une autre occasion, et sans parler de dignité et d'honneur, un peu de cœur eût suffi... Je pense qu'il divorcera et qu'il nous épousera... Nous serons ambassadrices de France...

Erika détourna le regard pour cacher la pitié qui montait en elle, irrésistible. Il y avait plus de vingt ans que Malwina vivait dans l'espoir de recevoir par l'entremise de sa fille tout ce que ses chimères exigeaient de l'existence, mais cette avidité finissait par exiger plus de la fille que de la vie...

— Ils sont mariés sous le régime de la séparation de biens, mais je crains que, pour compenser le crime qu'il avait commis à *mon* égard, il ne fasse preuve à l'égard de sa femme au moment du divorce d'une excessive générosité. Il faut que tu veilles à cela, mais avec tact. Il n'est absolument pas question de reprendre les bijoux qu'il lui a offerts et peut-être lui laisserons-nous la propriété qu'il a en Normandie. Je n'y tiens pas particulièrement : il y pleut tout le temps, et tu connais mes rapports avec l'humidité... Je crains ces transferts de remords d'une situation à une autre... Il est capable de tout lui laisser pour avoir la conscience tranquille, cette fois. Il est vrai que jusqu'à présent, j'ai toujours vu les hommes se ruiner pour leur maîtresse, jamais pour leur femme. Mais tu dois t'assurer avec discrétion que nos intérêts ne seront pas négligés. Il a cinquante ans, cela nous donne treize ans de Carrière, et si l'on compte trois ans par poste diplomatique, cela nous fait quatre postes. En tirant quelques ficelles, nous pourrons obtenir Londres ou Bonn. Il existe des précédents d'un ambassadeur divorçant et changeant de femme sans être rappelé de son poste — ce fut le cas de mon ami Hervé, à Washington — et à tout prendre, je préfère conserver Rome aussi longtemps que possible... C'est une ville qui me va bien.

Erika ferma les yeux. Elle avait tout dit à sa mère, sauf l'essentiel : le cynisme. Elle éprouvait de plus en plus de peine à jouer devant Ma cette comédie et à parler de Danthès avec une méchanceté ironique, comme d'une simple conquête à mener à bien et où tout n'était que calcul ; lorsqu'elle s'y prêtait, elle sentait qu'elles étaient là, toutes les deux, mère et fille, deux sorcières en train de peser goutte à goutte le philtre d'amour qu'elles allaient faire boire à leur victime. Il s'ajoutait à cela un état d'inquiétude constante qui se muait en angoisse, une appréhension grandissante, et dont Jarde lui avait tant de fois répété qu'elle devait la surmonter coûte que coûte. Mais les médicaments qu'il lui prescrivait ne pouvaient rien contre ses affolements. Ce qui lui faisait peur, ce n'étaient pas tellement ces crises en elles-mêmes, mais l'impossibilité de se rappeler ce qu'elle faisait au cours de ces congés qu'elle prenait du réel. Elle avait le sentiment confus, le pressentiment plutôt, qu'au cours de ces excursions, elle était accompagnée de Danthès, bien que ce ne fût point le vrai, le terrestre, mais son double, son sosie : ils parcouraient ensemble le temps et l'espace avec une aisance absolue. Le seul et très vague souvenir qu'elle avait gardé de ces évasions, était — mais là encore, il s'agissait peut-être d'une simple rêverie — comme projeté sur un écran devant elle : une soirée dans la loge de Stendhal, à la Scala, où cet écrivain que Danthès admirait, se livrait à l'art de la conversation avec plus de conversation que d'art, tout en absorbant une quantité assez époustouflante de sorbets à l'italienne. Tout le reste était nuit. Lorsqu'elle revenait à elle, elle se retrouvait dans des endroits inconnus, dans des chambres d'hôtel douteuses, dans des rues où on la regardait bizarrement, ou errant à travers la campagne, épuisée, et une fois, le corps couvert de bleus. En un an, deux « absences »... Mais il ne fallait pas y penser. C'était le refrain constant de Jarde.

Malwina but une gorgée de champagne. Le bout du corset orthopédique qui enserrait sa nuque était presque toujours visible, en dépit de l'épaisse guirlande d'orchidées que le Baron plaçait chaque matin autour de son cou. Depuis son accident, personne ne l'avait jamais vue sans ces fleurs toujours fraîches et qu'elle changeait deux fois par jour, ce qui coûtait horriblement cher.

— Il faut qu'il se décide vite, dit-elle. Je ne suis plus jeune et ne puis attendre indéfiniment. J'espère que sa cinquantaine ne s'est pas accompagnée d'un certain... déclin, et qu'il est encore assez homme pour te désirer avec une impatience qui est la principale alliée d'une jeune fille, dans ce genre d'affaire. Il faut que tu gardes la tête froide et que tu lui fasses comprendre qu'il n'obtiendra rien de toi hors du mariage. Ne lui accorde rien. Un baiser, c'est tout. Rappelle-toi que les hommes qui sont obsédés par une femme n'ont qu'un moyen sûr de s'en débarrasser : c'est de coucher avec elle. C'est la fin de l'imagination, cette autre complice qui nous aide, nous autres, pauvres femmes. Il a essayé ?

Erika se demandait si elle ne haïssait pas secrètement sa mère et si toutes les preuves d'amour qu'elle lui donnait n'étaient pas une façon de se faire pardonner cette hostilité profonde qu'elle s'avouait seulement à de brefs instants de révolte et d'irritation... Elle rejeta la tête en arrière et ferma les yeux.

— Tu es jalouse, n'est-ce pas, maman ? Si je te disais que je me mets à l'aimer très tendrement, tu serais horriblement malheureuse ?

Elle entendit le chant du rossignol dans la cage.

— Ne dis donc pas de bêtises...

La voix de Malwina était aiguë et comme essoufflée.

— Oh, ne crains rien, dit vite Erika, effrayée par son audace et sa cruauté, par cette brève révolte. Je te taquine, c'est tout...

Le regard de Ma était sur elle. Il avait la fixité de celui de certains oiseaux, cette expression d'extrême attention qui finissait dans une dureté presque tactile : c'était un regard qui touchait, palpait, soupesait. Jalouse, pensa soudain Erika avec horreur. Oui, jalouse, tout simplement. Comment ne l'avais-je pas remarqué ?

— J'espère tout de même que tu n'as pas couché avec lui ?

La monstruosité de ce qui allait s'accomplir était telle que le Baron fut sur le point de sentir des gouttes de sueur perler sur le front de son inexistence. Il n'avait jamais cru que la culpabilité de Danthès allait prendre de telles proportions et qu'un homme pût aller aussi loin dans sa volonté de rompre avec son impossible amour et avec un espoir trop souvent bafoué pour être encore supportable. Cette volonté d'« en finir » n'était en somme pas très différente du dépit qui finissait par faire basculer l'Europe dans le fascisme. Le Baron ne croyait pas aux puissances occultes, mais comme il connaissait le peu de foi que l'on pouvait avoir en la foi elle-même, ou en son absence, il fit appel, par certains procédés dont il ignorait tout, — ce qui ne l'empêchait nullement, car telle était la puissance de l'imaginaire, d'y avoir victorieusement recours —, à la seule personne qui pouvait avoir quelque influence sur Malwina von Leyden, et l'empêcher de prononcer les quelques paroles atroces qui allaient mettre fin au peu de chance qu'il restait encore de sauver Erika.

Le comte de Saint-Germain avait les pires ennuis. Parti avec une extrême précipitation dans l'espoir d'arriver à temps pour empêcher Malwina von Leyden d'outrepasser ses pouvoirs avec des conséquences irréparables, il avait mal calculé ses horaires, ses étapes, et même ses vêtements, et à présent, il ne savait vraiment quelle mine faire, face aux trois douaniers qui le contemplaient avec stupeur. Être arrêté à la frontière de Vintimille dans une chaise de poste du XIXe siècle, vêtu à moitié d'un habit du XVIIIe et à moitié de quelques frusques bourgeoises que lui avait procurées au passage Balzac, tout cela en compagnie d'un nain complètement nu — Gastembide dormait lorsque Saint-Germain l'avait entraîné sans lui laisser le temps de se vêtir — ce n'était pas là une situation dont le comte pouvait se tirer en se prévalant simplement de son nom et de son état, dans un siècle où la police du réel était très bien faite et où il était singulièrement difficile de passer au travers de ses filets. Mais il avait compris au moment de partir que cet imbroglio était aussi un coup de veine. Ses coffres étaient chargés de bijoux et de tableaux, dont dix admirables petits Cranach, des maîtres hollandais, un album entier de dessins de Dürer, vingt-quatre dessins de Leonardo, Boucher, Fragonard, Chardin, Poussin, et bien qu'il les eût tous choisis de format réduit pour en faciliter le transport, si les renseignements que Danthès lui avait communiqués étaient exacts, il y avait là largement de quoi s'établir au XXe siècle comme marchand de tableaux, état qui paraissait offrir en 1972 le meilleur camouflage pour un charlatan. Mais il n'avait pas songé aux douanes et il comprenait maintenant que si les policiers ouvraient ses coffres et l'interrogeaient sur la provenance de ces trésors, il serait bien en peine de se tirer de ce mauvais pas. Fort heureusement, son aspect et celui du nain Gastembide, la chaise de poste et le cocher ahuri que Saint-Germain avait induit à faire ce voyage par le jeu de quelques passes magnétiques, plongèrent les inspecteurs dans un tel ébahissement qu'ils les firent passer sans mot dire. D'ailleurs, autant qu'ils recevaient à ce moment-là des ordres dont ils ne connaissaient pas la provenance, mais qu'ils exécutaient instantanément, habitués qu'ils étaient à obéir, et n'étant pas mieux équipés que tous autres coquins pour se révolter contre la puissance de l'imaginaire. Saint-Germain volait donc au secours de son ami Danthès et aussi de cette jeune femme... comment déjà ? qui jouait un rôle tellement important dans cet obscur et cruel brassage d'espoir et de culpabilité.

— J'espère tout de même que tu n'as pas couché avec lui ?

— Je t'en prie, maman, dit Erika. Nous avons préparé cette campagne avec un soin minutieux et il n'y a pas place dans nos plans pour ce genre de fâcheuse improvisation...

— Tu me rassures, dit Malwina. Tu me rassures beaucoup. Je suis sans préjugés, mais il existe tout de même certaines choses...

— Oh, je ne prétends pas que j'éprouve à son égard une complète indifférence. D'abord il a du charme, et de l'esprit. Imbu de culture. Un authentique Européen. Oui, j'avoue... Oh ! c'est assez comique...

Elle rit pour masquer son absence de sincérité et cette étrange émotion, cette tendresse qui l'étreignait...

— ... Oui, j'avoue que j'éprouve pour cet homme d'une si grande culture une certaine... comment dire ? une certaine attirance... J'ai quelque peine à m'orienter dans mes sentiments assez confus, mais je crois y déceler quelque chose comme une affection... Curieux. D'habitude, ce n'est pas *notre* genre.

Tiens, pensa Erika sauvagement à l'adresse de sa mère. Prends ça...

Malwina fit taire le rossignol et posa son verre sur le plateau. Son visage s'était quelque peu creusé et les traits avaient perdu leur dureté, soit qu'ils se fussent simplement défaits dans la fatigue, soit que l'émotion les eût adoucis.

— Je crois que le moment est venu de te dire la vérité, ma fille. C'est plus prudent. Je comprends la nature des sentiments que tu éprouves pour cet homme. Ils sont regrettables, mais tout à fait naturels. Il a du charme, de la séduction. C'est pourquoi, justement, il vaut mieux que je te mette en garde, car je reconnais, malgré tout, l'existence de certains interdits... de certaines limites à ne pas franchir... Alors voilà...

LIX

Danthès se trouvait à ce moment-là dans la bibliothèque, après avoir renvoyé les domestiques, dont il commençait à se méfier. Il lui paraissait maintenant certain que Jarde avait également joué dans toute cette affaire un rôle assez suspect : bien que sa réputation de médecin le mît apparemment au-dessus de tout soupçon, cette situation privilégiée, justement, le rendait d'autant plus dangereux, lui assurant l'impunité. Les troubles qu'il ressentait pouvaient fort bien être l'effet des médicaments que Jarde lui avait prescrits, agissant pour le compte de Malwina. Du reste, il s'avérait de plus en plus que, parmi les médecins qui se spécialisaient dans la psychiatrie, il y avait un certain nombre de malades mentaux en puissance ; torturés par un obscur pressentiment et par l'angoisse, ils choisissaient la profession qui offrait à leurs tendances délirantes le plus de chances de passer inaperçues.

Il tenait encore la main sur les stylets et les dagues qui s'alignaient le long du mur, au-dessus de l'armoire aux fioles, lorsqu'il entendit derrière son dos une de ces petites toux dont le but est d'attirer l'attention. Le colporteur en bijoux et « médailles spécialement bénites par Sa Sainteté le pape Paul VI » se tenait devant la porte qu'il venait de fermer et observait Danthès avec un sourire dont la pointe gauche remontait vers le milieu de la joue, marquant son intéressant visage d'un surplus de cette fausseté dont son expression était déjà si abondamment pourvue. Il s'était débarrassé de sa petite exposition ambulante et il était évident que ce n'était pas l'espoir d'une vente qui l'avait incité à revenir dans la villa. Il parut à Danthès sinistre, peut-être simplement parce que son accoutrement frappait par son incongruité dans ce cadre noble et antique : le chapeau melon noir, le maillot de corps sous un paletot d'une tout autre saison, et les yeux en boules de loto sous des sourcils très minces au-dessus d'un nez tout en glissade, qui s'avançait moins comme un organe olfactif, qu'en instrument de tâtonnement précautionneux et de flair presque canin, tout cela fendu par un sourire tordu, qui laissait entrevoir à une de ses extrémités une couronne en or et à l'autre, un peu de bave... L'homme avait quelque chose de profondément déplaisant et de menaçant, comme tout ce qui est à la fois humain et répugnant. Contrairement à l'attitude qu'il avait eue lors de sa première apparition, il paraissait cette fois sûr de lui et même arrogant. Il avait refermé la porte, comme s'il était certain d'être bien reçu et s'attendît à demeurer quelque temps.

— Qui êtes-vous et qu'est-ce que vous foutez là ? demanda Danthès avec d'autant plus d'hostilité que l'intrus le surprenait au moment même où le diplomate se débattait dans la trame d'une obscure conspiration dont il essayait de contempler toutes les ramifications probables avec sang-froid.

L'individu fit un pas en avant et l'ambassadeur nota avec appréhension qu'il n'avait pas retiré son chapeau. Cette insolence pouvait bien signifier qu'il avait des raisons sérieuses d'être sûr de lui.

— Le temps, ah, le temps ! s'exclama le visiteur avec un mouvement vers le ciel de ses boules de loto qui découvrirent le blanc des yeux, d'ailleurs jaune. Le temps, quel démon ! Ses ravages empêchent parfois même les meilleurs amis de se reconnaître... Nitrati, Julio Amedeo Nitrati... Votre rival infortuné dans les faveurs de cette chère Malwina von Leyden... *Remember ?*

Danthès retrouvait avec peine sa respiration. Il reconnaissait lentement derrière le masque aux livides luisances de cire que le Temps avait peu à peu sculpté pour en couvrir les traits de l'homme, celui qui s'était présenté jadis devant lui au Cercle Interallié pour le sommer de rompre avec Malwina. Oui, il ne pouvait plus y avoir de doute, c'était bien Julio Amedeo Nitrati qui se tenait devant lui. Danthès était d'autant plus stupéfait de le voir qu'on le croyait mort, et même assassiné : il avait vaguement entendu dire que son corps avait été repêché dans un canal de Venise, bien qu'il ne fût pas mort noyé, mais empoisonné.

— Que me voulez-vous, au juste ?

— D'abord...

Nitrati s'approcha de la vieille table de whist où traînait un jeu de cartes, prit la bouteille de porto et se versa un verre. Il but et exprima son appréciation de connaisseur par des claquements de langue sonores.

— Je venais vous proposer quelques documents que je suis prêt à vous céder pour une somme modique, dit-il, et il acheva de vider son verre. Je sais à quel point tout ce qui concerne l'Europe vous touche et vous préoccupe... Certaines circonstances, qui importent peu, me permettent, je crois, de vous éclairer... Je m'excuse de la mauvaise qualité du tirage, mais c'est du travail d'amateur...

Il tendit à Danthès une liasse épaisse de photos. Le premier réflexe de l'ambassadeur fut de les rendre immédiatement car, provenant d'un individu aussi peu ragoûtant, ce ne pouvait être que quelque nouvelle ignominie, calomnie ou chantage. Mais il avait déjà tendu la main. Il hésita encore un moment et cette hésitation fut le dernier et suprême effort du Baron pour gagner la partie. Le Baron, qui possédait à un degré élevé cet art que les Anglais ont mis au point à l'usage des autres et qui s'appelle « savoir perdre », se prépara à plier bagage. Plus exactement, il commença à s'estomper. Il le fit prudemment, afin de ne pas éveiller les soupçons de ceux qui lui offraient l'hospitalité, car il comptait bien disparaître d'une manière qui préserverait son apparence de mystère, dont ce vagabond des étoiles allait certainement avoir le plus grand besoin dans d'autres péripéties et dans d'autres œuvres futures.

Le comte de Saint-Germain était à ce moment-là à quelques minutes à peine de la villa Italia, ou du moins le croyait-il. Malheureusement, le parcours assez long qu'il avait dû accomplir avait faussé quelque peu son appréciation du temps et de l'heure, et il arriva trop tard, ce qui ne changea du reste rien, car il était trop versé dans ces façons qu'a le Destin de faire souffrir les êtres, afin de savourer la beauté du drame — le Destin avait toujours eu des ambitions artistiques et se targuait d'avoir inventé la tragédie grecque — pour croire que sa course au secours de Danthès et d'Erika était autre chose qu'un stratagème de celui qui les manœuvrait tous et retardait simplement son plaisir, en faisant mine de mettre l'issue en doute.

LX

Les deux mains posées sur les bras du fauteuil, Malwina regardait sa fille. Plus exactement — et ce fut la dernière observation que le Baron fit avant de s'esquiver — elle la *visait*...

— J'ai beaucoup hésité, mais je me méfie un peu de tes emballements, ma petite, dit Malwina. Je tiens donc à mettre les points sur les *i* afin d'éviter des drames. Je n'ai pas beaucoup de préjugés, mais quand même, il est certaines choses... Bref. J'étais enceinte de Danthès au moment de l'accident et j'avoue que l'occasion était trop belle. Il m'avait rendue infirme, il m'avait lâchement abandonnée... Je savais que ce n'était pas suffisant. Étant un homme du monde, il aurait pu fort bien s'accommoder de cela, sans trop de remords. *Mais lorsqu'il apprit que l'accident avait coûté vie à l'enfant que je portais...* Je crois que c'est à ce moment-là que la fêlure s'installa dans son âme, ou plutôt dans son « psychisme », comme on dit aujourd'hui si comiquement. Il a essayé d'enfouir tout ça dans les ténèbres, et de l'oublier, mais l'idée d'avoir tué son enfant le mina chaque jour un peu davantage... Au fond, il est très conventionnel...

Le visage de Malwina von Leyden prit une expression de bonne humeur et, s'y ajoutant, un petit sourire vint y faire régner un air d'extrême satisfaction. Erika sentait que sa mère se félicitait de la maîtrise avec laquelle elle avait joué une certaine partie, dont le but était la destruction d'un homme. La seule chose qui manquait maintenant pour que ce visage — poudre et rouge, qui se mélangeaient fort mal sur un grain de peau durci par l'âge, et pourquoi traçait-elle ces cercles bleus, gras de maquillage, autour des yeux ? — pour que ce visage de « châtelaine » fût parfait, dans son masque de délectation, était une pincée de tabac à priser, portée à la narine et aspirée avec volupté. C'était un geste que Ma accomplissait rarement, car elle ne voulait pas paraître démodée, mais lorsqu'elle ouvrait, ainsi qu'elle le faisait à présent, la petite boîte à musique et que, de ses très longs doigts veinés, elle prenait une pincée de tabac pour l'aspirer aux airs d'un menuet aimable, c'était toujours le signe d'une intense satisfaction et une façon de se congratuler elle-même de quelque gain au jeu.

— C'était de bonne guerre, dit-elle. Dent pour dent, œil pour œil. Je lui avais gardé un chien de ma chienne, et je n'ai aucun regret d'avoir menti. Car tout n'est pas que malheur dans l'existence. L'enfant que je portais a survécu à l'accident. Eh oui, ma fille, j'espère ne pas trop te décevoir, *mais Danthès est ton père...* DANTHÈS EST TON PÈRE... DAN...

Saint-Germain entra à ce moment-là dans le salon, mais il sut immédiatement qu'il venait trop tard. Erika le connaissait comme un ami de la famille, et elle croyait qu'il s'agissait d'un marchand de tableaux de Paris avec lequel sa mère entretenait certains rapports d'affaires. Le premier regard du comte fut pour la jeune femme. Il fut épouvanté. Saint-Germain avait une telle expérience de la vie et des êtres qu'il n'eût nul besoin de faire appel à ses pouvoirs extraordinaires pour deviner ce qui allait arriver. Le visage d'Erika venait de mourir. Ce n'était pas seulement une absence de toute expression, une immobilité figée de pierre, c'était une disparition, une fuite enfin consommée et hors de toute possibilité de retour, comme si la jeune femme se fût jetée au fond d'elle-même, dans une de ces chutes qui témoignent moins de la profondeur de nos gouffres intérieurs que de la rapidité et de la facilité avec laquelle ceux-ci se saisissent soudain de nous. Le marchand fit un pas vers elle, non pour la retenir, car il était trop tard, mais pour accomplir un de ces gestes qui aident surtout ceux qui les font. Elle le repoussa brutalement et se jeta vers la porte.

— Erika !

Un regard suffit à Saint-Germain pour comprendre à quel point cette femme pourtant rompue à toutes les intrigues des siècles avait été bernée. S'il avait fait telle hâte pour venir, c'était justement dans l'espoir d'éclairer son amie. Cette chimérique s'était entièrement perdue dans les subtils rouages des pièges qu'elle avait élaborés avec une patience d'araignée et dont elle se délectait dans son fauteuil de paralysée. C'était une création presque artistique et dont le mûrissement, la préparation, lui avaient permis, pendant vingt-cinq ans, d'attendre encore quelque chose de la vie, de tenir. Dévorée par son obsession, elle n'avait vu dans sa fille qu'une complice, un instrument, et ne s'était à aucun moment doutée de l'authenticité du sentiment qui unissait Erika à Danthès. Et le plus pénible était qu'en cet instant encore, elle ne comprenait pas. À Saint-Germain, qui venait vers elle et lui baisait la main pour cacher son visage, elle dit :

— Mais quelle mouche pique donc ma fille ? Elle a toujours voulu m'aider à me jouer de cet homme, et voilà qui est fait. Quel drame y a-t-il à détester son père, puisque c'est là une attitude qui est de toute sa génération considérée comme fort naturelle ? Je suis heureuse de vous voir.

— Je viens vous chercher, dit Saint-Germain. J'ai reçu certaines instructions. On estime en haut lieu que vous n'êtes plus à votre place ici. Il faut revenir.

Il se tourna vers le Baron et constata que celui-ci s'était déjà fortement estompé, bien que d'une manière inégale : l'oreille droite et la joue correspondante avaient fait place au vide, ainsi que toute la région du cœur, alors que le reste était encore visible.

Danthès se tenait près de la collection de poignards florentins, la liasse de photos à la main. Les premières ne lui apprirent rien de neuf : c'étaient ces images horribles des tas de corps de Bergen-Belsen, de Buchenwald, et des chambres à gaz d'Auschwitz. Il ne connaissait que trop ces crimes de l'Europe, dont l'obscénité, l'odieuse pornographie avait pour la première fois, en 1945, éclairé le monde sur ce qui n'était que mensonge, et témoigné crûment de l'implacable dualité, de la séparation totale si savamment dissimulée au cours des siècles, de l'Europe d'avec sa très belle Narration. En somme, un moment de vérité, dont ne pouvait plus jamais se relever l'imaginaire. Danthès avait depuis longtemps accepté cette culpabilité, mais lui avait toujours dénié tout caractère définitif. Ce fut en regardant la photo qui suivait celles des camps d'extermination qu'il ressentit brusquement le premier signe de la fin de lui-même.

C'était une photo d'Erika. Elle se tenait à quatre pattes, les jupes retroussées, la bouche pleine, et les deux hommes qui s'acharnaient sur elle des deux côtés avaient des visages de brutes nazies et des sourires d'un ignoble cynisme. Toutes les autres preuves photographiques étaient de la même nature et révélaient, d'une manière qui ne pouvait plus être mise en doute, ce à quoi la jeune femme se livrait au cours de ses crises d'« absence », pendant lesquelles elle croyait fréquenter les siècles de lumière.

— Je vous demanderai un petit million de lires en échange de ces documents, si compromettants pour votre chère vieille Europe tant aimée et tant rêvée, susurrait Nitrati. Naturellement, si au lieu de cette légère mensualité, vous préférez racheter les négatifs... Il faut tout faire pour supprimer ces preuves, oui, tout... Les supprimer, oui : c'est ce qu'on appelle une *œuvre de civilisation...* Il n'est pas de tâche plus urgente et plus noble, et l'humanité vous en saura gré. Vous savez que le mouvement fasciste est en pleine renaissance ? Quant au communisme, ennemi de votre chère culture occidentale... Prague, ah ! Que de photos compromettantes, là aussi ! Avec un peu de bonne volonté, ces documents sombreront dans l'oubli, notre chère, chère bien-aimée demeurera toujours belle et pure... Le tout est de savoir tricher.

Danthès le frappa dans le dos. Il ne se souvenait même pas d'avoir décroché la dague du mur, mais il serra la garde avec force et plongea toute la longueur de l'acier dans le dos de Julio Amedeo Nitrati. La lame traversa le cœur et sortit de l'autre côté. Il y eut sur le visage du maître chanteur un frisson d'étonnement, les sourcils se levèrent un peu, la tête se pencha de côté, semblable à celle de certains oiseaux, lorsqu'ils contemplent un objet d'eux inconnu. Il émit ensuite quelques glouglous et s'écroula sur les genoux, comme pour demander pardon de tant de bassesse, avant de mourir. Ensuite il se renversa sur le dos, la bouche ouverte sur un cri qu'il n'avait pas eu le temps de lancer.

Danthès avait choisi. Mais il n'était pas facile, d'un seul bond, de se mettre hors d'atteinte. Car il restait Erika. Danthès se heurta aux glaces, puis trouva la porte et se mit à courir.

LXI

Ce fut sans doute le dernier mouvement des pièces sur l'échiquier et le Baron, que l'ambassadeur, dans son désarroi, avait oublié complètement et qui, ainsi privé d'auteur, s'effaçait rapidement, mais conservait néanmoins un certain regard, observait d'un œil critique les deux lignes parallèles que le Destin traçait soigneusement en pointillé, l'une sur la route, et l'autre à travers le parc. Bien que tout fût déjà inéluctable et, il fallait le reconnaître, joliment enlevé, avec une précision dans le dessein digne d'Ingres, rien ne paraissait jamais assez parfait aux yeux du Destin, ce seul et unique Grand Maître, si avide de rigueur dans l'art et qui, souffrant peut-être de n'avoir été qu'un simple assistant d'Eschyle, de Sophocle, d'Euripide et de *tutti quanti*, tenait à faire lui-même acte de création authentique, mais dont le Baron, en connaisseur, désapprouvait sévèrement le schéma un peu trop arbitraire, trop voulu. Il reconnaissait qu'en faisant emprunter, dans leur course l'un vers l'autre, à Danthès la route et à Erika le parc, afin de les empêcher de se rencontrer, le Destin faisait incontestablement preuve d'habileté, mais celle-ci manquait de véritable inspiration, car elle était par trop astucieusement concoctée. Certes, cela permettait d'éviter la « scène à faire », mais aussi la difficulté. Le Baron fit un peu la grimace, avec le quart de visage qui lui restait et il porta sur le talent du Destin un jugement assez sévère, car le véritable génie répugne à ces artifices de bon faiseur. Ce n'était pas très convaincant, cela sentait le procédé et la facilité. Il eût fallu attaquer de front et courageusement la scène difficile, au lieu de l'esquiver, laisser le père et la fille se rencontrer dans l'allée du parc et leur permettre de s'élever par l'acte d'amour au-dessus de toutes les conventions oedipiennes des conventionnelles tragédies. Car, bien que tout fût déjà néant autour et au cœur de l'homme, le Baron était pour l'amour. Il était pour l'amour à n'importe quel prix, n'importe où, entre n'importe qui, dans n'importe quelles conditions et, même s'il devait s'évanouir complètement et ne plus jamais renaître à l'immortalité dans le jaillissement sans fin et l'espoir sans limite des œuvres futures, dans un impérissable et triomphal brassage d'imaginaire, cette conviction inébranlable allait demeurer, qu'il fût là ou non, avec ou sans lui, néant ou être, et même absence de l'homme. Car elle était à présent de lui indépendante et reine d'elle-même, ayant recueilli du mortel sa survie essentielle, au-delà de toute atteinte d'éphémère, et bien que le Baron sentît déjà l'intention de son créateur inconnu de mettre fin à sa d'ailleurs douteuse existence, ce fournisseur qui lui avait prêté vie le temps de dire, ne pouvait rien contre sa foi souveraine, dure comme cette pierre philosophale que l'on réduit éternellement en miettes sans réussir à l'entamer.

LXII

Le Grand Maître, donc, qui avait tracé si soigneusement les deux lignes parallèles sur lesquelles Danthès et Erika se mouvaient en sens inverse, le premier selon le vecteur *ab,* le deuxième selon *dc,* séparés par des mondes infranchissables qui prenaient l'apparence matérielle de végétation touffue, de lilas et de roses, de petites réalités de toutes sortes — la Jaguar, par exemple, n'avait pas encore été livrée, et il fallait s'occuper un peu plus du fiston et écrire à sa mère, qui était à Parme, au sujet de cette propriété en Normandie — de petites réalités rusées et mine-de-rien de toutes sortes, mais étaient, là où s'effectuait leur véritable création, un damier de dalles noires et blanches où traînaient encore les *preuves* — le compas ouvert, notamment, aux pointes étincelantes et acérées, une balance nettement penchée d'un côté, aveu presque cynique dans son évidence, les diagrammes pointillés et les équerres attestant une haute préméditation dans le calcul, ce qui excluait toute excuse, le Grand Maître donc... Et l'Arlequin, s'il fallait d'autres preuves, qui s'était fait trompe-l'œil, pour cacher sa complicité, mais — on ne se gêne plus — était descendu de la porte et se tenait sur le lac d'ambre du parquet, une jambe levée et faisant un pied de nez... Il fallait aussi signer le courrier, rembourser certaines avances bancaires... Le Grand Maître, toujours, qui ne se laissait pas fléchir par ces petites dérobades *pratiques* et qui veillait sur la perfection implacable de l'œuvre, laissait à présent jouer librement les éléments de cette mise en place, auxquels par un certain goût de tradition, c'est-à-dire par souci d'art aux *cheap* apparences de métaphysique, il avait ajouté le mannequin articulé et littéraire de Chirico, au visage en œuf sans yeux, assis dans une attitude de joueur de luth au milieu du salon. Quelque chose qui se voulait menaçant, mais n'était qu'au plus haut point comique, bougeait au fond des miroirs. Un éclat de rire dit « homérique », en hommage moins à Homère qu'à *ique,* retentissait comme un hoquet *ique ique* dans une multiplicité d'échos, de siècle en siècle, ce qui n'était pas sans aspect positif, et marquait une certaine victoire sur le néant, lequel crève de sérieux. Homérique, épique, fatidique, tragique, *ique* et *ique* et *ique* et *ique* mystique et même mythologique, cet archi *ique.* Tout n'était pas que souffrance et terreur, car il y avait aussi le merveilleux *ique* dans *cynique* et la satisfaction de ne plus rien sentir même. Il fallait aussi se méfier des serpents, depuis qu'ils manquaient de pommes et de paradis terrestre, et n'avaient ainsi plus rien à offrir, ce qui, en leur ôtant toute importance spirituelle, les rendait parfois hargneux. Sur les paravents de Hubert Robert, au palais Farnèse, les rassurantes pastorales prodiguaient leurs demi-teintes et leurs flous apaisants à celui qui courait en hurlant, l'écume aux lèvres. Il y avait aussi les klaxons d'automobiles et les tendances au livide dans les intentions du ciel. Il n'y avait nulle trace de raison dans les reproches étonnés de la populace, car depuis son arrivée, il avait toujours porté un habit de cour du XVIIIe, afin de se mettre en règle avec lui-même et son siècle, et avec l'esprit des lieux. Il restait, certes, quelques dettes à régler, le courrier à signer, et peut-être fallait-il se montrer à ce cocktail chez l'ambassadeur d'Afrique du Sud, avec qui la France était en affaires. Et dans quel autre costume eût-il osé se présenter devant Erika, qui ne voulait connaître que *son* Danthès ? Le Grand Maître, donc, prisant du tabac et devisant avec Louis XVI, en tête à tête — ha ! ha ! ha ! — laissait à présent jouer librement les éléments de cette mise en place, auxquels, non sans hypocrisie, il avait donné une apparence vaguement métaphysique : compas, diagrammes, mannequin en attente de luth, au visage de vide. Ce n'était qu'ironie, mais elle parachevait astucieusement l'œuvre, en lui donnant cette touche d'étrangeté et d'interrogation muette et sans aucune réponse possible, dont sont pourtant si friandes les pauvres pièces qui aiment méditer sur le sens du jeu. De la musique avant toute chose, de l'art, et encore de l'art, s'était écrié ce salaud, à moins que ce ne fût un mannequin sans regard et fort mal informé. Tout était donc soigneusement mis au point, et cependant, l'apparition sur la route du docteur Jarde n'avait pas été prévue et avait dû être improvisée au dernier moment par le Grand Maître, piqué par la critique du Baron, alors que la partie prenait déjà fin et que le rideau tombait sur ce qui n'était peut-être qu'une représentation au *Piccolo,* dans une admirable mise en scène de Strehler, que Danthès admirait tant, du spectacle en trois siècles *Europa,* opéra mimé et chanté, mais entièrement dépourvu de texte, et accompagné d'une musique d'autant plus bruyante qu'elle devient inaudible, — vrai triomphe de la mise en scène sur l'absence de contenu et d'auteur.

Jarde essayait de retenir Danthès et jetait autour de lui des regards inquiets, car la vue de cet homme vêtu d'un habit de cour en soie bleue d'un tout autre temps, d'une culotte blanche et coiffé d'une perruque Louis XV, qui courait sur l'asphalte, gesticulant et bégayant des propos incohérents, provoquait chez les automobilistes des mouvements de volant et de coups de frein dangereux pour la circulation. Jarde paraissait soucieux de soustraire l'ambassadeur de France aux regards de ces spectateurs, dont quelques-uns risquaient de reconnaître cet homme si éminent, ce qui eût été fâcheux pour sa carrière, au cas d'une guérison d'ailleurs improbable. Danthès repoussait le psychiatre avec violence, car il le savait complice du complot qui se tramait contre lui et le soupçonnait même d'être l'un des instruments d'une machination cosmique où tout, depuis la création du monde, ne visait qu'à la destruction d'un seul homme. Il n'arrivait cependant pas à se défaire de ce compagnonnage obsédant et était obligé d'écouter les propos cyniques que ce prétendu guérisseur lui tenait, tout en marchant à ses côtés.

— Allons, cessez donc de vous mentir. « Votre » remords vient de loin, il ne vous est pas personnel, il n'a rien à voir avec cet accident d'automobile dont je doute fort, d'ailleurs, qu'il ait jamais eu lieu, ni avec cet inceste que je vous soupçonne d'avoir inventé, afin de sublimer par ce transfert le sentiment que vous avez de votre ignominie. « Votre » crime, après tout, a pu aussi bien commencer avec l'assassinat de Pouchkine par votre quasi-homonyme, d'Anthès, dans ce fameux duel... Encore un acte typique de ce que vous appelez si amèrement Europe. Voilà ce que c'est, la fréquentation des chefs-d'œuvre, qui narguent, provoquent et humilient le réel. « Un homme d'une immense culture... » Voilà qui vous rendait de plus en plus difficiles ces petites et crapuleuses épousailles avec un monde *faux* — le nôtre — que la vie, avec ses compromis tout prêts, exige de nous à chaque instant. Cela ne pouvait que finir dans des noces de sang. Je vous conseille de mettre un terme à votre Narration, à votre création d'êtres et de mondes imaginaires, et de faire face au monde *faux* où nous existons et à la vie *fausse* que nous sommes obligés de subir, si nous ne voulons pas finir comme vous dans l'irréalité. Que l'on puisse éprouver, en contemplant les chefs-d'œuvre et en fréquentant cette dimension mythologique que les hommes ont nourrie du meilleur d'eux-mêmes, que l'on puisse ressentir, alors, la nostalgie d'un monde *vrai,* celui qui est quelque part, là-bas, au-delà de Michel-Ange, et que vous appelez Europe, c'est compréhensible... Mais, pour l'instant, il faut s'arranger avec les deux mondes, le *faux,* qui existe, et le *vrai* qui n'existe que comme une déchéance. Monsieur l'ambassadeur, croyez-moi, contentez-vous de jouir, un peu d'hédonisme, une touche de cynisme, voilà ce qui vous manque pour assurer votre santé psychique. Pour l'instant, il ne convient point de chercher dans la culture autre chose que du plaisir, dans la compagnie si satisfaisante de nos immortels qu'un délassement, un pique-nique sur ces hauteurs où l'on se refait de bonnes provisions d'oxygène, lesquelles permettent ensuite de s'accommoder de toutes les puanteurs. D'un côté, il y a l'imaginaire, que la nature n'a pas prévu — mais on ne peut tout prévoir — et de l'autre, il y a ce qui reste de Marx et de Lénine lorsque eux aussi ont fini de rêver ou, si vous préférez, lorsque leurs rêves ont été transformés en des déchets matériels de rêve — lorsqu'ils ont été reconvertis, pour employer ce cliché à la mode. Il n'y a pas, monsieur l'ambassadeur, de cordon ombilical. La culture « ne passe pas » : qu'elle appelle encore, c'est certain, mais hélas ! elle appelle au secours. Oui, très cher, votre culpabilité n'est pas celle de ce petit « crime » automobile que vous avez si admirablement magnifié, ou peut-être même inventé, pour vous donner un clou auquel accrocher votre remords et votre angoisse. Encore une fois, elle ne vous est pas personnelle, mais vous êtes ce qu'on appelle une « nature d'élite » — on disait jadis une « belle âme » — et votre très grande culture, en affinant infiniment votre sensibilité, vous a rendu particulièrement conscient et donc vulnérable. Vous vous devez enfin de reconnaître que l'Europe n'est pas cette vieille sorcière malveillante — *malevolent,* dit-on dans les bons clubs anglais — cette incarnation du mal que vous a inspirée la maquerelle avec laquelle, jadis, vous avez eu une passade, et que vous avez « abandonnée » — décision fort légitime, me semble-t-il. Votre égérie — si j'ose dire — a fini tranquillement ses jours à Menton, dans le confort, grâce à une rente que vous lui avez servie. Elle n'est pas non plus cette adorable Erika, innocente et pure, mais victime d'une affreuse hérédité et qui est en effet votre fille — plus exactement, la fille de votre imagination. Mais qu'importe ! Cessez de vous punir. L'Europe n'a jamais existé, et n'existera jamais en tant que dignité humaine, parce qu'elle ne pouvait s'accomplir que dans la fraternité d'un partage et dans cet amour dont ont longtemps parlé ceux qu'on appelait les chrétiens, et si une telle métamorphose était possible, il n'y aurait nul besoin d'Europe. D'une manière plus générale, monsieur l'ambassadeur, mettez un point final à vos points d'interrogation, car toutes les réponses ont déjà été données depuis belle lurette, elles nous sont connues, mais nous jouons à nous poser à leur sujet des questions nouvelles, afin de ne pas avoir à assumer les conséquences du diagnostic qu'elles formulent sur la nature même de cette difformité qu'est notre cerveau, cette absence de cœur. La dichotomie, la schizophrénie — disons le mot — est l'état physiologique *normal* de notre cerveau, une dualité biologique, et cette fissure dont la trace vous a paru, à certains moments, courir sur vos vêtements mêmes. Cet interstice en zigzag, pareil à un éclair figé, ne peut être refermé, mais seulement pallié. « Ça ne passe pas », monsieur l'ambassadeur, pour la dernière fois : il n'y a pas de cordon ombilical. Certes, il reste encore quelques très beaux flambeaux, toujours rallumés ou toujours nouveaux, mais ils n'éclairent jamais que les mêmes graffiti obscènes. Avez-vous remarqué, en revanche, que toutes les mouches que vous voyez par millions autour de vous, portent de très jolis petits chapeaux pointus et des tutus de danseuses ? Ce vieux mur lui-même est touché de pitié, d'où, sans doute, cette lumière. Le réalisme socialiste n'est donc nullement ce crime contre l'esprit que l'on a dit, mais une réaction légitime du proprio qui a acquis du cochon et qui veut le garder, ce qui le rend très méfiant envers l'imaginaire, en raison de ce que celui-ci exige du cochon, et en premier lieu, du réalisme socialiste lui-même : une métamorphose... Ces réalistes ont compris qu'il n'est d'art qui leur soit plus nécessaire que celui de fermer les yeux. Pour résumer, cher, cher ambassadeur de France, les natures compliquées ne devraient jamais s'occuper des problèmes essentiels, fondamentaux, d'une importance capitale, lesquels se réduisent à quelque chose de trop simple pour des esprits si éloignés du populaire :

aimer, aimer, aimer, œuvrer, œuvrer, œuvrer, rêver un peu, beaucoup, et mourir...

Danthès se jeta sur ce cynique en bredouillant des insultes, et l'automobiliste qui s'était arrêté pour contempler en rigolant ce bel homme déguisé en marquis, qui gesticulait comme un moulin à vent en se parlant à lui-même, crut plus prudent d'appuyer sur l'accélérateur.

LXIII

L'ambassadeur devait se trouver à mi-chemin dans sa course, lorsque Erika monta les marches de la terrasse, traversa le salon et entra dans la bibliothèque. Le corps était étendu sur le dos, les yeux ouverts et glacés, et les lèvres gardaient encore une vague grimace de pitié, exprimant ainsi, à titre posthume, le regret naturel d'une canaille de voir s'interrompre ses intéressants rapports avec la vie, qui lui allait si bien. Elle remarqua les photos qui traînaient et se pencha instinctivement pour les ramasser... Danthès qui aurait pu l'en empêcher, il lui eût suffi de vouloir, n'était plus maître de sa volonté et continuait à courir en hurlant le long du vecteur *ab* qui lui avait été assigné :

— *Europa !*

Le Baron également aurait pu intervenir mais, n'existant plus, il lui était difficile de se le permettre par souci de logique et, d'ailleurs, ce n'était pas le moment de se faire remarquer ; quant à Saint-Germain, il avait dû dépenser trop d'énergie pour accourir avec une si grande rapidité de son siècle habituel, et encore plus, de sa galerie d'art rue du Faubourg-Saint-Honoré dans la circulation parisienne et, complètement épuisé, ne disposait plus de tels pouvoirs. Ainsi baignées d'une ironie très danthesque, mais dans laquelle Danthès n'était cette fois pour rien et où se reconnaissait le désespoir de celui qui ne parvenait pas à désespérer, ce qui pouvait bien valoir à d'autres personnages d'autres souffrances dans un but sublime d'art, ainsi se figeaient mortellement les eaux frigides de l'océan toujours originel, mais qui ne promettait cette fois aucune naissance nouvelle de l'homme et qui avait nom vague de « culture ». Cependant que quelques romanichels impénitents, et fort heureusement dépourvus de scrupules, tiraient habilement profit de cet élément créateur qui ne créait que lui-même et, tantôt Goethe, tantôt Thomas Mann, Romain Rolland, Malraux ou tel autre chapardeur, rossignols aux voix dites « d'or » pour qui ne comptaient que la beauté du chant et ce tour de passe-passe illusionniste qu'ils appelaient « métamorphose », Dante, Danton ou Danthès — ah ! on les aura on les aura on les aura les aristocrates à la lanterne ! et saviez-vous que le bey de Tunis a une verrue sur le nez, selon Gogol ? — quelques romanichels, donc, magiciens, romanciers, illusionnistes et toujours picaros profiteurs, faisaient mine de puiser à pleines mains dans l'imaginaire pour en nourrir et transfigurer la réalité, mais ne faisaient que puiser à pleines mains dans la réalité pour l'offrir à l'imaginaire — sang, sueur, massacres, servitude et peine infinie des hommes ne cessaient point, que non ! mais devenaient « chefs-d'œuvre », « génie » et « grandeur »... C'était en somme une absence d'amour.

— *Europa !*

Danthès courait en bredouillant sur l'asphalte aux sanglots longs des klaxons d'automobiles, vêtu de probité candide et d'un habit de cour très « siècle des Lumières », tournant parfois sur lui-même, dans une sorte de valse, non point par le jeu de sa propre volonté de dérision, mais parce que le Destin avait un goût bien connu pour la danse, cependant qu'Erika montait les marches de la terrasse, traversait le salon et entrait dans la bibliothèque. Le Destin, qui jouait avec sa tabatière, marqua un moment d'hésitation, non qu'il eût du cœur, mais au contraire parce qu'il goûtait infiniment ce moment d'une belle intensité dramatique et de — comment déjà ? — de « suspense », et cherchait à le faire durer. Erika se retrouva donc à nouveau au bas de l'escalier, monta les marches, traversa le salon et entra encore une fois dans la bibliothèque : le Grand Maître d'Œuvre fut cette fois entièrement satisfait et referma avec un claquement sec et définitif la tabatière. Le corps était étendu sur le dos, les yeux ouverts et glacés et les lèvres gardaient encore une vague grimace de pitié, exprimant ainsi à titre posthume le regret naturel d'une canaille de voir ainsi s'interrompre ses intéressants rapports avec la vie, qui lui allait si bien... C'était en somme un fait divers. Erika remarqua les photos qui traînaient à côté du cadavre et se pencha instinctivement pour les ramasser. Danthès aurait pu l'en empêcher — il lui eût suffi de vouloir — mais il n'était plus maître de son imagination, à laquelle il appartenait à présent entièrement, et c'était elle qui commandait... C'était en somme un cas banal. Danthès aurait pu l'en empêcher, il lui eût suffi de le vouloir, mais Danthès n'était plus maître de sa volonté. C'était en somme un cas clinique. Danthès, qui aurait donc pu empêcher Erika de ramasser les photos répandues à côté du cadavre de Julio Amedeo Nitrati, et qui révélaient d'une manière qui ne pouvait plus être mise en doute ce à quoi la jeune femme se livrait pendant ces crises d'« absence », au cours desquelles, disait-on, l'Europe « sombrait dans l'abîme et disparaissait dans le silence et les ténèbres », Danthès qui aurait pu, qui aurait pu, qui aurait pu, n'en fit rien... C'était en somme un cas typique. Erika put donc ramasser les photos et se regarder en elles dans toute sa vérité. Elle se tenait à quatre pattes, les jupes relevées, la bouche pleine, et les deux brutes qui s'acharnaient sur elle des deux côtés, l'une à l'Est et l'autre à l'Ouest, révélaient, d'une manière qui ne pourrait plus jamais être mise en doute, ce à quoi Erika se livrait avec tant de complaisance pendant ces « absences », au cours desquelles elle s'imaginait fréquenter les siècles des Lumières... C'était en somme un cas classique. Elle subissait dans une soumission totale cette destruction qu'elle recherchait avidement à des moments pareils. Erika se tenait à quatre pattes, la robe retroussée et la bouche pleine, acceptant et avalant tout avec un empressement si évident, qu'il ne pouvait plus être question de nier ou de parler de viol. Elle demeura un instant sans vie, puis jeta les photos et traversa la bibliothèque et la terrasse dans une course qui laissait derrière elle sa chevelure comme un sillage noir, puis s'élança vers le lac.

— *Europa !*

Danthès, à ce moment-là, était à quelques pas à peine de la villa Italia. C'est alors qu'il entendit à l'intérieur un hurlement totalement dépourvu de tout caractère humain. Cela venait de l'étage noble, mais semblait résonner en même temps dans sa tête, si bien qu'il s'arrêta, mit les mains contre ses oreilles et chercha à étouffer cette voix dont il ne pouvait supporter l'accent désespéré. Il devait être retrouvé par la police quelques heures plus tard, recroquevillé dans cette position, dans le hall, au pied de l'escalier.

Pourtant, s'il avait été encore capable de s'exprimer, il leur aurait expliqué qu'il avait monté en courant les marches, qu'il avait poussé la porte, et que ce fut à partir de là que son évasion avait commencé à s'accomplir d'une manière qui ne laissa ni à Jarde ni à la police aucune chance de le saisir, de le ramener et de le rendre à une réalité qui ne pouvait plus avoir sur lui la moindre prise.

Dans le salon, là où tout à l'heure il avait vu Malwina, le Baron et Saint-Germain, une rose dans un verre et un rossignol dans une cage, là où il avait vu cette fille qui était peut-être ce qu'il appelait Europe et donc qui n'existait pas et qui était venue un jour au palais Farnèse et n'y était point venue, pour ne plus jamais le quitter, cette fille, Erika...

Danthès, donc — c'était en somme un cas clinique —, entra dans le salon et là où, tout à l'heure, il avait vu Malwina, Saint-Germain et le Baron, une rose dans un verre et un rossignol dans une cage et celle qui était venue le trouver au palais Farnèse et, n'y étant point venue, avait ainsi pris en lui la place de tout ce qui était et n'était pas et qu'il appelait Europe... Celle qui le torturait par son intolérable inexistence, au point qu'il était obligé de la supprimer pour la punir de ne pas être, par un mouvement ingénieux g1 e2 sur l'échiquier de l'imaginaire, pour s'arracher enfin à cet impossible qu'il appelait Europe et rompre avec elle dans cette haine presque nazie de lui-même... C'était en somme un cas typique. Il fallait en finir une fois pour toutes avec tout ce qui n'était pas, mais donnait si bien le change et le déchirait par cet effort de civilisation qu'il faisait, tel Goliath, en tirant sur les deux bords de l'interstice pour les rapprocher, car tout ce qui n'existait pas, mais avec tant de beauté, pouvait seul sauver ce qui existait, mais ne lui était pas accessible. Bien qu'il ne fût en cela point différent de tout homme, car tout homme est et n'est pas, tout homme naît et dès sa naissance aspire à naître, car tout homme est à peine et juste assez pour chercher à être pleinement par une naissance future, à partir de ses chimères grosses de lui-même, car tout homme se rêve et se cherche, et ne se trouve que pour constater sa propre absence. Et ce qui est en lui aux trois quarts inexistence attend son reste de ce qui est en lui songe de lui-même. Dans le salon, là où tout à l'heure il avait imaginé Malwina, le Baron et Saint-Germain, une rose dans un verre et un rossignol dans une cage, et celle qu'il avait inventée avec un tel besoin d'amour, il y avait à présent un sofa rose, et sur le sofa une bonne femme courtaude, dodue et pouponne, blondasse et frisasse, qui bouffait des éclairs au chocolat en caressant un caniche qui lui ressemblait, cependant qu'un homme à cigare injuriait au téléphone le standard qui ne lui passait pas assez vite l'Amérique.

— Encore vous ! s'exclama avec un accent de Brooklyn la bonne femme blondasse et frisasse car, n'ayant guère prêté attention à l'expression du visage de Danthès, elle n'avait pas encore peur. *What the hell is this ?* Qu'est-ce que c'est que ces manières ? J'ai appris que vous êtes notre voisin, mais ça n'explique pas...

Danthès éclata de rire.

— Vieille sorcière ! cria-t-il.

Et comme s'il eût suffi de ce cri de vérité pour faire cesser toutes ses magies scélérates, le hurlement qu'il avait déjà entendu reprit et il vit Malwina. Elle était assise dans son fauteuil d'infirme, le regard tourné vers la fenêtre et son visage, dans le naufrage total des traits, paraissait un magma informe de blanc, de rouge et de bleu sous une perruque rousse, un visage de vieille maquerelle d'un autre âge et qui hurlait à la mort, tournée vers la fenêtre ouverte. Le Baron était encore là, mais il avait déjà acquis la semi-transparence et le manque de contours de ces personnages astucieux qui se réfugient dans le caractère secondaire qu'ils ont dans l'œuvre pour refuser de souffrir. Saint-Germain se tenait près de la Baronne, une main posée sur son épaule, et si Nostradamus avait si justement remarqué qu'il ressemblait à Louis XVI, l'expression qu'avait en ce moment son visage reconstituait, avec une valeur documentaire digne de le faire figurer dans les meilleures archives, celle du visage du monarque au moment où celui-ci montait à l'échafaud. Danthès suivit le regard de Malwina, bien qu'il eût fort à faire pour maintenir dans un semblant de réalité ces trois personnages qui essayaient sans cesse de se dérober aux conséquences de leurs infâmes intrigues, par cet art d'illusionnisme dans lequel ces saltimbanques avaient acquis une redoutable maîtrise. Il ne fut point ému en voyant Erika, debout dans le canot à cinquante mètres du rivage, regarder un instant l'eau limpide comme si elle eût partagé le regret esthétique de Danthès à l'idée de troubler quelque chose de si parfait dans sa sérénité, puis elle se jeta par-dessus bord dans un envol de sa chevelure noire et de sa robe blanche, si impressionniste. La chevelure et la robe flottèrent un moment à la surface de l'eau, pareilles à quelque plante aquatique agréable à l'œil, puis ce fut fini. Il y eut alors comme un fugitif rayonnement de bonheur, un illusoire éclat de l'œuvre terminée. De très beaux mots traînèrent, ici et là, un instant encore, dans une syntaxe du néant où apparaissaient des points, des virgules et des points d'interrogation importants qui suggéraient un sens caché, mais où était studieusement évité tout ce qui pouvait ressembler à une réponse. Quelqu'un inventait quelqu'un ou quelque chose, avec amour ou avec haine, et personne n'existait vraiment qui ne fût d'abord inventé. Le lac était aussi limpide qu'auparavant, et d'ailleurs il n'y avait pas de lac. Diderot prononçait quelques phrases et une chasse à courre passait dans l'aboiement des chiens dont ne demeurait dans des nuages de poussière qu'une assez jolie gravure au mur. Le Baron s'estompait doucement, afin de ne pas trop attirer l'attention, car il ne voulait pas être tenu pour responsable : il y avait eu trop de crimes. Cet effacement ne fut cependant pas entier, soit qu'il y eût accident, soit oubli, et on pouvait encore distinguer l'absence d'expression sur le côté gauche du visage, ainsi saisi et perpétué dans son air de mystère. Les historiens d'art estimaient que cet aspect inachevé, ce manque de fini dans un sens ou dans l'autre, celui du néant ou celui de la perfection, était délibéré, car cette ambiguïté conférait astucieusement à la création une apparence de secrète profondeur. Le visage de Malwina von Leyden, comme celui du Baron, fut saisi alors qu'il s'estompait, figé et durci par le Temps, qui aime laisser à ses œuvres juste ce qu'il faut de visibilité pour que rien ne soit ignoré de sa maîtrise. On hésita longuement, parmi ceux qui veillent sur les trésors de Florence, afin de décider s'il convenait de le restaurer ou de lui conserver au contraire cette beauté des ruines propice aux rêveries et aux enchantements du regard. Saint-Germain s'était éclipsé : ses papiers n'étaient pas en règle. L'Américaine hurlait de terreur devant cette grimace démentielle et ces lèvres qui bredouillaient des propos incohérents et son mari, d'une voix étranglée par la peur, essayait d'appeler la police, oubliant ses appels transatlantiques. On trouva dans la bibliothèque de la villa Flavia le cadavre d'un colporteur du nom de Paolo Tucci, et à côté du corps, une liasse de cartes postales des chefs-d'œuvre de Florence.

Jarde arriva le lendemain de Paris, avec la famille. Un homme qui n'était plus un homme était assis sur un banc et tenait dans ses mains un recueil de poèmes de Hölderlin, qu'il regrettait de ne pas pouvoir lire, car il savait qu'il n'existait pas et ne pouvait donc lire. Quelqu'un pleurait sur une fille qui n'avait jamais été, et d'autres ne comprenaient point ce chagrin, car on n'a jamais manqué de candidats au poste d'ambassadeur au palais Farnèse. Quelque part, on ne sait au juste où, dans une topographie autre dont les cartes sont difficiles à obtenir et où les points de repère sont pour la plupart trompeurs, s'élaborait pourtant, avec une lenteur extrême et dans le secret le plus absolu, afin de ne pas attirer l'attention de l'ordre des choses établi, une naissance nouvelle, dont il n'était pas encore possible de prévoir la nature exacte, mais où l'on distinguait déjà quelque chose comme un commencement d'amour. Le Temps, le Destin, l'Europe, avaient repris leurs places, d'aucuns disent dans les rouages d'un très vieil orgue de Barbarie, qui en faisait sa gentille musique, et d'autres, dans le magasin d'accessoires du Piccolo Teatro de Milan, où ils pouvaient encore servir. Aux plus hautes instances de la hiérarchie, on déniait toute réalité à l'affaire, et on avait raison, car il n'y avait pas de réalité. Il était encore possible de s'asseoir sur un banc dans le parc et d'éprouver un semblant de vie, un frémissement, mais il y avait toujours une ombre au tableau, et cette ombre était que le tableau demeurait terriblement seul, qu'il souffrait d'une irrémédiable solitude dans sa beauté, et qu'il fallait attendre encore des millénaires et franchir des abîmes avant que cette beauté descendît du cadre, devînt enfin de ce monde, et qu'il y eût une réalité sans déshonneur et une dignité sans oubli. On disait qu'il devait finir comme ça et on avait raison, car un fil de lumière continuait à courir à travers les siècles, mais il courait ailleurs, et ce qui se transmettait était seulement une noire et poussiéreuse toile d'araignée. Les saisons passaient avec leurs fleurs et leurs fruits, mais on ne laissait pas entrer les visiteurs. On pouvait regarder le lac pendant des heures et des heures et sa surface demeurait limpide et sereine et là où il y avait eu un vol de chevelure et de jupon blanc, s'élevait parfois un visage d'une pureté miraculeuse, et on disait qu'il y avait quelqu'un quelque part qui continuait à aimer, à croire et à attendre, mais on ajoutait qu'il avait naturellement perdu la raison. On avait arrêté celui qui était allé lacérer *La Joconde* parce qu'il prévoyait qu'il y aurait encore deux guerres, des centaines de millions de morts et une souffrance sans nom, mais on disait naturellement qu'il avait perdu la raison. Des fleurs, oui, des fleurs et des fruits, on voyait ce qu'il appelait Europe flotter dans le sourire de la Vierge, mais c'était seulement une œuvre de Bellini. Parfois, un certain interstice *kw* dans les espaces stellaires s'élargissait et on apercevait alors Arlequin qui passait la tête à l'intérieur, pour voir s'il restait encore du monde. Et puis, il y eut quelques âges géologiques pénibles à ceux qui n'avaient rien pour se couvrir, où disparut l'humanité, ce qui rendit tout incompréhensible, mais comme tout l'était déjà auparavant, on ne peut parler ni de fin ni de commencement, et il n'y eut en somme rien de changé.

Cimarrón, 1971.

DU MÊME AUTEUR

Aux Éditions Gallimard

LE GRAND VESTIAIRE, *roman.* (Folio n° 1678)

LES COULEURS DU JOUR, *roman.*

ÉDUCATION EUROPÉENNE, *roman.* (Folio n° 203)

LES RACINES DU CIEL, *roman.* (Folio n° 242)

TULIPE, *récit.* (Folio n° 3197)

LA PROMESSE DE L'AUBE, *récit.* (Folio n° 373)

JOHNNIE CŒUR, *théâtre.*

LES OISEAUX VONT MOURIR AU PÉROU (GLOIRE À NOS ILLUSTRES PIONNIERS), *nouvelles.* (Folio n° 668)

LADY L., *roman.* (Folio n° 304)

FRÈRE OCÉAN :

I. POUR SGANARELLE, *essai.*

II. LA DANSE DE GENGIS COHN, *roman.* (Folio n° 2730)

III. LA TÊTE COUPABLE, *roman* (Folio n° 1204)

LA COMÉDIE AMÉRICAINE :

I. LES MANGEURS D'ÉTOILES, *roman.* (Folio n° 1257)

II. ADIEU GARY COOPER, *roman.* (Folio n° 2328)

CHIEN BLANC, *roman.* (Folio n° 50)

LES TRÉSORS DE LA MER ROUGE, *récit.*

EUROPA, *roman.*

LA NUIT SERA CALME, *récit.* (Folio n° 719)

LES TÊTES DE STÉPHANIE, *roman.*

AU-DELÀ DE CETTE LIMITE VOTRE TICKET N'EST PLUS VALABLE, *roman.* (Folio n° 1048)

CLAIR DE FEMME, *roman.* (Folio n° 1367)

CHARGE D'ÂME, *roman.* (Folio n° 3015)

LA BONNE MOITIÉ, *théâtre.*

LES CLOWNS LYRIQUES, *roman.* (Folio n° 2084)

LES CERFS-VOLANTS, *roman.* (Folio n° 1467)

VIE ET MORT D'ÉMILE AJAR.

L'HOMME À LA COLOMBE, *roman.*

L'ÉDUCATION EUROPÉENNE, *suivi de* LES RACINES DU CIEL *et de* LA PROMESSE DE L'AUBE *(coll. « Biblos »).*

*Au Mercure de France sous le pseudonyme d'*Émile Ajar

GROS-CÂLIN, *roman.* (Folio n° 906)

LA VIE DEVANT SOI, *roman.* (Folio n° 1362)

PSEUDO, *récit.*

L'ANGOISSE DU ROI SALOMON, *roman.* (Folio n° 1797)

ŒUVRES COMPLÈTES D'ÉMILE AJAR *(coll. « Mille Pages »).*

Composition Euronumérique.
Impression Bussière Camedan Imprimeries
à Saint-Amand (Cher), le 23 octobre 1999.
Dépôt légal : octobre 1999.
Numéro d'imprimeur : 994084/1.

ISBN 2-07-041096-X./Imprimé en France.

92328